# 远山在呼唤

贾启明 著



山西出版传媒集团 北岳文艺出版社
·太原·

图书在版编目（CIP）数据

远山在呼唤 / 贾启明著．-- 太原：北岳文艺出版社，2024. 7. --ISBN 978-7-5378-6889-1

Ⅰ．I247.5

中国国家版本馆 CIP 数据核字第 202468WP04 号

# 远山在呼唤

YUANSHAN ZAI HUHUAN

贾启明 / 著

//

出品人

郭文礼

选题策划

汪恒江

责任编辑

李向丽

书名题字

高茂荣

封面设计

张永文

印装监制

郭　勇

宣传运营

刘思华

董江波

出版发行：山西出版传媒集团 · 北岳文艺出版社

地址：山西省太原市并州南路 57 号　邮编：030012

电话：0351-5628696（发行部）　0351-5628688（总编室）

传真：0351-5628680

经销商：新华书店

印刷装订：山西人民印刷有限责任公司

开本：787 mm × 1092 mm　1/16

字数：280 千字

印张：19.25

版次：2024 年 7 月第 1 版

印次：2024 年 7 月山西第 1 次印刷

书号：ISBN 978-7-5378-6889-1

定价：98.00 元

# 目录

# 第一章　办社

## 1

伴随着一场又一场大雪，一九四三年的冬天异常寒冷。打谷场上的活儿还没利索，人们就被这一场连着一场的雪给下蒙了，好些打了头场还没来得及打第二场的庄稼被大雪给压了个严实。山北高原离山县千沟万壑一片银白。大雪把人们赶进了居舍，赶进了窑洞。

拉债家土炕上挤满了因大雪而停下手头活计的人们。拉债吆喝大伙来，大伙心里都清楚，心头都有一团火，这日子不能再这样过了。一家一户，活儿干得实在没什么指望。从延安传来消息：党中央毛主席要求穷苦农民“组织起来，发展生产”。现在拉债就是召集大伙商议成立合作社事宜，他想把大伙闷在心里的希望掰扯清楚。万事开头难！回想这几年，因为有了拉债的热心帮助，大伙日子过得比以往好了许多。

“拉债”，是齐老栓自己给儿子起的名字。说起来还有一肚子辛酸泪。

齐老栓的妻子，因为“产后风”还没来得及请医生就撒手人寰了。应该说，齐老栓日子刚有了一点点起色，穷人能够在土地里打闹得娶妻生子，用庄户人的话说就是祖上积了德，是自己修来的福分。然而妻子这一走，好事瞬间成了伤心事。老栓一点点生活下去的勇气，被妻子的突然离去击倒了。料理了妻子后事，面对嗷嗷待哺的儿子，齐老栓不知如何是好，不知生活下去的路在哪儿！关键时刻，还是街坊邻居们接济了他。这家一碗粥，那家一碗米，自己和儿子还好没有断过烟火……

邻居家嫂子宁愿自己娃哭闹挨饿，也把老栓的儿子给喂饱。“拉债——拉债——拉债——”看着乡亲们的一举一动，老栓感激得不知如何是好。心里默叨：拉债，乡亲们的人情债拉下了！拉债的愁楚一直盘绕在齐老栓脑海中，也出现在齐老栓口中，孩子名字也就这样有了。齐老栓从众邻里的帮衬中深切悟出了“众人拾柴火焰高”这句老话。冬去春来，拉债一天天长大了。山里人有个习俗，男儿不吃十年闲饭，拉债从十岁起就帮着父亲干活，比如地翻好了帮大人下个种子，地头帮父亲拿个烟袋的活儿，拉债还是胜任的。村里人们互相接济、互相帮扶的现实像一本完整的人生教科书，让拉债从小就读懂了生活下去的艰难。

地里干活，耕地时扶犁人出的力气总是要比拉犁人小。牛的活儿硬叫人来干，尽管肩膀上垫了不少破棉絮，尽管穷人骨头硬，齐老栓肩膀上依然被绳索勒出了一道道血印。为了糊口，为了拉债，这苦，这累，老栓忍了，认了。

倒是无私的山风，体恤万物的太阳总是那样密切眷顾精力疲惫的人们，但没有一点点办法来解脱穷人的苦难。浑身汗水告诉你这不是一般的体力活，拉犁人拉上一阵儿就得和扶犁人互换。先头拉犁人变成扶犁人，扶犁人变成拉犁人。拉债跟着父辈们在土地里打闹，父亲近似于爬着前行的劳作在他心上留下一道道血印。他在想，人家有钱人家用牛拉犁，咱是用命拉犁。拉债年纪虽小，但知道这种以命换粮的办法不能再继续下去了。心想，就是用镢头刨地也比人拉犁要好不少。拉债幼小的心灵里种下了亟待发芽的种子。

这里飞来了几只白颈鸟，那边又落下几只红嘴乌鸦，拉债追赶着鸟们，看着它们上下翻飞，自由自在，看着拉犁人朱老伯用尽全身力气，汗流浃背，拉债也没再想什么，一溜烟跑到地头行李旁拿上烟袋递给浑身汗水的父亲。趁着父亲休息的时间，拉债将拉犁绳子搭到自己肩上弓着背，弯着腰往前拉。“你还小着呢，看把你急得，这庄户活儿有你享受的时候！”和父亲一起拉犁，肩膀上同样被麻绳勒出一道道血印的朱老伯朝着拉债说。拉债无法正面回答朱老伯的话，捡起一块土疙瘩向远处的鸟儿们打过去。

“拉债，你就省事些吧！”听到父亲呼唤，拉债也没兴趣再去照顾鸟儿们了，面对黄土地，他茫然了。一年又一年，穷人日子就是这样，在艰难中打发，在困惑中度过。年年岁岁，岁岁年年，穷人永远是穷人，富人永远是富人。这世界穷富两重天啊！

尽管日子艰难，穷哥们儿还是鼓起精气神，互相照应着过好每一天，过好每一年。几年下来，儿子拉债长大了，经常山里山外地跑。儿子长大了，老栓也管束不住了。一个心思，安稳就好。拉债每次外出，老栓总要多叮嘱上几句，齐老栓总是放心不下成天山里山外跑出跑入的拉债。

绾在大伙心头的一个疙瘩，就是什么时候能彻底改变这种人拉犁的命运。“什么时候，咱也不用人拉犁，用牛来拉，那才叫真正的庄户人。”

“这日子有盼头了，陕北有了共产党，穷人要翻身了。咱们也要响应共产党号召，组织起来，共同生产，逐步富裕，进而改善生产条件。”

“拉债，你这是从哪儿学来的南腔北调？啥叫改善生产条件？啥叫组织起来，逐步富裕？”一连三个问题，朱老伯连着问。连拉债他爸也从来没听过这种话。

在齐建业土炕上，大伙靠着墙壁一溜儿从炕头一直坐到炕尾。土炕中间小木桌四周坐着齐建业、拉货等人。

齐建业把大伙吆喝来，大伙心里都有一个向往，心头都有一个念想：这日子不能再这样过了。一家一户，地里的活儿没有三五个人帮衬根本舞弄不成。这几户父老乡亲平时就互相帮扶，最初由变工，互助，到今天酝酿成立合作，社都是由齐建业牵头。这不从延安传来消息要大伙组织起来，发展生产，树林沟这几户“圪渣户”要有大动作了。

“就是你拿一点，我也拿一点，还是老话‘众人拾柴火焰高’嘛。”拉货这下总算缓过神来插上一句。

“拼凑着，咱先把牛买下，最好先买头母牛，母牛能下崽。这样滚动起来，咱就改变了生产条件，省出劳力，还能干其他的。就是光种地打粮食也比现在人拉犁不知要强多少，这样日子就会慢慢好起来。关键是大家要组织起来，组织起来啊！”拉货激动地接着说。在小木桌旁叼着管长烟袋，套了一件黑坎肩的拉货是齐建业邻居，二人年龄相仿，是从小一起玩大的穷孩子。他俩早已是树林沟村秘密的中共党员了，关键时刻拉货总是支持着齐建业。

窄小的土窑洞里，十来个庄户人都用自己的行动来证明组织起来发展生产是大伙共同的心愿，这引路人就是大伙公认的齐建业。齐建业心里有一团火，在延安聆听过毛主席关于组织起来发展生产的教诲，他已是黄土高坡上第一个秘密加入共产党的中共正式党员了。

现在刚二十出头的齐建业就是当年的拉债。他的名字是由入党介绍人改的。面对眼前这个热血青年，哪里都好，就是这名字听上去有点别扭。从长远眼光看，一个共产党员要带领老百姓来改变自己命运，不能只管“拉债”。事业要发展，生产要发展，美好生活，未来事业要靠大家齐心协力去建设去创造，于是“齐建业”的名字就呼之欲出了。

鸡儿、猪儿该回窝上圈的都回窝上圈了，可该回来的人还不见踪影……连天上星星都眨巴着眼睛等待拉货回来。齐建业更是着急地打问过几回了，问得拉货媳妇孙淑兰都有些不好意思了，不知道该怎样回应齐建业的关心。为了组建合作社，大家七手八脚地把家里最值钱的东西——小米都拿出来了。

晚风吹着干枯的柴草发出吁吁响声，让人越发焦急，夜幕把树林沟村笼罩了个黑咕隆咚。

齐建业没有忘记在党旗下的誓言。他自己正年富力强，当下把穷哥们儿组织起来恐怕是最紧迫最符合树林沟村发展生产的大事了。现在大伙对组织起来建立生产合作社坚定执着，他这个社长当选人当然要扑下身子带领大伙改变现状，现在走到打破约束发展生产力的时候了。大伙还是那句话："我们听你的，你说怎么干就怎么干。你是领头羊，你往哪儿走，我们一步不落地跟你往哪儿走。"心里揣着大家的热切希望和殷殷嘱托，齐建业铆足了劲，连走路都带着风。

山里黑夜总是来得早，拉货媳妇孙淑兰半后晌就踮着脚尖一直朝南山沟瞭望，因拉货等人带着十户人家凑来的小米去城里粜米去了。如果顺利早该回转树林沟了。锅里玉米粥热了又热，真是急死人。

口哨吹得满沟回响，是拉货！这死鬼，一天不见心不安，何况这是粜米换钱去了。要有个闪失，这还没开场的戏就该闭幕了。

"你看天黑成什么样了，才回来！"

"我又被狼吃不了，你着急甚哩！"

"我就是着急哩，你不知道我生怕你有点闪失！"

"你瞎说。闪失，有啥闪失？好话没一句，尽是些瞎话。"

"我和崔良、马建荣粜了米，顺便一起到牲灵市上瞅了瞅，咱买一头既能拉犁又能下崽的母牛，最少也得花二十块大洋。这还得让大家再想办法。开弓没有回头箭，这事还得跟大伙再叨啦，再商量。"

买了牛，耕地所需的犁铧一样不能少。一张木犁，除了犁铧还要犁弯、跑杆、牛脊子、耕绳。齐建业心里有数，一大早就吆喝着弟兄们进山了。五十里外贺家坬，山高林密，装备一张木犁的"跑杆"随时可找，装备十张木犁的"牛脊子"可不是一件容易事。这种套在牛颈项上弯曲自然、舒展有度、木质坚硬、结了拉绳用来拉犁的木头——牛脊子可不好找。茂密的灌木林考验着每一个钻山的合作社员，大伙的棉衣都被灌木撕出一绺一绺棉絮，脸上被划出一道道血印子。没有钻山经验的合作社员们，没有被荆棘灌木丛吓倒，瞅准目标，尽管脸被划了，衣服被撕了，经过一天劳累，终于砍下了十张木犁所需的"跑杆"和"牛脊子"。

办社本着能省就省、能自己想办法就自己想办法的原则。这钻山砍跑杆、砍牛脊子就是其中一个小插曲。为了多打粮，为了合作社，大伙在齐建业带领下，没有一声怨言。互相看着对方被划破的脸，被撕破的棉衣，都会心地笑了。山鸡为他们的杰作送上几声高亢啼鸣。星夜下山，星夜回家，大伙背着大山里的收获，从贺家圪回转树林沟，困了就倚靠在山路边的土台上休息一会儿。面对来自山里的收获，心里高兴啊，有齐建业带领，虽然累，奔着合作社，再苦再累，心甘情愿。

人逢喜事精神爽。齐建业提议要举行个正式仪式来庆祝合作社成立，大伙喜上眉梢，十来户人家共同约定在齐建业家院子里垒上灶台，三十来口人吃上一顿饭。黄土高坡上的庄户人家，最热闹的事也就是一顿油糕粉汤。齐建业想法比大伙多了一些，除了吃饭还要有鼓手来助兴，还要有入社宣誓，还要有标语鞭炮渲染，因为这在山北省也是第一家。

一九四四年五月二十日，春风拂面，阳光和煦，鸟雀翻飞，山村树林沟合作社宣告正式成立了。齐建业带领大伙面向太阳庄严宣誓：

> 天地为鉴，我心真诚，我自愿加入合作社。在社里服从领导，竭尽个人所能，吃苦耐劳，爱护社里一草一木，对集体不存二心，一个心眼为集体。在社长带领下，多打粮，打好粮。搞好团结互帮忙，一起努力，粮食打得一年比一年多！日子过得一年比一年强！
>
> 宣誓人：齐建业、齐拉货、柴二小、崔良、马建荣、孙淑兰、齐老海、朱老孟、方儒生、朱老伯

回想办社的风风雨雨，大伙都是眼里含着热泪在宣誓。

办社集中大伙才智，这里有扶犁的好把式、有撒种的能人，还有引吭高歌的“民歌手”，大家在一起干活各显才华，其乐融融，比单打独斗的单干好过不知多少。集体力量大，组织起来发展生产，力量更大。

通过一年实践，集体粮食打得多了，群策群力干劲大了，大伙办社积极性更高了。树林沟村那些还没有入社的穷人们都蠢蠢欲动要求加入合作社。

齐建业信心十足，并没有被眼前这些事情所困扰。根据市场分析，搞驮运来钱更快些。集大家所能，买头牛还要七凑八凑，太慢了。举债，买牲灵，一年还债，两年盈利，三年翻身。思路决定出路，拉货当然同意齐建业的想法。“朝谁贷？朝谁借？我们这些被富人们誉为‘圪渣户’的穷人，还会有人给借贷吗？”

“活人不能叫尿憋死。”英俊的齐建业性格倔强，认准的路绝不会动摇，看好的事义无反顾。光明的事业，也是困难的事业。发展生产，仅仅依靠穷哥们儿的经济实力，只能从一点点积蓄开始。万事开头难啊！“既然大家把我们推到这个位置上，我们不能当花瓶，做摆设。要拿出百倍智慧和勇气来为大伙干事创业。”经过一番对话，拉货同意了齐建业的主张。

在黄土高坡上发展运输业赚点运费，说白了就是组织骡子帮搞驮运。把山里货驮到山外，把山外稀罕货驮进山里，里外倒腾，来回驮运，路不空过，来回有货驮，来回赚钱。这号子买卖需要会赶牲灵，更需会绑捆驮架的人，一般手脚不利索头脑反应迟缓的人干不了这活儿。眼下就有一笔驮运生意，要把县里宰杀的生猪驮运到省城，然后再把省城里的犁铧驮回县里。因为马上就要春耕了，犁铧是黄土地上人们土里刨食的主要农具。一张犁，耕一年地至少也要损坏几只犁铧，这犁铧就是当下最紧缺最热销的农具。离山县城几家农具私营业主早就为犁铧短缺愁得寝食不安了，这不打听到树林沟合作社因市场行情更名为土地运输合作社。这名气不小的土地运输合作社刚露头，生意就找上门来了。驮运猪肉还凑合，驮运犁铧从来没见过，也没听过。齐建业为如何驮运犁铧反复做了实验，应该是胸有成竹了。

凌厉的寒风把飘舞的雪花直往人们衣领里灌，闹得赶牲灵人不得不缩着脖子来应对这没有怜悯之心的雪花。长途跋涉的赶牲灵人，有的是抗风雪的经验。一块三尺见方的土织布对角一折就是一条上好围巾，既遮寒又挡雪。哼上一两声小曲儿，走村过庄，一路辛苦，一路奔波，一路黄尘。

赶牲灵不仅要照顾好牲灵，还要格外小心驮架上的货物，吆喝一路人马爬坡过坎。走到平稳处对个火，吸溜上一袋旱烟，拽着驴尾巴一路颠簸。白天路上奔波，晚上歇脚住店，切草上料饮水伺候牲灵，一直忙碌。轮到自己就没有多少时间了，能往床铺上骨碌那一会儿已是半夜时分。一宿也没个安稳觉，心里不踏实啊，要盯梢好，照看好所卸货物。住店歇脚，店主虽然有照看货物的职责，但自己也不能掉以轻心。一路上能少出点乱子，驮走的货，驮到目的地，驮进的货，驮回来，已是万幸了。兵荒马乱的年月，弄不好血本无归那也是常有之事，危难时能保住性命也全靠老天长眼、祖上积德。庄户人不管走到哪儿，都是吃亏的主。在那风雨如磐的年月，穷人们想打闹几个银子那可是既流汗又流血的买卖。

日本人烧杀抢掠，在“三光”政策下，黄土高坡一片狼藉，哀鸿遍地，尸骨成堆。在这夹缝里，还要挺起腰杆，还要发展生产，只有齐建业和穷哥们儿有这骨气。因为黎明在即，曙光已露，陕北不断传来党中央毛主席的声音，土地要革命，穷人要翻身，穷人翻身做主人的时代已经看见了曙光。

睡不踏实的齐建业一骨碌爬起来揉了揉眼睛，再次走到灰骡子跟前，抚摸它的脑袋，梳理它的鬃毛，一种感激之情油然而生。多亏了灰骡子，好样的，脚力不错。歇了脚，住了店，牲灵们也该犒劳犒劳了。灰骡子好脚力，驮起货来，跑得快，听使唤。在给牲灵们上料时，齐建业给灰骡子多上了点料，引起拉货一肚子不满意，脸色分外难看。

“整日说咱是一伙的，一伙的！伺候牲灵就不是一伙的了？！灰骡子凭啥要多吃那半碗黄豆？”

“凭它驮得多，跑得快！”

“那其他牲灵就不驮了？就不吃了？就不是一伙了？上料灰骡子就

是另一伙了？”

拉货叼着旱烟袋头也不回，头上青筋突起，头晕得厉害，背起双手，搁下一串十分不高兴的话径直朝店里走去……

这会儿，齐建业脑海里还一直盘旋着大伙自上路以来的一幕又一幕，回想起傍晚进店歇脚伺候牲灵那会儿，拉货为多给灰骡子吃料而发火，齐建业有点不悦，有多少愁滋味涌上心头，因为灰骡子是他的最爱。从上路以来，齐建业不只一次地要给灰骡子多吃点料。因为给牲灵吃的黄豆是大家集中放在一起的，给牲灵上料都是由齐建业一个人，这中间拉货一直盯着齐建业上料的全过程，如同监督员一般。

牲灵们吃饱喝足了，赶牲灵人也总该往肚里填点东西了。肠肚响如鼓啊！人是铁，饭是钢，一顿不吃饿得慌。赶牲灵，重点是牲灵，只有把牲灵们伺候好了，赶牲灵人才会放心地去盘缠几个铜板。一碗汤面，吃上婆姨们早就做好的馍，再和饭店老板要上几碗免费的面汤，打着饱嗝就算一顿美餐了。节省每一个铜板，恨不得把一个铜板掰成两个用，黄土高坡上的庄稼汉都是这样。创业难，大伙齐心协力创业更难。

## 2

办合作社如同诞生了一个婴儿，娃儿吃喝拉撒，事事都得牵挂在心上。合作社趁冬闲，抓紧揽上几趟跑绥远的生意，天助我也。跑运输赚钱来得快，有了钱在牲口交易会上再添上几匹像样的牲灵，把合作社规模再扩大些是大伙共同的想法。扩大合作社养殖规模更是齐建业他们建立合作社的初衷。凑够跑内蒙古的钱，到内蒙古引进优良种马是当务之急。

树林沟村土地运输合作社几经滚雪球式不断发展，美名传遍黄土高坡。

千头万绪，养殖业关系全局，拉货妻子孙淑兰自告奋勇搞养殖。孙淑兰心想：谁叫自己是拉货妻子呢。既然男人们定了，她只能全身心投入，全身心支持。眼下，建社时在集市上买下的母猪发情了，把猪圈栅栏都给拱散架了。距离树林沟五里远邻村有家养公猪的，专门为周围老乡们的母猪配种，但也是刚开始。公猪个头小，一般体型稍大的母猪难以配得上。淑兰为合作社养的这口母猪，体型肥大，是社里的宝贝疙瘩。几天来，淑兰都侍候不了啦。一大早，淑兰稍微收拾了一下家里，赶早去邻村给母猪配种。一个人，要是母猪不听话怎么办呢？急中生智，孙淑兰找了一条绳索把母猪的一条后腿给牢牢绑住，还找了一根木棍用来指挥发情的母猪。一出圈门，母猪疯了一样直往前撞，看来牲畜的情欲就是高涨。淑兰一手用木棍敲打着猪头，一手拽着绳子，任凭母猪快速朝邻村方向走去。一路上，鸟儿们扑打着翅膀飞上飞下为发情母猪获得新机遇而高兴。淑兰也顾不上左顾右盼，一顿饭工夫，赶到了邻村。母猪早就嗅到了公猪的气味。“哎！这是什么公猪呀，个头没个头，膘壮不膘壮。能行吗？”淑兰已经控制不住发情母猪了，她心里还在嘀咕着。只见那母猪已隔着猪圈栅栏与那公猪亲热上了，那个迫不及待，两只猪隔着猪圈栅栏互相拱着嘴，涎水早把栅栏都淋湿了。

“看把你俩着急的。”盯着互相拱嘴的两只猪，淑兰来了这么一句。

公猪主人着急打开了栅栏，公猪扑出来了，母猪倒是挺配合，公猪蹦跶了几下，还是办不了事，因为公猪够不着母猪。怎么办？公猪还在拱母猪，不甘失败。母猪则不再理会它，看样子母猪在同情公猪单薄。公猪主人圪蹴在一旁吸溜着一袋旱烟，为自己不争气的公猪无可奈何。“来吧。”淑兰把发情母猪弄到一个土坡坡上，让母猪在下坡，让公猪在上坡居高临下向母猪发起冲锋。但还是不行，再来。眼看着公猪又要从母猪背上滑下，淑兰说时迟那时快，俯下身子双手托着公猪屁股，一下，两下，三下……

蹲在一旁抽烟的公猪主人霍地站起来，哈哈大笑，将旱烟袋舞过头顶：“哎呀呀——你真行！”看着羞赧的淑兰，又来一句：“树林沟还有你这号婆姨！”淑兰没有理会那男人，要办的事办了，掏出一块钱，付了配种费。

“这钱用不了这么多！”

“你不是配一次，就一块钱吗？”

“今天你特殊，只收你五毛钱就足够了。如果没有你的配合，这五毛钱我也挣不了！”孙淑兰没有想那么多，五毛就五毛，省下的也是挣下的。她接过五毛钱，把钱揣进口袋里，头也不回，把母猪腿上的绳子紧了紧，循着来路往回走。

早春的离山县，寒意袭人，淑兰今天像刚入洞房的窈窕淑女干了件她最如意之事，虽然寒风不如人意径往脖子里灌，而淑兰却浑身热气往外冒，索性解开上衣扣子，黑色棉上衣在微风中摇曳着两扇对襟，好热啊！

母猪也像干了一件如意事，虽然没早上跑得那样快了，但跟在孙淑兰后头，紧追着孙淑兰向树林沟方向走。

内蒙古大草原上驰骋着几千年来人类文明所驯养的优良马匹，全国闻名。合作社要有所发展，有所壮大，畜牧这块欠缺厉害。通过两年多实践，合作社先后建起了油坊、粉坊、豆腐坊，家业在逐步扩大。全村人陆续加入了合作社，农林牧副全面发展，齐建业脑海里树林沟合作社发展蓝图已几易其稿。春光无限，前景广阔的树林沟村土地运输合作社一定会在大家齐心努力下共克时艰，拥抱未来。

万事开头难，新的一年开始了。为了远出内蒙古买马，淑兰着急为出远门的拉货准备路上干粮。山里人，没有什么干粮可准备，除了窝窝还是窝窝。淑兰是认真的，窝窝片片切得薄薄的，烤得干干的。为了表达对外出买马人的支持，乡亲们索性送来钱财，虽然不多，有几毛的，最多也就是一块钱，以表达一点心意。对于乡亲们的热心肠，齐建业心领了，但对于所送东西，他一律退回去。一样不收，一毛不要。因为他知道，团结大伙走集体化道路刚刚开始，以后会逐步壮大，有关收支都要明明白白清清楚楚，各个方面将要承受各种考验，尤其是和拉货这样公道正派之人在一起共事，小心开得万年船。

上次搞运输，因为灰骡子多吃了一点黄豆，拉货就一肚子不高兴。

经过多次合作，拉货的仔细认真在树林沟村还真找不出第二个人来。

拉货从小和齐建业山里山外摸爬滚打唇齿相依，做事干活诚实可靠，虽然平时有点磕磕碰碰，但你委托了的事情，拉货一定会干得稳妥利索。久经考验，用人不疑，疑人不用，这样的好帮手打着灯笼也找不到。在村是伙伴，出门是弟兄。偶遇困难，有弟兄帮助，没有过不去的坎。

喜鹊一大早就在门前大槐树上叽叽喳喳叫个不停。缕缕炊烟汇聚成一片薄薄烟云，笼罩在树林沟上空。建业、拉货他们带着全村人的希望和重托向内蒙古出发了。淑兰等一大帮女人们踮着脚尖、手搭凉棚目送着北上内蒙古买马的亲人……

建业和拉货每人肩上搭着两条褡裢，鼓鼓囊囊，走起路来很不得劲。褡裢里除了干粮还是干粮，虽然有点分量，但他俩知道这是一路上的盘缠，要想不辜负大伙的重托与希望，建业深知肩膀上的担子比这点干粮不知重了多少。拉货也在想同样的问题，看一眼身后的树林沟，两人会意地笑了。

只听说内蒙古大草原上有好马，可究竟是怎么一回事，对于建业和拉货来说还是个大问号，两人心里都没谱。

## 3

建业和拉货踏上远去内蒙古买马路后，树林沟就发生了一起令人难以置信难以理解的盗窃案。

繁星还在夜空中眨巴着眼睛，远处偶尔传来一两声狗叫。忙碌了一天的树林沟，渐渐进入了梦乡……

在合作社粮食库房前晃动着两个黑影，这两个人黑天半夜，想干什么？挪动着的黑影小心翼翼地慢慢靠近库房门，只见两个黑影从怀里掏出两只口袋往头上一罩，随后就摸索着去开锁，锁居然被打开了，两个幽灵窜进了库房。这两个幽灵可是树林沟村出了名好吃懒做的狗赖子和二憨子两个赖小子，他们这次主要是趁齐建业出门买马的机会偷点小麦和莜麦解解馋。由于平时过日子不注意省俭，寅吃卯粮，眼看清明节到了，弄点麦子，吃点香辣的就成了这两位懒鬼的馊主意。往哪儿闹点细粮去呢？当然是集体粮库。主意打定，两人就趁机出手，盗窃居然成功，没有遇到一点麻烦。除了一两声驴子的嘶鸣和守夜狗的即兴汪汪外，没有过多恐慌，没有太大惊吓，顺势而为，两袋树林沟春耕急需的种子就这样被两个好吃懒做的家伙给偷走了。

建业和拉货翻山越岭，为了社里的事业，为了树林沟老百姓过上好日子，再苦再累他俩也认了。住店住两毛钱的大通铺，吃饭就是淑兰和黑妮嫂子为他们准备的干窝窝片，一路省吃俭用到了内蒙古才知道好马在前旗。蓝蓝的天空，广袤无垠的大地，让人有一种跨马驰骋的感觉。大草原上养马的地方太多了，好马在大草原上随处可见。关键是要掂量自己的钱袋子，好马要好价钱。根据现实，与其拿大价钱买好马，不如买上价格相对便宜的马去繁殖更多牲畜。主意打定，他们朝着前旗行进，走走问问，走走看看。建业识马，拉货在牲畜堆里打磨过，对牲口特性的了解在树林沟还是行家里手，对牲口的体魄、口齿、毛发都有比较深的研究。牲口的整个体魄及外在形态是讨价还价之重点，形态好、毛发闪亮，自然价格就低不了。所谓，“上买一张皮，下看四只蹄”。牲口的年龄则看牲口牙齿，牲口七岁时牙齿还不脱落，八岁就开始掉牙了，这就是对牲口年龄的评判指南。

牲口是否好饲养，看两条前腿之间的胸腔是否宽敞就知道了，胸腔宽敞的牲口好饲养。任何一个买主只要看上或相好一匹自己喜欢的马，在讨价还价的同时一定要先遛遛马。从马儿走势到听不听使唤，遛马人先拽紧缰绳再轻轻拍拍马背，刹那间敏捷得像猴一样，一出溜跃上马背顺势两腿使劲一夹，马便昂头跑起来。马儿奔跑得快与慢取决于骑马人两腿夹得紧不紧，牵马绳索抽得紧不紧。这段时间，买马人除了遛马还有更艰难的抉择，在短时间内周密盘算，精确托底，估摸出自己合算马主人又乐意的价格，这就是精明与老练。穷人的孩子早当家。经过二十多年风风雨雨洗礼，建业和拉货都练就了这本事。现在遛马人是拉货，他与建业这次出来，无论有什么大事小事，他都冲在前面。建业则与拉货心心相印，事情办合适时，两人总会无言地会意一笑。这就是合作，这就是互相间的默契和鼓励。

为了发展畜牧业，为了合作社有更大发展潜力，这次他俩既要买种马，又要买母马。只有把种马买好了，再配上能怀胎能产驹子的母马，畜牧业才能更快更好地发展。

“春分麦入土”，这是黄土高坡上的农谚。人们不违农时抢墒播种，在春分前后一定要把麦子种上。

树林沟村在拉货之后由马建荣负责生产这块。在向粮食保管崔良出库麦种时，崔良傻眼了，昨天准备好的麦种不翼而飞了。他呆若木鸡，一出溜滑倒在地上，脑海里一片空白。还是马建荣提醒六神无主的崔良：“不管三七二十一，先出库麦种吧，出牛要紧，种麦要紧，原定的种麦亩数，因种子被盗肯定完不成了。”麦种被偷这事，崔良和马建荣约定不准张扬。出了库后，醒悟了半天的崔良找上了淑兰，他把麦种被盗一事通报了淑兰。淑兰头脑清醒，社里的一切她如数家珍。

“淑兰啊，麦种被盗这事弄得我一头雾水、六神无主。你平时了解村里情况，你估计谁会干这种缺德事？”

“首先你自己手脚干净吧？”

“啊，姑奶奶，都啥时候了，你还开这号子玩笑？”

其实从崔良一进门诉说麦种被盗这事起，淑兰大脑就一直在高速运转。心想，建业、拉货他们前脚刚走，后脚树林沟就发生这种挑衅行为，尤其是在抢墒播种的关键时候，这不是闹合作社笑话吗？淑兰心里翻腾着这几天树林沟村的一幕又一幕。

齐建业、拉货几经奔走，最终在前旗选中了自己中意的、价格公道的公母两匹马。即日动身牵着它们一个多月的辛劳——两匹枣红马走上了返家路。茫茫大草原分外开阔，蓝蓝的天空下马儿成群结队，如有好嗓子真想回肠荡气地吼上两嗓子。天气瞬息万变，刚才还是晴朗朗的天，一眨眼就飞沙走石，让人眼都睁不开。但建业、拉货心情豁朗，悬在心头的一块石头总算落地了，一人一马如获至宝。从此，树林沟人与马打交道的日子就要开始了。深一脚浅一脚，翻山越岭不消几天工夫便走到黄河边。不管人困马乏，他俩一路走一阵骑一阵，骑一阵走一阵。光脊梁的马骑上也不是那么舒服，时间长了两条腿撇得难受，比走路还难受，又酸又困又胀，浑身上下不知哪里不舒服。还不如牵着马儿，慢慢地赶路好。

孙淑兰这两天放下手头活，抽空东家进西家出，唠嗑过清明节大家能吃上哪些好茶饭。黄土高坡上人们过时节尽管有“冬三天，年四天，清明要过十二天”的习俗，但实际过起来，清明寒食节大伙一般都是吃上一顿发糕、一顿白面馍馍、一顿油炸糕、一顿白面面条就不错了。大多数人家为了省点小麦面，在蒸馒头时往往还要往里掺些玉米面。农村人过日子，那可要精打细算。

在唠嗑扯闲话中，狗赖子婆姨说，她们家今年过清明节可热闹了，要吃上一顿稀罕饭——“莜面栲栳栳”。莜面栲栳栳是本地稀罕饭，一般山里人种得多，吃得也多。在树林沟能种莜麦的背阴地很少，由于去年种莜麦时没有保墒雨，致使下种的莜麦出苗不好，秋后刚刚把种子收回来，所以就没有给社员们分莜麦。但狗赖子家过清明居然还能吃上莜面栲栳栳，这就有点“稀罕”了。

淑兰：“狗赖家的，你家在哪儿鼓捣的莜麦？”淑兰压低声音，紧紧挨着柳凤兰耳朵亲昵地问道。

“谁知那二百五在哪儿闹腾的，不管在哪儿闹腾的，能吃上就不赖咧。”

“吃，吃。烦死啦！”

“怎烦？”

“你说舞闹上半天，又是淘，又是炒，又是磨，轮到你，你又能吃多少？还不全叫那死鬼吃了，吃得净打饱嗝儿！”

狗赖子在东山那边没有亲戚，想吃莜麦面也颠换不来啊！最近狗赖子也没赶过集，逛过市，这莜麦从哪里来，疑点越来越大。在随后唠嗑中，淑兰还知道二憨子过清明也要吃莜面栲栳栳，几经琢磨推敲，库房种子不翼而飞与狗赖子、二憨子两人有必然联系！淑兰陷入沉思……

建业与拉货翻过不知多少座山，蹚过无数条河，吃过多少苦，喝过多少溪流里的水，睡过多少大通铺，终于牵着两匹枣红马打道回府了。二人那种如获至宝的心情不知如何形容。向树林沟合作社群众交上满意答卷的时候即将到来。树林沟的山像位严慈的父亲展开他那宽广的胸怀，拥抱他那为家里招财进宝有骨气的孩子。村前的小河分外高兴，哼着小曲哗哗流向远方。圪塄上，墙头上都有人在张望。这轰动全社的大事，牵动着树林沟全村男男女女老老少少。树林沟一下子沸腾了，全村男女老少齐聚合作社牲口圈旁，有点胆量的，摸摸马的脊背，拍拍马头，人人喜上眉梢。两匹马昂昂头，甩甩尾巴，对社员们的喜爱做出回应，表示对新家的认同，对新主人的认可。种马被单独饲养，树林沟畜牧业能不能有个大发展，希望全在这匹种马身上。因为在买这匹种马时，建业与拉货是忍痛花了大价钱才买下这匹种马的，本来可以买三匹马的钱，结果就买了两匹。齐建业确确实实犹豫过，反思过，你要发展畜牧业，光有母马是不行的，必须有优良的种马做后盾。

看着大伙喜欢两匹马，建业一个多月的疲劳也一下子被抛到了九霄云外。任何付出如果能得到预期回报，那就是对劳动成果的最好诠释。建业郑重地把马交给了饲养员，随即叮嘱道："好好伺候，这可是咱全社的希望！"

淑兰踮着脚尖不知朝社里张望了多少回，因为她知道今天肯定有什么喜事。还是老祖宗留下的那说道：一早上，喜鹊在自家门前的大槐树上叽叽喳喳叫个不停。昨晚她又梦见自己的手指头被菜刀割得血流不止，"见红有喜"。早上一起炕，把家里家外收拾了个利索。烧火柴码得整整齐齐，院子里水洒了又洒，扫了又扫，仿佛要迎接什么尊贵客人似的。估计拉货和齐建业今天一定会回来，孙淑兰今天分外小心。生怕给爱挑事的拉货留下什么把柄，拉货的唠叨那可是树林沟村名角。

“淑兰，我回来了！”

“拉货，你可把我急死了，回来就好！”

“你也不去看看我们买的枣红马？”

“哦，给你准备饭了，你出门这么长时间，人家惦记着你呢。”淑兰忸怩着说。拉货是个直性子，多少年的夫妻，他不喜欢淑兰这样，顺便给了淑兰一句：“我一个大活人，何况有建业相伴，我能有什么，还能被草原狼给吃了？你照顾好你自己，比什么都重要，你可是咱家的宝啊！”

拉货知道淑兰有孕在身，尽管自己直性子，该照顾淑兰时，还得照顾。在家里现在无论说话还是干活比以前温和勤快多了。

“吃就吃，这是你老婆和人家淑兰随口叨啦的。吃不吃你知道，天知道！”在一起干活的马建荣给狗赖子顶回了一句。这下，狗赖子脸上挂不住了，向来强势的他叫一个小他几岁的毛头小子给呛得脸一阵红一阵白。

地里干活，人们乐于叨叨东家吃啥，西家吃啥。尤其是比较重大的节日，清明节、端午节、七夕节、中秋节、重阳节、冬至节、腊八节……在农村有永远过不完的节日。除了传统的节日外，每月的初一、十五都得过，都得吃上一顿顺口的。在土疙瘩地里刨食的庄稼人，向来注重节日，说白了就是找机会改善一下生活，平日里哪家不是稀饭窝窝地过日子。人们只有过时过节，俗称“时节”才能吃上一顿有调料、色香味俱全的饭食。每家的女主人在时节里总要忙上个三五天才能消停。每家在时节里吃啥，怎么吃，便成了节前节后大家热烈议论的主要话题。如果哪家吃得超出了大家预料范围，在一起干活总要寻根究底问个清清楚楚，明明白白。

这个话题要是到了女人们那里，议论的浪潮更会热浪翻滚，从心理上首先要过好时节。这不，淑兰趁着即将到来的清明节走家串户唠嗑：“你家准备怎么过？吃什么？怎么吃？”女人们平时就爱显摆，只要有机会，互相间的攀比更是热闹非凡。就连吃饺子大蒜泥里滴点胡麻油也是柳凤兰发明的“专利”。这次过清明能吃上莜面栲栳栳了，自然要抖搂出来，如同战场上拿出一两件新式武器一样，要以绝对优势压倒对方。莜面栲栳栳是稀罕饭，树林沟村的一般人家是吃不上的。要吃莜面栲栳栳，首先要有莜麦，其次才是淘洗、烘炒、磨面……麻烦着哩。听柳凤兰振振有词的宣泄，孙淑兰对合作社被盗的莜麦和小麦种子的去向，有了初步的判断。单凭自己势单力薄根本不是歹毒无赖、几乎是畜生的狗赖子的对手，在村里除了建业、拉货外还没有他的对手。怎么办？等，只有在煎熬中等。等齐建业，等拉货，等他们回来再收拾这个赖皮。

狗赖子火急流星跑回家里，一出溜扔下粪簸箕，一把抓住妻子柳凤兰的头发，把柳凤兰径直摔到土炕上，那个拳头像雨点一样落到柳凤兰身上。

“啊呀——呀——啊呀——呀——我什么时候得罪了你这马王爷爷来，你收命来了，啊呀——呀——我的妈啊！你今天就把老娘娘吃了吧。你这个驴日的畜生，我和你没完……”

狗赖子把满肚子的怨气阶段性地发泄完了，也有点累了，把打人的看家本领也基本上抖落完了，该休息休息了，一出溜圪蹴在炕沿下把头埋进怀里喘气。对于没有一点还手之力的老婆，尽管自己好像出了点怨气，实则自己已经后悔了。接下来老婆柳凤兰如何“回敬”自己还摸不着头脑。这正是，耗子钻进风箱里——两头受气的时候到了。想到这里，狗赖子一巴掌狠狠甩向了自己的脑壳子。

妻子柳凤兰被这突如其来莫名其妙的毒打弄得欲哭无泪，浑身疼痛难忍。想喊，喉咙里仿佛有熊熊大火在燃烧，低声在呼喊：“水，水，水……”

山沟里夜来得早，繁星还在山梁上空眨巴着眼，为树林沟不平常的一天在唏嘘。微微晚风吹着低音哨子早已把人们送入梦乡。躺在被窝里的孙淑兰辗转反侧久久不能入睡，她想把库房麦种失盗及她的判断与想法好好向拉货唠叨唠叨。可拉货睡得比猪还死，他累了，他太累了。月光透过窗户纸上的缝隙射进屋里，淑兰朦胧中借着月光仔细地端详着拉货，她心里踏实了。

齐建业回到家，老婆黑妮把凉了的饭又给热了一遍，对建业鼎力支持是她生活的核心。

扒拉了几口饭，建业屁股都没往炕沿上坐，又往社里走去。牲口圈前，没有散去的人们依然围着篝火还在谈论掰扯着两匹马及社里发展远景。初春，树林沟夜晚寒气袭人，篝火四周没有回家意向的大伙对树林沟新成员——两匹枣红马依依不舍。宁愿忍受寒气，也不愿回家暖和去。这是树林沟有史以来第一次有马历史的开始。崔良更不愿回家，他想一直守在齐建业拉货千里迢迢历经千辛万苦为树林沟买回的两个“金疙瘩”跟前。他想，我不守，谁守？我不护，谁护？只要一想起库房麦种被盗，他总是神情恍惚。今天早上一起来吸溜了一碗糊糊饭，啃了半块窝窝，到现在还滴水未进肚，他感觉自己有对不起齐建业的地方，有对不起树林沟老百姓的地方。大伙把集体财产交给自己保管，居然丢了。他漫不经心地拿着一根木柴挑拨着即将燃尽的柴火。

“良叔，这么晚了，还不回家？”

“你不是也没回么。”

“我已经吃过了，你还没吃吧？”一句“你还没吃吧？”捅到了崔良痛处。“哇”一声，崔良扑向了齐建业……

“娃，我，对不起你啊……”崔良那个抽搐那个哽咽叫齐建业顿失方寸。崔良是齐建业在树林沟村最信任的人之一，难道这里有什么蹊跷？对于库房失盗之事，他已有耳闻，些许小事不至于让崔良如此伤心吧。崔良的善良老实厚道在周围十里八村是出了名的。在崔良心里，建业、拉货不辞辛苦从内蒙古买回两宝贝疙瘩，这可不是那百十来斤莜麦种子，要是有人做坏，那可要塌天了，树林沟合作社产业再也不能有什么损失了。今天他估计建业他们要回来，就一直守到现在也舍不得离开。虽然两匹马有专职饲养员，但他们也有打盹的时候。在这个节骨眼上，提高百倍警惕以防万一，对集体分外操心的崔良尤其谨小慎微，生怕哪个环节上再出现纰漏，给那些入社本来就不积极的人留下话柄。

“叔，你放心，天塌不下来。即使天塌下来，也有大伙一起顶着。轮不到你一个人操如此大的心。”听到建业的话外音，崔良立马停止了抽噎，仿佛一下子变了一个人似的。他凑到建业耳边嗫嚅着：“你知道麦种被盗的事了吧？”

“我也是刚听说。叔，别害怕，我知道你的心事。树林沟谁不知道你，放心吧，别人不知道你，我还不知道不理解你吗？赶紧回家吧，我婶可等得不耐烦了。”听了建业这一番话，崔良把一身包袱放下了。感觉自己有点饿了，肚子开始叫了。如释重负的崔良，挺着腰杆急速朝自己家走去。这工夫，崔良的老伴还一直趴墙头上焦急地等待几乎一天没见面的崔良呢。

这两天狗赖子老婆柳凤兰痛定思痛：千不该万不该，不该把家里过清明吃莜面栲栳栳这事给捅漏出去。人家社里正值春耕播种关键期，丢了种子，崔良能没有发觉？孙淑兰能不知道？他们可是社里的大红人。怪就怪自己，嘴上没毛，办事不牢。狗赖子那德行，没把自己打得皮开肉绽，也就算自己烧高香了。错是自己错了，如果这人能先向自己开口说软话或道个歉，自己能有个台阶下，这事就算过去了，毕竟这日子还得过。

狗赖子自从对媳妇柳凤兰大打出手后，这两天像跑气皮球软不拉几，干活没力气，吃饭没味道。其实修理凤兰，没修理完他就后悔了。心想，这日子不能就这么耗下去。他几次试探着想向凤兰道个歉，但每每话到嘴边又咽了回去。他在想：妻子柳凤兰，这次是不是不会原谅自己了？想着，想着，又往自己脑门上响亮地抽了一巴掌。

“嗨，晚了！”

“凤兰，你说咱好不容易弄到一点稀罕吃的，咱吃就吃，你还满村去抖落，害得我在村里人面前连头都抬不起来。我打你不对，我后悔了，你就原谅我这一回吧！你已经两天水也没喝一口了。来，你喝上一口吧！”

狗赖子从土炕上把柳凤兰扶起来。柳凤兰头晕目眩酥软得像一堆烂泥根本坐立不起来，连脑袋都耷拉到一边。狗赖子慌了，心想，完了，要出人命了！水是生命之源，不管怎样，想法叫凤兰喝上一点水。狗赖子把所有被褥垒到墙角，叫凤兰靠着被褥，自己则一手端碗，一手拿汤匙往凤兰嘴里喂水。

凤兰浑身疼痛，眼冒金星，干渴难忍，对水的渴望是那么急需、那么紧迫啊！

水总算喝了一点，狗赖子是否在挽回败局的路上迈出了关键一步？

柳凤兰被狗赖子这一通劈头盖脸的“修理”给打蒙了，她蜷缩在炕角，把脑袋缩得再也不能缩了，恨不得土炕上开了一条缝让她钻进去。

在农村，家长里短没有什么讲究。只要一家人合心合意地把日子过好过踏实比什么都好。

仓库丢失种子一事，建业考虑再三，吩咐孙淑兰不要再吵嚷了。出于安全考虑，村里组织了以青年为主的安全防护队，每天进行夜巡活动，重点是社里库房、牲畜及饲养室。这样既可以防患集体财产再受损失，又能发现突发事件，防患于未然，避免一些搅乱大局的事再发生。让那些想抹黑集体、分散民心的事没有滋生之地，让流言蜚语在树林沟没有市场。

## 4

狗赖子和二憨子并没有丝毫悔改之意，瞅空还想再“袭击”库房。几次行动都叫夜巡队给逮了个正着，即使有他们老婆出来帮助放哨也无济于事。于是他俩打消了盗窃库房的馊主意，接下来，除了整天消极怠工，就是找机会往人家家里窜，这也是社里夜巡队最近所发现的苗头。

村里哪家没个男人不在家的时候，要是哪家今夜男人不在家，哪家就是狗赖子和二憨子的袭击目标。他们俩是一对地地道道的瘟神、一对正儿八经的赖皮。

窜到人家家里干啥呢，不说也明白，去欺负人家女人呗。山里人憨厚，遇上这种事，谁也不愿张扬，只能忍气吞声屈从这两个赖小子，任其糟蹋。

这事引起了齐建业高度警惕，并告诉大家：这事远比库房丢失百十来斤麦种之事要大上几十倍，小看不得。组建合作社是大伙心愿，合作社就是大伙的大家，家里必须风清气正，不能夹杂任何污秽的东西，以致败坏家风。

社里的事情，淑兰耿耿于心，容不得半粒沙子在里面，像保护自己眼睛一样保护社里的一切。

以其人之道还治其人之身！有了！淑兰一刹那从心底迸出一个自己认为绝好的妙招。

夜色朦胧，月光下，两个黑影在移动。这两个黑影紧贴着墙根一直向狗赖子家窜去，他们知道狗赖子当天往五十里外舅舅家送老母亲回娘家去了。狗赖子媳妇柳凤兰可是树林沟出名的俏媳妇，你不看狗赖子人品不怎样，可人家妻命好，娶了个十里八村都有名气的俏媳妇。柳凤兰嫁给狗赖子，真是一朵鲜花插在了牛粪上。按照淑兰的计划，今夜就要行动了。这山村野舍，男女之间那点事谁都心知肚明，何况柳凤兰早就有那些不三不四的传言。这可是瞎猫碰上死耗子了，天赐良机啊！

“凤兰，凤兰，凤兰，开——门——”

“哪个神不收的，老娘今晚顾不上。”

“给你送好东西来了。”

“啥东西？”

砰——砰——砰——砰——敲门声接连不断。

“是你最爱的那一口。”

柳凤兰开了门。她知道这半夜三更，总不是什么好人，肯定是趁机来捡便宜的人。自从狗赖子对她施以暴力以来，她还没嗅过男人气味呢。刚才虽然嘴上是那么不乐意，其实，她早就巴不得有人敲门了……

柳凤兰还没到树林沟以前，树林沟就传播着有关柳凤兰的诸多风流韵事。一般老实厚道人家、耕读传家人家是不娶这种女人做媳妇的。

狗赖子眼看三十都出头了，不管三七二十一，娶上一个老婆能生娃娃，能过日子就行。总比一天东家进西家出“打游击”好。用狗赖子自己话说：“泔水瓮里淬火柱，能出火就行了。”阴差阳错娶下的柳凤兰却是花枝招展，惹人分外眼馋！

没有不透风的墙，柳凤兰找空偷情之事，不知什么时候就传进了狗赖子的耳朵。耳不听，心不烦。最近，狗赖子交上狗屎运了。自己静下来细想，小偷小摸闹点细粮吧，村里有夜巡队。找空和人家男人不在家的女人换换口味刺激一下吧，人家如法炮制，闹到他头上来了。真是没有白吃的午餐。天上不会掉馅饼啊。还是听人家社长走正道吧，甭整天动什么瞎脑子了。

一不做，二不休。柳凤兰整天打扮得妖里妖气，就是三毛钱的雪花膏，她总是比别人要买得多，往脸上抹得也多。这不，要去三十里铺赶集去了，柳凤兰一早就梳洗好，叫上事先约好要去赶集的婆姨们，踏着晨霜，迎着阵阵凉风朝三十里铺出发了。

“你知道，我家赖子不在这两天，我孤单吗？门都快被那些夜猫子们给踢破了。”

“你真是的，叫赖子哥知道了，看他怎么修理你？”

“柳茵妹，我是看在咱一家人分上才和你说这种悄悄话。”

“既然你承认咱是一家人，你就别干那些丢人现眼的事。”

“啥，丢人现眼？人活在这世上，吃好，穿好，玩好，才不枉来人间一场。否则就是白忙活一辈子。”

“不知姐姐是怎么想，人活在世上最起码要活得有尊严，有脸面吧。要不和社里刚买回的那些大红马们有什么区别？”

“柳茵妹，你不知那号子事，是人生最大的乐趣吗？你女人家，要是身边经常没有几个男人来胡搅，没有几个真心实意和你好的朋友，出出进进孤孤单单，真没个活法。人活在世，也就那么一阵工夫，说不定你前晌还会动弹，后晌两脚一蹬就驾鹤西去了。不管你怎么想，反正我就是这么想。”柳凤兰的话，像早上的寒风，听了让人心凉。

## 5

集市上，柳凤兰、柳茵，还有树林沟一大帮子女人们挑拣着买上自己端午节所需要的各色彩线，吃了自个儿所带干粮准备回村了。然而众姐妹们再三吆喝也无济于事，根本不见柳凤兰和柳茵的踪影。柳凤兰和柳茵二人都姓柳，但不是同胞姐妹。村民柳凤兰善于拉呱，妹妹长妹妹短地招呼柳茵，柳茵觉得自己初来乍到，在树林沟村没个熟人，一来二去就认下了柳凤兰这个“干姐姐”。马建荣老婆柳茵心里有根弦，虽然出入有个伴，但是你柳凤兰想在我身上动其他脑筋，甚至还要捡什么便宜，门也没有。

可今天，柳茵竟不知不觉被她这个干姐姐给套住了。集市上人来人往，说是集市，就一条街，人来人往把个街面挤得水泄不通。人们来去匆匆，趁机会倒扽一下自家急需。该卖的卖了，该买的买了，也舍不得去光顾一下让人垂涎的饭店，一般是啃上几口自带干粮，喝上几口免费要来的水就回家了。在油粿子摊上买几条油粿子那就是很体面的事了。集市很留恋熙熙攘攘的人们，人们也依依惜别热闹拥挤的街市。

午后，集散了，街上刮起了一股旋风，把街上各种漂浮物卷起来狠狠甩向远方。街市逐渐恢复了往日冷清。

原来，狗赖子媳妇柳凤兰不仅在树林沟有风流韵事，就是这镇上也有她的相好。

柳凤兰在树林沟，在三十里铺的风流韵事在全村被传得沸沸扬扬。在外面，狗赖子还可以装聋作哑，但一回到家里，父母那个唠叨，那个指责，那个不依不饶，叫狗赖子无法应对。老父亲甚至拿了铁锹要劈他。再坚强，再有忍辱负重的心态也经不起狂风暴雨袭击啊！“哪有一个男人连自己老婆都管不了的说法，还要翻天了？”老父亲的指责时刻在狗赖子脑际萦绕。

狗赖子终于忍不住了，他将柳凤兰反绑起来，锁在自家大院里，心想：我不信你还会飞了。

柳凤兰反倒心里越来越平静，反正一不做二不休，既然都这样了，死猪还怕开水烫？任你绑，任你锁，腿还没绑，脚还能动，我姓柳的也就这能耐了。趁着大伙收工时刻，柳凤兰挪到院墙边倚靠在墙头上，口无遮拦地唱起了山歌小调：

大红果子剥了皮，
谁说咱俩没关系。
肚子大了都怨你，
这事闹得太大意。
人家都说我和你，
管他说东或说西。
还说为了一碗米，
搂搂抱抱我欢喜。

“你说说，这都成何体统了！啧，啧！”路过的人们听到柳凤兰光天化日之下，这么放肆、这么毫无顾忌地挑战人们心理底线，都匆匆走过，总认为，这媳妇没有法子管束了。

“一纸休书，休了算了。省得整天闹心，烦人！”一向倔强的狗赖子心底突然有了如此想法。

天渐渐暗了下来，夜幕把树林沟笼罩在一片黑暗之中。几声狗叫，几声牛吼，几声马鸣，把劳累的人们慢慢送入梦乡。

躺在炕上辗转反侧，没有一点睡意的狗赖子一骨碌爬起来，擦了根火柴点亮蓖麻油灯。黄土高坡盛产蓖麻，这里的人们从祖辈上流传至今用蓖麻子榨油，用蓖麻油点灯。把棉花搓成灯芯放在灯盏上，把蓖麻油倒入灯盏里，这灯就点着了。就这样家家种，户户点，一辈又一辈，一直绵延到现在。

## 6

“凤兰——凤兰——”

“凤兰，我实话告诉你，你要再这么折腾，我打发你，那可是一纸‘休书’的事。”

“半夜三更的，狗是护家看院的，还汪汪什么？”

“你看你，这几天我做法有点过了，我看我是拿你没办法了。反正夫妻一场，我还不想走这条路。”

“你请的神仙，难发送。我就看你怎么休我，我就要看看你能把我怎么样！”

“你看，咱俩吵也吵了，打也打了，绑也绑了……”

“住嘴！我让你砍了，让你剁了……”

“我再狠毒，再无赖，再畜生，也没走到这地步……我求你了，咱们各走各道，各过各的日子吧，我是过够了……”

“你过够了，我还没过够，咱们接着来。大干，猛干，狠干，在树林沟，闹个满沟风雨……”

柳凤兰之所以这样折腾，其实是在演一种破釜沉舟色厉内荏外强中干孤注一掷的假戏，她生怕眼前这头蠢驴拿捏不好，自己真被休了。她现在要把狗赖子逼到墙角旮旯里，让他处于死角地带，进也不是，退也不成。俗话说，生牛皮还入瓮哩。今天，柳凤兰就是要把狗赖子这张生牛皮入瓮熟一熟。现在终于等到这步田地了，她正处于反败为胜的好时期，她的如意算盘即将打成。在狗赖子憋不住满肚子窝囊终于放话要休时，柳凤兰着实有点心虚了，再倔强的牲口也有被驯服的时候，只是个时间问题。狗赖子这头倔驴现在被柳凤兰折磨得终于服软了。柳凤兰小心翼翼如履薄冰地期盼局势能有所缓和。

树林沟村土地运输合作社在齐建业带领下，各个方面都有大的发展，各方面都按计划稳步向前推进。

秋去冬来，大雪封山时，除了饲养员有点忙外，一般人往家里挑上一两担水，就是扎堆唠嗑扯闲话。

没有文化的苦恼时刻困扰着齐建业。在领导组织土地运输合作社过程中，他深知学习文化的紧迫性。为了解决识字困难，利用冬闲时间，响应边区号召，社里办起了扫除文盲识字夜校。老师就是村里老书生申济远爷爷。从农具到牲畜，从生产生活到日常用语用字，一字一字地教，大伙积极性高，效果明显。学习场所就是社里唯一的办公室。大伙趁着这个空，有打毛线的，有互相在头上捉虱子的，有轮流互相抽旱烟锅子的，无所不有，各种活动都在有序地进行着。

柳凤兰异常积极，早早地来到办公室洒水扫地生火，显得分外与众不同。唯独学字时，柳凤兰躲在墙角旮旯里。

为了把显眼位置让给大伙，建业也坐在最后一排墙角里。在学“偷”字，建业正专心致志地按照先生所教笔顺在石板上写单人旁，莫名其妙不知从哪里伸出一只手来，顺势往他裤裆里伸……

“谁？”

这只手忽然不见了。建业冷眼斜视着柳凤兰……

“你干吗？”

“我在写‘偷’字呢！”

“不要脸的东西！”

建业借故方便躲开了叫人恶心的柳凤兰。走出办公室，在空旷的蓝天下深深呼吸了口空气，顿时感觉清新了许多。刚才那股恶心气慢慢消退了，剧烈跳动的心脏一下子平静了许多。一个长远计划在他脑海里有了清晰的轮廓。

树林沟村土地运输合作社要农林牧副业全面发展，要六畜兴旺。六畜兴旺是黄土高坡上祖祖辈辈庄稼人的梦想。就连过大年，猪栏狗窠上贴对联都充满了对“六畜兴旺”的期盼。每逢春节，家家户户在牲畜棚圈上都要贴“六畜兴旺，五谷丰登”对联，以此表达对来年的期盼和祝福。

## 7

社里经济要发展，产业要壮大，仅凭脚下这片土地是发展不起来的。社里三闯内蒙古，先后买回了三匹种马、多匹母马。这些社里的宝贝疙瘩得有专人饲养。建业心里早就有了饲养种马的合适人选，这人就是树林沟臭名昭著的柳凤兰。

这么嫩弱的女子能驾驭得了那么彪悍的种马吗？当社里决定柳凤兰来饲养这三匹种马时，树林沟全村炸锅了。众人咂舌，这是多么伤风败俗的事啊。柳凤兰饲养种马在树林沟成了街谈巷议的稀奇事。

柳凤兰并没有在冷嘲热讽中犹豫退缩，她一如既往大大咧咧，她决心用实际行动来改写自己的人生，改写树林沟的历史。在残酷的现实面前，她认识到，要么不堪一击，要么挺身而出，否则，这辈子就这么随波逐流浑浑噩噩，窝囊一辈子。

半个月来，柳凤兰强打精神在蔑视中前行。在家里，无论起居饮食，还是里外收拾，一刻也没敢怠慢，把家里摆置得有模有样，就是向来爱挑拣的公公婆婆也没有什么可挑剔的。

阳春三月，正是牲畜们发情的季节，也是牲畜们杂交配种黄金期。人们赶着发情母畜从四面八方向树林沟涌来。

树林沟种马场上，三匹身材硕大威风凛凛的种马以特有方式迎接远道而来的爱侣们。三匹刚褪去冬装，皮毛亮得像裹了缎子一样的种马，在阳光下分外威武。每匹种马都由两条缰绳控制，口里都含着铁制“口嚼子”。如果没有衔在种马嘴里铁制的口嚼子，人们根本指挥不了如此凶猛的种马。尤其在阳春三月，灌了催情药的种马种驴们的那个发情物弹上弹下，伴随着一声声嘶鸣把自个儿肚皮都弹得砰砰直响，让人看了好不自在。种马种驴们专门等那些母畜们的到来。

种畜饲养场上，用粗大木头分别为种马种驴做了厚实围栏，每匹种畜都各用两条麻绳左右牵扯着。种畜们舞动着高昂的头，前蹄不停地挖着地上的泥土，好像在向人们抗议对它的羁绊。每匹种马头上都结上了一绺红缨絮絮，这是柳凤兰的杰作。那鬃毛更是给梳理得各有特色，对于她来说，不仅要把种马喂养好，还要把它们打扮好。

那些来树林沟找柳凤兰给母驴配种的人们被种马种驴的发情阵势都给吓蒙了。那些瘦骨嶙峋的母驴在高头大马的嘶鸣中，打着哆嗦听候主人命令。柳凤兰轻车熟路，将种马从木桩上解了绳索，原地遛上几圈，种马在柳凤兰指挥下腾空前蹄飞跃在母驴脊背上，尽情地执行着它的使命。那种马身下的母驴不停息地嚼合着嘴巴，流着涎水，浑身颤抖，享受着刻骨铭心的快乐。

每一次成功配种，人们都对柳凤兰干练娴熟的操练由衷佩服，感激这位姿色不凡的女人在干着一般男人也难以胜任的工作。

天之高，地之广，生活中出奇并令人难以接受的事物反倒成了常态。在生产中生活中，无奇不有，无所不在。春末夏初，树林沟饲养场上每天上演牲畜们的配种之事，每天的生产生活都在井然有序地发生着。

狗赖子原来打算也消停了，柳凤兰找到了自己愿意干的活，并且干得津津乐道。柳凤兰也不再害怕什么一纸休书的事儿了，反倒狗赖子更是殷勤百般，小日子过得甜甜蜜蜜。

家庭里的暴力消停了，生活和谐了。

孙淑兰像是一位杰出的编剧，齐建业则是这剧的总监和导演。在如何解决狗赖子和柳凤兰的问题上，他俩配合得天衣无缝。虽然主演是狗赖子和柳凤兰，但结局是令人满意的，让狗赖子和柳凤兰一家人最终走上了和谐的生活轨道。

## 8

五百年前，树林沟的住户从外省迁徙而来，在这里开荒种地养家糊口，一直繁衍到现在。

树林沟武家从明朝起就是富户，因为形势变化，一九四六年年底，武家仓皇出逃了。没有和家人的告别宴，没有依依不舍，预置了路上的盘缠及必要手头，趁着漆黑向渺茫的黑夜出发了。月亮躲进厚厚的云层里，狗们早已蜷缩到窝里，因大风呼啸偶尔朝天汪汪叫上几声。

留在家里的武二和他母亲预感塌天灾难即将来临，他们绝望了。因为武家必须有人留守，否则，想走的也走不了。武二平日里在村上为人厚道，但凡家里有点吃的，他都要偷着拿出来，塞给村上那些急需食物的穷人。武家人出逃了……

武大和他老子还有小弟及儿子一行四人跌跌撞撞摸黑走了一夜。东方泛起了鱼肚白，远处山岭的轮廓也变得越来越清晰，村庄也升起了袅袅炊烟，胆战心惊之余，饥饿、疲乏向他们袭来。经过一夜紧张行走，仿佛身后那无数眼睛都给甩远了，可以长叹一口气了。绝对不可以掉以轻心，武大心有余悸，不能进任何村子，周围三五十里谁不知道武德及武劲他们父子，一旦被人们认出破绽，那不是自投罗网吗?

在一个山旮旯里，他们四人蜷缩在一起。武劲解开褡裢，掏出干馍馍片，父亲及小弟和儿子一人一块，自己则把水壶盖子拧开来想喝一口水。感官使然，他又把水壶递给了老父亲："爹，你先喝上一口，就着吃上两口干粮，咱今天只能这样了。没走出离山县地界，咱不能随便进村，只能绕开村子走。路由人走出，为了今后，为了武家，咱只能这样了。"武德与儿子武劲在走与不走的问题上，几乎到了反目的地步。

几天来，父子关系陷入了空前僵局，眼下走到这步田地，再多埋怨都是徒劳。武德瞥了一眼儿子，一把把水壶抢过来，咕咚了两口，好清爽啊，仿佛燃烧的喉咙一下熄了火，好爽快啊。他要喝第三口时停了下来，看着自己最疼爱的小儿子及小孙子，他没有再去喝水，湿漉漉的泪珠滚落到长衫上。

要是在平时，这会儿他应该坐在太师椅上，儿媳妇们把泡好的热茶毕恭毕敬地端上来，他正怡然自得地品尝着清香的龙井茶……

当下弄到这个境地，只因他拗不过大儿子，才走到这荒山野岭、渺无人烟的地方，一腔怨恨又上心头。无可奈何花落去啊，天无绝人之路，走上逃命这条路也许走对了。想到这里，他把水壶给武劲递了过去："你也喝上一口吧。"武劲接过水壶后则把水壶递给了三弟武勤："小弟，你来一口吧。"三弟武勤接过水壶，可他把水壶凑到嘴边时却放了下来。武勤看着身边侄儿子武玉，想说什么，又什么也没有说。他知道，应该把水给年纪最小的侄儿武玉去喝才对。武德把这一切看在眼里。

武家从明末起，在当地就是知名旺族。依靠辈辈武家人努力，父慈子孝，香火旺盛，一直延续到现在。几百年基业，现在就要毁在武家这代人手里了。

武玉从叔父手里接过水壶，掂了一下又把水壶递给了武劲——他最尊敬的父亲手里。武劲掂了掂水壶又重新还给了武勤，武勤眼泪扑簌簌从脸上落下来："哥，你是咱家主心骨，你喝上一口吧。"武劲在三弟武勤再三劝说下，终于把水壶拿到手里，呷了一口。武勤也喝了一口。水壶轮到武玉手里时，武玉将水壶挨到嘴边碰了碰，直接把水壶塞给了父亲，这时，武劲厉声道："你喝不喝？"

"我喝了……"

"你再喝。"武玉泪眼汪汪地终于喝下了一口水，但随即又把水壶塞到父亲武劲手里。

## 9

一九四七年是树林沟建社以来最困难的一年，先后有三十户群众退社。齐建业来心急如焚。眼看该下种的下种不了，黄土高坡这地方，按节令下种不了，全年收成就会大打折扣。齐建业整个春天忙得恨不得把一个人掰成两个人用。高粱下种不了，他着急；谷子种不上，他上火。他整天在村上跑前跑后吆喝着，忙碌着，为抢农时而不知疲倦地忙碌着。这种子及时下种不了，打不下粮食，社员要饿肚子啊！齐建业、齐拉货、朱老伯、崔良、马建荣、淑兰等十户贫苦老哥们儿组建的合作社眼看有散伙的危险。经过五年发展，树林沟村土地运输合作社已经初具规模，五业发展井然有序，正处于人心齐泰山移的良好上升期。

像当初组建合作社时一样，大伙又聚在一起，大伙又把目光一起投向了齐建业，希望他解疑释惑。大伙一道道迷惑不解的眼神投向齐建业，齐建业面对大家的焦虑，有着深刻的理解，在这非常时期，这种理解信任比什么都重要。

“拉货、朱老伯、淑兰、放海，咱们首先不能垮了，天塌不了。村上乱象不会这么一直下去，我有预感。”

“区上对树林沟的问题，我相信党不会掉以轻心。毕竟我们是离山县第一个创办的合作社，整个山北省也没有几家像我们这样的合作社。我不相信由共产党领导的农村合作社就这样不明不白地被抹杀了。现在是关键时期，需要大家像当初那样继续拧成一股绳。面对狗赖子们的挑战，我们必须有足够的勇气、足够的信心、足够的智慧绕过这道坎翻过这座山。一句话，前途依然是光明的，困难将是重重的！”

“现在我还在党内，我还有权向上级反映树林沟的真实情况。我还是社长，我还有责任把社里事办好。只要大伙不散心，出路就比困难多……”

听了齐建业一番掏心掏肺的发言后，大伙都有点坐不住了。其实大家都知道这段时间，建业比任何人都辛苦都劳累，压力比谁都大。

“你的劳累、辛苦、压力，大家都知道，只有那些眼睛不好的人看不见，耳朵不好的人听不到。”一直在认真听齐建业讲话的朱老伯沉重地说。“从合作社成立那时起，我们习惯了只听一个人的话，那就是你齐建业的话。在树林沟，在合作社，我们不想有第二个人来指手画脚。”年纪稍大的老放海掷地有声地说。

天上繁星点点，不时有流星拖着长长的尾巴划过天际，静谧的树林沟村进入了让人难以入睡的夜晚。

## 10

柳凤兰自打任社里饲养员一职以来，承受了很多的讽刺、挖苦，但她偏偏爱上了这个工作，并且干得很是利索。你看她把三匹种马打扮得个个像待婚新郎，鬃毛被修整得层次分明，浑身像裹了缎子一样光滑。马头上的红缨絮絮不长不短恰到好处，马鞍合体合分。一出门，柳凤兰右腿马镫一蹬，左腿一跨，便神气十足地坐在马鞍上了。把拴马缰绳一抽，马儿便在她的控制下或跑或走，神气活现。久而久之，人们也就习以为常了。这种连一般男人都难以胜任的工作，柳凤兰却干得有板有眼。从瞧不起到惊讶，事物在发展，行为改变生活，生活谱写人生。

一天，邻村的一位饲养员牵着一匹瘦弱的母驴找上柳凤兰想配种。对于这种形体差异较大，并存在风险的事儿，柳凤兰还是第一次遇见。柳凤兰像往常一样，牵来种马，把种马在饲养院场子里遛了几圈，始终不见种马有任何表现。一边牵着母驴的男人倒是两腿直打哆嗦，仿佛大难将要来临似的。柳凤兰见此状况，抿嘴一笑，朝那位男人努努嘴："哆嗦啥咧，快去马棚里牵一匹母马来，如果这样今天是配不成了。"那男人一听慌了："配，一定配。"

"那你还待着干啥，快去牵一匹母马来。"

母马被牵来了，种马见了母马，那个高兴那个欢叫那个踢腿那个尥蹶子，冲着母马一个劲冲过来。急中生智，双绳口嚼，柳凤兰关键时候用力猛扽，种马不再那么放肆了。说时迟那时快，种马稳稳地驮在母驴的脊背上了。在柳凤兰的把持下，配种顺利成功了。街上见此情景的一排溜妇女受了刺激，手里鸡蛋不知什么时候都给捏碎了，朝天喊了一声："哎呀呀——我的妈妈呀——"那蛋清稀稀拉拉一直从手心里流到地上，经不起这种情境刺激的婆姨们被惊吓得玩命地往家跑。

柳凤兰第一次感觉那么爽快，因为她为牲畜们完成了一次难以预测的配种。

每天切草、喂草、拌料、喂料、饮水、灌药、配种，柳凤兰做得井井有条。工作改变了她的生活，家里家外，人们以接受、肯定的目光接纳了她。柳凤兰也步入了正常人的生活轨道。狗赖子一改往日的装腔作势，还能替凤兰干点活儿，人们说："这才算过日子啊。"

昼伏夜行的生活挨过了三五天，武家父子终于可以改变出逃方式了。因为他们已走出县域疆界，踏上前往山北省省会大远的路途。从家里出来时所带干粮已消耗殆尽，路过饭店，他们终于可以体面地进去吃上一顿。他们不再是逃荒要饭的样子，他们是像模像样的出门人，到省城看望年事已高的"舅父舅母"。

初春的大远还沉浸在浓郁的春节氛围中，街上到处是燃放烟花爆竹留下来的纸屑。人家是举家团圆包饺子吃年夜饭，而他们父子却像贼一样晚出日伏，颤颤巍巍地提着一颗随时被民兵抓捕的心，跌跌撞撞走到省城。大远是军阀陆羽老巢，一列列荷枪实弹的士兵时不时地走过，给初来乍到的武家父子一股股阴森可怕的感觉，不管怎么说，一种如释重负的感觉还是油然而生。老大武劲挑最便宜的旅店住，找最便宜的饭菜填肚子。这一路走来所带的盘缠也所剩无几了。遥想千里之外的老母亲、二弟、二弟一家及自己媳妇，晚上躺在旅店里，武劲久久不能入睡。昏暗的灯光下，他潸然泪下，这叫什么日子啊。打武劲记事起，武家都是衣食无忧地生活，衣来伸手饭来张口地过日子。村上及周围几十里，谁不知道武家的富裕与豁达，自己更是省城师范学校高才生，这在树林沟算是举人级别的人物。人们对他的举手投足都会投来赞许目光，人们都啧啧称道："还是人家武家大少爷威风！"

现在时过境迁，还是投靠省城同学吴志远吧。人家祖辈生长在大远，人家对这里熟悉。自己虽然在这里读过几年书，但对这里的社会情况，不甚了解。要想在省城安身立命，混得一口饭吃，当下必须找到一份工作，方能维持四个人的生活。口袋里银两日益减少，再不添进，武家父子流落街头讨吃要饭不是不可能。这股烦恼在武劲脑海里上下翻滚。

老家母亲及家里的其他亲人们，你们还好吗？因为我们父子出逃，你们是不是也受到了牵连。啊，武家已落入空前困难境地……

初春省城乍暖还寒，电线上几只麻雀不时地从这儿飞到那儿。年味渐退的大远，多了些步履匆匆的路人。一辆辆警车呼啸而过，恐怖笼罩着大远，人们诚惶诚恐，都缩着脑袋加快了前行的步伐。

在陆家巷一个比较僻静的门庭前，武劲谨慎地敲了敲街门。恍惚中，大门打开了，一位衣着考究的中年妇女出现在面前。武劲反应迅速——

“许姨好！许姨过年好！”

“你是？”

“我是志远的同学武劲。”

“你找志远？噢，噢，快进家吧，我还以为是志远回来了……”

“许姨，志远不在家吗？”

“他年前就去了重庆，说是到中央政府汇报大远学生运动的事去了，现在年已过了，还没有音讯，这孩子没事吧！”

当许姨领着“陌生”的武劲一步一步往吴家正屋走的时候，身后又响起了“砰——砰——砰——”的敲门声。

“妈，我……”

“志远，回来了！”

“我回来了！”

许岚把刚才的纳闷一下子丢了，喜出望外地奔向大门。

许岚吴志远母子二人在庭院中久别重逢，仿佛这个世界上只有他俩存在。武劲被撂在一边，不知如何是好。

许岚吴志远母子依偎着，不知不觉来到了院中央。

“咦，忘了，忘了……这是你同学吗？”

吴志远抬头扶了扶架在鼻梁上的眼镜，凝神端详着眼前这位不速之客。武劲反应快：“志远，我，武劲！”

“噢，你看我，武哥，快进，快进，什么风把你从黄土高坡吹到大远来了，稀客，稀客。这一别快十年了，你模样还没变，只是有点瘦了。”

“这兵荒马乱的，能叫人胖吗。”武劲嗫嚅着。

从窘境中返回的武劲，一下子转过弯来：“志远，今天你刚回家，我就不打扰了，咱们改日再会吧。许姨，您忙吧。再见。”

“不，你留下来，咱们还是在一起吧。”吴志远说话中间，武劲早已近似奔跑似的快步走出了吴家大门。

“咱们以后有机会，再见！”武劲向立在院子中央的吴志远挥了挥手，比逃难来大远时还狼狈。慌不择路，拼足劲朝前跑。

武家父子从过年到开春这段时间人不见踪影……

依据武老二供述他家老父亲及老大、老三和他侄子出远门看他“舅舅”去了。出门为什么不打招呼，肯定是趁着过大年出逃了。种种疑惑让农委主任齐建业感觉事态严重，农委应该检讨自己的工作。其实武劲正是瞅中了大伙忙忙碌碌过年的机会趁机出逃了。事已至此，更多猜忌于事无补，只能让武大牵着鼻子走了。农委指派马建荣一行到五十里外武家亲戚找人去了，据亲戚说，武劲来过一回，可赶过年就回去了。不出齐建业预料，武家一行四人确确实实出走了。马建荣们连续在县域范围内找遍了所有可疑之点，没有打探到一点关于武家的消息。

齐建业他们打建社起，虽然没有得到过村上有钱人太大的支持，但毕竟相处在一个村里，从小和武家父子相安无事，基本是井水不犯河水，各干各的活，各吃各的饭，没有过太大摩擦与争斗。何况武老二，武林早已把所有家产房屋地契一一交到农会里了。树林沟合作社已初具规模，万事起头难，现在最困难的黑夜已经过去了。树林沟村三户地主富农的土地都回归社里了，跟这些人计较，闹得人心惶惶，一来时间长了社里没精力去搞运动，二来与带领全村人走集体道路的思路格格不入。只要地主富农与全体社员一样自食其力，遵守社里管束，服从领导，听任指派，接受改造，愿意跟着大家生产生活，那就是树林沟合作社一员。齐建业是这么想的，也是这么做的。

思路决定出路，容忍大度凝聚向心力，合作社发展顺风顺水。

武劲父子蜷缩在大远小东门附近的旅店里度日如年，留守老家的亲人是死是活，难以揣测。这几天，武玉高烧不退。几经物理降温也没有起色，难道老天爷要把武家逼上绝路吗？武德更是絮絮叨叨：“我不信，咱不走这步，就活不下去了。他齐建业当年建社，我还资助他一石小米呢。他就是不让咱好过，也不会恩将仇报吧。唉！错。真不该听你的。”武德使劲一巴掌拍向自己脑门，表示极大懊悔。

武劲心急火燎，提着胆子又敲响了老同学吕志远陆家巷的街门，大门“吱扭”一声居然开了。吕志远面带笑容正准备出门，恰与武劲撞了个满怀。

“志远，你？”

“武劲，你跟我来吧。”

一辆黄包车把他俩稳稳地拉到督军府门前，面对荷枪实弹的哨兵，吕志远伸手示意，二人便顺利进入督军府。武劲知道吕志远毕业后在省城高就。在府院西侧一栋楼内，武劲紧跟志远上了三楼，在宽敞明亮的一间办公室里，武劲慢慢喝着志远递上的茶。

“志远，你混得不错嘛！”

“唉，不错，尽是些苟延残喘之事，连学校都要插手了。我一介督学，些微小事都摊到我这儿了。最近陆总督严防死守戒备森严，凡是赤色分子一律在押。我们教育署更是火烧眉毛，按下葫芦浮起瓢，连署长都安闲不下来。不管三七二十一，你今天来，有什么事，说吧。看我能帮你点什么。”

老同学武劲像鲤鱼打挺一样从沙发上站起来：“志远，啊！”武劲被老同学吕志远这一句关心话激动得泪如雨下。

“啥子事？快说。”

老同学武劲把自己的遭遇大致向志远说了一下。从开头到结束吕志远听得那么认真，那么感同身受。当下决定，首先安排两个人武劲和他老子工作，先保证有饭吃。然后，寻找一处民房或借或租，解决一家四口人住宿问题。武劲听到此处感激涕零，如释重负，立即给吕志远跪下了。吕志远厉声喝道：“武劲，你这是干什么！我们还是同学吗？”武劲感激涕零地告别了吕志远，心里念叨着：“武家有救了，天无绝人之路啊。”

没过几天，吕志远就给武家父子安排了工作。

武德被安排在一所市属学校当工友，具体工作就是看门房烧茶炉。武大到一家印刷厂当会计助理，民房也在小北门找下了，武家父子终于在省城安顿下来了。武玉和他叔父武勤整天跟着爷爷武德在学校溜达，时间长了这也不是个办法。第一，人家学校不准一个工友经常带着两个无事人在学校出出进进；第二，武勤武玉叔父俩总想干点什么以减轻家里的负担。

叔侄俩在报社趸来不少报纸，整天沿街叫卖。武家活了，武德父子有了工作，叔侄俩有报卖，买卖还不错，一天的报纸一阵工夫就卖光了。因为时事紧张，人们关注日本投降后国共战略走向，尤其山北省陆总督老巢——大远，更是省城所有市民关注的焦点。

## 11

武德、武劲、武勤、武玉三代四口人，总算在大远有着落了。夜深人静时，武德睡在床上辗转反侧没有一点睡意。

穷不过讨吃，死不过咽气，能讨吃要饭活下来也是不错的选择。幸亏有吕志远帮忙，武家老小四口虽然看人脸色过日子，准比沿街乞讨强百倍吧。

留守老家的其他武家人以乞讨为生，平日里各奔东西，你要你的，我要我的，谁也照顾不了谁。在老二武林媳妇看来，这境遇比死了还难受，不如一死了之。过去荣华富贵绫罗绸缎细米白面生活，现在四处奔波，饥一顿饱一顿。最令人心安的还是黑夜，要了一天饭全家人回到破庙里围坐在篝火前，火烤胸前暖，风吹背后寒。这里没有了白天的恐惧惊吓，反倒成了亲人们互诉一天不幸遭遇的地方。还是晚上好，大家彼此安慰互相勉励，分担一天苦楚，比白天除了要不上饭还要遭欺凌安生得多。老二武林拿着一根木棍挑拨着柴火，享受这困苦中的安宁，突然妻子昏过去了，他急中生智又是掐人中又是掐合谷，几经忙乱终于把媳妇弄醒了，这日子难熬啊！

老母亲、大儿媳沿街乞讨，不知不觉中竟然走到了二姑娘家。这也是没办法的办法，母女情深！老妈妈本来不想连累姑娘，原来就因为武德父子出逃连累了二姑娘，可老母亲实在是走投无路，被狗赖子们赶出树林沟后有一顿没一顿的，几乎到了崩溃的边缘，千考虑，万思量："念及母女情，老天爷你就保我一命吧，我还不能死，我远走的亲人们，我还想见他们啊。我留不下他们啊……"

老母亲一路踮着小脚，一路困乏，硬是靠着不死信念半夜时分才摸到二姑娘家。

母女相见抱头痛哭一场。在姑娘眼里一向衣着讲究、说话硬气的母亲一下子落魄成一位衣不遮体食不果腹地地道道的乞丐了。心疼之余，姑娘知道老妈万不得已是不会来打扰自己的，如今自己还有可下锅的米面。心想，只要自己能糊口，绝不能让老母亲再走讨吃要饭之路。哪怕自己去要，也不能让老母去要去讨。二女婿也十分同情丈母娘一家的遭遇，好生安顿丈母娘不要出去了："只要有我一口吃的，绝不能让您挨饿。"看着二女婿家光景也不是很好，大儿媳心想能把老母亲留下已是万幸了，决计自己一人去乞讨，但老母亲说什么也不让大儿媳一人出去沿村乞讨。在二姑娘家住了两天，老妈、大儿媳翠花还是继续沿村乞讨去了。

老大媳妇翠花和婆婆沿村乞讨，飘无定所，哪里黑夜，哪里破庙就是她们的家。在一个风雨交加的夜晚，婆媳二人住在一处破庙里，大儿媳翠花突发高烧，婆婆叫天天不应，喊地地不灵，最终死在破庙里。婆婆几经昏厥几经清醒，无法面对可怜的大儿媳。

武家老二闻讯赶来，草草收尸，草草掩埋了武家有史以来第一个没有棺木没有丧葬仪式的尸骨。

在走投无路的情况下，老妈妈再次走进了二姑娘的家门。尽管二女婿淳朴仁厚孝顺，但仅有五亩山地，再怎么投入也打不下多少粮食。若遇上不可抗拒的自然灾害，全家四口人断顿也时有发生，省吃俭用勒紧裤腰带地过日子。即使在这种状况下，接济二兄哥也是免不了的常事。老母亲把这一切看在眼里，想在心上，有这样尽孝的姑娘和女婿，日子就这样一天天地打发。

武勤、武玉叔侄俩整天在大远满街吆喝着："卖报，卖报，卖报……"

在黄花巷，卖报声此起彼伏，叔侄俩突然被一个贵妇人截住了，说要买当天所有报纸。武玉一惊："您，买报？"

"我买报。"

"您是？"

"我是买报的。今天的报纸，我全买了，我有用处。快，给我捆好了，快！"从交流中，武玉知道这位贵妇人是黄土高坡人。他不仅为报纸出手快而高兴，也为见到一位老乡而兴奋。武勤想，今天可遇上活菩萨了。迅速把报纸打捆好，按照主人嘱咐把报纸放到黄包车上，贵妇人随即把两块亮闪闪的银圆塞给武勤。

"用不了这么多……"待武勤回过神时，黄包车早已跑远，想追都追不上了。

武德在学校里脚下像抹了油，干活出奇利索。花圃里的花卉在他的摆弄下生机盎然，浇水、施肥、锄草、剪枝，不落半点闲。门房周围，经常水洒得湿漉漉的，扫得干干净净的。有空还经常去厨房帮忙，帮师傅们择菜，倒垃圾。食堂师傅们也毫不吝啬，多次给他手里塞个馍，或者其他吃食。

武劲在印刷厂干得也上手。由于有文化，能写会算，没过多久就当上了印刷厂大会计，不仅厂长、经理都喜欢他，还得到了厂里几位女工的关照。隔三岔五给武会计纳上一双鞋垫，让武劲帮她们写上一封家书。面对诱惑，他有了想法，在当前情况下，做任何事自己必须既不出格也不能伤害感情，必须清清楚楚明明白白，稍有不慎就会被卷入无法自拔的旋涡，掉入无法逃出的陷阱。

武家祖孙三代人在经历了一天的劳累后，晚上回到租住的小屋里，简单餐饮后，倒在床上各自进入梦乡。

武德对于勤勉换来的馒头有了足够警觉，分析事情原委，看来食堂再也不能去了。因为大家生活都紧张，一两个馍，可能会断送宝贵的工作机会。帮忙要不计回报，不计回报也就没有任何蛛丝马迹叫人盘算，只有这样，工作才能做得心平气和心安理得。武德谙熟人世艰辛，他绝不能让蝇头小利毁了儿子武劲费了千辛万苦才找到的工作。

武劲躺在床上，手里拿着那些鞋垫发愣。他清楚自己的处境，任何女子的青睐都会招致难以挽回的后果。如果拈花惹草了，对不起相濡以沫的发妻，更对不起武家列祖列宗。

三弟武勤躺在床上，还是继续琢磨着那两枚亮闪闪的银圆及那位珠光宝气的贵夫人。

四个人，只有武玉贪睡，他涉世不深，不谙世事。

树林沟村土地运输农业合作社迎来了新机遇，原来等十户人家的合作社扩大到全村，现在合作社家大业大，各方面都出现了新的转机。树林沟的天格外蓝，空气里到处弥漫着泥土芳香，几十棵上百年的古树仿佛又焕发出了生机，勃勃向上，抽枝长叶，在温暖的阳光下显得更加雄伟。连那活跃在树枝上、栖息在树洞里或山崖上的鸟儿们也喜出望外，扑打着翅膀飞向蔚蓝的天空，或者这儿一堆那儿一群在地上叽叽喳喳叫个不停，跳跃着，寻觅着食物，煞是自由。

历史的步伐迈向一九四八年的春天，大远的一切都显得紧张慌乱。警车不停息地呼啸而过，陆总督固若金汤的老巢经常处于战争状态，警察到处抓人。武勤、武玉叔侄俩再也不敢上街卖报了，因为几天前，几个曾在一起卖报的伙伴被抓了，至今生死不明。听说他们是地下党的秘密交通员。武劲让武勤、武玉叔侄停下卖报的工作，家里不缺他俩那几个钱。近来形势不容乐观，陆总督拒绝了和平解放大远协议，拒绝在和平协议上签字，要死守大远。他本人发誓："要抬着棺材上战场与大远共存亡。"展望全国解放大势所趋。深明大义的国民党守军或投降或投诚起义，大多对蒋介石政权失去了信心。只有极少数顽固分子还在铤而走险，等待解放军的隆隆炮声为他们奏响送葬的乐曲。

解放大远，大势所趋，一场大战一触即发。保全性命是每个普通老百姓首先要考虑的。大战在即，武勤、武玉叔侄俩整天憋在地窖里，憋闷得实在想不出什么办法来。近来炮声逐渐多起来，尤其是东山方向日渐密集。东山易守难攻，是扼守大远的天然屏障，加上碉堡林立，所以陆总督才放出如此狠话："抬着棺材上战场！"看来解放军和负隅顽抗的国民党军必有一场大战恶战。毫不夸张地说，东山守住了，大远也就守住了。人们在焦虑中等待，在期盼中煎熬，日子一天又一天在恐惧中度过。武勤实在闷得喘不过气来了，他把武玉安顿在地窖里，说自己有点急事溜出家门。在陆家巷三步并作两步一下子就窜到小东门，他眼前闪过了一位老妇人，眼睛一亮，这不就是曾塞给他两块银圆的那位贵妇人吗？怎么一下子落到这种地步，疑虑猛然袭上他的心头，因为那亮闪闪的两块银圆至今还一直萦绕在他脑海，那灼热的眼神不管你化了什么妆也逃不出武勤犀利的目光。武勤一大步跨过去挡在了"老妇人"面前。

"您是？"

"我不认识你，闪开！"

"我认识您。"

"谁认识你，臭小子，快躲开！"

这时从武勤身边走过一队警察，他们护送着"老妇人"扬长而去了。

回到家里回想今天街上的所见所闻，武勤有点摸不着头脑。琳琅满目的店铺纷纷关闭，满街开过一列列部队车，渲染着浓烈的战争气氛。连平日活跃在街上的小猫小狗们都夹着尾巴不知道藏匿到哪儿去了。零星的炮声断断续续划破凝固的夜空。

从春节到现在，大远的地下党组织领导了卓有成效的护厂护市活动。大家主动配合积极参与，与民生相关的水厂电厂粮库都得到了有效保护。大家相信茫茫黑夜总会过去，黎明即将到来。

## 12

树林沟村土地运输合作社以广阔的胸怀、蓬勃的朝气吸纳全体村民加入合作社的生产生活中。它的基础更加牢固，产业更加壮大，全村所有土地集中到了合作社。

农业生产可以按照日照时间长短，根据背阴地还是向阳地来调整种植计划。背阴地种莜麦、土豆，向阳地种谷子、高粱、玉米，全社一盘棋，全村一揽子活。一辈又一辈，一代又一代，祖祖辈辈生息繁衍在树林沟这块土地上的人们对耕种、施肥、锄草、收割、打场都有一套完整的经验和方法。在齐建业的带领下，各路精英各施绝活精耕细作，粮食产量显著提高。齐建业是干农活的好把式，耕耙锄耧样样精通。现在的树林沟民众齐头并进，大伙心往集体想，劲往集体使。人们甩掉了过去那种小农经济思维，奔着富裕的集体经济勇往直前。

树林沟地块零散，合作前，山坡上本来不宜耕种的小块地，硬被开垦种植了。现在所有土地归到集体里，对于南山北山相峙、中间一条小河穿过、地块七零八落的树林沟，更适宜种植果树，更适宜种植高产值的经济林。合作社的发展壮大，村里有条件改变过去种植单一的局面了。

齐建业心里装着树林沟，怀里揣着老百姓，全村五百六十口人的生产生活及村里的未来发展紧紧揪着他的心。

眼下社员柴二小由于年龄偏大，经媒人多次巧舌说和马上要办喜事了，关键是连一顿人们习惯上的喜宴都难以凑合。齐建业闻讯，亲自过问婚事的具体操办程序，送上婚事所需，送上安慰送上祝福。

“有啥困难，找社里，找我。家里缺啥，社里给啥。缺米，社里有米；缺面，社里有面；缺钱，社里有钱。社就是大伙的家。只要有社，就有大伙的一切。咱村的婚丧娶嫁红白喜事，社里都能为大伙贴补垫借。有困难找社里，大家组织起来不就是为了把日子过好吗？”社员柴二小目睹着齐建业的关心和照料感激涕零，不知如何去报答齐建业的恩德。他心里只有一个主意，今后哪怕是有千难万险，也要跟着齐建业走到底。

村里人的生老病死、婚丧嫁娶，齐建业事事牵挂，件件张罗，村里人无不为他叫好。有他，事事好办，他就是大家的主心骨。哪家办事，他都是不请自到，理所当然当总管。齐建业也执意把大伙的事办好办妥，把人心凝聚到社里，凝聚到集体里。

村上的大事小事都是他的事，他都惦记着琢磨着；别人着急的事，他比别人还着急。久而久之，大伙把掏心窝子的话都愿跟他讲。他心里敞亮了，脑海里整天翻腾着树林沟的发展。人心安稳，树林沟的生产生活井然有序，各项事业红红火火、蒸蒸日上。

黄土高坡的环境将生活在这里的人们打造成身怀绝技的高手。齐建业身怀百般武艺，他会正骨，会相马，村上的油坊、粉坊、豆腐坊，他都能上得了手，且是行家里手。

# 第二章　护送分局领导

## 1

树林沟村土地运输合作社的美名传遍黄土高坡。山北分局的主要领导根据党中央的决定要远赴东北开展工作，这护送任务就落到树林沟村土地运输合作社了。县委指示，要齐建业亲自带队。合作社刚刚步入正轨，百废待兴，在这节骨眼上，作为一名党员，执行党的指令义不容辞。齐建业首先找到拉货老弟，想听听拉货的意见，关键时刻有拉货的支持就没有克服不了的困难，没有跨不过的坎。

“咱入党就要听党话，跟党走。何况这是任务。你放心吧，只要咱哥们儿在一起，就没有办不成的事。”掂量着拉货诚恳的回答，建业心里有了谱。人心齐，泰山移。

面对上级领导的信任，齐建业明白这是党对一个农村基层组织的大考。能否给党交上一份满意答卷，问题不在拉货、淑兰、建荣几个党员身上，问题在合作社社员们如何理解和支持上，特别是几户原来就抱着试一试看一看的态度的穷哥们儿。

一九四八年的秋天，瓜果飘香，山梁上逐渐成熟的高粱涨红了脸，谷子笑弯了腰。五彩缤纷的庄稼漫山遍野，仿佛待嫁的姑娘隆重而热烈地备好色彩斑斓的嫁妆，心急火燎地等待着心上人早日来迎娶她。那些没有成熟的庄稼还披着绿衣，羞涩地在秋风中摇曳。

护送分局领导的命令正式下达了。齐建业带着拉货等一行十八人齐刷刷出征了。

东方既白，马蹄声碎，喇叭声咽，山区的黎明还是那么诱人。雄鸡们挺着胸脯昂着头把人们从酣睡中唤醒。井台上赶早挑水的人们络绎不绝，太多的安慰与叮嘱凸显亲人们的牵挂。因为这出省护送任务，在合作社，在树林沟，是前所未有的第一次。家家户户点上了灯，人们不约而同地站在了圪塄上、场院里朝着南河湾张望。齐建业拉货与送行的父老乡亲们依依惜别，向着县城出发了。

这位大人物是山北边区的大领导。按照党中央部署，从老解放区向新解放区选派干部是建设新政权巩固新政权的必由之路，大批干部纷纷从老解放区奔赴新解放区，为建设新区巩固新区再立汗马功劳。顺利完成护送任务，对树林沟村土地运输合作社来说，是一次特殊的考验，齐建业即将率领弟兄们走上赶考路。虽然途经各地大都有了人民政权，但刚刚获得解放的人民还都沉浸在战乱的阴影中。沿途平安与否，齐建业心里没底。这几天齐建业分外照顾灰骡子，不仅草料喂得格外多，连饮水也特别上心。灰骡子明白主人的一片心意，昂昂头，打打喷嚏以示对主人的感激，向齐建业表示它已明白了主人的良苦用心。虽然是头骡子，但它脾气温顺，在合作社，妇女孩子都能使唤灰骡子。灰骡子能驮善拉，干起活来非常卖力，只要草料和水伺候周到，灰骡子浑身有使不完的劲，是大伙认可的好伙伴。大部分牲畜在齐建业的驯化下，合作社运力显著提高，为了达到这一目的，齐建业不知费了多少功夫。

驯化牲畜不是一般人能干得了的活儿。骡子光不溜秋的脊背上，土布袋滑下驮上，驮上滑下，驯化牲灵考验你的韧劲，考验你的耐力。一天的驯化必须先让灰骡子认输，没劲了，腿打颤了才方可告一段落。齐建业就是铁打的也会疲劳，但前提是灰骡子服软了，驯化才告一个段落。

齐建业与灰骡子的交往不是一日两日能说清楚的事。他与每头经他驯化的牲畜都有抹不去的情结，都有割舍不下的情谊。

树林沟坐落在黄土高坡，这里的山沟、山梁、山坡由千百年的雨水洗刷而成，在人们勤劳的手中，它逐年在变。尤其是合作化以来，它变成了瓜果飘香的山岭，变成了五谷丰收的山野，变成了人们赖以生存的家园。人们从中汲取生活营养，铸就吃苦耐劳的品质，形成无私无畏的黄土高坡情怀。这里的人们豁达开朗，乐善好施，不用说对待驯化的牲畜，就是对所有家畜也分外珍惜，大伙都从心理上尊重猪啊、牛啊，它们也是一条条生命，也是人类的朋友。

灰骡子是齐建业驯化的牲畜中最拿手的名片。这次护送任务中的难点就是分局领导有两个年龄不相上下的孩子，要跟随领导一同前往东北，这无疑给护送任务增添了难度。为了安全起见，齐建业主动担负起护送母子三人的任务。他准备了合适的驮篓，这驮篓出自黄土高坡。这里的人们利用山里荆条编织成驮篓，在山里砍上手把粗的两根灌木做插撅，把两只驮篓连接起来驮在鞍子上，既能驮煤炭又能送粪，是山里人理想的交通运输工具。两个孩子放在左右两个驮篓里，领导夫人坐在鞍心上，母子三人由老实听话的灰骡子驮送，这样母子既没有分开的牵挂，又充分保障了母子平安。两只驮篓里分别垫上厚厚的棉被，把孩子放在驮篓里暖和又舒适，马鞍上垫了厚厚的褥子，骑上去也舒服。领导秘书看了很满意很放心。这种设想只有齐建业才能想得出，再由建业亲自护送上路，做到万无一失。

护送队伍由齐建业统一指挥，十头骡子八头驴分成三个小组。拉货是第一小组负责人，由五头骡子组成，护送领导、秘书和后勤保障的生活用品；第二组由崔良和马建荣负责，主要护送分局领导，由三头骡子和七头驴子组成，是护送队伍中最庞大的一组；第三组就是齐建业小组，由两头骡子和三头驴子组成，除了领导夫人和孩子外，还有其他家眷及一些生活所需。

齐建业负责第三组，这是领导最为担心的一组，也是驮运困难最大的一组。驮篓里的孩子要关心，鞍心上的夫人要操心。临行前，分局领导专门做了全面了解，挑选树林沟村土地运输合作社承担如此重任，齐建业深感责任重大。

中共离山县委为分局领导举行了简短的送别晚餐。分局领导对山北边区人民多年来竭尽全力支持分局工作表示真诚的感谢，边区人民多年来的牺牲与付出无法用语言来表达，这种情谊将会被永远载入史册，也将是今后从事任何工作的力量源泉。

## 2

浩荡的护送队伍相继上路了，队伍各自为政。安全起见，各小组要高度自行管理。过大的队伍行动会有意想不到的麻烦，毕竟全国还没有完全解放，暗藏隐蔽的反动势力会随时偷袭你、搅乱你、迷惑你。虽然领导有真枪实弹的警卫力量，但安全是第一的，尤其第三组在断后的情况下，两个孩子免不了要吃喝拉撒，麻烦事儿较多。遇上这种情况，得先把领导夫人从驮架上扶下来，然后再把驮篓抬下来。过去齐建业一个人赶牲畜，把驮篓从鞍子上接下来一个人就办妥了。现在是领导的两个宝贝疙瘩，就是两个人抬也要分外小心，事事安全，万无一失啊。行走一天，路上有那么一两次就算你捡便宜了，可事实是从早上起身上路到晚上住宿不知要搬弄多少回。

住了店，歇了脚，齐建业还要关心各组一天的驮运情况，一一询问首长和被护送人员的具体状况。伺候好灰骡子更是齐建业心力所系，切草上料饮水，他一一过问，事事操心，轮到自己休息那会儿，早已月明星稀半夜时分了。天天如此，早晨上路，晚上住宿，总算天天安全，日日无恙。

没有预料到的事，偏偏遇上了。要过封锁线，无法摆脱的现实既严峻又残酷。零星的枪炮声时起时伏，再听话再好使唤的灰骡子也扛不住了，倏地前蹄腾空而起，说时迟那时快，齐建业飞身顺势把即将跌落的领导夫人扶住，眨眼间把驮篓牢牢地扛在肩上，两个孩子有惊无险。齐建业面对这突如其来的变故吓得浑身颤抖。受了惊吓的夫人死活不再坐骑灰骡子了，在这进退两难之际，绥远方面还有零星的小股子战斗，骡子经受不了枪炮声的惊扰。为了万无一失，齐建业干脆把与自己朝夕相处的灰骡子撇下，用布单裹了孩子背到自己背上，怀里再抱一个，弯着腰弓着背慢慢地移动，躲避炮火的袭击。

那被撇下的灰骡子依然寸步不离地跟着齐建业，好像在对自己的失职表示忏悔。它不时地扬起头打喷嚏，意思是自己能为主人干点什么。有灵性的牲畜非常让人体贴，能够不怕战火的牲畜更让人心疼。要想穿过封锁线，安全地完成护送任务，再好的牲灵，再通人性的牲畜也没有人的反应快。人可以伏在地上匍匐前进，四条腿的骡子可不会伏地爬行。保护好领导的孩子，比什么都重要。

现实告诉齐建业，安全第一。没有安全，党交给的护送任务就要落空。领导的嘱托时时在齐建业的脑海里翻腾。白天走不了，就夜行；夜行目标大，就分组行动；分组不行，就单个行动；单个行动遇上炮火袭击，骡子受惊，无法行动，就只能把牲畜扔掉。总之，一切为了安全。在告别灰骡子时，齐建业眼里的泪水夺眶而出，他抚摸着自己的战友。前前后后有好几年时间了，灰骡子一直陪伴着齐建业出出进进，从来也没有离开过。可今天就要与灰骡子分手了，他抚摸着灰骡子的鬃毛，紧紧拿在手里的缰绳松开又攥紧，他依依不舍地拍拍灰骡子的脖子，与灰骡子告别。这种疼痛不管谁都难以承受。命令比天大，党的任务不能被感情因素所阻挡！

红军长征爬雪山过草地，为了保存体力，为了生存下来，为了新中国诞生，为了星星之火，在弹尽粮绝的情况下，不也是把随行的马都杀了吗？

今天为了安全，为了党的嘱托，舍弃灰骡子就有点心疼了。为了安全，就算付出生命的代价也是值得的，但把灰骡子割舍掉比舍掉自己的命还残忍。泪水再次模糊了双眼的齐建业，心里头那个难受无法用语言表达。灰骡子有力气好使唤，为了驯化灰骡子，齐建业可没少花精力啊。灰骡子是齐建业地地道道的好伙伴、好战友。

齐建业怀中的孩子用圆溜溜的眼睛盯着他，渴望他做出艰难的选择。一头是领导的嘱托，一头是生死与共、共赴患难的伙伴战友。干大事业在关键时刻犹豫不得。齐建业松开灰骡子的缰绳，拿了荆条朝着灰骡子使劲地抽了起来。灰骡子腾起前蹄，仿佛在对齐建业的不近人情做出激烈的反抗。齐建业趁着灰骡子反抗的刹那，背上背着，怀里抱着孩子弯着腰越过封锁线，密集的炮火阻断了他与灰骡子的牵扯。一阵炮火过后，视线模糊的齐建业再也看不到灰骡子了，幸亏背上和怀中的孩子安然无恙，他总算长出了一口气。

原来铁路附近有好多敌人的炮楼，时不时朝铁路方向打上几炮，用于火力侦察，这也是心虚恐慌的敌人在做最后的挣扎。齐建业率领的护送队伍各自为政，分散行动，并没有引起敌人的警惕。越过封锁线时，大伙按照齐建业的吩咐，打扮成逃难要饭的，把能丢的东西都扔掉，衣衫褴褛、蓬头垢面的逃荒人已不是敌人怀疑的对象了。就这样，大伙走走停停，终于走过了封锁线。天佑护送队伍，除了失去所有牲畜外，全体被护送的领导毫发无损，齐建业心里的一块石头落地了。

失去了牲畜的驮运，护送队员们在齐建业的带领下个个振作精神，能背就背，能抱就抱。齐建业则把一个孩子背在自己背上，另一个由马建荣帮忙照顾。他认为自己已经失去了灰骡子，背上这宝贝疙瘩比他的生命还重要，千万不能再有什么闪失了。

一起的哥们儿弟兄都看齐建业的脸色行事，紧跟着齐建业长途跋涉在茫茫大草原上。这里相对要安全些，踏上大草原，没有了战火的洗礼。内蒙古已解放，东北的解放也胜利在握，辽沈战役即将结束。振兴东北，组建东北人民政权就落在了齐建业护送的这些领导人身上。齐建业深感自己肩上的责任重大，连撒泡尿的工夫都不敢掉以轻心。

走出关隘，步入草原，眼前一片明亮。战火夺走了亲爱的灰骡子，习惯于和牲畜打交道的齐建业每时每刻都在渴望这护送队伍里能有几匹牲口该有多好啊。草原上有的是马，有的是蒙古包，能不能在这里补充上一些马匹呢。长途跋涉，大伙体力消耗太大，对完成护送任务是一个极大的挑战。齐建业心里翻腾着买马的事，一刻也不能迟缓啊。可买马囊中羞涩，拿不出银两，你总不能去赊账吧。

齐建业的想法也是领导的主张，好在领导那里还有些银两。财务人员和齐建业到蒙古包里和牧民们商谈买马事宜。牧民们听说有重要领导路过此地，蒙古大叔当下拍着胸脯让齐建业到马群里任意挑选。这偌大的马群，驯服过和没有驯服过的一时难以辨认，给了齐建业一个滚烫山芋，一时难以下手。马主人看出了齐建业的难堪，亲自到马群里挑选经过驯化的马匹，一共挑选了十匹好马。当财务人员拿出银两要给马主人时，蒙古大叔一概拒绝。他认为这是他前世修来的福气，能够资助一下过路的高人，这是他积德行善的天赐良机啊。他双膝跪在地上，面朝苍天三拜三叩念念有词，认为这是他做了一件不负苍天的大事。何况从这步行草原的人来看，他们可不是一般的落难者，是新中国的筹建者。经再三交涉，蒙古大叔才勉强象征性地收了一点钱。财务主管还在蒙古大叔的带领下，买了拴马的缰绳、辔头和马鞍，一串事儿马不停蹄。经过休整，护送队伍又重整旗鼓，继续上路了。

## 3

齐建业率领树林沟村合作社的护送队伍离开树林沟已经快一个月了，父老乡亲们整天地头饭桌上的话题就是：“现在走到哪儿了，估计出山北省了，应该送到地头了，该往回走了。”淑兰和老放海两人没有辜负齐建业的安排，社里各项工作有条不紊，尤其是坚持多年的夜巡队，在孙淑兰的过问下不间断不放松。每有可疑迹象，两位党员都要交换意见，互相鼓励，互相鞭策。傍晚，当夕阳把笑脸留给山梁的时候，全村人都要手搭凉棚向南河湾张望。他们有一个共同的心愿：亲人们早日归来吧。

树林沟从建社、土改，到现在的发展，中间有好多不和谐的插曲。工作队队长汪凝和狗赖子在运动中乱作为，搅乱了人心，干扰了合作社的正常工作。现在终于走上正道了，在这百业待兴、万物复苏之际，偏偏遇上了县委指令，但愿护送队快去快回，树林沟等待你们早日凯旋。

南河湾的苹果涨红了脸，南山谷子笑弯了腰，北山玉米露出了大金牙，树林沟一片丰收在望的景色令人流连，让人陶醉。尤其是畜牧业的发展，骡马成群，牛羊满圈，集体事业蒸蒸日上。

美事连连，可不想发生的事，往往就会发生。眼下，人家邻村人牵着一匹母马找上柳凤兰给母马配种来了，按说这种活儿柳凤兰轻车熟路，根本算不了什么，可问题就出在这轻车熟路上。像往常一样，把高大的种驴遛上几圈，柳凤兰顺势把控，对准母马穴位给捅了进去，谁知地方给弄错了，捅到母马肛门里了。突发的事故让人目瞪口呆惊慌失措。母马浑然倒地，四蹄腾空蹬了几下，好像在向人们发出死前最后的控诉，不动了，眼睛还没合上，死不瞑目啊！这下，这邻村人不干了，要求赔马。柳凤兰就是再长上两张嘴也说不清这活生生的事实。“怎么办，你赔不赔？你树林沟不是马多吗，赔一匹就够了。”柳凤兰吓得跑回家，关上门，打哆嗦去了。

邻村人可不吃你这一套，他径直走到树林沟马圈里牵了一匹母马打道回村去了。谁也没有拦，就是去拦也拦不住，毕竟自己理亏。

树林沟一下子炸锅了，全村人直指柳凤兰这个瘟神。人们不得不想：从办合作社到现在以及刚刚发生在柳凤兰身上的丑事怪事，没一件能见得了人，没一件能摆上桌面。孙淑兰更是心急火燎，村里人议论归议论，关键是老放海闻讯后要到邻村要马去。你一个人单枪匹马能对付得了人家全村人吗？何况这是咱的失误，咱没理。非常时期，非常想念说话掷地有声的齐建业啊。“建业啊，你在哪里？家里可是火笼鏊子都着火了，我和老放海招架不住了。我们对不起你啊，我们对不起全村社员啊！”全村社员有议论有发声很正常，眼前主要是由谁来饲养这几匹种马种驴，谁来伺候这几匹树林沟畜牧业的功臣？眼下还没有最佳人选。思来想去，还是朱老伯这位合作社的老功臣最合适。可按朱老伯的脾性，他才不会去插手这份由别人操持的工作呢。事情发展到这地步，容不得瞻前顾后了。孙淑兰怀着忐忑的心情敲响了朱老伯的家门，还没等淑兰张口，朱老伯对淑兰道："种畜我已喂上了，下面我正准备给饮水去呢。你不用担心，柳凤兰不干了，社里的功臣不能没人管。"听了朱老伯的话，淑兰心安了，赶紧出了朱老伯家门去找柳凤兰去了。

淑兰心想：柳凤兰再赌气也不能赌到这种地步吧，既然出事了，我们就事论事，过去的就过去了。你闷在家里，撇下一切就能把事了结了？

"砰，砰，砰……"淑兰敲着柳凤兰的家门，但一直没有回应。看来，柳凤兰准备一直这样抵赖下去了。淑兰又想，自己脑子进水了，即使柳凤兰开了门，又能怎样，你能处理了？这也是人家不搭理你的缘故，你还心急火燎三番五次地找人家，真是吃多了撑得你瞎跑。其实细想也是，眼下最当紧的种畜们由朱老伯饲养上了，被邻村人牵走的枣红马，估计一时半会儿也出不了什么大事，当前稳住阵脚再说，一切问题等齐建业回来再说吧。

柳凤兰自觉理亏，知道自己犯下了大伙不可饶恕的过错。现在，关键是把马给找回来。只有把马找回来，其余一切都是小事一桩。柳凤兰给狗赖子做了整夜的工作，把百般武艺都用尽了，软磨硬泡，一个晚上把狗赖子耍弄得精疲力竭。狗赖子想，从结婚到现在他还没享受过如此优厚的待遇，平时只有他有求于人家，并且是求爷爷告奶奶地要求和人家做那事。事到如今，柳凤兰认为只有狗赖子这个泼皮赖鬼才能帮她找回社里的母马来。一个晚上的折腾，狗赖子终于答应了柳凤兰往回找马的要求。

## 4

朝着东北方向，护送队伍沿着草地边沿缓缓地行进在呼伦贝尔大草原上。蓝天白云下，苍鹰背负青天朝下看，白云般的羊群点缀在碧绿的草原上慢悠悠地移动，仿佛钱塘潮在涌动，惹人思绪万千。尤其是一阵秋风吹来，那翻滚的草浪将羊群一会儿覆没，一会儿显现。重整的护送队伍又以原来的编制继续前行，开阔的草原抹去了齐建业搁在心头的一片愁云。经过失马买马这个过程，让他切身感到内蒙古人的厚道、淳朴、友善。想到即将迎来的全国解放，全国人民在党的领导下建设新中国的幸福，感觉好像喝醉了一样……大伙加快了行进的步伐。

白天大伙各自都在照看自己的牲畜，忙得没空掰扯什么，只有到了晚上把牲畜们伺候妥善了，大伙才能抽空聚到建业跟前一起唠叨扯拉一天的劳累和疲乏。从建社到现在，拉货、崔良、马建荣、老放海、朱老伯、孙淑兰一直陪伴在建业周围。由于护送任务紧迫，安排老放海、朱老伯、淑兰在村里掌管村里的一切。现在天各一方，村里人惦记护送人，护送人牵挂村里人，也只有在这种时候，大家的心贴得最紧。

“估计这会儿狗赖子和柳凤兰不会再闹腾什么事了。”崔良把酒壶递给建业时，冒出了这么一句话。“你是哪壶不开，提哪壶。”拉货回了崔良一句。一壶老酒，大伙你喝一口，我啜一口，既体现了情谊，又体现了哥们儿间的互相关怀。

“良叔的担心是有可能的，最近我两眼老是跳，我也在想，村里不会出什么事吧？”齐建业担心地说。

“事情的发生发展，总得有个过程。我不信，他俩现在还有什么能耐再去蹦跶。”马建荣补充上这么一句。

“但愿一切平安。”崔良接着说。

“狗赖子、柳凤兰，那可是天下绝配，夫唱妇随一对瘟神。”拉货把自己对狗赖子的不满做了表述。

“世上万物都有它生存的空间，两口子之所以能在树林沟瞎折腾，有我的责任。当初就不该让柳凤兰去饲养种马。”齐建业陷入一种深深的自责中。

今夜无眠。

一天的困惑只有在晚上才能被释放，因为只有在晚上大家才能聚到一起，敞开心怀，畅所欲言，把一切烦恼向同伴向战友倾诉，把所有欢乐和大伙分享。把酒言欢、对酒当歌也是树林沟这几个老弟兄们的一种乐趣。离开了家，大伙每晚能聚聚，就有家的感觉。自从进入大草原，领导考虑到大家一天的辛苦，就指示后勤保障人员想办法买点酒，晚上宿营后，好让护送队员们驱驱寒解解乏。也正因为有了酒，大家才有了聚在一起的依托，有酒，无尽的话语才会涌上心头。酒是兴奋剂，有酒话就多。就一口辣椒，喝一口烈酒，疲劳顿消，逐渐兴奋。于是每晚例行的酒会照开，话题从树林沟到护送路上，从天上飞鸟到地上黄羊，无所不及，一吐为快。

这一路风雨兼程的护送任务给予齐建业许许多多平时接触不到的实践与思考。在失马买马这个问题上，他对“舍得”的内涵有了进一步的理解和感悟。

穿越封锁线，大家丢失和舍弃了不少财物，尤其是与齐建业患难与共生死相交的灰骡子，那真是难舍难分啊！时过境迁，一转眼又得到了如此剽悍的马匹，虽然大伙舍弃了不少财物，但守住了被护送队员们的生命安全，守住了护送弟兄们的生命安全。

齐建业心里一直在琢磨着，关键时刻还是有党的领导，是分局领导的明确指示，舍弃牲畜保全性命，保全队伍；又是分局领导要求草原买马，重整护送队伍，继续朝着东北前进。这一切让齐建业感慨良多。

如果没有分局领导的及时指示，自己兴许还会留恋灰骡子，不愿舍弃灰骡子，其结果肯定不堪设想，现在回想起来还一身冷汗。在领导的英明决策下，集结疏散队伍，重整士气，挺直腰杆，继续向着东北前进……

又是一堆篝火，又是一壶老酒，又是大伙喋喋不休。

“要是没有领导及时指示，咱现在会是个啥情况？”齐建业把酒壶递给拉货时，询问大家。

“那还用问，肯定乱成一锅粥了。”拉货顺便搭话道。

“那，咱们就不会像现在一样围坐在这里了。”马建荣接过话题接着说。崔良一直在小心翼翼地拨弄着火堆，一言不发。

“后果不堪设想。县委领导的期盼，都将会成为不可想象的泡影！”齐建业心惊胆战地说。

“你的担心，不会有。咱这不是有分局领导的直接指挥吗？人家是啥背景，人家啥场面没见过，这么一个坎就迈不过去，还去东北去，这可是党给的大任务啊。依我看，咱所护送的领导，不是一般的领导。”拉货总是有说不完的话。

自从失去一帮善解人意的牲畜后，整个护送队伍就像蔫了一样，总是打不起精神来。尽管分局领导及时指示帮大伙买了马匹，拉起了队伍，但往日的精气神不知跑哪儿去了。齐建业深知其中的愁滋味，自己作为一名党员，在关键时刻不能掉链子，包袱越背越重。自己首先要从失去灰骡子的痛苦中跳出来，毕竟所有被护送人员的生命安全得到了保障。队伍从溃不成军到重整旗鼓，这就是胜利，这就是护送成功的第一步。

听党话，跟党走，是齐建业入党那天的誓言。在以后长期的生产生活中，他越来越明白，信念与执着是干好一切工作的前提。

在这次护送中，在慌乱中，是分局领导当机立断：“隐蔽身份，分开行动，以商贩为假象，急速行军。”如果陷于过多的惋惜中必然会失去赶路的机会，关键时刻摆脱羁绊，舍弃包袱，坚守队伍，事业才能有所发展，有所进步。这是一堂活生生的党课，是在党的领导和关怀下，他才躲过了灾难，避免了失败。

茫茫草原，水草丰盛，蚊子也出奇地多，简直是灾害。虽然时值深秋季节，但遮天盖地的蚊群并没有因为季节更替降低它的吞噬能力。摆脱蚊群进攻，保证队伍安全行进是迫在眉睫的大事。分局领导指示立即修正行进方案，走出蚊区，进入察哈尔直奔东北。

那满天的蚊子如狼似虎，没有足够的马尾刷应对不了那黑压压的蚊阵。飞蚊成阵，声响骇人，人马陷入困境，进退两难。蚊子慌了，有血就吸，有皮就叮，马儿们不停息地甩尾巴打喷嚏发出声声嘶鸣。

队伍终于踏上了东北土地，绥远给甩到身后了。再见了，辽阔的大草原；再见了，凶猛的蚊阵。抚摸身上一串串又痒又疼的疙瘩，挠也不是，挖也不是，又痒又疼，真是遭大罪了。草原的这一趟行走，不仅没有赶出路，还叫人和马都受了折磨。实践会随时改变人们的思维，假如没有蚊阵的侵袭，也许护送队伍还会在辽阔的大草原上享受大自然的恩赐。蓝天白云下，如浪翻卷的草原上点缀着万千叫不上名的野花。那如白浪一样涌动在草原上的羊群，那骑着马，用套马杆子随时纠正马群移动方向的牧马人，那远处岿然不动的山峰，几只雄鹰时而上掠，时而俯冲，好一派北国风光！如果没有蚊子肆虐，躺在碧绿的大草原上享受草原美景是多么惬意！这里应该是画家的天下，应该是诗人的天下，这里永远不会属于只会赶牲畜的庄稼人。

你留恋的往往是最难以忘怀的。

## 5

解放大远的隆隆炮声由远到近，由稀疏到密集。武勤、武玉叔侄俩由家钻到地窖里，整天在恐慌中打发日子。由于平时没有积蓄，二人到了食不果腹的地步，处于吃了上顿没有下顿的窘境。近来由于护厂，哥哥武劲也常常夜不归宿，老爸武德参加护校活动隔三岔五才能慌慌张张地回来看上他们一眼。

解放大远板上钉钉，陆羽政权摇摇欲坠，到处抓人，到处杀人，到处恐慌，山雨欲来风满楼啊。市民们整天提心吊胆地过日子，生怕有横祸找上门来，家家锁门，户户关窗。陆羽开始清剿各路人马，各路卧底及被怀疑人员立马处决。督军府内戒备森严，最近共产党的卧底接连被处决，刚刚又枪杀了一批嫌疑犯，弄得府上府下草木皆兵、人人自危。副总督兼秘书长连书之更是出入不寻常，好在有六妹子陪伴，他也就认了。都督陆羽为了安抚军心，把六妹子留下来，证明自己还会回来，证明大远还是他陆羽的大远。临行前一天，陆羽还特地到城隍庙转了一圈，这里有他为老父亲精心修缮的养心斋，面对昔日辉煌，他潸然泪下。他一步三回头，这位曾发誓要抬着棺材上战场的主，看来大势已去。从那一步三回头的步履足以看出他内心的煎熬和彷徨，对即将告别的大远还是那么眷恋。这里有他近四十年的奋斗足迹，大远的大街小巷都凝聚着他的心血。

武家父子面对陆羽的苛政感到很恐惧，武德整日守在学校寸步不离，武劲参加护厂一刻也不能松懈。武勤和武玉叔侄俩从哪儿也弄不到一点可以饱腹的东西，院子里攒动的人群告诉他俩，只有那棵高大的榆树才是他俩活下来的救星。开初还能摞着榆钱吃，接着榆树叶、榆树皮都被吃光了，高大的榆树经不住大伙抽筋剥皮。幸亏院子里居民不算太多，再加上人家都是土生土长的大远人，平日家里多少有点积蓄，不像武家父子当日买米当日吃，遇到这非常时期，这日子只能在吃树叶、树皮中度过。

一九四八年四月二十四日，在死亡线上挣扎的武勤、武玉和大远市人民一起迎来了大远的解放。人们欢欣鼓舞，敲锣打鼓地走上街头庆祝大远解放。全城沸腾了，地窖里的生活，吃榆树叶子的日子一去不复返了。解放军打开粮库，给饥饿的人们发放粮食，发放各种日用品，人民的生活一下子有了翻天覆地的改变。叔侄俩高兴得跳啊叫啊，难熬的日子总算熬过去了。随后的日子，按照政府安排，他俩相继走入校门，开始了新生活。

武德、武劲父子俩因为护校护厂有功分别被单位录为正式职工。武家三代四口人相继落户大远，生活的篇章从此翻开了新的一页。上班的坚守工作岗位，上学的铆足劲刻苦学习，极力挽回失去的年华。

## 6

在柳凤兰的耐心“工作”下，狗赖子终于鼓足勇气往回找马。邻村距离树林沟也就是一顿饭的工夫。吃罢晚饭，狗赖子还在磨蹭，还没有利索行动。柳凤兰着急了。

“你这是磨蹭啥了？我看你根本就没那本事。从早上磨到现在，还不见你有一点点动静。”

“我就是偷也要把马给你偷回来，你就等着瞧吧。”狗赖子撇下这句话，迅速迈出家门到邻村找马去了。其实狗赖子盘算了一整天也没有盘算出个道道来。最后动了歪脑子，想摸黑去邻村趁人不注意，不管是偷是抢，横竖把马弄回来，给这个泼妇有个交代就是了。

趁着黄昏，炊烟笼罩的树林沟慢慢被夜幕所遮盖，天幕上已有星星镶嵌。心怀鬼胎的狗赖子蹲在邻村村口已经有点不耐烦了，只见牲口圈旁人烟散去，饲养员给枣红马喂上夜草，回家了。枣红马昂着头仿佛向蹲在村口的狗赖子打招呼呢。该出手时就出手，鬼鬼祟祟莫等候，机不可失，时不再来。狗赖子鼓起一百二十个胆，胆战心惊地溜进马圈，用颤抖的不听话的双手慢慢解开拴马缰绳，九十度弯腰拉上马，屏住呼吸，一步，二步，三步……慢慢挪出马圈。出了村口，深深呼吸了一口，不管三七二十一，狗赖子翻身上马，一会便回到树林沟。这一切竟然发生得神不知鬼不觉，只有天上繁星眨巴着眼睛看得一清二楚。

狗赖子牵着马敲响孙淑兰的家门，非常骄傲地对淑兰说：“马，我给社里找回来了，今后就不关我们什么事了，以后少找我家的不是……”

“枣红马，找回来是好事，但我家又不是马圈，你把马往我家牵，这就不对了。”

“树林沟，除了姓齐的，还不是数你能，马不往你家牵，不给你有个交代，过后有麻烦和谁说去。你究竟管不管？利索点！”看着狗赖子咄咄逼人的态势，孙淑兰多了几分警惕，心想：这夜，黑咕隆咚的，把狗赖子指给老功臣齐放海最合适，便随口对狗赖子说：“社里事现在由齐放海管，我管不了，你找他去吧。”对于狗赖子这号瘟神还是谨慎点好，孙淑兰是这么想的，也就顺水推舟，想把狗赖子给打发了。

“我，就要找你，找的就是你！你究竟管还是不管？婆婆妈妈的，给个痛快话！”狗赖子见孙淑兰有推诿的意思，反倒来劲了。

“社里的牲畜有专人管，你这是立了大功咧。我不带麻缠你，你倒来劲了。你说，你究竟要干什么？”狗赖子向来吃软不吃硬，见孙淑兰发脾气了，也就软了。

“那我就找放海去。”狗赖子满肚子不高兴，悻悻地把枣红马牵上找老放海去了。

护送队伍经过一个多月的奔波，护送任务总该画上一个圆满的句号了。一个月来，与分局领导出生入死，克服了常人难以克服的困难，那过封锁线的紧张，那失去牲畜的痛苦，那被蚊子叮咬的难堪，那篝火前的唠嗑……一切都过去了。

分局领导特意抽出时间，看望了准备返回树林沟村的全体护送队员，对一路上所需的开销，路上安全，返回路线的选择等都一一进行了安排和叮嘱。领导与大家一一握手话别。当领导与齐建业告别时，那握手时间分外长，久久不愿松开，那是感激、那是信任、那更是理解和鼓励。领导把憋在肚里话说出来：“建业，你知道我叫什么名字吗？”齐建业一脸漠然，不知道该怎样回答领导。

“我姓党，名干部，是一名党的干部。”这简短的自白显示了党的秘密和党高级干部的修养和为民情怀，让齐建业备受感动，永志不忘。分局领导拍着齐建业的肩膀深情地说：“好样的，加油干！我期盼你做出更大的成绩。”领导语重心长的嘱托，让齐建业与领导的手握得更紧了，久久不愿松开，千里送行总有一别。

再见了，尊敬的领导！再见了，亲爱的战友！

齐建业与大伙告别了依依惜别的领导，带领着树林沟弟兄们朝着山北方向踏上了归途。

## 7

武劲的心早已回到树林沟。那儿有他的牵挂，有他的母亲、妻子、弟弟、弟媳，所有家人。老家早已解放，合作社的成立，把大伙集中在一起。人们集体劳动，集体收获，真正应了《创业史》作者柳青的那句名言："家业使弟兄们分家，劳动又把一村人团结起来。"树林沟一派欣欣向荣的景象。

翻过一座又一座山，蹚过一条又一条河，武劲回家心切啊，一路朝树林沟村走来。到了南河湾，眺望隔河坐落在半山腰的树林沟，他屏息凝神，他害怕他的担心变为现实，于是提着一颗心趁着夜色慢慢向村子里摸来。眼泪模糊了他的视线，不小心与一棵槐树撞上了，额头上一下子火辣辣的。顾不上疼痛，三步变作两步，终于摸到了本家叔叔的屋门。本家叔叔属于比较富裕的种地人，在他的带领下，见到了满头白发的老母亲。母子相见时那个惊喜、那个牵挂，立刻化作号啕大哭……

"嫂子，这不是好好的吗，快给劲儿弄点饭吃吧。"老母亲从悲痛中被本家弟兄唤醒。

"劲儿，妈给你弄点饭去！"

"妈，我不饿！"

树林沟的黑夜来得早，偶尔有几声家畜叫声划破夜空，人们往往在这催眠曲的伴奏下早早地进入梦乡。然而，武家今夜无眠……

老母亲项妮和大儿子武劲有倒不完的苦水，有说不尽的悲欢离合。从政策稳定到加入合作社，从四处流落到有了固定生活……埋头谛听母亲的辛酸，他心里满是自责和内疚。

按照预定设想，武劲拜访了树林沟的众位父老乡亲。对武劲的突然出现大家喜忧参半，更多的是弄不清他的来路与目的。大伙还是按照人情风俗、礼仪节拍互相寒暄着。武家老大心里清楚，自己是向父老乡亲表明自己对村里照顾家人的一点心意。哪怕是一块手帕一双袜子，村上人，只要是年长或与武劲父母年龄相仿的，人人有份。村里人对武家的人情还是有的。武家人祖祖辈辈乐善好施，对村里有困苦的都曾给予过接济。

老大武劲这次回来主要是将母亲接到大远，武林还继续留在树林沟生活，好在日后逢年过节时祖坟上有个上坟烧纸的。村里人有个习俗，你家就是再紧张，待到清明时总不能没有个上坟烧纸祭奠祖先的人，这是代代相传的村规民约。乡亲们多年不见，见了面互相嘘寒问暖是祖传规矩，有的还要相邀到家吃上一顿饭才肯罢休。这种习俗一直被世世代代流传着。

树林沟村这个黄土高坡上的山村，虽然贫穷，但在齐建业的带领下，即便遇上运动也左右不了人们时时向善、事事向美的脚步。

新政策来了，“婚姻自由”适合每个中国公民。白家姑娘白娟再也按捺不住自己了，她不停歇地跑村公共事务管理所，要求与田二毛解除婚姻关系。村公所是党在农村的一级行政组织，负责处理村民的一般民事官司及日常邻里纠纷。村公所刚挂牌接手的第一件官司就是白娟离婚案。新时代，婚姻自由，不甘情愿的婚姻，任凭你人为操弄，最终只能分道扬镳，各奔东西。

田二毛这个狗赖子的马前卒，曾经跟着狗赖子在树林沟一度闹腾得鸡飞狗跳不可一世的“人物”，也终于有了报应。狗赖子指东，他不敢朝西，在狗赖子面前唯唯诺诺马首是瞻。最终，白娟一朵鲜花插到田二毛这块牛粪上了。

面对眼下的变故，田二毛束手无策，整天泡在酒里，还找上狗赖子，想从狗赖子那里得到一点锦囊妙计。狗赖子连自己的事还忙不过来，哪有心思过问田二毛的事。真是渡河不力，芦根绞住，屋漏偏逢连阴雨，倒霉事一件接一件。到这时辰了，田二毛还找狗赖子，狗赖子借机发泄，把田二毛狠狠数落了一顿。

“你会弄个啥咧，好不容易给你找下个婆姨，你养不了，你不谢恩，反倒来问我怎么办来了……”

田二毛灰不溜秋像霜打的茄子一样，提不起一点精神来。用醉生梦死的方法来打发日子。

经过村公所讨论，依照婚姻自由精神，白娟和田二毛最终还是解除了婚姻关系。这是树林沟村第一宗离婚案。

强扭的瓜不甜，强迫的婚姻不美满。白娟挣脱了分配婚姻的桎梏，自由恋爱自由结婚了。这是党领导下的人民政府顺民意合民愿的有力举措。

# 第三章　还马

## 1

齐建业率领护送队伍风雨兼程终于回到了树林沟，亲人们每天踮着脚尖朝南河湾张望的日子也终于画上了句号。出行时还是满山翠绿，现在满山遍野一片金色，收获的季节到了，这是树林沟合作社成立以来第六个丰收年了。人们早出晚归地劳动，就是盼望这一天的到来。在齐建业离开的这一个多月里，树林沟基本上没有什么大事发生，难缠的就是死马、赔马、找马这一摊子事。人家的马死了，邻村人要求赔马，把马给牵走了，狗赖子又把马从邻村给偷回来了。

齐建业听了齐放海、孙淑兰的工作汇报后，当即决定给邻村还马，并要自己亲自去还。齐放海这下挂不住了，为了守好这匹枣红马，他可是时时操心，事事留意，生怕马再丢失，为此和邻村要马的人还没少干过架呢。齐建业就树林沟和邻村做了上上下下的比较，结论是“还马”。树林沟村家大业大，在方圆几十里内，没有哪个村能与其相提并论，就是整个山北省也没几家。为了区区一匹马，闹得大家都像仇人似的，多么不合时宜啊！友邻为贵，友邻为善，兔子还不吃窝边草呢。大伙依照树林沟的模式都先后成立了合作社，都在走集体化道路，在社会主义道路上携手前进才是大道理。主意打定，齐建业用护送路上失去灰骡子，然后买马的过程说服了大家，要大家眼睛向前看向远处看，要在生活中慢慢理解“舍与得”的辩证关系。一句话，有“舍”就有“得”。操持一个家难，操持一个集体更难。

齐建业牵着枣红马告别了依依惜别的乡亲们，踏上了去邻村路的那一刻，他蓦然有点进退两难了，失去灰骡子的画面再现脑海，几乎要将他击倒。那是刻骨铭心的痛啊，那是今生今世难以越过的坎。现在手里牵着的枣红马可是树林沟畜牧业首屈一指的有功之臣啊。

“我姓党，名干部，是党的干部……”分局领导送别时的叮嘱再一次回荡在齐建业耳畔。齐建业深知自己肩上责任的分量，于是他牵着马，步子迈得更大了。

武家人在大远相聚了，家里有人收拾，家就像个家。老妈项妮把这个家整理得像模像样，该洗刷的都洗刷了，该缝补的都缝补了，家里一片和谐，一片安宁，这就是生活。也每每在这个时候，老妈项妮就会想起自己心疼的大儿媳。那是一个风雨交加的黑夜，在一座破庙里，大儿媳翠花一下子得了急症，脸色苍白，呼吸急促，嘴里还在隐隐念叨着：“劲……劲……”老妈项妮回天无力啊，在那漆黑的荒野，在那破庙里，大儿媳撒手人寰了……老母亲项妮无法向大儿子交代啊。

在夜深人静的深夜，武德靠拢到老伴项妮的身旁，拉了拉老伴。

“伴，咱那些白的（银子）、那些黑的（大烟土），你都弄到哪儿了。”

“都交农会了。”

“你把白的（银子）、黑的（大烟土）都给交了！”

“你是要白的、黑的，还是要人？你是要财，还是要命？”

面临生与死的抉择，老母亲项妮一咬牙，把家里深埋的财物全部拿出来，由武林交给工作队。项妮铁了心把所有财产交出来换人救人。

武德听了项妮的诉说，干咳了一声，陷入了深深的痛苦中，后悔当初不该把所有财物交给这个经不起恐吓的女人。现在财是没了，但人总算活下来了，总算捞住一头。眼下这日子还得过，昔日的风光已经远远地离开了武家，如何东山再起，再造武家辉煌，这路还长着呢，恐怕他这辈子是没希望了。想着，武德伸长手急速甩向脑门——狠狠抽了自己一巴掌。这声响惊动了项妮，她没有理他，滚动着身子，朝一边去睡了……

钱没了可以再挣，人没了，这辈子就画上句号了。天不灭我，我自有活法，一切都过去了。现在又举家团圆，这也是天道。回顾那几百年的老宅，那子孙都享用不完的财富……武德陷入几乎不能自拔的境地。从先祖到自己，武家一直秉承积德行善的家风，从不与人争抢，一年四季仅仅依靠地租就能维持全家人的吃喝。遇上天年不好自己还主动接济穷人。清朝道光年间，天下闹灾，武家煮粥施救，周围三五十里都知道武家恩德。眼下陆羽政权的倒塌，新旧政权的更迭顺理成章。时势造英雄，时事造财富，只有融入社会，才会有自己的生存空间。

“睡吧，活着比什么都强。银两是人挣来的。只要有人，什么都能挣回来。”

“睡吧，一切都会过去。”老伴项妮一再催促。武德抱着无可奈何花落去的心态似睡非睡。

## 2

黄土高坡的秋天分外迷人，山坡上一嘟噜红一嘟噜紫好像万千巧手绘制的天然织锦。秋风吹来，那织锦翻动，彩潮如澜。在这彩潮涌动的乡间小路上，齐建业的心情从来没有这么舒适惬意过。山河胜景美如画，社里社外是一家，守望相助富大家。齐建业回想自己从一个不谙世事的农村小伙，慢慢成长为一个共产党员，从一个小农经济的贫困户，成长为一名合作社的当家人，实实在在有许多感慨，尤其是经历了护送分局领导的启发教育更是刻骨铭心。在生死关头，在自己犹豫不决的刹那，是领导毅然决定“弃马保人”，才使自己避免了一次重大失误。关键时刻，还是离不开党的英明决断。前车之鉴，还马是必然的。在这秋意盎然、万物铺锦的季节，还马是必然选择，不能依依不舍，绝不能被枣红马是树林沟畜牧业发展功臣的定论替代还马的决心。尽管齐建业心里有些矛盾，这位黄土高坡上的汉子主意一旦打定，开弓没有回头箭，驷马难追。

邻村乡亲们早就听说树林沟社长齐建业要来还马，大人小孩老早就聚集在村口迎接这位尊贵的客人。

“乡亲们，让大家久等了，对不起大家了！”村口男女老少一听齐建业这么随和、这么诚恳，顿时高呼：“领导好，领导辛苦了！”那喊声震动山谷，响彻云霄。村里要接马的人想从齐建业手里接过牵马的缰绳时，齐建业接着说：“乡亲们，我来晚了，我今天给你们还马来了，对不起大家了。我要把马亲自还到马圈里，我要把马牢牢地拴在喂马的槽栏上，这样我才放心呢。树林沟人，以后永远不会做这种傻事了，对不起大家了。”齐建业的话和行动深深地打动着大家，融化着大家，冰释前嫌。“人家见过大世面的人说话就是不一样！”邻村的人们听了齐建业的话在议论着，感慨着……

# 第四章　艰苦创业

## 1

树林沟合作社的生产生活一直都在顺风顺水地发展着，各项事业都在按照计划正常运转着。然而，天有不测风云，养殖场里的猪生病了。一天工夫，就死了十来只，饲养员老孟火烧眉毛急得团团转。齐建业跑到猪舍前，查看疫情，只见猪们嘶叫几声，原地打个圈，倒地四腿扑蹬两下，口吐白沫就死掉了。疫情紧急！这情形深深刺痛着齐建业，当下决定：一，迅速找医生；二，差人骑马火速进城，城里肯定有良医有好药；三，把病猪进行有效隔离；四，猪舍撒生石灰消毒；五，集中给所有大小猪喝柴胡大黄水下火降体温……一切都在有条不紊地进行着。饲养场在齐建业的有力指挥下，经过有效处置，猪的死亡率降下来了。但是在老孟看来，这突如其来的猪瘟让人猝不及防，要是合作社有所兽医院该有多好。老孟的想法正是齐建业的主张，组建兽医院刻不容缓。在领导合作社的生产生活中，齐建业清醒地认识到，人们在同大自然做斗争的时候，与病魔的斗争也顺理成章。生产生活把人们磨炼得既聪明又能干。在齐建业的全面指挥下，兽医院、合作社医院、幼儿园、学校都在紧锣密鼓有条不紊地筹划着修建着，这一切的运作都适应着树林沟的发展。连稍后的供销社、信用社的建立也都在齐建业的规划中。一张全面振兴树林沟的蓝图在齐建业心中逐步完善，一个更具规模的合作社即将在树林沟建成。齐建业认识到，只有把群众从各种束缚中解放出来，群众才能心情舒畅地投入合作社的各项建设上来，这才是领导者的最大责任。

## 2

在树林沟，还是当初建社时的老伙伴们，还是齐建业在说自己的想法："因猪瘟想到建兽医院；因大人们都去干活，孩子没人照顾，想到建幼儿园；因孩子们没学上，想到建学校；因人们有病没处看，想到建医院；因日常用品没处买，想到建供销合作社；由人们平日里有点急需，需要凑点钱，经常处于尴尬境地，想到建立信用合作社……总之，一句话，就是为了大家。这么多事这么多单位要建立，由谁建，由谁管，由在座的大家建，由在座的大家管。"齐建业的一席话把大伙说得莫名其妙，大伙纷纷提出自己的看法和想法。针对大家的质疑，齐建业提出了自己的主张。

"可以说，这是我们第二次创业。第一次是组建合作社，大伙当初只是觉得单人单户干活不利索，既窝工又打不下多少粮食。大伙从最初的变工到互助，再到成立合作社，这一步步走来，大伙都是有功之臣。对于大伙多年来风雨同舟、患难与共，我齐建业感激不尽，对大家的付出我时刻怀念在心。先前的付出将成为过去，今后希望大家还是一如既往，继续支持合作社，继续支持我的工作。根据多年的磨合和个人能力以及实践，我做出如下人事安排，有不同意的可以辞职。如何操办？接下来商量。具体安排如下：

拉货组建信用社，任主任。

齐放海组建供销社，任主任。

崔良组建兽医院，任院长。

马建荣筹建学校，任校长。

孙淑兰筹建幼儿园，任园长。

方儒生筹建医院，任院长。

朱老孟筹建养殖总场，任总场长。

“俗话说得好，新官上任三把火，我首先要看你们这三把火怎么烧？有困难大家商量，没有过不去的坎，不想干就请说话。散会！”

齐建业办事向来雷厉风行，把大伙召集起来要大家第二次创业，到会的每个人都感到肩膀上担子挺重有点挑不动的感觉。最让人不好回绝的是“不想干请说话”，这明明是军令状，看来齐建业这次是吃了秤砣铁了心，叫你干就非干不可。大伙心里都有一个想法：干吧，充分发挥自己的一点点能耐。既然从建社起就一直跟着齐建业走到今天了，大伙风风雨雨都过来了，没有过不去的坎，鼓足干劲，跟着建业再走长征路。

## 3

这次集中派发任务，只有孙淑兰提前知晓。以前，孙淑兰一直拖男挈女被家务活缠着困着，让其组织一个幼儿园不是最好的主意吗？齐建业带着自己的想法，兴致勃勃地找上孙淑兰。孙淑兰背上背着一个，怀里抱着一个，炕上还有一个嗷嗷待哺的。昔日那么风光、那么秀丽的孙淑兰被娃们折磨成这样，齐建业看在眼里，急在心上。

“淑兰，淑兰……”孙淑兰没想到社长会来找自己，蓦然听到社长在喊自己，眼泪扑簌簌落了下来。

“社长，你看我上辈子造什么孽了，这辈子落到这地步。娃们的爷爷奶奶在世时，还能帮点忙。老人相继去世了，你看我，社里事帮不上一点忙……”

“找你商量一件事。”

齐建业把自己的想法告诉了孙淑兰，孙淑兰正因为被娃娃们捆绑住不能为社里干点活而发愁，但真正需要她时，她却有点犹豫。原因是自己家庭负担太重，自己还忙不过来，还要去照料幼儿园的工作，好像有点力不从心。

“淑兰，我看合适。这样既能解决你的问题，又能帮社里解燃眉之急。”

孙淑兰听说自己还能帮助合作社，还能为社里解燃眉之急，一下子又高兴了。

“社长，我听您的！幼儿园，咱办。我去联系几个姐妹想办法，办树林沟有史以来第一个幼儿园。”

“有困难社里帮你解决，关键是要有办好的决心和信心。”

“社长，决心信心咱都有。看我孙淑兰吧！”

经过选址和紧张筹备，添置办园所需，一个简朴的能容纳二十名幼儿的幼儿园正式开园了。万事开头难，办幼儿园大伙起初设想的就是把娃娃交到可以让大人们放心的地方，不要磕着碰着就行。开初，孙淑兰也是这么想这么做的。她认为齐建业交办的事，她竭尽全力，再苦再累也会挺过去的。然而事情的发展并没有像她想的那么简单，尤其是春秋两季，园里感冒的幼儿特别多。医院在村东头，幼儿园在村西头，找医生拿药来回跑多烦人啊！满腔的办园热情被这琐碎事给浇灭了不少，整天泡在孩子堆里，一天下来身子酥软得像一摊烂泥，那个难受和谁去说？只有晚上躺在炕上时，向自己的另一半讲述这一天的辛苦。

“拉货，拉货……睡着了？一躺下就像死猪一样。”淑兰踹了拉货一脚。拉货醒了，最近拉货也特别忙，一天忙得头晕目眩，这信用社的事太多太复杂。拉货回到家里根本没心思听老伴孙淑兰的唠叨，一直还在想筹办信用社的事。

“我想咱可不能再生孩子了。”

“这事由你还是由我，谁能想个好办法，不想生就不生了。”

“有办法。那天我去医院给娃娃们打针，唠嗑唠到现在家家孩子多得没有办法。人家大夫说，现在没有什么特别的办法，就是中药还有点办法。如果真是这样，咱就有办法了。”

“那安全吗？弄不好，连人都给糟蹋了，这事要多想想。”

树林沟合作社的千头万绪的事都离不开齐建业，自家事他自然没太多时间和精力去过问。虽然最近各单位确定了负责人，但仅有一个负责人是远远不够的。一大堆设施设备都需要采购，大家都找齐建业拍板定案。齐建业老婆尽量不给建业添麻烦，多年来孩子生了一个又一个，现在已是第四个了。当初生下老二因奶水不足，就把老二送人了，现在老三还招呼不过来，又生下老四。你一个大男人，一天从早到晚，一直忙，忙，忙，除了忙还是忙，家里事，一分不担，这日子过得实在叫人哭笑不得。这老四怎么办？继续送人？都是亲骨肉啊！本来老三奶水就不足，老四嗷嗷待哺，这不是火上浇油吗！好不容易盼到齐建业有空的一个晚上，老伴和齐建业唠叨起孩子没奶吃的问题。

“咱老四出生了，你看这奶水不是很多，供销社有没有可供娃们吃的东西？”

“供销社卖，咱没钱，买不起。养殖场里倒是有几只乳山羊，村里有人家母乳不够吃，就用羊乳代替，效果还不错。饲养上两只乳山羊就能够解决孩子的吃奶问题。可咱这家里，你一个人又要养羊，又要招呼孩子，哪能忙乎得过来啊！”齐建业眉头一皱，“先养上一只乳山羊再说……不行，老四也干脆送人吧。没办法，孩子来一趟世界不容易，他总是一条命吧，总不能让活活饿死吧！”齐建业不知所措地应付着老伴，老伴沉默不语……

树林沟，生了孩子奶水不够吃的还有好几家，这倒成了齐建业的一块心病。县里开会时听说解决孩子吃奶问题，最好的解决办法就是养奶牛，一头奶牛一天可以挤二三十斤奶。按一个孩子一天吃两斤奶，两头奶牛就可以解决二十来个孩子的吃奶问题。这么大的产奶量，按现有孕妇估算，社里养上两头奶牛就能解决问题。一个更迫切的计划在齐建业心里萌发。

## 4

养奶牛的想法在齐建业心里酝酿已久，为老百姓谋福祉的事只要形成共识，这个顾大家忘小家的汉子就会不遗余力地早日去实现自己的梦想。当时，在共和国刚刚成立的情况下，国内奶牛稀缺，这问题要立马解决还不现实，眼下要解决孩子们的吃奶问题，只能从养乳山羊做起。社里的几只乳山羊根本解决不了全村缺奶孩子的吃奶问题，要解决就要扩大养殖规模，还要组织专人配送。这一系列问题说起来容易，干起来麻烦得很，必须组织一个强有力的班子去落实，把好事办好，办到群众心坎里。

几经周折，乳山羊养上了，缺奶的孩子们有盼头了。可是事物的发生准会伴随着一个又一个矛盾的出现，往往是旧矛盾解决了，新矛盾又出现了。矛盾就出在鲜奶如何保鲜、如何储存、如何及时配送的环节上。齐建业面对困难没有低过头，亲自和饲养场的工作人员一起研究对策，最大限度地满足大家的需求。那些缺奶的人家见社长亲临家门送奶，那份感激之情无法表达，即使有点不满意也一笑了之。遇到问题，齐建业稍有察觉，便立马吩咐身边人去解决去处理，在为社员的服务上没有半点含糊。齐建业通过工作实践领悟到：工作就是在困难中奋斗，事业在解决困难的过程中发展。为了让大家都满意，一个很简单的送奶顺序，在齐建业的建议下做过多次调整。大家都喜欢刚挤出的奶第一个送到自己家里，时间长了，哪能天天都第一次送到你家里，这就是矛盾。有矛盾，就要面对矛盾解决矛盾。齐建业亲自规划送奶路线，先从村东往村西送，再从村西往村东送，然后从村中间向村东村西分别送，采取这种送法，大家都满意，都高兴。

共产党员就是为老百姓服务的，老百姓满意就是党的工作目标。从最初几个穷弟兄建社，到现在初具规模，这一步步走来，齐建业心里亮堂着呢。组织起来，拧成的麻绳拉不断。众人一条心，黄土变成金。随着家业的壮大，齐建业性格上又糅合了百折不挠的成分，他爱为集体操心已经在树林沟合作社成为人们的共识。凡是集体事，就是齐建业的操心事。齐建业雄心勃勃地率领树林沟村老百姓奋斗，让大家见证集体产业的发展与壮大。

利用外出参观学习的机会，他细心看，认真记。看人家的变化，想自己的差距，铁定要赶超人家。齐建业不盲目照抄生搬硬套，他心中有数，参观学习眼界大开，真想甩开膀子大干。牛奶面包不适合咱老百姓口味，土豆烧牛肉咱也别奢望。因为在老百姓心里，牛是受人尊敬的牲畜，它既能帮人们耕地拉犁，又能帮人们驮运货物。黄土高坡上，树林沟村从来没有随便宰杀牛来吃的习惯和风俗，只有那牛老了，病了，或死了，人们才含着眼泪把牛宰杀，可见人们对牛的感情是多么深厚啊。

## 5

树林沟从荷兰引进五头奶牛，奶牛那黑白相间的毛色，高大魁梧的身躯，吸引着村里的老百姓。各种疑问也随之而来，这么魁梧的牛能适应黄土高坡的水土吗？咱能养活了吗？树林沟养殖场里增添了新成员，有关奶牛饲养及挤奶程序，齐建业在国外已有所了解，不能说胸有成竹，只是一些细节还需琢磨推敲。

其实在树林沟合作社所有成员中，齐建业所经受的艰难困苦是最多的，可也正是这种种艰难险阻让这个七尺男儿百炼成钢。他怎么没有亲情，他怎么没有心爱的家。这个铁汉子在亲骨肉即将分离的刹那间泪如雨下，那个凄楚、那个忍痛割爱难以用语言来形容。媳妇短短几年先后为他生了四个孩子，其中两个先后送人了，为这事齐建业心里矛盾过犹豫过彷徨过。他反复考虑，你齐建业总不能为了小家耽误了社里上千口人的大家，你也不能因自家的小事耽搁了大家的大事。尤其让他至今都耿耿于怀的是护送分局领导穿过封锁线丢弃灰骡子时那刻骨铭心的痛，让他今生今世好像没有什么不可舍弃的了。每每遇到困难，护送路上的那一幕，时刻在刺痛着他，鼓舞着他去克服难以战胜的困难。

孙淑兰心里堵得慌，亲自找上齐建业："大哥啊，你让我办幼儿园为了啥，难道这园里就多容不下咱齐家一个娃？难道你对我孙淑兰还有什么不放心？"齐建业心里清楚，像孙淑兰、拉货这样的好友在树林沟为数不少，在关键时刻如果没有这些左膀右臂的支持，兴许他的工作会遇到更大的阻力。

面对孙淑兰的发问，齐建业没有勇气回答。孙淑兰的工作无可挑剔，只怨自己没有更多精力去关照自己的小家。

娃们有奶吃了。树林沟老百姓曾因缺奶无法养育孩子的愁眉舒展开了，树林沟的发展又向前推进了一步。然而齐建业为了大家，无力照顾小家，他家老四在没有办法的情况下还是送人了。他整天忙乎社里各种事务，眼看老伴累得都驼背了。齐建业第二次把孩子送人轰动了树林沟。大伙心里都有一个解不开的疙瘩，村里哪家孩子都是宝贝疙瘩，你建业的孩子就那么不值钱？你想办法让村里孩子都吃上牛奶了，你倒把自己孩子又送人了。齐建业你这是图啥咧？大伙百思不得其解。

"淑兰，你的心情我理解，你的心意我领了。你什么都好，你的工作我满意。这送孩子的事，是我自家的事，你也不用多想。你干得挺好，我对幼儿园是放心的。你把幼儿园工作做好，我就放心了，树林沟老百姓就放心了。"孙淑兰知道齐建业的脾气，他定了的事，十头牛也拉不回来。她知道送孩子的事，单凭她一个女人家难以改变齐建业的决心。她在反省，如果她早点介入齐建业送孩子的事，也许结果不会是现在这个样子。她整天忙于幼儿园，生怕幼儿园出点什么乱子，没有设身处地为齐建业分担点困难，分担点忧愁，她认为自己不适合做树林沟幼儿园园长的工作。

从齐建业先后把两个孩子送人这件事上，树林沟老百姓明白一个道理，齐建业把全部精力都放到了树林沟合作社，放到了树林沟老百姓身上去了。对于自家事果断处置毫不含糊，在任何情况下，绝不会因家的里事把社里把大伙的事给耽误了。

## 6

孙淑兰回到幼儿园左思量右考虑，总感觉自己对不起齐建业，对不起齐建业一家人，自己没有尽到一个幼儿园园长的责任，这份责任感时常在刺痛着她。经过一段时间的反省后，孙淑兰决定辞掉幼儿园园长这个职务，返回村里的大生产运动中去。在幼儿园这个关系到树林沟后代培养教育的课堂上，她没有这个能力和水平，干不好会耽误后代的成长和发展，时间长了，她就是历史罪人。

按照树林沟大生产发展所需，村里要组织一支女子突击队，这样可以更有效地把广大妇女组织起来发展生产。孙淑兰梦寐以求的机会终于来了，她主动请缨，自告奋勇当女子突击队队长。孙淑兰的请缨给齐建业带来艰难抉择，要说孙淑兰还真是干突击队队长的料，她泼辣能干又有号召力，可幼儿园交给谁呢？这时候齐建业终于想到了自己的老伴，让老伴去幼儿园，给她一个走出家门的机会，让老伴接触接触社会也是齐建业的想法。孙淑兰要走出幼儿园到能够施展她才干的突击队的主意打定了，可事情能成关键是要看齐建业的态度，齐建业不表态，你孙淑兰有再大的能耐也无济于事。

树林沟村各项事业顺风顺水。尽管在发展中遇到过这样那样的挫折和损失，但全村的整体发展还是按照齐建业的思路步步向前推进着。

## 7

时间眨眼就到了一九五一年年底，结合党中央推出的“三反五反”，树林沟也相应地进行了发动与清查。上面选配的工作队进村了，树林沟在齐建业的领导下，在齐建业一心为公把全部精力放在集体的模范行为的感召下，没有什么贪污现象发生，消极怠工在集体里混日子的现象也少之又少。

对于工作队的到来，齐建业举双手欢迎，欢迎上级党组织对树林沟合作社的生产和发展进行批评并提出指导意见。

据群众反映，树林沟发生猪瘟那会儿，饲养员朱老孟瞒报猪崽的死亡数字，趁机多领冒领猪饲料构成了贪污。其实老孟所领的饲料全给活下来的猪崽们吃了，自己可沾湿指头也没往家里拿过一粒粮食。经过工作队认真核算，老孟一共多领了一百二十斤黄豆、一百二十斤玉米，总共两百四十斤粮食。这么多粮食到底去哪儿了？这绝对是个问题，就是在树林沟合作社也不是小问题。老孟是齐建业最放心的铁杆弟兄，从一九四三年建社起，老孟就一直跟着齐建业一心一意地操劳集体事业，可以说是患难与共风雨同舟的老朋友老伙计。难道老实人朱老孟能做出这种损公肥私之事，做出对不起齐建业之事？这个问题齐建业心里从来没有想过。老孟在树林沟是出了名的老实人，老孟绝对是清白的。既然问题已出，无论对领导还是社员总得有个交代。

树林沟全村社员大会如期在村会议室举行。主要议程就是朱老孟给大家说清楚两百来斤猪饲料的来龙去脉。

会议由驻村工作队主持。满脸通红的老孟立在会议室的墙角，不知如何向大伙说清楚这两百多斤猪饲料的去处。

“两百四十斤猪饲料到底去哪儿了？”主持会议的工作队负责人催促着老孟。

齐建业见老孟嗫嚅着半天也说不出一个字来，手里为老孟捏着一把汗，心里替他着急，连脑门子上都冒出了点点汗珠。会场气氛空前紧张。

“老孟啊，你是怎么做的就怎么说，树林沟谁不知道你老孟赤胆忠心，一心扑在集体养殖业上。你这榆木疙瘩，我真为你着急死了……”

“这两百多斤饲料，我拿回家里了，我吃了……”

天塌了！连齐建业最信任的老搭档，也会偷吃猪饲料，这在齐建业看来是绝对不可能的事。事情必须弄个水落石出，我们不会轻易冤枉一个好人，但也不会轻易放过一个损公肥私的坏人。齐建业只知道，老孟在饲养场里是拿自家小米磨成小米面，熬成稀糊糊喂养失去猪妈妈的小猪崽们，老孟爱惜集体财产，爱惜小猪崽的举动胜过爱惜自己的家人，至今还被齐建业所牵挂。老孟与猪崽们的感情犹如齐建业与灰骡子的感情一样依依不舍，这叫什么，这就叫作爱社如家吧。往老孟脸上抹黑，就是往合作社抹黑，往齐建业脸上抹黑。对于山北省的第一个农村合作社，有多少人耿耿于怀，一有风吹草动，总有那么一些人要找合作社说事。在多年的成长中，齐建业意识到了这一点。眼看着自己的知心朋友受凌辱，齐建业决计要打破砂锅问到底。一个个蹊跷一个个疑团在齐建业心里翻腾着：当下，首先必须还老孟一个清白，还老孟一个公道。

晚上大家还没入睡之前，齐建业摸黑敲响了老孟家的家门。齐建业和老孟老婆说明来意时，老孟老婆慌了！她说："老孟这几天回家总是魂不守舍的，好像有什么难言之苦，整天愁眉苦脸的样子十分吓人，家里人因为他的憋屈把心都提到嗓子眼上了，看样子比早先饲养场发生猪瘟那会儿还着急还发愁呢！"一个紧张危险的信号在齐建业脑海里骤然而生……"不好啦，老孟要出事啦！"

"他说今晚有个社员大会，他会晚一点回来，难道他有什么想不开的？老孟你有个三长两短，叫我和孩子们怎么活啊！"齐建业着急得可顾不上听这婆姨哭丧似的唠叨，火急火燎地找上拉货、崔良、马建荣、孙淑兰朝四面八方去找老孟。

老孟失踪的消息迅速在树林沟传开，人们因为老孟可能出现的意外自愿而紧张地投入搜寻老孟的队伍中。大家心里念叨着：老孟啊，你可不能有个三长两短啊，为了社里饲养业的发展，为了齐建业的一腔心血，你怎么能自寻短见呢？所有人群撒向东南西北，从各个方向各个角落——水井边、果树林……紧张地呼唤着：老孟——老孟——老孟啊——好像有灵感呼应的齐建业在南河湾果园里，在他和老孟曾经一起种下的一棵果树旁找到了老孟。

"老孟啊——"

“拉债啊——”这两个树林沟村最亲密的战友刹那间紧紧地拥抱在一起，泪如雨下，那个号啕大哭震惊了南河湾，震动了树林沟，震动了树林沟全村所有人。

“老孟啊，千错万错都是我的错。我干合作社，连我自己的铁哥们儿都不信任了。老孟，老孟哥，你原谅老弟这回的大意吧！”一切归于平静后，齐建业从果树上解下老孟准备了结生命的绳子。其实在齐建业及全村人灯笼火把满村呼喊“老孟——”的时候，老孟就把脖子套在已经结好的绳子上了，正准备一蹬脚了却此生时，大伙轰动山岭的呼喊惊醒了他。他在想，从建社到他要给大伙交代猪饲料问题，这风风雨雨近十年的时间里，他究竟做错了什么。他紧跟齐建业一心一意为集体，有永远操不完的心，有永远使不完的劲，他究竟哪里对不住集体，对不住树林沟老百姓？他左思右想，他不能离开齐建业，他不能离开树林沟的全体社员啊！他不能离开，不能离开倾心奋斗近十年的饲养场，不能离开即将下崽的“老花”。如果老花下崽时有个闪失，他对得起老花吗？老花是老孟给一口母猪起的名字，这口母猪是饲养场里的功臣，繁殖力超强，一胎下崽从来没少于十只小猪崽。想着这些，听着全村人的呼喊，仰望灯笼火把照亮的夜空，老孟醒了。他挣脱要命的绳索，立在果林里，依偎在他和齐建业曾一起种下的这棵果树旁……

其实，老孟哪里会把那两百四十斤饲料拿回家里，他是看见老花下崽多，就把仅有的一点点饲料陆续匀给饲养场的功臣老花吃了。在老孟看来，集体的东西花在集体上这无可厚非，本来那点少得可怜的饲料就支撑不下来。为了救活失去猪妈妈的小猪崽，老孟把家里本来就不宽裕的小米都磨成面，熬了米糊糊用勺子喂小猪们，挽救了不少猪崽的性命，此事只有齐建业知道。可人家工作组硬要拿现在的存栏数与老孟每次所领的饲料数进行核算进行对比。这样核算，这样对比，即使老孟浑身长上嘴也说不清啊！明明多领了两百四十斤饲料，要问饲料的去处，老花都吃进肚子里了。你去问老花，老花会给你作证吗？现在即使老孟按照实际情况说出来也显得那么苍白无力。猪死的死了，活的都活下来了。回想起那场瘟疫，老孟到现在浑身还起鸡皮疙瘩呢，这说不清道不明的事堵在老孟肚子里憋屈得慌啊！

老孟的事暂时由齐建业保了下来，眼下只有让老孟把这两百四十斤粮食从家里拿出来交到社里，然后再说吧。老孟的憋屈、老孟的难堪、老孟的冤枉，只有老伴知道，只有齐建业清楚。车到山前必有路，活人总不能叫尿憋死。为了集体，为了合作社壮大和发展，老孟认了，释怀了。老孟心想：谁叫自己跟着齐建业建立合作社走集体化道路呢？谁叫自己铁了心跟着齐建业一直不回头呢？在农村，像树林沟村这样建社比较早的农村，虽然建社好几年了，像狗赖子这样的人还为数不少。他们唯恐天下不乱，经常在动歪脑筋。

关于老孟“偷猪饲料”这事，就是由狗赖子一手操办亲自上告到工作组那里的。齐建业被夹在工作组与老孟之间既难堪又无奈。他既要支持工作组工作，又要面对一心一意跟随自己克己奉公的好同事好战友。无奈之下，齐建业只能让老孟暂时从家里把这两百四十斤粮食拿出来。这种事，在齐建业组建合作社以来已不是第一次遇到了。

工作就是斗争，斗争更是艺术，齐建业在领导树林沟合作社的具体工作中屡屡有种难隐之痛在拷打着他。为此，齐建业决定让拉货任合作社副社长，管理副业，以帮他从中理顺各种利益方，以缓解什么事都堆到他身上，让他挣脱不得的情况，让他从中有一个调解的余地。齐建业的决定得到社委会其他成员的拥护和支持。拉货干事创业有独当一面的魄力，是齐建业打小的铁哥们儿，由他兼任副社长，齐建业一百个放心。实践证明，拉货、淑兰两口子在任何风口浪尖上都是齐建业的左膀右臂。把关系合作社经济发展的主阵地交给拉货，齐建业省心，群众放心。拉货深感肩头责任重大，想推诿又说不出口，想拒绝又拉不下多年与齐建业共同奋斗的情谊。在妻子孙淑兰的全力支持下，拉货毅然决然地挑起了树林沟合作社有史以来第一个副社长的重担。其实在拉货看来，不管是什么职务，他相信在齐建业的亲自指挥下，他一定会以百倍的信心和高超的能力让合作社的经济来个大翻身，让全体社员早日享受集体经济发展带来的实惠。

为了合作社副业的发展，拉货依据市场行情，征得齐建业同意后率先大力发展养殖业，首先要大批量地饲养母马。因为在黄土高坡上没有什么交通运输工具，饲养母马与公驴交配产下的骡子具备了驴和马的优点。骡子干活比马灵活又好饲养，无论拉车还是走山路驮运，都是老百姓喜欢饲养的牲灵。这样一来，不仅缓解了社里运力牲畜不足的情况，还可以通过市场交易获得相当大的经济收入。一举两得的事，拉货认准了，建业许可了，说办就办。再走内蒙古，再买优种马，是拉货当了副社长后的第一炮。

一九五三年的三月，溪水潺潺，鸟雀翻飞，树林沟经历了让人胆战心惊的一年。幸亏齐建业当机立断，老孟及时含冤从家里交出了那两百四十斤粮食。老孟在齐建业的鼓励下振作精神，还像当年的老孟一样，紧跟齐建业继续活跃在树林沟饲养场上，为合作社的畜牧业做贡献。

## 8

再走内蒙古的喜悦和责任担当让拉货有说不出的感慨，脑海里一直翻腾着过去一年树林沟的风风雨雨。尤其是这次与他做伴的老孟更是死里逃生。虽然这次社长齐建业要自己全权负责社里副业，但归根结底这合作社副业还是由老搭档朱老孟负责。因为自己还有信用社那一摊子事要去操心。拉货心里明白，齐建业之所以这样做完全是为了给狗赖子们一个“交代”。

解放了，人民做了自己的主人，与前两次买马有明显区别的就是，不管走到哪里都有一种安全感。在内蒙古草原上行走，蓝天白云下，雪白的羊群悠闲自得。现在不管走到哪里，不再像以前那样小心谨慎胆战心惊，那种生怕从地缝里冒出一个坏人的感觉一去不复返，重新走在买马路上的感觉就是不一样。

拉货一再向老孟说自己在老孟遇到困难的时候没有挺身而出，没有仗义执言，替老孟遮风挡雨，很是惭愧。老孟把这一页早已翻过去了，要说关键时候还是齐建业，老齐是大伙的主心骨。有了齐建业，就是天塌下来，大伙也会有办法，也不会乱了手脚。尽管老孟、拉货两人漫步在内蒙古大草原上，可心思还在树林沟。树林沟这块热土养育了他们的祖祖辈辈，更塑造了他们吃苦耐劳、英勇顽强、敦厚朴实的高尚品德。

“老孟，你说关键时候还得是老齐。咱就是一个心眼跟着老齐干，你那事想起来还后怕呢。”

“咱这次出来，也是齐建业的一次特殊安排。”

## 9

“这回咱关键是要把马买好，齐建业是让我充分放松一下，多亏了建业一片好心，你说咱遇上这样的铁哥们儿，就是让你粉身碎骨，也在所不辞啊。”

在大草原上，老孟和拉货还是这么掏心窝子地说话。这几天两位齐建业的老搭档在前旗、后旗、准格尔旗三地来回奔走，目的只有一个，就是要买好马，为树林沟再出力再流汗。

回想起跟随齐建业从一九四四年开始建社，这一路风风雨雨走来，每一步都走得不轻松啊。

“我的主要过错就是在关键时刻没有站出来为你撑腰，为你说话。”

“你一而再，再而三地反复说这个，就没有一点意思了。我又没有怨恨你，你倒是老不自在，我看没这必要。咱俩这次出来，主要任务是把马买好，买个称心如意，其他的都是小事。”

拉货深知老孟的脾性，老孟从来就是一个直性子，就有那么一种宁为玉碎也不为瓦全的性格。在这点上，他和人家老孟相比，距离还不小呢！

未来树林沟的发展蓝图在拉货脑海里翻腾，“六畜兴旺”从建社那时起就一直是人们的梦想。经过多年打拼，这个梦想即将在树林沟变为现实。

拉货、老孟在内蒙古各个牧场的蒙古包串游了足足有一个来月，买了十四母马。

相信这十四马加上陕西神木引进的种驴，每年产上十四骡子，那是多么气派的养殖业啊。因为除了这十四母马，村里现在还有先前陆续买下的五匹马，虽然过了最佳生育年龄，但隔年产一胎还能凑合。村里还有正值繁殖期的二十头母驴，如果与从俄罗斯引进的种马交配，能产二十头驴骡，母驴产的骡子要比母马产的更具灵活性、更有体力。这样发展上三五年，树林沟骡马成群、鸡鸭满圈，就不再是传说，不再是梦想，而是活生生的现实。说干就干，说走就走，拉货、老孟马不停蹄地往树林沟赶，他们不想错过马驴交配的黄金季节，好让畜牧业有个量的积累和质的飞跃。这在拉货、老孟看来比自家老婆怀娃娃还着急。萦绕在他俩心中的想法就是让马啊驴啊多产驹，产好驹。

树林沟热闹了，树林沟兴奋了。有这么多牲畜，真是家大业大。拉货和老孟身上的担子并没有轻省了多少，刚从内蒙古回来，又考虑西上新疆买细毛羊，准备引进新疆的细毛羊来扩大羊毛产量，以满足市场需求。老孟、拉货干事创业的那股子劲，那才叫精力旺盛，热血沸腾啊。

新建牲畜棚圈，扩大饲养场规模刻不容缓。村南过去一直是祠堂庙宇的聚集地，现在能不能在这里修建一排排牲畜棚圈呢？面对老百姓的传统习惯的势力，这是一个极大的挑战！村南这片土地，地势开阔又向阳，距离水源又近，是饲养牲畜的理想之地。囿于传统，囿于习惯势力，齐建业敢于向树林沟供奉神灵祭祀祖宗的敏感之地发起冲击吗？如果把一切庙宇祠堂通通推倒，大兴土木，修建牲畜的棚圈，这在树林沟从来没有过。齐建业你能顶住压力，继续走下去吗？

## 10

拉货把自己的想法跟齐建业做过交流，齐建业与拉货的主张不谋而合。接下来，筹备建筑材料，招聘泥瓦工匠等一系列工作都在有条不紊地进行着。

在习惯势力与传统观念面前，村里受大伙尊敬的老学究申济远憋不住了，出动了。“这供奉神灵、祭祀祖宗的地方是祖祖辈辈流传至今的风水宝地啊！怎么一下子要变成饲养场了？这，这，不是忤逆天理吗！这地方是修建牲畜棚圈的地方吗？难道过日子，走集体，办合作社，连神灵也不供了？连祖宗也不敬了？我实在是看不下去了！你们干吧！这种大逆不道之事，迟早要遭天谴遭雷劈的，这是作孽啊！”

在老者申济远的煽惑下，村里上了年纪的老人们也在议论树林沟合作社这也不好那也不对。面对舆论压力，齐建业这条硬汉子没有屈服，他利用全村社员大会，反复讲村里的发展远景，反复讲村里要发展，要六畜兴旺，就要与旧观念进行决裂，就要更新观念，就要让思想跟上时代发展的潮流。话虽然这么讲了，但崇拜神灵供奉祖先的风俗习惯根深蒂固。

轮番的社员会，单独的妇女会连续召开，用舆论的威力去化解顽固的习惯思维，齐建业深知横在他面前的无形的山多么陡峭，多么难以逾越。齐建业的建场计划没有被村里不和谐的音符所干扰，但在建与不建、拆与不拆的交锋上一刻也没有停息过。要拆要建是主流，是无法改变的板上钉钉的既成事实。不拆不建只是大河波浪中的一股逆流，就算是这股逆流也让齐建业没有一点儿小觑，这毕竟是一部分民意啊。

山坡上各种野花吮吸着山乡泥土的养分，把整个山村装扮得生机盎然。花团锦簇的花们在白杨树的映衬下分外温馨、分外妖娆。树林沟河道里潺潺溪流抚摸着弯弯河谷，有节奏地发出潺潺流水声。

各种建筑材料源源不断地运往建筑工地，这里有新伐的木头、有刚出窑的砖块、有刚烧好的石灰……像城墙一样布满建筑工地。这里的一切预示着一个震撼树林沟的建筑工程马上就要破土动工了。

鸟语花香，万物争先迸发。一个意气风发的早晨，树林沟拆建工地上，一个令人意想不到的事发生了。老学究申济远率领着申家老老少少不下三十余人齐刷刷地跪在龙王庙前上供，祷告，磕头，一切在紧张而有序地进行着。这样的祭祀活动并没有引起人们的警觉甚至是非议，都认为庙和祠堂都要被拆了，在拆之前，最后来这里烧烧纸、祷祷告都在人们能够理解的范围内，都无可挑剔。可老人申济远却一口气上不来去世了。

建筑工地没有因为老者申济远的抵制而停止大规模修建，工程依旧按工期按计划有步骤地向前推进着。老人申济远虽然走了，但在齐建业的心灵上划过一道深深的阴影。他在心里反复思索：为什么树林沟的每一步发展都充满了火药味？为什么总是那么坎坷？

树林沟要发展要变革，就要受到各方势力的挤压。无论是上级下配的工作组，还是本土的人情世故，总而言之，树欲静而风不止。

## 11

树林沟的村花——申建芳，中学毕业后，与村里机灵能干的洪永刚相爱上了。由于家境悬殊，虽然两个年轻人青梅竹马你情我爱，但来自家庭的阻力，致使两个深深相爱的年轻人只能暗里联络感情，忍受着情感不能公开的煎熬。眼看着一对深恋情人要被活活拆散，齐建业看在眼里急在心上，没有一点办法。树林沟村虽然地处黄土高坡，但是这里门当户对的世俗偏见由来已久。申家祖上向来书香门第，门风高雅，长幼有序，叔婶分明，婆媳妯娌，伦理有章，心神合一，品行端正。洪家则辈辈家境贫困，唱曲捣鼓，下窑掏炭，抬轿脚夫，抬灵打墓，串村鼓噪，沿街小卖，在村里人心目中就是那种“下三烂”人家。申家祖上虽然不如武德家富裕，但由于申家祖祖辈辈家风威严，讲伦理讲道德，在树林沟是名门望族，人们都知道申家讲究门风，讲究家规，还从来没有出现过狗赖子和柳凤兰这号“杰出”人才。

“你有情来我有意，咱俩要在一搭搭里。想你想你真想你，咱俩不能常分离。割不断情，舍不下义，你我成亲最适宜……”

夜阑人静，洪永刚在离申家不远的大槐树上唱着山曲撩逗近似于软禁的申建芳。申建芳躺在炕上辗转反侧哪能进入梦乡？难熬的漫漫黑夜笼罩着树林沟，笼罩着两位相恋的年轻人。路过巡查的齐建业听到树杈上发出的哀叹，朝树上喊了几声：“下来，下来——”

年轻人的困惑也是齐建业的困惑。鉴于合作社土地资源匮乏，要扩大再生产，社里老早就有到五十里外大山开辟农场的打算。为了撮合年轻人，也为了给年轻人一个锻炼的机会，社里决定组建青年突击队，到双龙山下兴建农场。消息一传出，决定刚公布，村里年轻人奔走相告，喜上眉梢。这好事更迎合了洪永刚和申建芳的心意，于是二人心照不宣地先后到社里报了名，决心投身农场工作，踊跃参加突击队的锻炼。眼看生米就要煮成熟饭……申家无奈合作社的决定，家里哪能阻挡得了社里的整体计划！

## 12

一个山花烂漫的季节，春雨如酥，点点滴滴滋润着解冻的泥土，滋润着争先恐后发芽的种子。树林沟村彩旗飘扬，锣鼓喧天，鞭炮齐鸣。合作社大院里熙熙攘攘。洪永刚扛着行李卷在人群中左右穿梭，他在寻找申建芳，始终不见人影。他嘀咕：“莫非变卦了？”洪永刚焦急得满头冒汗。明明说好一起参加农场，一起进突击队，临时遇到麻烦了？一连串的疑问促使洪永刚加快了寻找的脚步，索性把行李卷扔到牲口圈的石槽里，拔腿朝申建芳家跑去。他生怕申建芳甩不掉申家老奶奶的阻拦，走不出家门。过多的担心并没有使洪永刚放慢脚步。他老远就看见申建芳抱着行李朝合作社跑来。在申建芳后面，申家老奶奶拄着拐杖，无奈地呼喊着："你回来，你回来——"

洪永刚健步扑上去，夺过行李卷，拉着申建芳一鼓作气朝合作社跑去。申建芳倒在洪永刚怀抱里倒是有些安慰。

"都为了你！"

"都为了你的死缠烂打。"

"看着我，都为了我……"洪永刚将申建芳拉得更紧了。

朝着社里跑了几步，申建芳仿佛还听见老奶奶在呼唤，不由得扭回头张望跌跌撞撞的老奶奶。"建芳，你回来，哎！完了——"申建芳看着老奶奶有气无力地拄着拐杖，断断续续地发出无奈的呼喊，突然想挣脱洪永刚往回跑，这种生离死别的情景太刺痛人了。洪永刚面对水到渠成的恋情，哪能有半点松动，用尽吃奶的力气拉着申建芳朝合作社大院跑啊跑……

申建芳央求着："洪永刚，你放手啊！"洪永刚义无反顾地没有听从申建芳的哀求，把申建芳拉得更紧了，他们朝合作社跑得更快了。

社办农场建在双龙山脚下向阳的山坳里。这里荆棘丛生，杂草遍野，各种山花争先恐后地不受约束自由绽放，整个山村被一派繁茂丛林所掩盖。白天还能嗅到山花的芳香，可一到晚上，那个昏暗，那个叫不上名的哀号，有野猪在拱门还有山鸡在啼鸣，鬼哭狼嚎叫人瘆得慌。申建芳倒在洪永刚怀里，倒是有些安慰，有些缠绵。

然而五十里外的老家——树林沟，申家陷入绝望的困境中。申家老太太虽然无奈地呼喊了半天，但她心里清楚，自己不能像她家那口子那样以命来显示自己的主张，她才不会糊涂到那个地步。为了不听话的孙姑娘，难道申家还要出第二个申济远？为了脸面，为了门当户对再闹出人命来？为了偏见，唉！唉呀！申老太用干枯的满是青筋的手磕打自己的脑门。申老太虽然固守传统固守习俗，但要弄个以命相抗，自己才下不了那个狠心，只有那个死榆木疙瘩才会不精明到那个份上。世俗偏见，是不是女人们都是头发长见识短？五十里外的树林沟，申家彻夜灯光未熄。申家上下都在怨恨责怪不听话的申建芳，全家在绝望中呻吟，在痛苦中挣扎。子不孝，父之过，申老太一直在埋怨申建芳的父亲，一直在埋怨自己不争气的儿子生了这么一个不听话的姑娘。申家老太太在对待孙女的这件事上足见其门风意识根深蒂固。申家今夜无眠！全家人深深地陷入家教不严，家规松垮的自责中。

双龙山下开荒突击队以高昂的战斗姿态，打响“向荒山要粮，向野岭要果”轰轰烈烈的大生产运动。成双配对怀抱理想信念的青年男女挣脱了世俗观念的枷锁和门当户对的羁绊，像蓝天白云下展翅飞翔的鸟儿们那样自由。哪里有青年，哪里就有欢乐，哪里就有高潮迭起的歌声，大伙把欢乐和自由当作劳动的无穷动力。尽管一天的劳累和疲倦困扰着大家，但一到晚上，无论是夜校里，还是山坳的草窝里，成双配对相依在一起的俊男靓女，那个场景啊，既甜蜜又温馨，既浪漫又多情。齐建业为青年们搭建了这诱人的活动平台，年轻人得到了实实在在的满足，有了实实在在的获得感幸福感，洪永刚、申建芳自然是其中代表了。

根据生产需要，农场组建了生产组、饲养组和副业组。依据个人特长与爱好，洪永刚、申建芳被分配到饲养组。初建农场，虽然名叫饲养组，其实就是两头牛、几头猪、十来只鸡，数量不多，但为了加快发展农场还是由专人来饲养。这当中，自然是洪永刚喂牛，申建芳养猪喂鸡，领导给两人的分工是明确的，但实际操作起来，大部分活还是由洪永刚来干。洪永刚则乐此不疲，不说申建芳多少还能干点，就是一点不干，洪永刚才高兴呢。为了自己心爱的人多干点活，对于热恋中的年轻人来说，那是天赐良机。

猪舍在村西，牛棚在村东，村东村西之间还隔着场部和原来的几家老住户。热恋中的青年哪能被场部的要求阻断了联络，爱情的火焰猛烈地燃烧着两位年轻人。村东和村西距离不远，走起路来用不了一袋烟的工夫就能到达。距离虽然不远，但实际行动起来还得提高警惕以防盯梢。这里既有农场老会计胡锦谦警觉的眼睛，又有出纳李喜贵支棱的耳朵。时间久了，“不务正业”的鉴定评语就直接反映到场部领导那里。为了正风肃纪，为了提高生产效率，场部决定：洪永刚调离农场，回树林沟劳动，申建芳继续留下养猪。

这不纯粹是要人命吗？这不是活生生要把一对热恋青年给拆散了吗？洪永刚找上领导坚决要求留在农场劳动，并就相关问题向领导写了《保证书》。申建芳也找领导谈了自己的想法：要回树林沟，她先回，不能让洪永刚先回。无奈之下，场部领导收回成命，让洪永刚、申建芳继续留在农场劳动。可洪永刚不再是饲养组的饲养员了，成了生产组的开荒队员。洪永刚认了，反正他和申建芳还能留在农场，还能经常见面，还能互诉衷肠，还能倾诉彼此的情与爱。

洪永刚对申建芳的那份牵挂不仅表现在言语中，更反映在实际行动上。洪永刚被安排到生产组劳动，从另一个方面给了他向申建芳表情达意的机会。随着时间的推移，季节的更替，洪永刚每天有好多不知名的香气四溢的山花或野果送给申建芳。洪永刚的执着与热烈，时时震撼着申建芳。而申建芳要与洪永刚厮守一辈子的心意也在与日俱增。还是那山曲唱得好："你有情来我有意，咱俩永远不分离。"但凡能给申建芳带来开心快乐的事，洪永刚都愿付出汗水和努力，就是你再三棒打鸳鸯也无济于事。眼看着一对恋人亲密无间你情我爱，农场上下都接受了，认可了。年轻人毕竟年轻，火力旺盛，精力充沛。

既然齐建业有意组织青年突击队，有心安排青年们在农场相聚，给年轻人提供这个舞台，两个糟老头子也没必要用抱残守缺的心态去看待新时代的年轻人了，这种吃力不讨好的买卖其实并不是他俩初心。难以启齿的是在离开树林沟前一天晚上，申家老太太找上门把申建芳托付给他俩，要他俩想办法阻止两个年轻人走到一块。对于这种吃力不讨好之事，碍于申家在村里的影响力，两个老头子居然给应承了。你说这是什么事啊？这叫"无可奈何花落去"，这叫"狗拿耗子——多管闲事"。

树林沟，申家大院，申奶奶每天倚在门楼边上拄着拐杖，手搭凉棚朝村东口方向张望着念叨着："芳，我的宝贝，你回来吧——你快回来吧！咱可不去那'秃脚'（突击）不'秃脚'的队里了，咱要穿上鞋子去干活……"

从申家大门前路过的人们为申奶奶的坚守所感动，也曾劝说过老奶奶："老奶奶，看把您累的，快回家歇息去吧！"

"知道你们心不疼，我心疼着哩，我就要等我的建芳回来。"

也有调侃老奶奶的："老奶奶，还在瞭你家建芳呢？"

"我比不上你们腿脚灵活，要不，我就到那双龙山下看看，究竟是何方神圣把我家芳儿的魂给勾走了？"申家老奶奶话语不多，无论有人搭话还是独自一人，翻来覆去就是这两句话。对于申奶奶的执着与期盼，人们往往唏嘘几声表示同情，因为大家对洪永刚与申建芳的恋情早已心知肚明。

日子一天天过去了，村里的活动一切照常进行着。搭建牲畜棚圈，修建大戏台及文化广场的工地上人来人往。一排排棚圈、一间间房子每天都有新的进展新的变化。老孟的饲养场里喜讯不断，一窝能产十二三只猪崽已不是什么新鲜事。孙淑兰的突击队，哪里需要就突击到哪里。这阵工夫，突击队的主要任务就是在建筑工地上搬砖和泥，以及挑水，伺候工匠们筑砖砌墙。这路活儿，女人们一样干得轻车熟路，让人放心。树林沟合作社各个行业在齐建业的领导下，在拉货、老孟、孙淑兰、马建荣、崔良等一大批建设社会主义积极分子的支持下，有了翻天覆地的变化，说日新月异一点也不过分。大伙齐心协力在社会主义康庄大道上向前，向前！饲养场里人欢马叫。奶牛场，高大魁梧的奶牛们吃饱喝足后偶尔发出"哞哞"的叫声，这声音既安详又催人。山村和谐安宁，一派繁荣。

学校里书声琅琅，祖国花朵茁壮成长。供销社里，柜台前人头攒动，爱打扮的女人们在认真地挑选自己喜爱的花色，买上称心如意的布料让缝纫师傅量体裁衣，把自己打扮一番。医院里，白衣天使救死扶伤，用精湛的医疗手段，抢救垂危的病人，康复每一位患者。社会主义的主旋律在树林沟奏出时代最强音。人们拨动和谐琴弦，舞动婀娜肢体，舞出社会主义新天地。那些墨守成规抱着旧思想旧观念的人们也在转变着自己的思想观念，紧跟时代步伐在进步在发展。

武德、武劲父子虽然解放前在省城租赁了房舍找到了工作，但随着政策的深入，武德预感到自己的好日子不会再继续了，他执意要重返树林沟，因为他知道自己的根在树林沟。

武德回来了，这消息一下子在树林沟村迅速传播开来。齐建业心里有杆秤，他深知武德回转村里是迫于形势迫于在外生活的困境。武德也没想太多，根据这几年的见识，他亲眼看见了旧政权垮塌、新政权诞生的全过程。他只想安分守己，把自己的家经营好，心甘情愿做一个自食其力的公民，做一个合作社的新社员。其实社里已经开会研究过有关武德回树林沟后的一些对策：第一，对于武德过去一贯的表现及曾有过扶贫济困的往事，现在回村就既往不咎了；第二，在劳动及工分报酬上，武德只能赚妇女们的工分；第三，责成专人负责武德言行，一句话，只许规规矩矩，不许乱说乱动。武德对于村里给他的要求自然全盘接受，毕竟自己年岁大了，落叶归根才是他的真实想法。树林沟父老乡亲能够收留他容纳他不嫌弃他，武德已经感恩戴德了，还能有什么奢侈的想法？他打心眼里没想过。因为现在，天是共产党的天，地是社会主义集体地，村里一切都归全体社员所有，一切属于人民。

武德年龄偏大，社里也没把他当主要劳力来安排劳动。根据武德自身的特点，让他跟普通妇女们一起出工一起劳动，干些力所能及的活儿，过自食其力的普通人生活。武家逐步融入树林沟的建设与发展中。武劲、武勤、武玉三人继续留在省城工作学习，一切都在预料中生活，在现实中劳作。

双龙山下的农场，从开荒种地到牲畜饲养，从农业到副业的规模日显。这里与外界隔绝，山外的消息依靠每天一份的《山北农民报》来传递。除此之外，相关场部人员还能带回点山外的消息。剩下就是山鸡的孤鸣及家畜家禽的对唱，这里基本处于与世隔绝的状态。洪永刚、申建芳从树林沟逃到这荒山野岭，虽然个人情感得到充分升华，但日子久了，申建芳思念家人，老奶奶拄着拐杖呼唤她的近似绝望的身影经常萦绕在脑海，让她久久不能挣脱思念与内疚的折磨。平日里有洪永刚陪伴，把这种折磨抵消了不少，但你只要是吃五谷茶饭，谁没有个七情六欲？何况申建芳是抛下亲人阻拦，抛下年迈的老奶奶，为了一点情感，为了与自己喜欢的人在一起，仿佛像私奔一样来到这大山里，来到这与世隔绝的大山里。一股股后悔的浪潮向申建芳压来，悔不当初啊！洪永刚对申建芳近来的沉默寡言看在眼里急在心上，他深知现在的申建芳在想什么需要什么，他能给予申建芳的所有甜言蜜语显得那么苍白无力，一两束山花，一两只松鼠都无济于事。洪永刚有了更大胆的想法，能将申建芳牢牢绑在自己身上的想法。既然看到未来的结局，洪永刚准备贸然行动了。

在山坳里，在草窝里，在一个繁星闪烁、夏末秋初静静的夜晚里，洪永刚申建芳破天荒地做出了令多少青年梦寐以求的大事，天大的事。山风为他们吹哨，朗月为他们证明。他们已迈过相爱的门槛，进入你中有我，我中有你的成熟阶段。

回想当初在树林沟夜校里，申建芳第一次主动与活泼可爱的洪永刚坐在一条板凳上。那留着一头短发，那机灵水汪的一双大眼睛，那充满热情的笑脸一下子撞击着申建芳的心扉。他俩过去虽然是在一个村子里住，但洪永刚从小家境贫困，一直在十里外他姑妈家上学，一直到中学毕业才回到父母身边。申建芳对这突然到来的美男子，心里骤然升起一颗灿烂的星，这就是自己梦寐以求的白马王子。从那次夜校的短暂相遇后，只要树林沟村里有什么活动，只要有洪永刚在场，申建芳就肯定到场。无论是出于追求还是活动需要，申建芳在老奶奶那里编好了故事，一次不落地参与活动。老人家持续观察得出一个结论：有人把她家建芳的魂给勾走了。洪永刚是青年才俊，手脚灵活，能说会道，村里的各式标语都出自他手，社里的宣传栏在他的操持下格外醒目，格外吸引人眼球，各种称赞夸奖不绝于耳："还是人家有文化，办个板报也像模像样，充分显示了人家有才华。"申建芳心里的欲望之火烧得那么炙热。对于今晚洪永刚的举动，申建芳心里早有准备，早有期盼。

## 13

树林沟新建文化广场的落成仪式在隆重热烈中举行，齐建业饱含着喜悦的心情向父老乡亲们讲话：

“全村的父老乡亲们、兄弟姐妹们，大家晚上好。文化广场落成来之不易啊！新社会就要有新生活，就要有新气象。我们从一九四四年建社一路走到今天，经历了多少风风雨雨，度过了多少坎坷，我们没有被困难吓倒，我们在社会主义大道上越走越宽广，我们的日子越过越红火。任何想阻止我们前进的想法都是不现实的，树林沟的今天证明：只要我们听党话跟党走，就没有干不成的事，就没有走不通的路。

“父老乡亲们、兄弟姐妹们，一切困难都会成为过去，一切好的生活好的美景都在向我们招手。只要我们团结一致跟党走，只要我们心往一处想，劲往一处使，好日子还在后头呢，让我们铆足劲奋力前进吧！

“为了活跃咱村的文化生活，经过紧张的排练，咱村剧团今晚就要给大家亮相了，请大家多多鼓励，多多支持。我的话就此打住。下面请欣赏山北梆子——《王宝钏》。”

齐建业简短的讲话后，戏剧《王宝钏》开场了。修葺一新的大戏台下，几百双眼睛专心致志地盯着台上演员们的精彩表演。台下，懂戏的按情节发展说戏，不懂戏的看红火热闹，更有骑在父亲肩膀流鼻涕的小宝宝们，要说老少皆宜也不过分。山里人平常也没有什么文化活动，只有正月的传统庙会才能把周围十里八村的人们吸引过来。“树林沟开天辟地又有剧团又盖大戏台，分明是人家齐建业领导得好。”闻讯从邻村赶来看戏的人们边看戏边在议论……

申家老太太有所察觉，头脑里疑惑顿生：自己的孙女现在在何方？难道双龙山就能阻断她探望孙女的决心？《探窑》一段的精彩演唱，激发了申家老奶奶要亲自前往农场探望孙女申建芳的想法。

念想变成实际行动往往会有天助，朴实的山里人在面对不可预测的事情时一般会有这种神佑的想法。

农场同意由洪永刚陪同申建芳回树林沟探望申家老奶奶。山里也没有什么稀罕礼物送给亲人，申建芳只是洗了一下自己的衣裳便偕同洪永刚走上了回家的路。

到处都是山，深山老林，灌木丛生，经常有野兽出没。除了深山老林外，还有经过多年开垦蜕变成纯粹农田的山，这里少了野兽的出没，山里没有公路也没有车马通行，有的就是山路十八弯。能赶上骡子、毛驴在山路上进出那就是最幸运的了。山里能养得起骡子、毛驴的也只有像树林沟合作社这样的大集体。那出门能骑马、骑骡、骑驴的更是让人刮目相看，更是不可小觑的人物了。

经过草窝那一夜正式考试，洪永刚申建芳彼此都认可了对方，对方的一举一动都直接牵动着双方的神经。

五十里山路对生于斯长于斯的年轻人也是一个不小的考验。在翻山越岭的山路上，洪永刚总是和申建芳手拉着手，那个认真那个小心，仿佛在护送一个产妇回家。

蓝天白云下，起伏的山梁被各种颜色所描摹。各种植物在秋天的阳光下呈现出不同的色彩：红的高粱、紫的荞麦、黄的谷子、浅绿的莜麦、深绿的大豆……在农民辛勤的耕耘下尽显风采，厚重的大地给予人们能够生息繁衍下去的恩赐。人们在向黄土地挥洒汗水的同时也得到了殷实的回报，眼下丰收在望，令人有满满的获得感。

望着令人陶醉的山野，望着大自然赋予人间这么如痴如醉的画卷，洪永刚心里悬着的一颗心总算踏实了。那位娇柔缠绵、腼腆多情，梳着两条长辫子，曾经可望而不可即的姑娘现在终于可以放心地牵着手漫步在山野中了。

秋阳炙热，汗流浃背，凉风习习，彩蝶飞舞，情景醉人。微风吹跑了燥热，那丝丝凉意促使洪永刚将申建芳又一次紧紧搂在怀中，那甜蜜让两人仿佛又回到双龙山下，带回那个神魂颠倒的夜晚，那个血液奔涌让他俩永世难忘的夜晚……

五十里山路，一对恋人经过一上午的紧张奔波，在庄户人家吃了午饭准备收拾碗筷的时候，洪永刚和申建芳回到了树林沟村。当走到村子中央，准备分手时，申建芳竟然不知道自己该回谁的家。还是洪永刚清醒道："建芳，你家到了！"是洪永刚的话惊醒了申建芳：自己不是回村看奶奶来吗？一路上叫洪永刚搞得竟然这么痴心、这么犯傻，真是的！挣脱洪永刚，申建芳急速跑回了自己的家。

在申家，在申家老太太屋里，全家人都围在老太太身边，好像有什么不祥之兆？这阵势惊呆了申建芳，她竟然不知如何是好！喊了一声又一声："奶奶——奶奶——"申建芳无法控制自己的感情，扒开人群扑向了申家老奶奶，那个撕心裂肺，那个泣不成声："奶奶，我来晚了——我想您了，奶奶——"申家上下被这突如其来的现实给弄蒙了！当全家人都把埋怨的目光集中在申建芳身上时，老太太醒了！这宝贝疙瘩的突然出现竟将老奶奶从死亡线上给拉了回来。这惊喜冲淡了全家人对申建芳的埋怨甚至是愤懑。"回——来——就——好——"老太太终于从嘴边呻吟出对孙女欢迎的话语。申家终于结束了紧张气氛，大家各忙各的去了，屋里只剩下申建芳来陪伴老奶奶，祖孙俩有多少贴心话要说啊！

根据合作社需要，洪永刚和申建芳不再回农场劳动。社里组建共青团组织，由洪永刚任书记，申建芳任副书记，并由两人参与剧团的排练演出活动。这些进山出山留村的环节都由齐建业设计并付诸实施，从中可见齐建业在关怀青年成长路上的用心良苦。

洪永刚把齐建业比作再生父母一点也不过分。因为他深知他每一步成长都有齐建业的操心与付出。齐建业对洪永刚有意栽培是因为看到这位年轻人身上透着一股新时代气息：听党话，跟党走，任劳任怨，永不言败。这些熠熠生辉的品质是树林沟合作社发展的需要，更是国家社会主义建设的需要。

事业发展不仅需要高速度，更需要高质量。树林沟村学校的升学率一直是齐建业关注并头疼的一件大事，他几进学校，坐下来与学校的老师们商量提高办学质量的途径和方法。他强调："办教育，要办人民满意的教育，教育事业需要我们扑下身子，投入精力，寻找出路，来不得半点含糊，半点纰漏。否则，我们就愧对养育我们的人民！"齐建业掷地有声的吩咐与嘱托，深深打动着学校领导和全体教师，大家感悟颇深。连续几周，校长组织全体教师就学校现状及学生学习的实际情况进行了细致分析。大家充分认识到，齐社长的嘱托既是军令状，也是学校改变现状的指导思想。经过讨论，大家一致认定：加强基础训练，加大教学力度，突破重点难点；教学相长，面向全体，提携精英，照顾一般；质量说话，兑现承诺。

扑下身子潜心教学，经过两年的不懈努力，树林沟高级小学的升学率一下子上升到全县第一。真是功夫不负有心人哪！树林沟村学校教学质量打翻身仗的事情轰动了全县！全县教育界的同事们络绎不绝地前来树林沟村学校学习取经。办教育，升学率是块难啃的硬骨头，这在教育界都是一致认可的。你的学生考试能在县里拿第一，那你其他工作肯定也不含糊，这就是人们平时所说"一好遮百丑吧"。这种观念和说法用在其他单位可能还差不多，用这种观念看树林沟可就糊涂了。你想想，在齐建业眼前干事，品德教育始终是第一的。品德行为上，思想领先，在树林沟，你如果首先做不到这一点，恐怕你干什么都没有市场。在树林沟，评价一个人，还有一个不成规矩的规矩，那就是：人好不好，关键看你眼里有没有老乡；事业好不好，关键看你为不为老乡。这两把尺子会把你量得清清楚楚，所以在树林沟干事创业，你脚踏实地埋头苦干就对了。

为了及时在全县推广树林沟的教学经验，全县教育系统的教学现场会在树林沟如期举行，来自全县教育战线的各级领导和各校校长及部分教师代表参加了会议。大家通过实地考察参观学习得出一个结论：领导的重视比什么都重要。谁是领导？齐建业是直接领导。谁重视？齐建业特别重视。在树林沟凡是集体事，没有一件齐建业没操过心，就连个人事，也考虑得很周全，洪永刚、申建芳能够步入婚姻殿堂就是其中一个具体事例。在困难和挫折面前，齐建业从来没服过软。

县里、省里的领导频繁光顾树林沟。一个学习树林沟，赶超树林沟的高潮在离山县，乃至整个山北省迅速掀起。

树林沟出名了，树林沟的名气越来越大。回想所有的变化，人们心潮久久不能平静。树林沟不平凡的发展经历，也反映着齐建业一路的奔波与辛苦。齐建业心里装着人民，党和人民也没有忘记自己优秀的儿女。一次次的荣誉，对于齐建业来说就是一次次的鞭策，他时时在提醒自己：成绩只能说明过去，并不代表未来。荣誉和成绩是大家的，自己只是其中一个代表。谦虚使人进步，骄傲使人落后。他的心与人民贴得更紧了，他的精力全部奉献到集体上了。

树林沟的发展，说日新月异一点也不过分。实践证明，一项事业，只要有一个舍身忘己、时刻牵挂老百姓的领头人带领大家披荆斩棘，带领大家一心往前奔，就没有克服不了的困难，没有干不成的事。几经干事创业的历练，齐建业面对成绩、面对荣誉更加坦然了。一幅幅雄伟的画卷激励着他，群众的信任与期待鼓舞着他，鞭策着他。他义无反顾，勇往直前，他身上寄托着树林沟父老乡亲的希望。

人民公社的成立，极大地鼓舞了坚决走社会主义道路的齐建业，他理所当然地被大家推选为公社主任。这方圆几十里的三十五个山村，一下子成为一个公社，如何发展生产？如何提高全体社员的生活？如何带领大家走上共同富裕的道路？齐建业不负众望，以树林沟为样板，以树林沟的模式为借鉴，决心带领全公社三万五千人共同发展，共同富裕。

树林沟农林牧副超前发展，在全公社起到引领和示范作用。如何参照树林沟的模式去发展全公社其他各村生产，各村又有各村不尽相同的条件，关键是要选好一个领头人，让共产党基层的领导权牢牢掌握在那些一心一意为社员谋事创业者的手里，给各村配备好领导班子是关键的第一步。这一步走不好，以后步步艰难，弄不好还会倒退回解放前。选好人用好人，选出那些想干事会干事能干事的人，的确让齐建业遇到了困难。把握一个村子，只要一心为大家，事情就好办了，你要让全公社都像你树林沟村一样齐刷刷地发展生产发展经济，路在何方？依靠党的领导，发挥党组织的战斗堡垒作用是唯一选项。于是齐建业就有了公社所有干部包村下乡的想法，按照公社的统一部署统一行动。齐建业把自己的想法和公社党委第一书记徐宏广做了深入交流。

一个宏伟蓝图的实现必须有足够的干部来支撑，来组织实施。眼下树林沟公社机关所有干部都是些从农村出来的干部。论党龄，大都是“三八”式的老党员；论文化，连《三字经》都没背熟；论思想，对党绝对忠诚。凭借这支干部队伍能否在树林沟公社打响发展生产，发展经济，改善民生的硬仗？齐建业心里还不是那么踏实。文化从哪里来，文化从学习来，学习从哪里来，学习从学校来，思路清晰，依托公社学校办个干部文化速成班怎么样？条条思路，一个个设想在齐建业脑海里萦绕……

驻村包队干部的主要任务就是要挖掘各村各队头脑清醒、有担当、能干事、会干事的人来率领各村各队发展生产，发展经济。多年的实践让齐建业明白一个道理：没有共产党，就没有新中国；没有共产党，就没有树林沟；没有共产党，就没有齐建业的今天。

全国劳模、人大代表、县里副县长、公社主任，村里书记这一个个光环在齐建业头上套了不少，每个光环下都有说不完的故事和艰苦卓绝的经历。

齐建业身上的担子够多了，够重了。他抓住树林沟村这个基层政权的经济政治不松手，村里各项事业蒸蒸日上。

为了解决村里建筑材料的短缺，齐建业亲自率领大家筹建砖窑。带领大家脱坯、烧窑、淋窑……做砖的每道工序，他都身体力行亲自操作亲自示范，做到安全可靠，万无一失。他干起活来经常是大汗淋漓，大伙看在眼里急在心上，都在心里默默念叨：主任啊，你可为大伙操了无数的心，流了无数的汗，吃了无数的苦！

齐建业率先示范，在树林沟村干任何事，没有因为有困难而向社里讲价钱要条件的。干任何事，只要吩咐到人，大伙都是一个心眼，干好干漂亮，干得叫大家都说好。

树林沟在发展，树林沟公社在发展。

中央领导的亲切接见给这位出身贫苦的庄稼人无上荣光。回想自己走过的路，就是把十来户穷弟兄们组织起来干了些自己想干的事，党和人民竟然给了自己这么大的荣誉。静下心来，总觉得自己所干的那点工作离党和人民的要求，距离还太远，太远……齐建业暗暗下定决心：树林沟村要大发展，树林沟公社要大发展！

北京的会议、省里的会议、县里的会议，连续不断的会议，一开就是一个多月。齐建业心急如焚，他身在会场心在树林沟，好在他开会前已经把村里公社的工作都做了安排和部署。

树林沟的工作长期以来一直有拉货、老孟、老放海、朱老伯、孙淑兰、崔良、柴二小、马建荣、洪永刚、申建芳等一大批铁杆弟兄们的支持和帮助，各项事业才能不滑坡，才能勇往直前。

从新疆引进优种细毛羊与本地绵羊交配繁殖出具有本地特征的细毛绵羊，根本目的就是为了多剪羊毛支援国家建设。在孙淑兰的操持下，细毛羊配种工作在有条不紊地向前推进着。一个女人家整天侍弄三只公羊，摆弄一只只母羊，这对一般人来说是一件不可思议之事。但对一个为了事业发展无所顾忌的人来说，尤其是一个女人来说，这不再是什么丢脸的事。孙淑兰深刻认识到：只有自己豁出去了，才能给齐建业丢脸，不给树林沟丢脸，才能为齐建业所操劳的绵羊改良事业迈出坚实的一步，才能不被那些闲言碎语惑乱了阵脚。对于齐建业认准了的事，只有一心去干，才能干出成绩来。

树林沟村家大业大，几年工夫，一排排校舍、一座座机关大院错落有致地坐落在树林沟的土地上，把一个黄土高坡上的山村打扮得生机勃勃。你想想，在一个山庄窝铺的地方一下子崛起了学校、医院、供销社、信用社、兽医院、公社机关大院等一众单位，这需要多少建筑材料啊！需要多少人力物力财力！在齐建业的亲自指挥下，树林沟仿佛一夜间旧貌换新颜，换了人间。

各机关各单位，按照齐建业的指挥与工作要求，为公社各项事业发展各司其职，大家都在紧张有序地工作着，奋斗着。

学校的升学率一路攀升，医院的白衣天使们救死扶伤，为全公社的社员提供精湛的医疗服务，供销社的货郎担走村串户，把群众最需要的日用品送到地头、炕头，兽医院承担着全公社三十五个自然村上万头牲畜的防病治病任务，全公社六畜兴旺。信用社干部职工跑遍全公社每一个村落，为解决群众生产中急需资金的情况，送贷上门。公社机关每一位干部身兼数职分片下乡，包村包队与社员群众同吃同住同劳动，及时反映农情村情，解决困难，发展生产。齐建业只要抽出空，脱开身就马不停蹄地在全公社奔走着，忙碌着。

树林沟公社的全体社员为有这样的好领导而高兴自豪，全公社呈现出一派欣欣向荣、蒸蒸日上的新气象。

生产发展了。群众生活的改善一直是齐建业牵肠挂肚的大事。树林沟本村社员的生活因生产持续发展，从根本上告别了那种少吃无穿的窘境。全年下来，交足了公粮，大家都能吃饱肚子，穿暖衣裳。但全公社其他三十四个村子的社员还都达不到这种吃饱穿暖的水平。要在短时间内解决这个问题，齐建业深知自己身上压力山大。虽然大伙祖祖辈辈世世代代都曾经在黄土高坡上繁衍生息，但过去是各自为政，小打小闹。现在走集体了，成立人民公社了，你再不改变群众生产生活条件，提高群众生活水准，你就无法向党和人民交代了。这样的想法时刻鞭策着齐建业。

全公社其他三十四个村子，虽然都在黄土高坡上，但各村的自然条件不尽相同。有的村子有煤炭，宜发展采煤业；有的村山高林密，宜发展畜牧业；有的村子土地可耕面积较大，适合大力发展农业生产，多打粮，打好粮。凡此种种，不尽相同，在走集体化道路的前提下，实行一个村子一条政策来发展，在发展这条路上，不能搞一刀切。

通过深入走访调查，齐建业发现各村急需办好一所学校，首先让孩子们要有学上。就学校而言，全公社除了树林沟有两所像样的小学和中学外，其他村子基本上没有一所像样的学校。

思路有了，思路决定出路，在社办高中的基础上办一所农业中学。农业中学就是要面向农业，培养农村发展急需的人才，齐建业任农业中学校长。课程开设上，除了基础文化课程外，开设畜牧兽医、医药卫生、农业技术、种植养殖业、农村教育教学……农业中学面向农村，学用结合。

过去树林沟单打独斗，现在全公社合力发展，解决上学难、办学难、教师难的问题迫在眉睫。齐建业会同公社联校校长一个村一个村地解决办学问题，从校舍选址、教师配备、课桌板凳及教科书调配，一件一件去解决，一件一件去落实。本着先借后建，先借后制，做到村村有学校，能办则办的原则，不拖拉不扯皮。好一个齐建业，自己不觉得累，倒把一个联合校长给累得够呛。联合校长被齐建业干事创业的精神深深感动了。

在距离公社五十里外的一个小山村，只有三个孩子需要上学，而周围十里之外也有那么七八个孩子要上学。问题出在教师上，有谁愿意到这种地方去教书呢？

齐建业亲自布置，亲自选配。他说服了共产党员教师苏旺，这位师范院校毕业的年轻教师，人精干，学识好，是社办中学的教学骨干。

齐建业忍痛割爱，硬把苏旺给抽出来，到五十里外的山村去巡回教学。每星期一三五一个村，二四六到另一个村。这种教学方式，有谁能承担得了？只有共产党员苏旺！这样的办法只有齐建业才能想得出来，也只有共产党员苏旺才能担负起如此重任。此举大大解决了联合校长最难解决的问题。两个山村相距十五里山路，在山间小路上一天来回就得走上四个小时。苏旺牢记齐主任的嘱托，背起行囊要上路了。齐建业百忙中赶到学校为苏旺送行，当齐建业看到苏旺整装待发时，他激动了，一下子猛扑上去，两个人紧紧抱在一起，激动的泪水夺眶而出："好样的，我等你的好消息！"

"我不会让领导失望，请领导放心！"在场的老师学生都被这动人的场面所感动。

与苏旺告别的那一刻，犹如当年齐建业护送分局领导失去灰骡子时那样难受，那样痛苦，这种难受与痛苦有过之而无不及。为了事业的发展和进步，有时付出牺牲是难免的，齐建业从自己的成长经历中悟透了这一点。

共产党员苏旺老师背上背着小黑板，肩上挂着小水壶，常年在山里迎来了朝阳，送走了晚霞。日复一日，年复一年，满是杂草丛生、荆棘遍地的山岭上由苏老师走出一条蜿蜒的山间小路。在这条山路上机灵的松鼠为他跳舞，灿烂的山花为他绽放，林间的珍禽为他送来几声神奇的啼唱，山风及时吹散他奔波的热汗。他有一颗执着的心，为了山里娃，脚下这条路他要一直走下去……

## 14

全公社的教学骨干，难得的教学能手，就这样打发到远离公社五十里外的山庄窝铺去搞巡回教学，亏你齐建业想得出。齐建业心里也备受煎熬。难道再别无他法了吗？齐建业一直惦记着苏旺。

苏旺老婆盼星星盼月亮，盼望苏旺有机会再回树林沟教书，待在这山庄窝铺何时是个头啊。眼看着孩子们一天天长大，也该上学了。一年又一年，苏旺巡回教学已三个年头了。

三年的工夫把一个文弱书生锻炼成一位身强力壮的汉子，三年的时间考验了苏旺，也感动了两个村子的父老乡亲。冬天下雪，人们为他扫路，夏天为他熬绿豆汤。群众的热情支持着苏旺，群众对文化的渴求鼓舞着苏旺。

暑假联校教师集训如期在公社举行。在会议即将结束时，齐建业亲临大会郑重宣布：“经教育局同意，经公社党委研究决定：苏旺同志任树林沟公社农业中学学校校长。”

苏旺一听齐建业的宣布，竟然不知所措。他脑海里翻腾的还是那两个村子里的孩子们，他根本没想到要离开巡回教学的山里，要回联校所在地树林沟。齐建业大声问："苏旺同志，你同意吗？"

"同意！"会场掌声雷动。苏旺也跟着大家使劲地鼓起了掌……

会散了。齐建业找上苏旺商讨农业中学的办学规模及办学思路时，苏旺才豁然开朗地对齐建业说："主任，我能胜任吗？这农业中学，可是您一手创办起来的啊！"

"叫你干，你就干吧。凭你的学识，凭你吃苦耐劳的品格，你是全公社教师中第一个也是唯一的合格人选。既然县里、公社把这重担交给你了，你就干吧，相信你会干得更好。"

暑假期间，苏旺又回了一次那两个小山村，和朝夕相处的父老乡亲做了告别。大伙眼含热泪依依不舍，多么想把苏老师留下来啊！眼看金凤凰就要飞走了，大家舍不得啊。颤巍巍的老爷爷、老奶奶、老嫂子们都来了，久久不愿松开那双留恋的手，让苏旺老师走也不是，留也不是……

回到树林沟，苏旺没有时间去享受假期的悠闲，打起精神，全身心地投入农业中学的远景规划中。面对学校现有设施，结合学校长远规划，得出了眼下他要干什么，他能干什么的结论。

新建教室、配套师生员工宿舍是摆在眼前摆在当下的首要任务。过去的学校就是几孔窑洞罢了。遵照齐主任的嘱托和指示，面对树林沟有史以来农村农业综合发展教育的设想，眼下这几孔窑洞与设想多么不相匹配啊！

办所有模有样的学校，除了县里以及公社的必要支持外，自己动手自力更生是摆在苏旺眼前重要的选择。

搞建设，第一需要就是钱，钱从哪里来？钱从劳动中来。苏旺想到他在山里教书时，每年县林业局要组织大量社员在山里整理灌木林来种树，其中林业局要拿出数额不少的钱来补贴当地老百姓。脑子一动，弄钱的路子找到了。

说干就干。首先和人家林业局打好招呼。在人家准许的情况下，苏旺把已放假的一百名学生召集回来，开拔到他教过书的山村里，安营扎寨，准备向林地要钱了。

村里老百姓看到曾经风里来雨里去的苏老师回来了，个个喜出望外。熟人好办事，学生们的食宿安排起来自然顺利多了。简单修整后，根据林业局技术员的具体指导，农中大致包揽了近千亩灌木林的整理任务。说是整林，其实就是把灌木丛生的林地用砍刀把灌木砍掉，砍出能够种植其他树木的空地来。茂密的灌木林密不透风，大热的暑天，百十号人钻进去，只听见橐橐的砍刀声，只听见哗哗的灌木倒地声。开始就有计划，有安排，按小组行动，把安全摆在第一，好在同学们都听话。这环境，对苏旺是个极大的考验。

要让同学们吃得好，留得住，能干活，不出事，可没那么简单。虽然都是黄土高坡上土生土长的孩子，男同学还能吃苦，女同学麻烦事就比较多，即使被蚊子叮了也要找你纠缠半天。

困难时，苏旺想起了齐主任的嘱托。困惑时，苏旺脑海里呈现出农中的远景规划蓝图。

一个字，干！只有干，才会有出路。回想起自己在大雪封山时，老婆在后面往回拉自己，前面铺天盖地的大雪考验着自己，他没有后退，依然闯入风雪中，去完成教学任务。眼下的困难根本算不了什么，挺一挺就会过去。

上山前，苏旺准备了不少绷带、乙醇、磺胺类包扎所用药品，感冒用药更是准备了不少。尽管你准备了不少，但也经不起百十号人使用。同学们手破了要包扎，感冒了要用药。苏旺既当指挥员又当炊事员，还兼任卫生员，一周下来，眼圈都发黑了。

邻居大妈大嫂们看见整天忙碌的苏老师，不知道如何劝慰这位在她们心中不是亲人胜似亲人的苏老师。

一天早饭后，苏旺在整队清点人数时，一位颤巍巍的大妈走到队列前面找苏老师，硬要把一个滚热的小布包往苏旺手里塞。

“大妈，这是？”

“这是我给你煮的两颗鸡蛋。你趁热吃了吧，看把你累成什么样了！”

“大妈，我坚持得了。您多虑了！”

“你吃了吧。我有好几只鸡下蛋。以后，我还给你煮……”

看着执意要给自己鸡蛋吃的大妈，苏旺心里那份感激之情无法用语言来表达。

望着一步一步远去的大妈，苏旺两眼发热，激动的泪水夺眶而出。他被群众的热心肠所感动，在学生面前，叫他这个七尺男儿无法保持住体面。

他知道在学生面前不能这么没出息，这么经不住情感的撞击。他把两颗鸡蛋包好，揣到口袋里，对同学们做了简短安排。大家出发了。

苏旺疾步向学生宿舍走去。宿舍里有一位高烧发热的学生。他要把两颗热鸡蛋送给那位学生。

面对尊敬的老师给自己送鸡蛋，这位学生有点大惑不解。

“苏老师，我好着呢！您还给我送鸡蛋？”

“关心你是我的责任，给你鸡蛋吃是我的工作。你快吃了吧。”

那位因病未出工的学生，听着苏老师的劝告，激动得不知说什么好。多日的伙食就是不怎么好，不是稀饭就是玉米面窝窝。这个学生从苏老师手里接过那两颗鸡蛋后，剥了蛋壳，那个狼吞虎咽，吃得苏旺都傻了眼。

“小心点，别噎着。”

两颗鸡蛋下肚的学生根本没反应过来苏老师在说什么，面对苏老师不知如何是好。

“苏老师，我没病了，今天跟您一起整林去。”苏旺被眼前这位学生的举动所感动：多好的学生啊！

“你别出去，还是多休息两天吧！”那位学生顾不上跟苏老师唠叨什么，拔腿朝着学生队列跑去。

炎热的天气，闷热的灌木林，攒动的人头，学生们奋力舞动着砍刀，一丛丛灌木应声倒下。苏旺被学生们此起伏的劳动号子声所震动，他也完全加入了学生们的劳动中。用汗水换来建校的第一笔资金，实在来之不易啊！想起齐建业“以校养校”的嘱托及未来农中发展的远景规划，苏旺的砍刀举得更高了，下手更猛了。农中学生背后，一排排倒地的灌木，一片片被砍出的空地相互交织着，从远处眺望仿佛一块精心织造的锦缎，煞是好看，风景独好。

白驹过隙，日月如梭，时间流逝得真快。树林沟建社二十周年纪念大会转眼就到了。虽然齐建业心中有数，各项筹备工作都在有条不紊地向前推进着，但是当时间进入倒计时，人们的紧迫感还是与日俱增。

# 第五章　建社二十周年

## 1

### 纪念树林沟建社二十周年

山欢水笑人欢闹马棚里小马驹蹦跳，
骡马成群牛羊满圈社会主义实在好。
摆脱贫困告别落后齐心协力向前跑，
干部带头群众争先生产攀升好征兆。
一花开放不是春万紫千红格外热闹，
社员都是向阳花仓里的粮食往外冒。
一年四季百花香春光明媚盛世天堂，
敞开双臂迎宾客树林沟明天更美好。

由洪永刚编写的板报及时更换着新内容，更换着新版面。为了配合建社二十周年活动轰轰烈烈地展开，老师们也在夜以继日地忙碌着，能写会画者更是连轴转。白天上课，晚上加班，夜以继日地为社庆二十周年忙碌着。

齐建业心里认为这是一个值得大书特书的日子。二十年前树林沟是个什么样子？现在的树林沟与过去相比，真是天翻地覆啊！在党的领导下，从互助组到合作社，再到人民公社，这一步步走来，多么不容易啊！二十年社里所走的坎坷，二十年社里发展的变化，二十年村容村貌及每个社员的变化，齐建业自己的变化，都是值得大书特书的。如何去反映这些变化？全面着墨？眉毛胡子一把抓，既没重点，又突出不了主题，也突出不了中心。只能选择有代表性的人和事来反映树林沟的历史，展现树林沟的精彩画卷，才能妙趣横生，才能相得益彰。

合适的人选其实在齐建业心里早就有了谱。这就是拉货家史，自己的成长史，树林沟从互助组到合作社再到人民公社的发展史，这就是社史。从拉货个人家史成长史写起，从齐建业个人奋斗发展史写起，从树林沟的发展史写起，不就包含了整个树林沟的过去吗？轻重敲定，详略自然分明。

齐建业对建社二十周年的具体活动脑子里有了谱，具体文字撰写由村里的洪永刚牵头，聘请县里的美工人员协助完成以上“三史”的编撰工作。为了不影响学校教学，老师们辅助其中部分编绘工作。

接下来还有其他事项需要一一落实：其一，与会省、地、县及兄弟社队贵宾的邀请函；二，抢修通往县里的大道；三，与会人员餐饮、住宿安排；四，村里主要街道主要建筑的整修与粉刷；五，会场装饰与布置；六，邀请省地县文艺团体助兴演出；七，大舞台的修葺：八，水电保障；九，安全保卫；十，其他未尽事宜。

社办电厂虽然有蒸汽锅炉在发电，但为了万无一失，齐建业决定从县里买回一台大马力柴油发电机组，以备急需。

二十年来该书写的篇章，根据齐建业与社里其他领导沟通商量一一敲定，剩下的就是由各位领导带头去落实。

山，昂首挺立；河，水声潺潺。树林里白杨树哗啦啦地歌唱，老人孩子喜上眉梢，全村人喜笑颜开精神抖擞。马棚里一百多匹马、二百多匹骡子兴高采烈，不时地向人们扬头打招呼，生怕人们把它们忘记了。树林沟从来没有像今天这样喜庆过，树林沟沸腾了！

饲养场里，从白俄罗斯引进的彪形大白猪既上膘又产崽多，给社里的发展带来不少经济效益。老孟啊，老孟，你一心一意为了集体，为了生产队壮大，为了提高社员收入，可以说你贡献最大。可你总是默默奉献，甘当一颗永不生锈的螺丝钉，遇到挫折你宁愿自己吃哑巴亏也从不把埋怨往外发泄。老孟，好样的，你把所有心思都花在集体上，你义无反顾地为建设社会主义新农村操尽了心费尽了力，你不愧是齐建业的铁哥们儿。树林沟里像老孟这样一心一意干集体，干社会主义的杰出人物有许多，像拉货、朱老伯、淑兰、崔良、柴二小、马建荣、老放海以及后来追上来的洪永刚申建芳……这一大批可歌可泣的人物太多了，齐建业只能优中选优，典型中树立典型，或者也叫忍痛割爱。

你说人家共产党员苏旺老师巡回教学整整三年无怨无悔，现在又身体力行建设农业中学新校区去了。这样的英雄不该大书特书吗？其实紧跟齐建业干事创业的人数不胜数。在这个社会主义新时代，确实是英雄辈出的时代。

树林沟大街小巷被大伙打扫得干干净净，到处展现着节日气氛。家家窗明，户户几净。人们把平时舍不得穿的好衣裳都拿了出来，准备迎接这属于自己的节日。缝纫社里近几个月以来，数十台缝纫机连轴转，夜以继日机声隆隆地为人们赶制节日盛装。

“嫂子们，再加把劲，把咱树林沟打扮得漂漂亮亮。”随着孙淑兰的呼唤，女子突击队把墙壁粉刷得更漂亮了。自从认领了粉刷任务后，孙淑兰还没消停过一刻呢。在孙淑兰的主导下，根据不同墙体设计了不同的粉刷颜色：白底黑框写标语；红底黄字写村名；其他墙体一律瓦灰色。在孙淑兰的构思下，经过粉刷，树林沟生机盎然，一派崭新气象。

庆祝标语统一由学校老师们负责书写，其中“热烈庆祝树林沟建社二十周年”大幅标语就醒目地写在文化广场的南墙上。一九六四年是不平凡的一年，全村所有父老乡亲从春节后，都在为建社二十周年庆祝活动发挥自己的聪明才智。大家从正月初一就开始掰着手指计算着五月二十日这一天的到来，差不多半年时间，除了不违农时耕种外，大伙把空闲时间都忙于庆祝活动的方方面面。为此，齐建业决定：首先，社里免费为大家提供牛奶；其次，各加工坊免费为大家加工豆腐、粉条及各种粮食。人们都为生活在树林沟而感到骄傲自豪，更为齐建业的关怀体贴而感到温暖。

全村忆苦思甜饭定在五月十日，距离社庆整整提前了十天。早上，野菜和糠窝窝。中午，油炸糕、喝粉汤，另加羊肉。其中主要内容是由拉货讲述自己的苦难家史，目的是告诉年轻人，新旧社会两重天，激发大家对旧社会的憎恨，对新社会的热爱。这字字血、声声泪的控诉，控诉旧社会的黑暗，控诉地主的万恶；这句句发自肺腑的赞美，歌颂党的领导好，歌颂跟着共产党建设社会主义好，也让人们明白一个道理：只有共产党才能救中国，才能救受苦受难的劳苦大众。

## 2

旧社会，那是穷人的地狱，富人的天堂。拉货从记事起就没有一天好日子过，常年在饥寒交迫中生活，在艰难困苦中度日。

拉货的爷爷从九岁起，由于生活所迫就背井离乡去给人家财主放羊。一个九岁的孩子说乳臭未除也不过分，这个年龄在有钱人家里，应该围在妈妈身边撒娇逗乐才对。可拉货的爷爷却要天天赶着一百多只羊在山里出出进进，为讨一口饭在风雨中飘摇。有谁会心疼你，又有谁会关照你？人家财主心疼的是自家的羊群，只顾着每年能剪多少毛，每年能产多少只羊羔，惦记羊圈每天垫了土没有。羊，水饮好了？草给吃饱了？该上膘时是否上膘了？至于你穷小子吃饱喝足是冷是暖却无人搭理。那无尽的泪水，拉货爷爷不知往肚子里咽了多少。一个九岁的孩子，遇到难处，只有泪水来陪伴他。整天风里来雨里去，一年四季赶着羊群，与羊为伍，与羊为伴，在烈日中暴晒，在狂风中飘摇，在暴雨中洗刷，在寒冷中战栗。

逢年过节，人家财主家是大鱼大肉，细米白面。就连每年正月初一的一顿饺子，人家财主吃的是白面饺子，所有长工们都是荞麦面饺子。天下乌鸦一般黑，盼星星盼月亮，穷人何时才能翻身得解放啊！

平时有个头疼脑热，你就甭想去看医生或到药店买药。财主是要你来干活的，即使你病了，也只能自己悄悄地根据民间偏方在野地里采上些能出汗的柴胡、甘草之类的中草药，偷偷地趁东家不注意时，熬上一大碗一喝了之，解解表，发发汗。穷人是不能得病的，就是有病也不能声张，更不能不出工，财主是不给闲人吃饭的。夏天遇上狂风暴雨，机灵的爷爷把羊群赶到山坡上，自己则钻到羊群里躲雨，生怕羊群散失了或走丢了。这样的天气还有谁会关心你呢？大雨哗哗地下，一道火光，一声惊雷，惊散了羊群，那个无助，那个恐慌。在暴风雨中追赶围拢羊群，生怕丢失一只羊，拉货爷爷泪水无尽地流。有谁会关心你死活？有谁会体贴你冷暖？只有那一群自己用性命守护的羊。穷人永远是风里来雨里去，饥寒交迫，干的牛马活，吃的猪狗食。人都是父母所生养，谁家父母不心疼自己孩子！

说起穿衣服，拉货爷爷基本上就没穿过什么衣服，往往是大人们退下补丁摞补丁的衣服。至于鞋子，都是大人们退下的旧鞋，就是这种鞋子也只能冬天穿一下，到了夏天，就光着脚在风里雨里奔走。两只脚丫子在山路上，在荆棘里被打磨得又黑又硬，满脚都是硬茧子。

山里人认命，认为人家富人就是富人，穷人就是穷人。拉货爷爷给地主家放羊，一放就是二十年。是一块扛长工的老伯看着拉货爷爷人能吃苦又机灵，便把自己的亲生姑娘许给了拉货爷爷。人到三十，有人给自己许配婚姻，这不是老天长眼吗！拉货爷爷收拾了孔破窑洞，用自己半辈子积攒的一点工钱买了二十斤羊毛，擀了两块毡子。众弟兄们帮助拾掇了些碗筷，新房就落成了。

过去睡在草堆里，睡在地上，熬了半辈子，现在有羊毛毡子睡觉了，就是没有棉被盖，也舒服极了，起码有块毡子铺了。这就是生活，这就是成家立业的开始。

生活中有再大的困难，穷人总能用其坚韧的灵魂、强壮的体魄与山为伴，与大地为友。任凭生活再怎样煎熬。拉货爷爷告别了给财主家放羊的生活，开始了新生活。

拉货爷爷挺直腰杆与困难抗争，与命运抗争。几年下来，拉货父亲出生了，日子有了新起色，家里再穷都生孩子了。以后拉货爷爷陆续养活了一帮五个孩子。苦难常常光顾穷人，生活刚刚有了点起色，传染病伤寒就找上门来了，全家一下子都患上了伤寒。整整六天全家人光喝凉水，眼巴巴地等死。老天有眼，第七天，刘志丹的队伍经过村里，看到奄奄一息的拉货家，找了还可以下锅的一些黑豆，熬了一锅黑豆汤。全家人喝了那锅黑豆汤，浑身冒了一身汗，伤寒病居然慢慢好了。感激刘志丹红军的救命之恩！红军是穷人的救命恩人！拉货爷爷一家跪在地上朝着红军远去的方向磕头谢恩。在以后的年月里，拉货的叔叔弟兄五人都当过兵，因为他们知道只有共产党部队才是解救穷人的部队。随后拉货叔叔又染上了天花。为了把老二从死亡线上拉回来，拉货爷爷举债医治老二。老二命总算给保住了，如山的欠债几乎要把这个七尺男儿给压扁了。

一个大雪封山的冬天，好不容易躲债躲到大雪封山了，拉货爷爷趁机回家转转，看看病愈的老二，看看在苦难中挣扎的老伴是否还在坚守着这个摇摇欲坠的家。

谁知刚进门，刚烧上火准备喝点热汤暖暖身子时，要债人就找上门来了。想躲没处躲，想走走不了！

“来吧，债在这里。我凑到银子了！”

拉货爷爷说时迟那时快，往树墩上一坐，顺便从灶膛里捡了个柴火疙瘩，撸起裤子往大腿上一放，对上火，吸溜上一袋旱烟，像铁人一样一动不动……那火烧燎烤，人肉都发焦了，发出嗤嗤的声响。

要债人看着这架势，扔下一句：“老万，你有能耐，你就欠着吧！”像兔子一样跑了。

关键时刻以暴制暴，也是办法啊！要不这冰天雪地，这穷人日子还让不让过了。老万心里这么想，就有了上面的举动。这也是没有办法的办法啊！谁不晓得火烫皮肉之苦？谁不晓得火烫皮肉之痛？这也是无奈的下下策啊！万不得已，有谁会干这种烧皮烫肉之事？

熬过了冬天，拉货爷爷老万进山采集山货，山里人其他本事没有，编织点山货还算利索。在种好十来亩山地的同时，有点空就往山里钻。割上一天荆条，编上三天筐篓也有剩余。用山里的特产乌柳编筐箩、编簸箕，逢集赶墟，几年下来，所有欠债都一一还上了。人穷志不穷，还债，虽是晚了点，但是必须的。

日子一天天过，生活一天天熬。穷人日子总是那么窘迫、那么拮据。拉货爷爷老万辛辛苦苦一辈子也没挣脱贫穷的镣铐，人穷志不穷，再穷也要挺直腰杆与贫穷抗争到底！

到了拉货父亲齐老海这一代，中华民族仍处于战乱纷飞的年代。

1931 年，“九一八”事变爆发。短短几年工夫，东北沦陷，华北沦陷。当日本法西斯在黄土高坡烧杀抢掠时，整个中国腥风血雨，生灵涂炭。日本侵略者铁蹄踏向荒山野岭的黄土高坡时，只有十岁的拉货跟随父亲成天早出晚归，在这兵荒马乱的年月一家人相依为命，继续在战乱与贫穷中度日。

## 3

拉货三叔一家在距离树林沟三十里外的深山里拮据生活。一大早就有消息说日本人要来了，年轻气盛的齐老河心里纳闷：这荒山野岭的山庄会有日本人来吗？他忙完了家里的活儿，准备到地里收割还没有收割完的一点莜麦时，听到村里人声嘈杂，不好了！日本人来了！村里人都往后山跑。拉货三叔慌忙跑回家里领着一双儿女，呼唤着老伴慌慌张张地向村外跑。跑出村口，是否大难已经过去？村外山路又归于平静，一点烦躁声音也没有了。老河不想再跑了，凭借自己的判断，这又是虚惊一场。带着家人就近躲进山坳的一个僻静处，把妻子和两个孩子安顿好，准备出去打探消息，看看周围情况，然而他还没来得及动身，一把明晃晃的刺刀已从后背捅了过来。由于他的反抗和挣扎，他被连捅十七刺刀，他绝望地挣扎着想伸手去拉妻儿的手，但已无回天之力，他倒在了血泊中。杀人成性的日本法西斯对手无缚鸡之力的母子三人也痛下杀手，三叔齐老河全家四口都倒在魔鬼日本侵略者的屠刀之下，都倒在血泊中。呜呼！悲哀！极大的悲哀！塌天的悲哀！老天爷！一个老实巴交的庄稼人，一个憨厚敦实的山里人，也要杀？也要倒在刺刀下？

噩耗传回树林沟，震惊了全村人。全村都为一家四口人惨遭日本刽子手杀戮而悲痛，为老齐家的不幸悲痛。祸从天降，老万一家上下，几天烟火不动，寝食难安。最后还是老万醒了，他抚摸着疼痛的胸口，踉跄着挪到门口，颠晃着羸弱的身子几乎要倒地时，他猛地挣扎着喊道："把人给我弄回来！人死了，入土为安！齐家这是哪辈子作了孽，轮到我老万还了？人死了，总得有个该去的地方，总不能抛尸荒野叫狗啃叫狼吃吧！"

老海弟兄们从伤痛中回到现实，火速前往出事地点张罗后事，一行十人早早地上路了。

在距离树林沟三十里外的大山村，一个僻静的山坳里，老海弟兄们收殓了四具被日本法西斯残酷杀害的死尸，齐家铁汉们再也抑制不住看到齐老河全家被残杀的伤痛，弟兄们那个悲痛那个动容，那个哭天喊地："弟啊——哥啊——你惨啊——咱齐家惨啊——"

老海弟兄们把弟弟老河及老伴和两个孩子一家四口安葬了。家仇国恨永远烙在齐家，烙在树林沟，烙在全中国人的心上。

齐家之后的好几年都恢复不了元气。老万一病不起，久病不愈，和老伴相继离开了他一生与命运抗争的世界，到阴间去看望他那惨遭杀戮的儿子儿媳去了，去抚摸他那宝贝孙子孙女去了。

人世间的天灾人祸能击倒老万，能击倒他的后代们吗？老海弟兄们把这家仇国恨记在心里，这仇恨埋在心底，像火山一样总有喷发的那一天。

齐家除暴安良、充满血性的家风由此产生。齐家一个亲戚在穷困中生活，在困顿中立命。好不容易娶过一个媳妇，生活还能继续，日子还能将就着过。谁料，天有不测风云，旦夕祸福。这个亲戚在山里打闹，傍山吃山，整天在山里出入，编山货，卖山货，是编织山货的好把式。然而在这亲戚进山割荆条的时候，山里一个混混便找上门来戏弄亲戚媳妇。久而久之，迫于恐吓，这媳妇就依存了这混混，不多时日，便撇下家，跟着这个混混远走他乡，过起了二人生活。这亲戚从山里回来，敲门不应，进家寻找，不见人影。亲戚心急火燎，四处央人寻找，一连几天，没有任何音讯。几经打听，有人看见这亲戚媳妇跟着山里混混从山那边走了。根据好心人指点，这位亲戚朝着媳妇所走的方向一路找去，走走问问，问问走走，终于在一个更偏僻更荒芜的山庄里找到了媳妇。媳妇迫于混混恐吓竟然不想跟着这亲戚回转家里，居然有跟混混过的想法，这亲戚气不打一处来。这混混更是仗势欺人，不仅没有归还媳妇的意思，还发出要这亲戚命的威胁。真是翻了天了。

国人外受日本侵略者杀戮蹂躏，内受这一方山霸欺凌，这世道让老实人、穷人真没个活法。这日子还能继续过吗？这消息被进山割荆条的老海得知，老海有老万的血性，一听这号子以势欺人之事，那个愤懑叫他坐立不安。老海腰间别了把“弯刀”——一种割荆条的工具，循着拐走亲戚媳妇的山路，摸到这混混的临时住宅，一脚上去踹开木门，疾步进屋，把“弯刀”狠狠朝柴墩上一剁，双手叉腰，脚蹬在柴墩上朝着那混混喊道：“你是还人？还是我要你的‘骷子’（脑袋）？”这混混也是看人下菜的主，看着齐老海这架势，这火气，话就软了许多。

“这老哥，有话慢慢说嘛，人是你们的人，是她死缠烂打地央求我带她来这山里。我还人，我还人！有话慢慢说！有话慢慢说……”这混混趁着来人往旱烟袋装烟的工夫，便一溜烟从屋里跑出去了，那个跑啊，比兔子还快，连头也不敢回，一直朝村外跑了。老海领着这亲戚和他的媳妇回转山下，从此繁衍生息在村里，再也没有出过村，跑过外，整日在黄土地里打磨。家境虽然不太好，但日子还能继续，生活还能在劳苦中延伸。

山里拔刀寻亲之事在树林沟几经流传，成了老海神勇的佳话，至今还在流传。这件事为老海惩恶扬善疾恶如仇的秉性增添了无上的光环。老海始终坚信，人生不缺家业旺，人生有福要自造。人在改变命运，命运也在改变人。老海把拉货兄弟五个拉扯大是件不容易的事，他们也曾钻在深山里勉强度日。山里好养活穷人，打上些柴火就能取暖，耕种上些土地就能吃饭。其他不说，光种山药就饿不死。山药这东西，真是个宝，细可吃粉条，蒸煮都可吃。粗吃，打上一捆柴烧着吃，还分外好吃解饿。但山里闭塞与世隔绝，老海弟弟不就是因为眷恋深山而惨遭日本人杀害吗？所以在老万咽气时还再三叮嘱老海弟兄不能被大山所迷恋，要远离深山。遵照老万嘱托，老海再也没有向往大山，一直生息在树林沟。这里没有深山烟熏火燎的生活，这里每天面对柴米油盐。日复一日，年复一年，在困苦中生存，在艰难中度日。

## 4

在树林沟，穷人依旧贫穷。富人仍然衣食无忧，饱食终日，靠着地租，靠着高利贷，脑满肠肥。穷人继续衣不遮体，食不果腹。这世道何时是个尽头？难道穷人就没有翻身的那一天？拉货父亲老海听从父亲老万的嘱托，凭借自己浑身的体力与黑暗抗争，与贫穷抗争。他凭借骨子里的禀赋，继续编织山货，抬轿，下煤窑……

凡是能挣钱的事，只要他有空，有机会，他都干。养活妻儿老小，向命运挑战，向贫穷挑战。老海干得比老万更多更艰难，才能勉强维持一家人最基本的生活所需，才能免除不去沿村乞讨生活的情况，才能守住一个贫穷的家。

这一切，拉货从小看在眼里，记在心上。

拉货从小就跟着父亲在地里扑闹，在集市上闯荡。地里的活计心里基本有个底，市场上的买卖也能摸个准。在市场上，如果今天手里的山货没有出手，哪怕天色归晚，夜幕降临，人去集散，也不想把山货再挑回家。对于一个出售山货的人来说，晚归是常态，根本不会那么心急火燎地去想在太阳落山前回转家里。

穷人，什么时候才会有舒心的日子？什么时候才能扬眉吐气地生活？窘迫的日子时常包围着你，捆绑着你，这受苦受累的绳索把你捆绑得结结实实，让你在维持生活养活家人的路上艰难爬行。但父辈的苦难铸就了拉货的秉性。拉货在帮父亲卖完山货回家的路上，一门心思在思考着这世道，这贫穷，这人情。老海在他背后猛击一掌："你还懵懂啥呢？还不加快点脚步。照你这样磨蹭，赶公鸡打鸣也回不到家里……你妈还在数星星盼月亮地等着咱父子俩回家呢。"

拉货的家史，除了国恨家仇外，从老万到老海及拉货一辈辈倔强与坚韧的脾性，铸就了齐家门风，铸就了齐家辈辈铁骨铮铮受人尊敬的品格，这就是血脉传承。所以拉货跟着齐建业从一开始闹互助组到以后的合作社，一路风雨兼程，一路坎坷走到今天，没有坚韧的信念是成就不了这一番大事业的……

## 5

树林沟建社二十周年活动开辟了树林沟发展史的新纪元。台上山北省歌剧、舞剧团轮番演出。台下省歌剧舞剧院编剧导演则深入老百姓的炕头院落，收集素材，让一幕幕反映树林沟史诗的歌剧、舞蹈、快板及时登台演出。以齐建业为核心的树林沟发展史在台上台下深入老百姓心中，大家既为高水平演出赞叹不已，又被树林沟波澜壮阔的历史所感动。一连五天的演出，展览吸引了省地县三级领导亲临观摩与祝贺，更吸引了周围三五十里老百姓，树林沟盛况空前。一幅幅珍贵的图片，面面锦旗、张张奖状展现的都是树林沟合作社的发展足迹。场场报告会，讴歌新社会新事物新气象；场场控诉会，控诉旧社会的血泪仇，鞭笞旧社会人间地狱的残暴、黑暗。这新旧社会两重天对比鲜明，激发了人民坚定跟着共产党走社会主义道路的信念，把大家的精气神凝结到以齐建业为首的中共树林沟大队党委周围，凝结到建设社会主义的大道上来。树林沟这次社庆活动充分调动了各方面的积极性，群众自觉自愿地保持村容村貌的干净整洁，骡马成群、牛羊满圈充分显示了社会主义制度的优越性。机声隆隆的粮食加工房、豆腐坊、粉坊、油坊、缝纫社齐声高奏社会主义好的主旋律。气势宏大的饲养场，在老孟的掌控下，科学饲养，合理繁殖。

粉刷一新的各机关，面貌焕然一新，所有机关人员都为社庆竭尽所能，出力流汗，多次得到齐建业的表扬夸奖。大家一致认为，都是分内事，没有任何推诿和搪塞。在齐建业的组织下，各项工作都有声有色，树林沟处处洋溢着一个社会主义新农村欣欣向荣蒸蒸日上的新气象。打扮得花枝招展的婆姨们，那一张张兴高采烈的笑脸向人们展示着她们的无尽喜悦。树林沟社庆把人们带到了一个全新的境界，让人们充分感受到了走社会主义道路的喜悦和自豪。

没有不散的酒席，没有不谢幕的演出。拉货在县里上中学的儿子这几天一直带着他的同学满村转，满山跑。果园里、饲养场、奶牛场，一座座民居，一道道院落，河沟里溪水旁，留下了同学们的开心和快乐，留下了同学们的嬉笑和欢歌。同学们为这个黄土高坡山乡的巨变而欢呼，为村里的新姿态新面貌叫好。那叫不上名的野花，那挂满枝头的各种水果更是让人流连忘返。快要期末考试了，假期也要结束了。齐建业儿子齐名、拉货儿子齐爽以及他们的一帮子同学也该返校了，这一连五天活动也该结束了。这可爱的山村、这朴实好客的村民，让他们恋恋不舍，让这些久居城里的学生们收获满满。

齐名的同学袁芳在树林沟通过几天的参观学习颇受感动，竟有留下来的想法。但他们还是在读学生，和学校也没有申请，这样鲁莽做事很不妥当。何况袁芳和齐名的暗恋还只在萌芽状态中，还没挑明，没有发展到一定节点的任何表白都显得那么不合时宜，不合规矩。仅凭几天热闹、几天欢喜就定夺关系自己一生一世的大事，实在有点荒唐……齐名他们返校了。

# 第六章　树林沟村里走出的年轻人

## 1

拉货儿子齐爽，齐建业儿子齐名，既同龄又是同村同学，他们一起考入县立中学。县立中学在黄土高坡上可是一所名声斐然的学校。学校管理严格，教学成绩一流，在当地是每个青年学生深深向往的好学校。这里聚集着从全国各地涌来的知识分子，他们分别从上海、浙江、湖南、北京、四川、福建、江苏来到这革命老区为老区教育事业呕心沥血，用他们的智慧培育着一批又一批青年才俊。他们是全国名校的佼佼者。鉴于中学校长求贤若渴的挽留，他们没有再到更偏远的山村，来一个留一个，都留在了县立中学。由于人才荟萃，几年工夫，这所学校便跃升为山北省重点中学，办学质量年年高升，在周围十几个县里是首屈一指的学校。这里有百十名满腹经纶的大师。

在这里求学是幸运的，也是光彩的。县城大街上最靓丽的风景线就是走在大街上的离山县中学学生，那精美的校徽、那干净整洁的服装，只要有学生走过，人们都会驻足凝视，留步观望。有谁家孩子不经过努力能轻易地考入离山县中学，你做梦去吧。你老子就是县长、县委组织部部长也必须通过考试录取，没有什么后门可走，更没有什么机动指标可占便宜。当年与齐名、齐爽一起考试的县长、县委组织部部长的孩子就没能考入离山县中学，在升学考试面前人人平等。这里教育教学规范严谨。入学教育，首先要学习《中学生守则一百条》，利用一周时间学习，背诵。学习理解是要求，指导行为是关键，背诵更是检验学习的硬指标。时间短，任务重，这道坎是进入离山县中学的又一次大考。有严格的规章制度，再加上教学有方的各路精英，各学科都有大师级教师们授课，祖国花朵在离山县中学嫣然绽放。

齐名所在的三十班班主任周谨老师，是北京师范大学本科毕业的高才生。周谨老师教学有方，育人严谨。周老师身材魁梧，国字脸，浓眉大眼，他那会说话的眼睛，只要一个眼神，学生就会明白自己哪里错了。周老师所在的三十班，师生关系融洽，大家在求知育人路上和衷共济，你追我赶，教学相长。周老师是学生们崇拜的偶像，他周围经常聚集着一大批爱好文学的莘莘学子。周老师本人就是个文学爱好者，在各种报纸、杂志上经常发表一些散文、诗歌作品，他文学功底深厚，吸引着更多追随者。在周老师的带动下，离山县中学文学创作浪潮滚滚，一批有志于写作的学生蠢蠢欲动，一些诗词、散文、小说相继刊出。为了激发学生们的创作热情，油印刊物《山花》在学校创刊了。《山花》的出现极大地调动了同学们的创作热情，这里饱含着周老师的心血与辛劳，从蜡版刻写到油印一张张小报，周老师都要亲自参与，细心指导。那个劳动没有一点点报酬，纯粹是心甘情愿的付出。

齐名、齐爽、袁芳既是同学，又都是文学爱好者。在这个创作集体里他们齐心协力，在爱好与创作中你追我赶，在默许中征战，在征战中展示才华，一场你争我夺的恋战也在悄悄打响。袁芳不仅仅是齐名的心上人，也是齐爽势在必得的追求者。这争战，既耗体力又比智力，这争斗，既是出于对袁芳的爱恋，也是进军文学的冲锋号。号角已经吹响，争战已经开始，接下来就看二人具体的鏖战了。战斗中袁芳的表态与选择是主要决定因素。齐名因他父亲的杰出成就，略占优势。而齐爽也不甘示弱，齐爽的文笔与长相更胜一筹。袁芳心里也没有一个十分明确的选择，在她心里看谁谁好。与齐名在一起时，感觉齐名挺好。与齐爽在一起时，感觉齐爽挺有魅力。在这恋爱的十字路口，叫人实在难以抉择。为了利索，干脆抓阄吧？

齐名的父亲是全国劳动模范，在省里县里都是举足轻重的人物。齐名善于把握大局，具有领导气质，又是三十班班长。而齐爽品学兼优，人又长得帅气，是很多女生心中的白马王子。

齐名在班里推选一个模范或先进人选具有一定发言权，经常代表班级在全校发言讲话。齐爽则是学校广播室校刊校报的总牵头人。两个人各有优势，又各具特色。你是选择门户档次，具有广泛影响力的心上人？还是选择学业优胜、创作力强、人品才华超群的意中人？

齐名、齐爽各自发挥着自己的优势，在争夺袁芳的恋战中既轰轰烈烈，又含蓄腼腆。今日齐名邀袁芳去学校植物园除虫拔草，明日齐爽有一篇文章请袁芳润色修改，这种重复的故事每天都在上演。这一来二去，既有客观上的真实需求，更有主观意愿上的争夺与靠近。袁芳对齐名、齐爽的表现只能保持沉默与观望，在她心里确实有十五吊桶打水——七上八下的感觉。在这十字路口，袁芳心里有杆秤，对谁也不能松口，对谁也不能有任何应诺或是默许。这苦苦的暗恋，这苦苦的争夺，究竟何时是个尽头？何时才会有个结果？这个问题如果不在短时间内有个明确抉择，既影响三个人的学业，又会伤害感情，到时候弄不好还会生出其他不应有的枝节来。

对于齐名和齐爽，谁也不能撕破脸面，这不仅仅是同学情分，更有同姓同村一家亲的纽带连接。拉货齐建业的父辈友情更注定他俩只能友好，不能反目成敌。父辈铁哥们儿的关系绝不能被两个黄毛小子给搅黄了。想到此，齐爽心里有了新打算。说一千道一万，两个从小厮打在一起的同族同姓同村年轻人，从家人家乡的情感角度上来说也绝不能撕破脸面。

## 2

齐爽最近发现一个花枝招展的女孩有意靠近他。在你争我夺如火如荼之际，有一杯清凉琼浆如约而至，多么欣慰啊！同学情谊、父辈恩情时刻告诉齐爽，在感情问题上不能和齐名争风吃醋，更不能伤害彼此的感情。放下重重心事，把精力投入紧张的学习中去。齐爽通过一段时间的煎熬后，毅然决然地选择了放弃，他不再像以前那样吆喝袁芳写稿改稿了，也不再那么有事没事往袁芳跟前凑了，一切都正常地去学习去生活。

突然的降温，把袁芳从你争我夺的追捧中一下子摔回冷冷清清的现实中来，摔得好痛啊！其实在齐名与齐爽之间，她更看重齐爽的才华和长相。好端端的你来我往，一下子变得这么生疏，这么没有热情，袁芳感觉到齐爽肯定有难言的苦衷，这种猜测让袁芳十分沮丧，十分纳闷，十分难受。一连多日的心理折磨，袁芳变得沉默寡言，郁郁不欢，连齐名的邀请也爱理不理，就像陌路人。

这种敏感的反应，触动了齐名的神经。齐名心里纳闷，袁芳究竟出什么乱子了？他多么想弄个明白、弄个清楚啊！感情上的事，只能意会，不能言传，更何况这中间还夹着齐爽。这个坎难以翻越，索性一切恩怨让时间的流逝去慢慢洗刷吧。齐名心里有底，齐爽心里有谱，直接把袁芳撂地上了？你们大男人还能这样做事？原来那么狂热的争夺，一下子冷却到了冰点，袁芳能接受吗？

袁芳心里那个焦灼，那个揪心痛，她仿佛从高山峰顶一下跌落到万丈谷底，巨大的反差，剧烈的冷热变化，叫她难以呼吸。她一口气跑到校医室，找校医说她每晚都睡不着觉，要服点安眠药。安眠药学校卫生室有规定，一次有一次的量，每次就那么一片，最多也就是两片。于是袁芳就经常跑校医室要安眠药。这种反常现象让校医顿生警觉，校医把这事与三十班班主任老师做了沟通。袁芳的举动引起了周老师的高度重视，他委托班长齐名重视袁芳的言行，有什么疑点立刻向他汇报。齐名接到如此重任，心里那个警惕陡然高涨，有战士听到冲锋号不顾一切向前冲的斗志。齐名通过多日对袁芳的观察，对袁芳最近的举动冷静思考，他决定找时间与袁芳面对面地进行一次深入沟通，让一切疑惑得到解答。

## 3

一个僻静的下午，正值星期六，学生们都陆续离校了，静静的三十班教室里只留下了齐名和袁芳。在二人相视的刹那，袁芳猛地扑到齐名怀里，那抽泣、那倾诉，让齐名害怕了。齐名感觉自己好像被天打五雷劈，做了什么对不起袁芳的事，让他内疚，让他自责，于是他不自觉地把袁芳抱得更紧了，抱得袁芳感到呼吸都有点困难了。紧紧地搂抱，让袁芳首次感到男人的胸怀是那么宽广、那么深厚、那么温暖、那么有吸引力，是躲避风浪的良港……

袁芳把自己一肚子的感情苦水向齐名做了掏心窝子的倾诉。齐名倒觉得自己每日的打拼与争斗竟然失去了对手，心头一下子空荡荡的，那种有劲没处使的感觉与先前时刻竭力拗劲的状态相比一下子失去了平衡。既然暗恋路上的争斗在突然间消停了，那么接下来自己该庆幸呢？还是该撤销警惕空享无意间的胜利呢？事情绝不会那么简单，不经过风雨难见彩虹啊！想到这里，齐名心里反倒有一种“山雨欲来风满楼”的感觉，这比那种暗里争斗更历练人更折磨人。万一同学齐爽突然杀一个回马枪，你齐名连一个还手招架的功夫都没有了，你可大意不得，你可得经常小心翼翼。对袁芳，对竞争对手齐爽不能有丝毫放松，不能有半点侥幸心理或麻痹大意。想法与思路都有了，齐名还是一如既往地关照袁芳。袁芳也没有过多的想法往齐爽那里闯。时间的流逝荡涤着一切恩恩怨怨。一年一度的期末考试如期而至，一年一度的“五一”板报、“十一”壁报，如期出现，校报校刊如期发行，期期精彩。没有发生什么，一切正常运转。

袁芳对于齐爽表面热乎内心冷却的反应十分敏感：她深知齐爽的变

化一定有外在因素，但一时半会儿还摸不着头脑，对齐爽的真实心思还拿捏不准。可你齐爽也得有个明确表白啊，就这么朦朦胧胧的，会让人窒息，让人疑虑丛生。

袁芳为了弄个究竟，借给广播室送稿子的机会，暗访学校广播室。

这里是间斗室。这里广播与编辑都挤在一起，这里容不下第三个人。那个拥挤程度简直让人无法形容，紧紧依靠的两把椅子死死地挤在那里，面前桌子上扩音机、话筒一字摆开，编稿、审稿与播音没有其他办法，只能挤在一起。

齐爽与播音员孟丽并排坐在那里，一个抑扬顿挫地播音，一个伏案仔细审阅从全校五十六个班送来的各种稿件。稿件繁多，这里既有学校新闻稿件，也有文学爱好者的散文、诗词、小小说等作。叫一个人担负如此工作，确实有点吃力，有点忙不过来。广播室的门被敲响了，理应说学校播音的时间是不接待任何人的。袁芳敲了半天门，也不见有人开门，她的疑虑更是骤然飙升。敲门，再敲门，砰——砰——砰——这连续不断的敲门声惊醒了孟丽，她停了播音蹬了齐爽一脚，意思把门打开。门开了，不容进入第三个人的斗室里，空气要凝固了……

那修长而又匀称的身材，那得体而又时髦的衣着，那白里透红的脸庞，那甜嫩的嗓音，那好像修剪过的眉毛，那樱桃小口，那机灵的杏眼，那……袁芳被眼前的美女所折服了，她没有什么表白，她像窃贼一样落荒而逃，逃之夭夭……

答案在瞬间全明白了，原来齐爽身边有这么一位天仙美女。难怪齐爽长时间对她不温不火，那种似断非断的感觉折磨她这么久，让她稀里糊涂，竟然想走上自杀之路……

齐爽似乎也明白了，他对刚才那尴尬局面两手一摊哂然一笑，没有做任何解释，依然照常审理着众多稿件。孟丽也没有什么特殊表态，继续她那清脆甜润的播音。只是刹那间的六目相视也让各自明白了许多。这默许、这默认都像触了电一样迅速向各自的全身蔓延，它分明告诉各自一个信息：他们相处得太近了，相处得太过灼热。孟丽齐爽互相对视了一下，他们心照不宣地继续着自己的工作。

从学校广播室回来，袁芳又一连几天沉默不语。日子还是照常向前推进着，每天上课下课，每天写作业，每天参加校园活动，同学们既团结又紧张，既严肃又活泼地生活着，秩序井然。

从袁芳敲开学校广播室那一般不曾开的门到期末考试结束这段时间，齐爽是否对袁芳缺少了什么表白？齐爽心里清楚袁芳内心的伤痛，他曾多次想试探着向袁芳说明什么，但往往话到嘴边又噎了回去。袁芳也在有意无意地躲闪着齐爽。

县里组织学生在千人大礼堂聆听人大代表、全国劳动模范齐建业做报告，齐名、袁芳、齐爽都参加了。利用这个绝佳机会，齐爽几次想窜到袁芳跟前，想和袁芳坐在一起，想把所思所想彻彻底底和袁芳掰扯清楚，然而齐爽几次努力都被袁芳拒绝了。当齐爽挤到袁芳跟前想乘势随着滚滚人流央求和袁芳坐到一起时，袁芳的反应那么机敏，左右手各拉了两位女同学把他夹在中间，让他稳稳坐到前排的椅子上了。

## 4

齐爽的努力，老天赐予的机会显然被袁芳拒绝了，无奈的齐爽自此也明白了许多，该撒手的时间到了。何况孟丽多次腼腆表白，已经让齐爽不得不做最后的抉择了。

袁芳虽然出落得大方得体，在班上也就那么一回事。人家孟丽那可是全校近三千学生中的佼佼者，是校花啊。学校每次有重大活动，上台指挥全校师生大合唱的当然是人家孟丽。那粉红得体的上衣，那绿格茵茵的裤子，那齐腰的大辫子向背后一甩，那纤细白嫩的手指，那柳叶似的眉毛，那肯定是抹了胭脂的脸蛋，那修长的身材，活脱脱一个天仙美女下凡。那上下翻飞的双手，那合着节拍蠕动着的身躯，俨然一道美丽的风景线。

# 第七章　离山县中学的故事

## 1

毋庸置疑，孟丽的每次出场、每次指挥都吸引着全校男性同胞，深山出俊鸟。在黄土高坡，在这千沟万壑交错的地方出现这么一位美若天仙的女子确实很少见。孟丽不仅一表人才，各门功课在班里在年级里也都是遥遥领先。

齐爽啊齐爽，人家孟丽说长相你挑不出参差，说学习在全校同年级中名列前茅，你若抓不住这天赐良机，若犹豫不决，将会造成终生遗憾！人家可是百里挑一！机会转瞬即逝！

孟丽的多次暗示已经向齐爽伸出了橄榄枝，齐爽也使出了浑身解数竭尽所能地向孟丽靠拢再靠拢。无论是一丝微笑，还是一句充满柔情的关心都迸射出爱的火花。自从袁芳上次敲门闹出尴尬后，以后播音的时间无论再有多么严重的撞击，只要不把门框给掀下来，齐爽永远不会去开门了。

袁芳明显的拒绝，让齐爽再也没有过多的精力去改变现状。相反孟丽的影子逐渐占据了他的心扉，占据了他的一切。齐爽啊，你得把握住机会啊！

第一句开口，第一声求爱，在齐爽心里上下翻腾了几宿。机会来了就要出手，躲躲闪闪既对不起自己又伤害了别人。机会终于来了——

还是一个星期六的下午，当孟丽播完最后一篇稿件后，齐爽对孟丽说："一周啦，你帮我整理一下这一周播出的稿件吧！"

"好吧，我帮你！"

……

"孟丽，我爱你！"齐爽一下子抓住孟丽的双手，是那么有力、那么迅速、那么突然，两双爆发炽烈火花的眼睛顿时黏在一起。孟丽眼眶里溢出幸福的泪花。齐爽紧紧地把孟丽抱在怀里，那个激动人心的瞬间，孟丽默认了。其实这句话她渴望很久了。从第一次到广播室播音开始，她就对齐爽给予好评。虽然是一个小小编导，但齐爽对每份来稿都那么上心那么在意，处理每篇来稿都是那么投入、那么专注，人又英俊潇洒大度，分明是一位白马王子，好迷人啊！那血气方刚正宗美男子的形态深深打动了她。

齐爽对袁芳的冷处理恰到好处，对孟丽的表白也圆满成功。他兴奋不已，连走路都想跳。因为他确实是掌握了不瘟不火的火候，选择了恰到好处的时机，一切处理得顺顺当当。他把主要精力放在了与孟丽的相处上，虽然没有多少礼品相送，但是男女之间互相有句真诚问候，或是一个温柔可掬的笑脸就是最好的礼物。

在离山县中学上学的齐名没有忘记父亲的嘱托，努力学习，学好知识为农村服务。对袁芳的吸引，倒是分散了齐名不少精力。从感官上仿佛齐爽不再是主要对手了，但齐名老觉得袁芳的心还不那么踏实。毕竟人家袁芳对他的种种努力仅仅是停留在口头上，在实际行动中常常是躲躲闪闪，要么干脆拒绝他一个小小的请求，要么对他不予理不睬，有种熟视无睹的样子，齐名心生芥蒂。

暑假第一天，齐名与袁芳相约，在县城街道上溜达。齐名向袁芳发出邀请，邀请袁芳重返树林沟，再赏山乡巨变，重温建社的精彩画卷，浏览树林沟的大街小巷，袁芳欣然答应了。齐名明显感觉到在成功的路上又迈开了一步，携着美人回家乡的愿望即将变为现实。

齐爽近来则神情恍惚，心神不安，因为他感觉到孟丽有什么深藏心底的秘密。偶尔对话，孟丽眼神不是那么炽烈，那么专注。为了弄清事情原委，齐爽从侧面费尽心思地去打探。机会终于来了。放假了，整个学校静得出奇，往日的喧哗、欢歌笑语都归于宁静。在教师宿舍拐弯处，齐爽遇见了表情沮丧的孟丽。孟丽连招呼也不打，跌跌撞撞地往前走。齐爽一个箭步冲上去拉住孟丽：“你怎么啦？身体哪里不舒服？”

孟丽软绵绵地依靠在齐爽身上。他用了吃奶的力气扶着孟丽，一步步挪向广播室。这里是他俩唯一有权利活动的场所。在偌大校园里，只有广播室，才是齐爽和孟丽可以互诉衷肠的地方。一块手帕、一杯热水，那无言的举动，那悉心的关照，温暖着孟丽。

孟丽猛然扑向齐爽，那一声声凄婉的抽泣，震撼着齐爽。那个无奈，那个无助，在孟丽心里，所有的委屈这个时候只能向齐爽倾诉。那个羞愧，那不能启齿的耻辱再一次向孟丽袭来，她抽搐了。齐爽手足无措，不知如何应对这个难以掌控的局面。经过悉心安抚，经过细心关照，孟丽断断续续地和齐爽讲述了她的遭遇。

## 2

放假前，向自己崇拜的恩师道个别这是人之常情。然而平时那么扶携她、那么关心她的游天佑利用这道别的机会，把孟丽给糟蹋了……

孟丽在慌乱中逃跑，在慌忙中跌跌撞撞，幸亏遇到齐爽，要不今天不知还会发生什么不可预测的事……

心中的疑团终于揭开了。难怪一个美若天仙的女孩在音乐上有那么高的天赋，难怪孟丽的指挥那么令人叹服。原来她的背后有大师级的人物在指点训练。

游天佑这个厦门大学的才子，一毕业便被分配到这穷乡僻壤的黄土高坡，原想进中央民族学院任教的希望最终成了泡影，这可能就是命运的安排吧。他暗暗下定决心，在黄土高坡上发展，既是机会也是现实。于是他上下观察，全校选拔，他要以自己的音乐天赋打造一个具有黄土高坡气质的音乐奇才。

孟丽自然而然地进入了游天佑的视野，于是就有了“游天佑关门弟子”的别称。孟丽是幸运的，也是学有所成的。两年工夫，两年熬炼，孟丽的音乐细胞被游天佑充分挖掘，于是就有了在全校集体场合露面的机会，那袅袅身躯、那娴熟稳健的指挥、那清亮圆润的领唱，简直就是天女下凡，让人陶醉，让人倾倒。

面对脸色憔悴、神情紊乱、悲愤无助的孟丽，齐爽愤怒无比，把色狼游天佑弄死的想法在心中萌发。鉴于孟丽“绝不能把这事再向第二个人透漏”的央求，齐爽把难以咽下的仇恨强按心头。他想，事情不能这么草率收场，不能就这么便宜了游天佑。要撕下游天佑的画皮，把他送上法庭，受到法律制裁，让他的丑恶嘴脸暴露在全校师生面前。

把游天佑的罪行暂时掩埋在心底，择机行动，择机爆发，让游天佑彻底完蛋。他从另一个角度去安慰孟丽：“孟丽，游天佑对你也不薄啊！要是没有‘游老师’的栽培，你能有今天的进步吗？既然‘游老师’那么关照咱，咱是不是应该把眼前这一切抛到脑后，振作起来继续朝前走？”

听了心上人齐爽的这番劝说，孟丽顿生厌恶之情。心想：你齐爽，原来也无耻至极，我孟丽看错人了，看来你们男人都一个德行，都想占柔弱女孩的便宜。孟丽想到这里，忍着痛苦，抛下齐爽走出广播室，无视齐爽的挽留，慌慌张张地冲出校门。

齐爽穷追不舍，寸步不离，他要对刚才的“劝解”负责。这“劝解”没有起到点滴作用，反倒产生了负面效应，增添了孟丽对齐爽的憎恶。齐爽现在有口难开，因为他的“劝解”与孟丽的现实困境水火不容，既没有达到缓和局面的效果，又让孟丽陷入了无尽痛苦与悲伤之中。齐爽没有把心底秘密与孟丽说明白。在这种情况下，感觉自己与游天佑其实没什么两样，是一路货色，甚至比游天佑还坏上几十倍。显然，现在找孟丽是不会得到孟丽任何一点点的理解的，只能加深孟丽对他的反感和恶心。齐爽只能用埋在心底的秘密抚慰自己，他明白自己刚才荒唐的“劝解”，无疑是一种伤口上撒盐、雪上加霜的举动。无奈撞击着齐爽，齐爽只好默默紧随着孟丽，看着孟丽走回自己的家门，把门狠狠关上，一个熟悉的背影给他留下了许多警示：任何些微小事如果方法欠佳，策略失误都会招致事情的发展走向反面。如何将孟丽拉回自己身边？如何让孟丽化解对自己的误解？齐爽大脑高速运转着，思绪乱作一团，真是剪不断理还乱。

## 3

孟丽总算熬过了人生低谷。新学期又开始了。孟丽主动向学校负责宣传的老师请辞了播音员的工作，她要远离像游天佑一样恶心的齐爽。本来一口流利的普通话，再加上圆润的嗓音，是孟丽做播音最好的条件。然而，面对和游天佑一样让她恶心的齐爽，孟丽只能选择离开。

孟丽的要求最终得到了负责老师的同意，但前提是在找到合适人选之前，孟丽还要继续坚持每天半小时的播音。

齐爽啊齐爽，你再不抓住这点机会把孟丽拉回到身边，你将痛失良机，你后悔一辈子去吧。

播音还在继续。孟丽还像往常一样，按照齐爽预先的编排，一篇稿件接着一篇稿件向全校进行播音。在播音结束关闭电源，孟丽准备离开的刹那，齐爽双手紧紧抓住了孟丽的双手，把孟丽死死地拉住，孟丽重新在椅子上坐下。齐爽一口气把自己“请君入瓮”的想法和盘托出。孟丽脑际的乌云一下子散去了许多，逐渐恢复了往日的神情，嘴角有了一丝笑意。心想，自己多日对齐爽的误解有多么不应该啊！

“齐爽，你能原谅我先前对你的不理解吗？”

“你只要按照我的想法去做，我不但不埋怨，反而会为你高兴！”

悠扬的钟声把学生们从香甜的梦中吵醒。睡眼蒙眬的学生们打着哈欠伸着懒腰从留恋的被窝中迅速醒来。只有十分钟起床时间，大家依次从宿舍鱼贯而出，整队集合向校门外的学校大操场跑去。二十分钟的早操如期举行，早操由学校体育老师负责总带队，整齐的脚步，嘹亮的哨音有节奏地伴随着三千名学生绕着跑道跑着，跑着……

然而，黎明晨钟的响声，三千名学生的脚步声也没有唤醒游天佑为人师表的良知。他一次次侵害学生的丑恶嘴脸终于要暴露在光天化日之下了。

本来生活的节奏是如此和谐，如此美妙，但生活中总有一件件不尽如人意的事件随着生活的乐章在跑调，出现不和谐的音符。

游天佑打破日常的生活规矩，他要求这天起床前一小时，也就是凌晨五点，让学生孟丽到他宿舍再对其进行辅导。这是明摆着的陷阱。孟丽清楚其中的龌龊，为了配合齐爽的通盘计划，她欣然答应了游天佑的要求。

齐爽把一切该准备的都准备好了。学校保卫科的主任老师、县公安局警察，一个个埋伏在教师宿舍周围。计划如期进行，对游天佑实施抓捕。

那扣人心弦的紧张，那屏息凝视的守候，游天佑宿舍有着微弱灯光的窗口有四双眼睛在盯着，随时准备收网。只要有声响，第一个冲进去的应该是警察，不是齐爽。为了行动成功，齐爽拗不过警察和学校保卫科老师的严肃劝阻，他没办法，只能退后一点点……

那无奈的喊叫刺痛着每个蹲守在窗外的人们。警察破门而入，游天佑慌了手脚，面对眼前的现实，他即使有再高超的本领也无法辩解，只好束手就擒。锃亮的手铐铐住了游天佑的双手。

任何消息的传递都会引起全校师生热议，何况是上课时学生们盼来的不是游老师，而是临时代课的其他老师。往日气氛热烈的课堂成了游老师去哪儿的疑问：病了？回厦门了？还是外出讲课了？还是提拔高升了？一个个疑惑涌向课堂。

依据法律条文，根据学校要求：游天佑被开除公职，清除出教师队伍，遣送回原籍接受劳动改造。

学校恢复了往日的平静。齐爽应征入伍，投身军营，走上了保家卫国的军旅道路。孟丽休学回家，等待着下一刻，等待着齐爽的承诺兑现。一个好端端的女孩，迫于生活旋律，迫于命运捉弄，按照自然乐章演绎着生活音符，无论婉转还是奔放。生活在音乐中，音乐在生活中，每时每刻都在谱写人间的酸甜苦辣。

离山县中学并没有因为游天佑的离去有什么太大的风吹草动，也没有因为齐爽参军，孟丽休学而缺少什么，每天的作息时间还像往常一样分秒不差地运转。尽管以前的疑惑引起了学生们的好奇，引起过不少波动，但安于学校生活的学生们，还是按照学校生活节拍：起床，早操，上课，下课……顺着时间流逝，用紧张的学习欢送着每时每刻。

岁月车轮滚到了一九六四年的秋天。离山县中学翻开了崭新的一页，高考录取通知书像雪片一样飞到传达室，这其中就有树林沟学子齐飞的来自西北工业大学的录取通知书。消息传到树林沟，全村人沸腾了，人人奔走相告，个个喜上眉梢。齐建业特别兴奋，亲自安排全村各家各户统一吃上一顿油糕来表示庆贺。全村人都是发自内心的高兴，拉货更是不知如何表达自己亲侄子考上大学的喜悦，连走路都是一路小曲不离口。有史以来，树林沟第一个大学生终于诞生了，那不仅是齐家的骄傲，也是树林沟的骄傲，更是离山县中学的骄傲。

齐爽和孟丽的离开使齐名和袁芳的友情有了进一步的发展。悬在袁芳心理上的云翳逐渐消退了。没有了齐爽的明争暗夺，齐名的爱情阵地是否更加牢固了？其实齐名心理上的防线在一天天地松垮下来。齐名把全部精力放在各门功课的学习上，为迎接一九六五年高三年级毕业考试及以后的升学考试，他加足马力，力争考试过关。按照齐建业的安排，他要考上省里的医科大学或是其他地区的医学院校，毕业后好回村为老百姓服务。从小在父亲的教育和影响下，为村里社员能解决点实际困难是齐名的选择，也是齐名的心愿。

# 第八章　出路

## 1

树林沟公社要扩大与外面的交流，挡在树林沟人面前的障碍是如何打通与外界的交往，修路成为摆在树林沟公社面前的第一要务。集合全公社三十五个自然村所有可用劳动力，汇成浩浩荡荡的筑路大军奔赴筑路战场。通过先前具体勘察，一条通往县城公路的图纸画好了。

在打通“老鹰嘴”的会战中，面对前无古人之壮举，从打炮眼、装填炸药，到点燃导火索，齐建业每时每刻忙碌着，牵挂着。在关键时刻，他都亲自上手，亲自装填炸药，亲自点燃导火索。那隆隆炮声、那硝烟弥漫的老鹰嘴山岭是通往外面世界的堵点难点，只有把老鹰嘴拿下来，筑路工程才有望全线贯通。齐建业亲临第一线打炮眼，装炸药，点导火索。在齐建业带领下，工程快速向前推进。

修好通往县城的公路，意义重大，经济效益会有很大提升。在齐建业心中，发展树林沟公社的整体经济，壮大集体力量，是发展社会主义走社会主义道路的必然选择。心中有路，路在脚下，齐建业心中不仅要修好通往县城的公路，还要陆续修好全公社各个村落之间的路，这是一个宏伟的计划。齐建业心中，只要身体力行，只要一门心思办事业，没有办不成的事，没有越不过的坎。

筑路和农业生产协调发展，做到粮食丰收与筑路两不误两促进，把控这个大局确实有一定难度。农闲时把大量劳动力调到筑路工程上来，农忙时缩小筑路规模，必要时可以停下筑路来，把多打粮、打好粮放在第一位。把口粮生产好，把余粮交售好，调动各方积极性，把全公社的事办好。齐建业晴天一身汗，雨天一身泥，常常是风里来雨里去，身体力行，既是指挥者，又是战斗者，在他身上两者的角色没有十分明显的区别。吃饭和大家一起圪蹴在地上，边吃边了解各施工点进度；休息睡觉和大家一起睡土炕，一块打呼噜，一起翻身，一起说梦话。这就是一个公社的大主任、一个全国著名的劳动模范——齐建业。

## 2

一个社会主义新农村建设的远景规划在齐建业手下正在浓墨重彩地描摹。鉴于筑路工程机械除了为数不多的小平车外，基本上就是人手一把的铁锹、一把镢头，或是一把铁镐。什么挖掘机、推土机，在社会主义发展初级阶段只能是梦想，只能是想象与传说罢了。

长年累月地劳动，树林沟与外界联系的路在一条条逐渐打通，社里畜力车一辆辆从树林沟驶向四面八方。要交的余粮，一车又一车被运出，社员们日常所需的百货又一车车拉回来。交通给人们带来诸多方便，人们的生活更上层楼，一天天好起来。进城读书的孩子们把铺盖卷往车上一撂，欢闹的婆姨们笑盈盈地往车上一坐，车把式那个长鞭啪啪地一甩，那个舒心、那个喜悦，让人感觉到了新生活的甜蜜和幸福。

树林沟几年工夫就套起了十辆马车，这十辆马车所需的五十匹骡子，都清一色诞生在树林沟饲养场。这既是齐建业、拉货心血的集中体现，也是当初他们几个上内蒙古买马的结晶。没有当初的抉择，没有多年繁殖，一匹价值上万元的骡子去哪儿买？社里哪有那么多余钱去买骡子？现在树林沟繁殖的骡马，不仅满足了自身发展所需，还能源源不断地支援着其他地方的发展。你看吧，每年阴历二月初二、七月十五、十月十五，这三届离山县骡马交易大会上，树林沟牲畜都占了主角。这在山北省乃至整个黄土高坡上都是值得大书特书的靓丽诗篇。畜牧业发展带动了相关产业发展，在增加经济收入的同时又助推了社会大生产。

在没有机动交通工具的年代，畜力马车、骡子车就是山乡交通的主要工具。

长鞭那个一甩，满载幸福欢乐的马车一辆辆驶出树林沟。那赶车的车把式，都是经过齐建业考察后才能走马上任的。

社里发展需要各方面人才。并不是任何一个人叫你赶车，你就是车把式；叫你筑砖，你就是工匠；叫你烧砖，你就是瓦匠。这人才从哪里来？从农业中学来。农村建设需要什么人才，农中就对口培养什么样的人才。苏旺校长紧紧配合农村发展需求，开专业课，上特色课。农中学生的实习基地就在树林沟养殖场、作坊、果林、砖场、工地……筑路工地上的测量员，也是从农中来。急用先学，学以致用，学用结合。一个水平测量仪也要搬到工地手把手教。苏旺的办学质量、办学效果，齐建业看在眼里，欣赏在心里。从当初巡回教学到今日教学成果的实际运用，苏旺在齐建业眼里是合格的。

全公社畜牧业大发展，但兽医短缺情况仍然存在，社办农中集中招收两年制畜牧兽医专业的学生。兽医在村里很吃香，报考人数远远超过实际录取人数。学校本着每个村子至少有一名兽医的原则，本着村村有兽医的思路，新一届畜牧兽医班五十名学生招考完毕。这开学第一课就由齐建业来主讲。在农中，每次新生入学，或新学期开学，只要有时间都由齐建业来讲第一课，这是农中规矩。齐建业的号召力在召唤着每一个农中人。

## 3

从建社艰难，讲到合作社变化；从最初的几头牲畜，说到今天的喜人成绩；从牲畜的常见病、多发病的治疗，到兽药采购等，都一一深入浅出地给大家讲个清清楚楚，讲个明明白白。

一节课下来，同学们个个精神抖擞，立志献身家乡建设，立志扎根农村，像齐主任那样做一个既有文化又有专业知识的新农村建设者。意志源于事业的呼唤，品德决定事业的成败。一届届农中学生在齐建业的关心下，在苏旺校长及全体教职员工的精心培育下，学有所长，学有所成。带着问题学，带着社里村里的急需所学，像黄河之水，一浪高过一浪，大部分学生经过几年的摔打都成了农村发展的领头人。他们被公社重用，或直接指定为村里的书记，或发展为公社的“补贴”干部，负责各自村里的具体工作。

树林沟公社农业中学的发展模式得到上级领导的肯定和支持。山北省的主要领导几次深入树林沟公社调查树林沟的变化，总结经验及时向全省推广介绍。树林沟各行各业的发展，给群众带来了实实在在的好处，不仅解决了群众的温饱问题，在黄土高坡上也树立起一座巍然丰碑。

农业的极大发展，使齐建业在社里的核心地位受到了全社人民的拥护和爱戴。然而齐建业心往社里操，劲往社里使，却始终住在土改时分下的那孔窑洞里。集体力量壮大，村里几年来一排排窑洞、一排排砖瓦房修盖了不少，别人都劝他也搬搬家，他准是一句话：等大伙都住上新房再说吧。在住房问题上，齐建业没有为自己多操过一份心，因为所有群众的住房还没有彻底解决，他绝对不可能走在群众前头去享受，去考虑自己的得失。相反，他更加奋发有为，为解决群众的实际困难而努力，努力，再努力，奋斗，再奋斗。

## 4

树林沟的发展引来不同区域不同行业的人们前来参观学习，省内知名的农业劳动模范和先进的农业集体也纷纷慕名前来学习取经。山北省著名劳动模范山南县的章杰就是奔着树林沟畜牧业而来，他不仅是来学习的，还要把树林沟一号种马买走。这个要求，把齐建业给难住了。一号种马是树林沟畜牧业发展史上的功勋，是齐建业从俄罗斯引进的优种马。在一号种马的努力下，树林沟畜牧业的发展上了档次，每年春季配种成功率都在其他种马前面。树林沟一共有五头种马、五头种驴。这些种马种驴的饲养在齐建业的亲自过问、亲自督促、亲自指导下进行，才有了今天的骡马成群。一年上百头骡子是在这些种马种驴努力下诞生的。离山县一年三度的牲畜交流大会，树林沟合作社一直唱主角的源头就在这里。

山南劳模有要求，齐建业没有想太多，友谊和支援比什么都重要。还有什么买卖之说，干脆赠送算了。

齐建业在心里七上八下整整翻腾了一天一夜后，他向社员们宣布了决定。这一决定引起了树林沟大队全体社员的强烈震动，尤其是老孟、朱老伯、放海、淑兰、崔良、拉货、柴二小、马建荣、洪永刚、申建芳等一大批社员都不理解。

大红种马高大雄健、威风凛凛、四蹄银白、鬃毛浓密，缎子一样的躯体在阳光下红光闪耀，经常悬着头偶尔打上一声喷嚏都那么气势凛然。讲究的辔头，错落有致，像一卷黑呢子一样飘扬的鬃毛分明是马中王子。

一号种马是功勋马，是树林沟畜牧业的标志。如今要离开树林沟，出走他乡，全村老少齐聚饲养场，团团围住大红种马，好像是送别要出远门的亲人。大伙赶来向大红种马做最后的告别，那真是依依不舍啊！齐建业与大红种马的那份情感更是难分难舍，无法用语言表达。

为了兄弟社队的情谊，为了彰显社会主义大家庭的温暖，馈赠是必须的。齐建业牵着大红马绕着前来送行的人群转了一圈，拉货、老孟、朱老伯、淑兰……所有牵挂大红马的人们从齐建业手里接过缰绳依次传递着。最后劳模章杰从齐建业手里接过缰绳牵着大红种马要离开时，大红种马扬了扬头，发出了告别的嘶鸣，这嘶鸣曾经在树林沟上空弥漫了好几年。大红种马与树林沟难分难舍，它挣脱了缰绳的牵引，迅速跑回马棚，那头一直向上挺着……

那高挺的马头牵动着人们的心弦。大红种马也理解人们的心愿，它不愿离开它曾繁衍生息过的树林沟。齐建业迅速走进马棚，重新牵了大红种马，把缰绳再一次交到劳模章杰的手里，那会儿，齐建业的热泪夺眶而出，朝大红种马摆摆手，朝劳模章杰摆摆手。在齐建业摆手刹那，所有送行的人们都不自觉地举起手向大红马摆着……摆着……

## 5

树林沟无论是畜牧业还是其他行业都有自己的品牌，都有标志性产品，在周围十里八村乃至整个离山县都是名声在外，家喻户晓。

社办工厂主打产品——凤牌扇车，无论是工作效率还是产品质量，都是树林沟的一张名片。凤牌扇车能得到用户的夸奖和喜欢，是因为它经过老木匠田娇家族几代人的努力，用心血浇灌出来的。说来话长——

从老木匠田娇的祖父起，田家就是闻名十里八乡的能工巧匠。经老木匠田娇打造出来的家具既美观又结实，不管是家具还是农具，田师傅做出来的都是精品。从一张张农民们漫山遍野赶着牛儿犁地的犁耙，到一竿竿种谷子的摇耧，那活儿做得精细，人们使用时那个叫好，那个得心应手，每每赞不绝口。木工活的优劣直接显示着木匠手艺和功夫的深浅。田家祖祖辈辈为山里人服务，山里人只认田家人的木工活，到了木匠田云已是田家第六代木匠了。社里要办农具厂，人才从哪里来？齐建业肯定首先想到田氏家族。齐建业注重品牌意识，他清楚品牌效应的重要性。

农村，农活一年四季连轴转，秋后场上打场的活儿也是多少农村人的一块心病。本来丰收了，人人都高兴，打下的粮食要风选扬场了，可那风不知躲到哪个犄角旮旯里去了，纹丝没有。人们那个着急，那个无奈，守着一堆谷物只能坐等风的到来。有兴趣的人用吹口哨的方式唤风，那上百人的口哨吹起来，那一个个鼓起的腮帮子变换着节奏变换着音程尽管吹，可那风始终没有露脸。因为无风，风选扬场扬不了，场上焦急的人们只能停下手里的木扦、簸箕，三五成群地吸溜旱烟袋去了。人们屈服于风的魔法，伸长脖子等待风的光临。

要解决场上扬场问题，得先解决扇车问题。人们在长期的生产实践中，用智慧与各种困难坚韧地斗争着。扇车的产生，你不用考据史实来佐证，肯定是诞生于农家的生产生活中。古式扇车体积庞大，风力不仅不是那么令人满意，搬运起来也需要好几个人，既费时又耗力。人们万不得已，眼巴巴地在场上待上几天，实在无法解决扬场问题时，才来搬运扇车。搬吧，抬吧，那个搬运队伍煞是隆重，前呼后拥中还不免会磕伤碰伤，实在让人揪心。

重新设计、制作新式扇车的重任落在了木工世家田氏第六代传人田云身上，田云和他爷爷田娇不负众望毅然接受了社里的请求。田家爷孙能否在短时间内完成社里交给的任务，这不仅关系到田家的信誉，还关系到齐大主任的殷殷嘱托能否在短时间内变成现实的问题。

对于扇车的总体设计思路是“轻便、灵活、高效、实用”八个字，剩下的具体方案就由田云亲自去推敲琢磨定型。八个字说来简单，做起来那要耗费多少精力啊。第一，先给扇车瘦身，从减轻扇车的重量入手。以前的扇车人们不想使用的第一原因就是太笨重，人少了根本搬不动。

思路决定出路，田云从扇车模型开始，咬住八字总要求，一件件配件拆下装上，装上拆下，三番五次，五次三番，夜以继日地钻研琢磨，扇车模型终于出来了，交给总设计师老木匠田娇去审定。老木匠田娇围着模型，琢磨推敲，既不给答案，又不给提意见，把白胡子捋了又捋，笑眯眯的，就是不吱声。看来总体设计还有不如意的地方。

田云的总体设计风格体现了田氏家族实用美观的价值观，按照八字设计要求，木匠田云将模型拆了，重新揣摩，继续实践。不用说，得不到爷爷田娇的认可，就肯定有不尽如人意的地方。设计上还有缺陷，还有进一步改进的地方。木匠田云对旧扇车的弊端重新进行了梳理：一，笨重；二，效率不高；三，外形丑陋；四，搬运困难。综合以上四点，重新认识，大胆设计，扇车的设计制造是关系田氏木匠世家能否加分的大问题。因为扇车设计改制任务，齐建业不仅仅只交给了田氏，同时还交给了离山县另一家木工家具厂，这就看谁家品质更胜一筹。时不我待，夜以继日，一台台模型拆下装上，改了再造。总之，要让爷爷田娇认可不是一件容易之事，他深知爷爷对木工活的精细要求。

在树林沟公社，需要解决的问题不只是打谷场上的一台台扇车。由于牲畜大量繁殖，阉割雄性牲畜成了一项十分繁重又迫在眉睫的大事情。那么多公牛、公猪、公马、公驴、公羊不能都一一保留下来当种畜饲养。在优中选优的基础上，一大批雄性牲畜必须进行阉割。

## 6

过去阉割个猪啊、羊啊，一个人就能办了事。若遇上一头牛，三五个人也忙得过来。

要阉割公牛了，全村人摩拳擦掌，人人参加战斗。把一头头准备要阉割的公牛，每头用绳索套住四蹄，然后用力一拉，公牛轰然倒地，七八个男子汉拿着木杠从被绑牛腿下穿了过去再压到牛的身体上，杠杆作用在这里得到充分应用。牛脖子上一样横着木杠，左右有人压着，不说是头牛，就是力气再大的动物也经不住这横七竖八的打压，只能等待酷刑的到来。那阉割人员仔细查看，大伙把公牛压实了，安全了，才开始动手。在那硕大睾囊上狠狠一刀，足有碗口大的两颗殷红睾丸瞬间裸露出来。阉割人员用尽吃奶的力气将两颗睾丸从睾囊里揪下来，杠杆底下不能动弹的公牛发出一声又一声的惨叫，那是无奈的控诉，那控诉渐渐变成了呻吟，那个场面让人惨不忍睹。没有其他办法处理公牛的刀伤，首先一袋磺胺结晶粉撒到伤口上，再用早已准备好的针线把伤口缝好，最后用夹板将伤口夹住，用火红烙铁在伤口上来回烫。残忍啊，极度的残忍！据说只有这样才能保证被阉割的牲畜不被感染，一个星期就可以下地干活了。

面对如此惨烈的阉割，齐建业早已向农中下达命令，在短期内开设畜牧兽医班，主要解决全公社三十五个村雄性牲畜的阉割问题。改革既费力又耗时的阉割方式，科学养殖，创新阉割技术，让牲畜免遭如此折磨。

无论是祖传，还是现实所需，在广袤的农村，各种各样的绝活都是几千年农耕文化的延续。就一项阉割手艺，是一般人拿不下来的绝活。你没有家传秘方，没有独到的拿手技艺，没有严师指导，单凭几次实地观察，就想动手，往往会事故连连。树林沟村老二憨的孙子奥拴心血来潮地认为些微小事一看就会，于是他悄悄地打制了夹板，县里定做了烙铁，买了磺胺结晶粉，置买了阉割刀，首先在自家的公猪身上展开了尝试。

一大早，奥拴着急地把家人一一从被窝里叫起来。公猪被几个人死死地压在地上，那个气氛好像在屠宰一头大猪。尽管这猪还比较小，大家还是做了最坏的心理准备，以防不测。奥拴上手了，那个不利索，把全家人弄得人人不得安宁。被死死压在地上的猪仔先是像被宰杀一样嚎叫，然后只打哼哼，不见号啕了。明显两颗睾丸在奥拴手里打滑，着急了想生硬割下来，但害怕留下后遗症；不割吧，阉割利索不了。那个慌张实在折磨人。

老二憨子索性不帮孙子了，独自骂着跺着脚到一边吸溜旱烟袋去了。奥拴管不了那么多了，索性把两颗睾丸给割了下来。随后，又是夹板，又是烙铁，依照自己亲眼所见的工序和步骤一一了结阉割任务。然而公猪躺在地上不动了，大家合力把猪仔抬回猪圈任其打哼哼去了。小奥拴满身的汗水，一肚子火不知往哪儿发。折腾了足有一顿饭工夫。五月的太阳还不那么炽热，奥拴汗水依然那么冒着，那个不爽、那个晦气一直在笼罩着他。

阉割失败是奥拴拜师学艺、上农中学习的主要动因。他家那只被他阉割的猪，没过几天就告别了奥家，被老二憨子扔到山坳里喂狼去了。

因为不听大人劝告执意把事情弄僵的奥拴在阉割这道坎上被现实无情地击倒了。村里人为此也有了许多议论："本三就是本三，本四（事）就是本四（事），不要胡来，不要瞎折腾。"现实是最好的教科书，一口猪的代价，一个家庭还可以承受。要是一头牛，或是一匹马、一头驴，你能承受得起吗？这些困惑打动了奥栓。奥拴要去农中学习，全家人都同意了。

树林沟公社农业中学，随到随学，没有什么限制。有急需就进校学，急用先学，学好了就可以出校门。如果出去还有困惑，还可以再来学，反正以弄懂弄通为止。

树林沟公社农业中学在齐建业的亲自关怀下，在校长苏旺及全体教师的努力下，本着服务农业、服务农村、服务农民的办学宗旨，越办越好。奥拴上学了，自此，奥拴阉割的故事也就告一段落。深刻的教训让奥栓明白了许多，任何事物的发生发展，从感性认识到实践总得有个过程。心急吃不了热豆腐。

树林沟每项事业都有章可循地向前发展着。一件件打着"武家柳编家具"字样的筐箩、簸箕，只要拿到市场上，肯定是一抢而空。好货不愁卖，人们信赖的是武家品牌，是树林沟的产品。苏旺办农中，把方圆几十里能工巧匠都集中到农业中学来，聘请他们来校讲课，聘请他们传授一技之长。黄土高坡的山梁山峁上适合乌柳生长，在这里发展柳编业，很有出路。只要产品贴上树林沟的标签，在市场上，都是抢手货。聘请柳编专家进校手把手教，既出产品又出成绩，教学生产两不误。从农中走出去的学生，人人有本事，个个有绝活。这样的办学思路是齐建业办农中的初衷，办学效果验证了他的思路是正确的。从农中出去的学生，一心一意投身农村，扎根农村，为村里人服务，农村欢迎这样有一技之长的学生。

## 7

还有一位更让人触目的老工匠，他的传统手工艺制品令人爱不释手，每一件产品早早就被人买走了。这位炙手可热的人物就是老刘家代表人物刘金。从刘金手里出来的手工制品，件件精致，收藏或馈赠都是上品。树林沟藏龙卧虎，齐建业珍惜人才，敬重人才，对每一位有一技之长的人士都奉为座上宾。

那樽樽酒壶，件件铜制品，无论是瓢、勺，还是一管旱烟袋，只要出自刘金之手，那肯定是精品，那就是工艺品。还有家具上的镶嵌物，或褡裢或拉手，若出自刘金手，那就有了档次，那就是名牌。

你说，一把酒壶里，居然能倒出两种酒来。这种想法来自平常喜庆宴席上人们对不同酒的需求。有人喜欢喝白酒，有人则喜欢喝自家酿造的黄酒。那么多餐桌，一般只有一个人来服务大伙喝酒吃饭，你不可能一起拿上两把酒壶来斟酒。为了解决这个难题，于是就有了一把酒壶里能倒出两种酒来的酒壶，这个创新就是由刘家第五代传人刘金创造的。刘金潜心研究，反复琢磨，制作出了可以倒出两种酒来的酒壶。这奇特的酒壶，成了离山县的宝贝疙瘩，成了人们馈赠贵宾的佳品。这一酒壶不仅仅是能盛下两种酒，更值得一提是它的造型，大肚的，瘦身的，各种样式都有。而且酒壶上各样装饰物，小到一朵玫瑰花，大到一颗虎头，都那么精细，那么讲究。

离山县有能人，山村树林沟是能人辈出的风水宝地。能人们有个共同的心愿就是打造树林沟名片，向社会奉献一流成果。手工艺如此，农林牧业更是喜人。满山遍野的各种果树呈现着奇异风采，多汁的梨，清香的苹果，肥厚的桃子漫山遍野，吸引着四面八方的来客。

可事业发展过程中，不免会有意想不到的事情发生。

## 8

树林沟在奶牛的饲养上一直顺风顺水，奶牛产奶的数量质量都无可挑剔。畜牧饲养这块在老孟的把控之下严谨细致，没有一点疏漏之处，让齐建业省心，让村里人放心。然而，天有不测风云，在极为平常的日子里，总有那么出乎人们意料的事发生。

饲养员樊如水单独饲养的荷兰公牛出事了。一天，樊如水牵着公牛单独在树林沟水草丰盛的河道里、田埂上、溪水旁遛弯放牧，这硕大公牛突然向樊如水发起了攻击，来不及躲闪的樊如水被那威力无比的公牛一下就撞得没力气了。那坚硬的犄角反复撞击着老樊，老樊倒在血泊里，瞬间失去了生命体征。这突如其来的袭击，这惊天动地的事故惊动了齐建业，惊动了树林沟全村社员。人们既为樊如水的精心饲养感叹，又为老樊的不幸遭遇愤怒无比，民兵营长甚至拿了枪，准备枪毙这头该死的荷兰公牛。在人们义愤填膺地议论如何处置这头杀人公牛时，齐建业提出了自己的看法：一，枪杀公牛没必要，动用子弹还要向上级打报告；二，荷兰公牛兽性大发，致死人命，应从重处罚，必须进行阉割，让其沦为普通犍牛，以防其兽性再发；三，油坊里一般是用两头牛来拉一扇油磨，待对荷兰公牛进行阉割后，让其单独拉一扇油磨，对其实行惩罚。

在油坊里，两头牛来拉一扇油磨，你荷兰牛力气大，你就一头拉一扇好了。对杀人公牛议定了处罚，剩下就该安排樊如水的后事了。对其家属的抚恤摆上齐建业的心头，厚葬没有疑问，抚恤少不了，追悼会要开。全体社员都要向樊如水学习，学习他爱集体胜过爱家的高尚情操，爱护集体财产胜过爱惜自己生命的优秀品质，学习他忠于职守、埋头奉献的主人翁精神。

在树林沟，在齐建业挂帅的几十年里，凡是村上人去世了都会开追悼会，在村里已成了不成文的规定和习俗。树林沟村里所有婚丧大事都有齐建业参与筹办。事务上红事叫主管，白事称总统，这些头衔非齐建业莫属。因为只要齐建业出面，任何难操办的事，都顺利办妥了。家家都有事，家家都办事。喜事上，小到宴席上正位与陪位的安置，大到彩礼的多与少。丧事上，对棺木的挑选，对寿衣的要求，对孝服的大小，就连丧事所戴孝帽都有讲究。这千年风俗，如果没有一个能把握局面的人，往往会酿成大事甚至搞出人命来。在树林沟，老百姓的大事小事都寄托在齐建业身上，再难的事，只要齐建业出面，一切都会顺顺当当地解决，一切都会办得圆圆满满。齐建业无法拒绝大伙的心意，也义不容辞地承担了树林沟村所有红白事的主管或总统。这就是人生榜样，这就是在农村受人敬佩、受人仰慕、受人信赖的榜样。

樊如水追悼会那天，齐建业失声痛哭的那一刹那，全体到场的悼念者没有一个不掉眼泪。号啕大哭汇成悲痛的洪流，在追悼会场流淌，在树林沟徜徉……

“我们为失去一位真心爱社、全力为公、鞠躬尽瘁的老饲养员樊如水而悲痛。樊如水同志爱惜集体财产，胜过爱惜自己的生命，精心饲养，单独饲养，生怕集体财产受到一点损失。这种守护集体财产，把集体财产视为生命的善举，难能可贵。樊如水同志永远活在我们树林沟每个人的心里。我们要化悲痛为力量，把我们的畜牧业办得更好更有成效。用我们的劳动与收获，回报樊如水同志的在天之灵……”

这声声泪、字字悲的悼词，由齐建业念诵。人们，尤其是老樊家的妻儿心里有了安慰，及时的抚恤对樊如水的英灵也有了告慰。

荷兰公牛除了一头拉一扇油磨外，主要惩罚是对它实行了阉割。要不哪天它再兽性大发，还要弄出人命来。粗大超长麻绳套向了这头撞死人的罪牛，八个人齐力一拉，公牛轰然倒地。四根木杠、十六个人齐刷刷压在了公牛身上。被捆绑住的四蹄收拢在一起，紧紧扎绑在一起，你力气再大也无法动弹，无法挣脱麻绳的羁绊。按照传统阉割方法对公牛进行了罪有应得的惩罚。荷兰公牛再也没有了往日的盛气凌人，它是否也懂得了它的罪恶？出于社办油坊拉磨牛的补充，荷兰公牛也就派上了用场。硕大肥壮的公牛不再风光了，用荷兰犍牛来拉油磨，半年下来，它已瘦骨嶙峋。也许是出于报复，也许是体力透支，也许是阉割所致，荷兰犍牛再也无力拉磨了，倒在牛圈里不会动弹了。老牛力尽刀尖死，这是常言，也是现实。荷兰犍牛自然也会走到生命的尽头，结局与其他普通犍牛没有什么大的区别，它唯一留给人们心理上的阴影就是用两只犄角把贴心照料它的饲养员杀害了，引起了树林沟全村人的愤慨。

树林沟村集体产业门类多，畜牧业、林果业、家具农具、制造业、柳编业，五花八门，种类齐全。

北岭苹果、南山梨、一串串葡萄在河湾里笑盈盈。为了解决人们吃菜难的问题，在齐建业规划下，开山炸石，疏通河道，空出河湾地上百亩。打井浇水，平展展的水浇地出现在树林沟人面前。通过改河造地，全村人都可以吃上城里人饭桌上的各种蔬菜。在老放海的管理下，各种应时蔬菜源源不断地走上树林沟家家户户的餐桌。

## 9

北岭果树下一对对含情脉脉的青年男女以各种不同的方式向对方传递着爱慕与眷恋。南山梨花盛开的季节，总会有人唱起婉转的情歌，这是一个花果飘香、欣欣向荣、人才辈出、农林牧副俱全的山村。这里既有奋发有为的年轻人，更有老成持重的辈辈庄稼人。大伙在齐建业带领下向着社会主义康庄大道奋勇前进。

社办电厂里，机声隆隆。蒸汽锅炉正把电能源源不断地送往全村的每家每户，送往公社各机关。

修理车间里，车床喷射着欢乐的火花，各色农具加工，一件件零配件亮铮铮，光闪闪。

医院里，无论是面对病人紧急救护，还是迎接呱呱坠地的婴儿，医护人员敬畏生命，履行白衣天使的职责，救死扶伤。

供销社货郎担走村串户奔波在十里八村，把农民急需的日用品送到千家万户，用真挚情怀书写为人民的社会主义篇章。

从创办边区第一个合作社，到今天蒸蒸日上的幸福生活，经过几十年打拼，树林沟名满山北省。各路人马络绎不绝地前来参观学习，像章杰劳模那样来索取者更是举不胜举。出于自豪、出于义务，孙淑兰作为支部成员理所当然成了义务讲解员。淑兰啊，你看你，整天那个高兴劲，比你儿子齐爽当兵那会儿还高兴。其实憋在淑兰肚子里的心事还没有倒出来，幸亏经常有人慕名前来参观学习，淑兰也就分散了注意力，心里也就好受些。

儿子齐爽和孟丽私订终身之事，孙淑兰是在一封家信中发现的。自从淑兰知晓儿子已经瞒天过海，绕过她和拉货自作主张有了相好有了对象后，整天不知是喜是忧，魂不守舍。好在现在有了这个义务解说员的角色，才分散了她不少精力。在孙淑兰看来，齐爽上学就上学，当兵就当兵，搞对象谈恋爱会分散你的精力，到时候啥也弄不好。假如齐爽在跟前，她一定会好好指点指点，这都成啥体统了。

孙淑兰的担心不是没有道理。儿子齐爽自入伍以来，孟丽的信件像雪片一样飞到部队，这奇特现象引起了部队领导的特别关注。连里曾考虑让齐爽兼任文书一职，但因雪片一样的来信导致暂缓了决定。齐爽决定抽空给孟丽好好写一封回信，把他的处境实打实地做一次掏心窝子的表白。

亲爱的丽：

多次来信没有及时给你回信，让你着急了吧？今天好不容易有空给你写信了，部队训练虽然紧张了些，艰苦了些，但自我感觉良好，希望你也为我高兴。从你来信中我了解到，你待在家里时间长了也不是个办法，走出家门投入社会寻找属于自己的生活圈子是一个不错的选择。这是我的一个不成熟的建议，你一定要有自己的决断。

丽，我回信是少了些，我相信你理解我的处境，只要能抽出时间来，第一时间就给你回信。最近军训任务紧张，训练力度大，每每看到你热情洋溢的来信，我恨不得立马出现在你跟前，陪伴着你，让你开心快乐。分享你的快乐，分担你的忧愁。因为你的快乐就是我的快乐，你的忧愁就是我的忧愁。我们已经是一个密不可分的整体。

丽，树林沟村学校特别缺乏音乐教师。你如果想走出家门，走向社会去寻找属于自己的一片天地，到我的家乡去担任一名教师，我看是不错的选择。如果你有这方面的考虑，我可以通过我的父母向村里推荐你。树林沟是你曾经喜爱的地方。还记得树林沟建社二十周年时，我们在一起的那份高兴、那份喜悦吗？时间的流逝可以让人记住一切，也可以忘掉一切。记住高兴，忘记忧伤，这就是快乐人生。

丽，我竟然给你讲起大道理来了。丽，让我们一起面对人生，面对社会，面对过去，面对未来吧。

丽，我亲爱的丽，让我紧紧地拥抱你。

深深爱你的齐爽

一九六三年十二月二十五日

违背初心的信写好了，本意是要告诉女友孟丽，因来信过于频繁，他的工作调整受到了影响，结果写起来自己也不知道写了些什么。既然写好了，伤感情的话没有。没有想太多，齐爽着急把信寄出去了。

# 第九章　与落后告别

## 1

公社会议进一步明确：所有干部要和群众同吃同住同劳动，包村包队，和群众心往一处想，劲往一处使。一起抓生产，一起改变所包村队的生产条件，一起改变所包村队的面貌，才能显示出党的领导力和号召力。

现实是比较落后的村子里，虽然有党的领导，但是有的村子由于历史限制和人为原因，极大地阻碍了村子的发展和进步。就拿贺家坬村这个偏远山村来说，这个远离公社的小山村竟然还滞留在日出而作日落而息的生产生活中，这里没有一点点现代社会气息，旧思维、旧习俗的藩篱将村民们紧紧地包围在狭隘视野里，集体资产几乎一无所有。有的就是在党领导下，大家集体劳动，共同耕种，一起收获。每天懒洋洋出工，慢腾腾干活，像霜打过一样，没有一点精气神。

通过驻村干部了解，这里男人一般都娶不上老婆，人家有点现代生活头脑的年轻女孩，没有一个愿意嫁到这荒山野岭。这里紧靠大山，烧柴不愁，粮食可以自给。你就是再消极怠工，干上一年下来，填饱肚子不成问题。因为这里地广人稀，依靠广种薄收也能维持全村百十号人的生活，多少还能向国家卖点余粮。面对这里老人多、年轻人少的现实，你就是再抓革命再促生产，人们还是照常生活，照常按常规作息，在广袤土地上索取一点点维持生命所需的粮食。

这里人们傍着大山砍柴方便，烧柴方便，村里一般人家做饭取暖不用煤炭。即便有一家烧炭那也是遇到特殊大事，也就是红白大事才赶着毛驴到山外去驮炭，这就是最破费要花钱的事。就是过大年摆个火笼，也是把常年准备好的橡木树墩架在柴火上噼里啪啦地烧。

这里缺水，百十号人的村子，水井就有五六口，还出水少，只能勉强维持全村人的生活用水。这里的人们常年不洗脸。洗澡就是山洪过后，河沟里、山坳里、低洼处留下来的洪水，这也仅仅只是夏季才有的恩赐。就是这种享受也往往由年轻人独享，上了年纪的人，连这点享受也不沾边。平素洗脸就是那淋漓的汗水，脸上、头上冒汗了，手挽着袖子从上到下一抹就是洗脸。难怪到这里下乡的干部连会都不开，你说说，几十个人挤在一个窑洞里，从各个肌体散发出来的各种气味能把你熏倒，这种气味再加上满窑洞旱烟味，呛得人连呼吸都困难。

所以这里一般不会有干部来下乡，久而久之，即使有集体，生产生活依旧没有什么改观，因为全村只有一个党员。年龄大的没有入党积极性，年轻一点的整天思考着往外跑。这里一片沉寂。说是走社会主义道路，走集体化道路，实际上就是改变了一种劳动模式。现在不是过去那种一家一户地去劳动，而是大伙一起起早贪黑地去打发日子。集体库房里有点库存粮食，找个没有下乡干部的机会，私分集体粮食的现象屡见不鲜。对于来下乡的干部，村里人都持冷漠的态度，一般都不欢迎，除非你是带着救济款，带着寒衣棉被之类的物资。生活上处于与山外基本隔绝的状态，这就是现实。

为了打破这种格局，齐建业深入贺家坬村，与大伙商量发展壮大集体力量的路子。人们依赖大山的思想始终不会动摇，尽管你说得天花乱坠，没有一个人买账。这里没有报纸、没有广播，一到晚上，只能听到山鸡惊慌失措的哀鸣，那肯定是黄鼠狼在偷袭山鸡。黑黝黝的大山把整个山村包围得水泄不通。晚饭后，人们在各自窑洞外认真地数着天上的星星，要有一颗流星划过夜空，那就成了第二天上工议论的主要话题。那个旱烟袋抽了一袋又一袋，大家都把希望寄托在那烟袋上。只有齐建业的到来，经过挨家挨户动员，才把大伙请出来，利用晚饭后这点工夫，讲一讲贺家圳村的变迁。人们习惯一到晚上就蜷缩在自家土炕上，不愿到外面活动。虽然是夏末秋初，大伙还是抵御不了凉气的侵袭。

山里人饮食单调，基本上就是以莜麦面、山药蛋为主食。早上莜麦面糊糊、莜麦面炒面，中午莜面栲栳栳山药蛋，晚上又是莜麦面糊糊、山药蛋。莜麦是战马的好饲料，山里无霜期短，只能种个莜麦、山药蛋。种啥吃啥，山里人一般不会走出山外去颠换粮食。其实，莜麦面这东西是十分可口的面食，尤其是那做工精细的。要吃上顿比较好的莜麦面面食，首先要把莜麦淘洗好，然后要烘炒好，第三步把面磨好，第四步还要把面和好，把“栲栳栳”做好，第五步掌握火候蒸好，第六步最重要，满碗柴火炖羊肉的调料汤，葱、姜、辣椒、醋、油、盐、芫荽都要准备好。这样“羊肉蘸莜面”美食就可入口了，这美食恐怕连皇帝老子也没吃过。山里人祖祖辈辈留恋这美食，这美食也足以养活了山里人。

由于早晚温差大，吃了这茶饭，肠胃反应很敏感，上面打嗝，下面放屁。所有与会人员人人有如此响动，这会还能开吗？无奈之下，齐建业只好宣布散会，这会没法开了，只好把村里唯一的党员干部洪二牛带回公社进行单个教育。

## 2

胆小如鼠的洪二牛竟然借上厕所的机会上吊自尽了。人死了，这说服劝解的希望也成肥皂泡了。突然的变故，刺激着齐建业，刺激着想为山里人办点好事的每一位公社干部。公社徐书记说：“我看，贺家圳的事暂时缓一缓，放一放吧！”徐宏广是县里委派到树林沟公社党委第一书记，他的决定举足轻重。齐建业只能把自己的想法吞进肚子里。听党话，跟党走，是齐建业创办合作社时的初衷，也是他工作上的指南，任何想法都超越不了这个思想基础。

洪二牛是被逼死的，还是畏罪自杀？总得有个结论吧，总得有个向上级汇报令人信服的材料吧。在徐书记的亲自安排下，公社调查组迅速进驻贺家圳村，做进一步走访调查。

村民们听说，公社来人调查洪二牛，起初大家都遮遮掩掩，不敢接近来调查的公社干部，都说："人家二牛是党员，是老干部，是好人……"

慢慢知道洪二牛已在公社所在地树林沟自缢身亡后，大伙一下子沸腾了。议论纷纷："早该死了。贺家圳村的活阎王，死得活该！"曾经笼罩在贺家圳人心头的阴霾一扫无遗，全村人奔走相告："二牛死啦！二牛死啦！二牛死啦！"原来村干部洪二牛在村里整天东家进西家出，专门欺负全村的女人，名声很不好。而且作为党员，工作也极不负责，老百姓的事，经常打官腔，不解决问题。

贺家圳村积重难返。村干部洪二牛掌权这十几年，全村基本格局就是"你在村里瞅空搞女人，我们在地里磨洋工。你坐着，我站着，打不下粮食咱们都饿着"。

贺家圳社员消极怠工的现象由来已久。其产生的原因就是村干部独霸一方，针扎不进，水泼不进。上面下乡干部也不愿深入群众了解实情，了解群众的真实思想。凡是进村的干部，只是象征性地完成上级交给的任务，抱着交差了事的心态，来也匆匆去也匆匆，蜻蜓点水。所以村里各项事业都没有什么变化。

在树林沟公社还有百分之八十的村子像贺家圳村这样。树林沟公社按流域和地貌特征，将三十五个自然村分为四个管理区，树林沟村管理区管辖十五个自然村，其余三个管理区分管剩余的二十个自然村。通过这样分解，既好管理，又便于因地制宜进行有特色的耕作，在全公社形成"东西有特色，南北有品牌"的农业生产格局。像贺家圳山村发展林业、编织业就很有出路。凭借茂密的灌木林，凭借茂盛的荆条，组织编山货能手，编织应时的山货是致富的好门路。在保障口粮自足的前提下，让山里农民兄弟的腰包慢慢鼓起来，让山里的光棍也能娶上媳妇，这就是齐建业几进贺家坬村得出的想法。

要逐步解决贺家坬村的实际问题，关键是让村里大龄青年能找个对象，能娶上媳妇，这就需要解决山里人的收入问题。发展山货编织，促进农民收入，确实多了一条财路。

你齐建业有雄心壮志带领贺家坬在社会主义道路上像树林沟村那样五业俱全各具特色地迅速发展吗？村看村，户看户，社员看的是队干部。洪二牛死了，贺家坬村要摆脱洪二牛的阴影，就必须鼓足勇气，在党的领导下焕发生机。发展巩固集体阵地，关键是领导核心的确立。解决领导核心的问题刻不容缓，齐建业对此有了自己的想法。

## 3

洪永刚是个好苗子，可人家已经在双龙山下的农场里打拼过了，你再叫人家回山庄窝铺，齐建业你狠得了心吗？人家洪永刚还愿意去挑这副担子吗？何况人家刚成家不久，媳妇申建芳又给生了个白胖小子，这日子过得正红火呢。公社党委秘书工作，洪永刚又脱不开身，想法与实际有一段很大的距离。这距离是坦途，还可慢慢靠近，可这中间隔着大山，隔着水流湍急的峡谷，难以逾越啊！

洪永刚是齐建业看中的合适人选，是块干事创业的料。选配洪永刚到贺家坬村任包村领导，多则五年，少则三年，只要贺家坬有变化，有发展，洪永刚立马调回公社继任公社齐建业副手。这个决策还得经公社党委研究决定，不是齐建业一个人说了算。

徐宏广书记有何想法，关键看他是否深入过贺家坬村，关键看他舍得不舍得把洪永刚下配到这么一个落后的山村去发展去打拼。洪永刚的工作还没有做通，徐书记这里还有一道坎。干工作，不仅需要谋略，打通关节，疏通人际关系也是一门很深的学问。

现在洪永刚已是树林沟公社党委秘书兼公社副主任了，紧随齐建业之后。在发展道路上，接齐建业班那是水到渠成，你中间再来下派贺家坩村这一杠子，洪永刚能接受吗？

关键时刻选对人，贺家坩村不能再被耽搁了。在公社党委会上，齐建业把自己对贺家坩村的现状及发展设想一口气讲了出来，与会人员顿时陷入了无语的境地。大伙屏息凝神，大脑一片空白。会议室里静得出奇，只能听到墙壁上钟摆滴答滴答的响声。

蓦然，徐宏广书记站了起来，面色从容，掷地有声地表态："我支持齐主任的设想，同时也同意选派洪永刚同志到贺家坩村任职。"徐书记都表态了，其他与会人员相继发言表示支持，表示同意。大家的发言告一段落后，洪永刚做了表态发言：

"尊敬的徐书记，尊敬的齐主任，尊敬的各位领导及各位同事，我作为一名党员，作为一名干部，我同意齐主任和徐书记的决定，我对大家的支持表示感谢。我相信，有公社领导的大力支持和鼓励，有大家的支持和鼓励，贺家坩村的工作、贺家坩村的村容村貌及人的思想观念一定会有一个根本性的转变。我一定竭尽全力，乐于吃苦，甘于奉献，把党交给我的使命完成好，为徐书记、为齐主任、为大家交上一份满意的答卷。谢谢大家！"

雷鸣般的掌声响彻全场，整个会场刹那间沸腾了。大家对洪永刚的简短表态致以热烈的掌声。

立足树林沟，主抓树林沟，还要兼顾树林沟公社所辖其他三十四个自然村四个大队的生产生活，齐建业身负重任啊！因为他不仅是树林沟大队党的第一书记，还是树林沟公社主任。"老主任"的称呼便呼之欲出，人们从心底里认可这个称呼。既然大伙心底没有任何阿谀奉承，齐建业也就默认了，反正就是个称呼吧。"老与不老"这可不是按年龄划分，而是对你齐建业几十年来兢兢业业工作的认可。

洪永刚对申建芳做了一个星期耐心细致的工作，终于得到了申建芳的支持。回想当年为了爱情，申建芳追着洪永刚一口气跑到双龙山下，虽然经过不少人的奚落、嘲讽、嫉妒，甚至是挖苦、打击、陷害，但是他们都挺过来了。现在因工作需要，他们面临着又一次的难舍难分，好在现在他们有了爱情结晶——小伟。小宝宝的出生无疑给整个洪家带来了欢乐，带来了新的希望。

一九六三年的冬天，洪永刚接受组织安排，背起行囊，朝着远处的大山深处出发了。告别家人的那一刻，挥手的那一瞬间，连申建芳怀里的小宝宝都哭了，那哭声刺痛着洪永刚，刺痛着申建芳。面对洪家送行的老老少少，洪永刚也不知道说什么好，索性加快了离开的步伐，向着偏僻向着荒凉出发了。

树林沟要发展，树林沟公社更要发展。像贺家坷这样封闭的山村在树林沟公社还有二十来个，逐一排查，逐一解决。每个村的领导权是否牢牢掌握在共产党的手中，需要时间，需要努力去工作去战斗。

贺家坷村的现实告诉人们，放松党的领导，不深入调查，不把群众确确实实组织起来，向荒山开战，向大地要粮，人们依然会生活在贫苦闭塞里。虽然解放了，建立了合作社，成立了人民公社，党领导相对比较薄弱的农村，生产方式及旧的传统观念仍然束缚着当地老百姓。听天由命，不思进取，把太阳从东山背到西山，一日又一日，一年又一年，从生到死，世世代代生息繁衍在这广袤又十分富饶的土地上。在土里刨食，在地里耕耘。

要像树林沟那样兴旺发达，那样村容整洁，不仅需要齐建业这代人去打拼，后辈人更要奋发有为。生活要富裕，观念要领先，文化要翻身，观念和思想都要发生根本性的变化。尊老爱幼，勤俭持家，家庭和睦，邻里友好……中华民族优秀文化始终要发扬光大，新文化新思想更要入脑入心。

办好教育势在必行。农业中学丰硕的办学成果证明按照“急用先学、学以致用、学用结合”的路子是正确的，教育要为农村发展贡献绵薄之力。

## 4

村村办学，首先要让孩子们有学上，有教室，有教学用具。针对办学需要，社办农中集中精力、集中时间，举办师资培训班，集中解决师资短缺问题。

苏旺校长办学思路明晰、办学方法得当，培养的学生在树林沟公社的生产实践中人人成才，个个优秀，对树林沟公社的建设和发展功不可没。苏旺校长是齐建业最放心最信任的好搭档。如何培养出留得住用得上的老师，这又是摆在苏旺眼前需要着力解决的问题。文化课的设置要与现行教材相适应，还要有乡土教材。好在有实力雄厚的师资队伍，为各个自然村培养和输送合格教师的重任落在苏旺肩上。公社的指令，齐建业的要求，军令如山，说干就干。经过文化考试、面试，以及学校和公社的审核，最后录取了五十名有志青年。树林沟公社农业中学首届三年制师资班开班了。

多年来，农业中学在积极申请引进县里正规师范院校毕业分配的公办教师的同时，自己优中选优，把农中自己培养出来的学生通过升学外出培训等方式，打造了一支相当优秀的教师队伍。无论是从历年升学考试，还是各类人才培养，农业中学成绩有目共睹。

苏旺回想自己当年背着一块黑板在山路上攀爬、在窑洞里教学、在山泉边喝水、在荒野中吃炒面的种种经历与磨难，这些都促使他立足乡土文化，立足乡土教育，立足为乡村人民服务。这个毕业于山北师范学院的高才生，吃得了苦，留得住，用得上。齐建业的眼光没有错，苏旺兢兢业业办学，像一头老黄牛辛辛苦苦地耕耘在树林沟这块黄土地上。可以放心地说，没有苏旺的执着与坚韧，就没有今天树林沟的教育成绩，就没有今天社办农中的辉煌。苏旺是成功的范例，要从苏旺身上学什么？要从苏旺身上学品德学意志。一个人没有优秀的品德，没有坚忍的意志，想要在艰难困苦中干出一番大家公认的事业，那是不可想象的神话。

## 5

农中学生以老校长为镜子，时刻反省自己，时刻查找自己在观念上、思想上、业务上与老校长的差距。苏旺以身作则的师德、精益求精的学识风范、诲人不倦的园丁精神，时时激励着农中人。以人为镜，永远知不足，苏旺的师德师风不仅影响着一届届农中学生，也影响着每位农中教职员工。

教师办公桌上一瓶拧开盖子的墨水，如果老师们用后没有及时把瓶盖盖上，老校长会亲自把瓶盖给拧紧。就是这么一个小小的举动曾影响了一批又一批出出进进农中的老师们。苏校长在村里租赁老百姓的房子住，老伴临时出门到娘家住几天，他就在学校食堂顺便搭伙吃上几天饭。自己拿粮不说，连调料也都要带上，就是烧火的炭块也要从家里往学校带。为此，连学校炊事员都憋不住了：“苏校长，你就别那么认真了。学校这么大灶火，这么多人就餐吃饭，还差你那点炭？”

“学校便宜，我不能占一点点。今天我占了，明天就会有人把学校的东西往自己家里拿。”

回想当初自己带领学生上山整林，赚的那点辛苦钱，回想自己一砖一瓦修建起这宽敞明亮的教室、整齐划一的教师办公室及学生宿舍，苏旺是欣慰的。在他心里，集体的东西永远是集体的。作为一校之长，必须把集体财产看管好，维护好，这是一个共产党员起码要遵循的准则。苏旺清楚，自己的言行举止，都在学生和老师的视线里，自己每时每刻都得谨小慎微，这样才能赢得学生的尊重，赢得教师们的信任和支持。苏旺是这么想的，也是这么做的。难怪在树林沟，在农中，人们逢人就夸苏旺的廉洁和真诚。大家一致认为，有这样的好校长，何愁教不出有出息的学生！

## 6

徐宏广书记在树林沟公社工作不是一年半载了，在工作上与齐建业配合得还是合拍的、和谐的。爱挑是非的人从中也难于找出些微纰漏。在实际工作中，往往会有个你先我后的区别，公社党委一把手在任何环节上的表态都举足轻重。在补选苏旺为公社党委委员这件事上，齐建业与徐宏广有那么点芥蒂。

在树林沟公社，对苏旺校长的办学功绩，大家都认可。在补选苏旺为公社党委委员这件事上，徐宏广从心底里是同意的，赞成的。既然是一届党委，办事不能随心所欲，你说同意就同意，你说罢免就罢免。按规矩办任何事，这对任何人来说，都是理所应当的。可齐建业就有点着急了，他认为，苏旺的业绩在全公社都是可圈可点的，对待这样的功臣不用说进入公社党委，就是当一把手也无可争议。可徐宏广书记认为行政职务任命都得按程序办事。

话不投机半句多，齐建业见徐书记在补选苏旺为公社党委委员这件事上躲躲闪闪支支吾吾，他心里有点不悦。

齐建业办事利索但稍显激进让他曾经有过失误和遗憾。在“洪二牛”这件事上，当初稍微谨慎点处理，稍微注意点方式方法，可能不会出人命。村干部洪二牛畏罪自杀，事情发生在公社党委眼皮底下，你多少就没有一点失职行为？凡事要小心再小心，谨慎再谨慎。徐宏广书记脑海里至今还记得公安局对死因进行询问和笔录时，自己头上不自觉地冒冷汗的场景。

徐宏广来树林沟工作，他犹豫过，因为这里是全国人大代表生活战斗的地方，这里是全国农业劳动模范的家乡。一旦配合不好，他将会失去工作不说，还要被扣上打击排挤劳模的罪名。来树林沟工作，他只是起个绿叶作用，红花要绿叶扶啊，这个道理徐宏广书记心里清楚。贺家坬村干部洪二牛自杀事件发生以后，他的想法多少有了些调整，在一些大是大非问题上再也不能一味地去迁就，办事也得有自己的主张和独立见解，绝不能一概“好好，是是，对对”，一味甘当歪嘴和尚，在具体工作中绝不能再犯像处理洪二牛那样的错误。

在这次补选苏旺为公社党委委员问题上，他做了等一等放一放的选择。齐建业是否也意识到了什么，不像往常那么心急火燎了。

公社各机关党的领导最突出问题不仅显示在作风建设上，还显示在工作中步调一致，听从指挥上。医院近来就常有不和谐的音符。

## 7

医院新来的一对大学生，搅动了医院的宁静。医院上下各科室议论纷纷，各种小道消息不绝于耳。应该说白衣天使不仅是服装外貌整洁，心灵上也应该洁白无瑕才对，但沸沸扬扬的不和谐的音符，不仅影响着医护人员的工作情绪，还影响到各科室的协调配合。

医生原上清刚从山北省医科大学毕业就被分配到树林沟公社卫生院工作，是县里考虑到树林沟公社卫生院的发展，特别是齐建业求贤若渴，多次申请，才把人分配到公社医院来。特殊人才的引进，为医院发展带来新力量，带动各科室协同配合，带动医院进一步科学行医、规范行医，让医院走上规范化、科学化，才是齐建业引进人才的初衷。然而现在医院内部对于新人才引进并没有增色多少，反而沸沸扬扬乱成一锅粥，还影响到医院的正常运转。当初齐建业的意思是让这位大学生在熟悉了医院环境后，直接与县卫生局打招呼让原上清医生担任医院院长，把担子压在年轻人身上，既是对他本人的鼓励，又是医院建设的需要。现在事与愿违，反倒闹出不和谐来。公社不能熟视无睹，齐建业更是不能听而不闻。

公社“剔除旧章程，树立新规矩——机关思想动员大会”在公社会议室及时举行，会议由徐书记主持。徐宏广的一番开场白就让与会人员振聋发聩：

“思想不端正，路线方向不对头，任何事业的发展都会偏离轨道。各单位要整肃作风纪律，搞好思想建设，把各单位的工作搞上去，像树林沟村那样，齐头并进。不抓一把手不行。尤其医院，是救死扶伤，实行人道主义的地方，思想作风要好，技术要精湛，工作要勤恳，服务要全心全意。依照党的路线方针政策，让医院这个白衣天使聚集的地方彰显仁爱形象，把健康送到千家万户！”

## 8

本来人家原上清和同他一起到树林沟公社医院工作的蒋小姣是大学本科同班同学，人家对医院设施及科室的设置最有发言权。但在树林沟公社医院，多年来形成了以方儒生为首的地方老中医为特色的医疗体系，在对病患者的诊断和治疗上明显和原上清医生有着本质的区别。你中医是望闻问切，人家西医是望、闻、触、叩、听，还有各种医疗机器的检查，人家的诊断方法比你那以把脉为主的诊断不知先进了多少倍。

最有说服力的就是，前不久在医院他们对一起病例的诊断与治疗有不同的意见。根据原上清医生的诊断是胃穿孔急需手术，而方儒生老中医大呼不能手术要保守治疗。患者家属对于两位大夫的诊断与治疗方案难以取舍，鉴于传统的习惯思维，患者家属听信了方老中医的治疗方案，结果中药汤喝下去，患者就地打滚哭爹喊娘。方老中医见状，慌了手脚，头上直冒冷汗。原上清见状，立马吩咐手术室准备手术。短短几分钟，患者手术开始，腹部切开了，腹腔里喝进的药水都有渗出，穿孔的部位明显在眼前。原上清把患者家属叫到手术室，让家属看个究竟，并告诉家属：“再稍有迟疑，不进行手术，患者连命都保不住了。”患者家属心服口服，并且气不打一处来，指责方医生：“你方老头子，几乎要了我家人的性命啊！你真是杀人不眨眼啊！”

这例手术的成功，让原上清在医院有了足够的话语权。但医院是方老中医的世袭领地，尽管这次对胃穿孔患者的诊断没有把握好，叫原上清这小子占了上风，方老中医还是依然坚信自己的望闻问切是祖传的，是经典的。无论如何，保住阵地、守住阵脚，才有发言权。反之，自己将会从尊贵的宝座上跌落下来。在方老中医的煽动下，医院里各种小道消息横飞，各科室的配合就开始落套，医院的正常工作受到干扰，受到影响。医院的变化引起了公社党委高度重视，集中公社各机关主要负责人和党员干部召开思想整肃会摆上了日程。

徐书记的发言，言简意赅。由于有方儒生煽动，医院方老中医的追随者们置徐书记的发言于不顾，不经思考，抢抓发言机会，捕风捉影，借机对原上清医生展开了人格侮辱——

“咱只是从电影里看见人家西方人见面又亲又搂又抱，还没见过咱中国人也是又亲又搂又抱难舍难分的，好像这世界上再没其他人了……”

“尊重长辈，敬畏师长，满腹诗书，是悬壶济世仁者之道。我们的职责注定我们要禁欲或少欲，绝不能像入无人之境，欲火无度……”

这些讽刺挖苦的发言明明是偷窥了原上清和蒋小姣工作之余在一起的生活。虽然两位新进医院的大学生还不是夫妻关系，但人家是在谈恋爱啊！难道谈恋爱还要摆到公社专门的会议上来？简直是荒唐。这与其说是思想整肃会，还不如说是人身攻击专场。徐宏广对上述人员的发言及时进行了制止，这是什么思想整肃会？预先对发言人没有做思想沟通，就把这些事抖搂出来，让主持会议的徐书记难于收场，局面失控。

# 第十章　任人唯贤

## 1

原上清并没有退缩，他直言自己在医院的处境，直言医院需要改变旧的管理模式：“医院是治病救人的地方。在救死扶伤上，每一位医生都有推卸不了的责任。医院要讲科学，要对患者负责，要对患者的生命负责。医生要科学施治，运用各种诊疗设备，在确诊症状的前提下，辨证用药。”

原上清对最近医院发生的一起医疗纠纷作了深刻的剖析：“当代医疗科学的发展，为我们提供了比较好的诊疗技术手段，X 光片、B 超在我们医院已经能够广泛应用，我们不能永远停留在‘望闻问切’上。任何轻视科学、轻视生命的医疗，都是犯罪，是对人民的极大犯罪！对患者负责，对生命负责，对人民负责，是我们每个医护工作者的职责……”

思想整肃会不仅没有对大学生原上清造成些许伤害，反而为原上清陈述自己的行医之道提供了一个难得的机会。原上清的慷慨陈词让为方老中医冲锋陷阵的一伙喽啰们原形毕露。

这次公社的会议不仅没有挫败原上清，反而坚定了他在树林沟公社医院工作下去的信心。根据公社党委集体研究，报请县卫生局批准，任命原上清为树林沟公社卫生院院长。鉴于方儒生年事已高，劝其退休。通过及时的人事调整，树林沟公社医院迅速迎来了发展的新机遇。经过公社参与处理，医院曾甚嚣尘上的方家壁垒倒塌了。领导层改组，方老中医退休，原上清脱颖而出，树林沟公社医院回到“科学办院、人才兴院”的轨道上来。

方儒生则人还在心不死，在家办起了私人诊所。尽管有现实启迪和教育，但方儒生的忠实信仰者还不乏其人，各种索取养生之道信奉方儒生偏方秘方的大有其人，这些人的光顾多少给方老中医一点点安慰。与过去门庭若市相比，现在门可罗雀了，那一落千丈的失落感……

西医诊断的科学性与准确度，中医根本无法比拟，如果树林沟公社医院没有胃穿孔病人出现，可能现在方老中医还在喋喋不休地“望闻问切”。正因为原上清一石激起了医院变革的千层浪，医院才得以改组，医院才能在原上清的主持下改变陋习，重塑治病救人的良好形象。

医院改组，让树林沟公社党委一班人深刻认识到人才的重要性。在选人用人上要德才兼备，要打破圈子束缚，任人唯贤至关重要。

同样的病人，诊断方法不同，确诊天差地别。一般常见病、多发病，中医还是有足够的把握。比如解决一个退烧降温问题，中医主张辨证施治，西医则一股脑上抗生素，并且还是大剂量地上，中医可能一服中药就解决了问题。在这点上，原上清头脑还是清醒的，他在全院规定，能吃药就不打针，能打针就不输液，更不能大剂量地输液。前提是辨证施治，要对患者有比较准确的诊断。诊治病患能中西医结合多好啊！老祖宗千百年留下来的中医药，是祖国瑰宝啊！你总不能因噎废食，以偏概全，要对症施治，中西医互补才能减轻患者负担。

由于原上清在医院一炮打响，人们一传十，十传百，原上清的医术与治病救人的新方法，霎时成了树林沟公社的头号新闻。找原上清看病的人越来越多，医院其他医生的门诊量急剧下降。如何调动医院其他医生的积极性？原上清主动举贤让能，每有病人就诊时，他初诊后，便亲切地告诉患者："你这个病，找错人了，××× 医生比我更有把握，去找他吧。"原上清主动让贤，主动把病人介绍给其他医生的做法，赢得全院称赞："还是人家原院长！人家不仅医术高，人品也是一流。不跟着人家干，跟谁去？过去跟上方老中医，尽是瞎折腾。"

作为医院院长，既要全盘考虑医院的整体医疗水平，又要统筹梳理各科医生的实际能力。把需要进修学习，有待进一步提高的医护人员分批次送出去进修学习；把理论和实践有一技之长者充实到各科室相应的位置上，让他们有职有权，进一步调动他们的积极性，为医院发展出力流汗。经过一段时间的调整，树林沟公社医院生机焕发，和谐发展，全院上下互帮互学，比学赶帮超蔚然成风。

医院里紫丁香花嫣然绽放。经过粉刷，医院整洁清新。原上清办公桌上一份份《岗位职责》经过多次征求意见多次修订，终于要形成医院的规章制度了。

一只小花猫从地下跳上桌子，在稿纸上留下一串脚印……"梨花"饿了。"梨花"是原上清给白猫所起的名字，他总觉得梨花通他心意，这不停顿地跳上跳下是否有话对他说。原上清猛然被梨花给惊醒了：你给医院各科室条条框框定了那么多职责，难道你院长就没"职责"吗？

既然大家在经历过前段风波后，主持正义、主持公道的心声倒向你这边来了，你在关键时刻更要拿出真本事，更要让大家心服口服，只有这样才能把大伙收拢到一起，才能为医院的发展凝聚正能量。

医院《岗位职责》上墙了。首先张贴《院长职责》——树林沟公社卫生院院长除了负责全院工作，积极配合指导各科室工作的同时，还必须做好以下工作——

一、以身作则，为患者服务，为全院职工服务。

二、每日门诊量不得少于全院各科室主治医师平均门诊量。

三、遇到疑难病要及时组织会诊，做到科学诊断，科学治疗。

四、发挥各科室的首创精神，做好院日志记录。

五、尊重中医科防病治病特色，对适合于中医药治疗的慢性病，应加以鼓励和支持。

六、为群众排忧解难，做到不花钱能治病，花小钱治大病，树立良好医德医风。

七、做好患者回访工作，一心一意为患者服务。

八、财务公开，坚持每月向全院通报一次医院收支情况，接受全院职工监督。

九、团结中西医各科，埋头苦干，把医院建设成群众满意放心的医院。

原上清首先公布《院长职责》，目的是要求大伙提意见和建议，以便做进一步的修改和完善。从酝酿《岗位职责》开始，到《院长职责》上墙，这段路走得不容易啊！

“你能给自己订框框，订调调，你何尝不让大伙、让各科室自己给自己订《职责》呢？”蒋小姣略带羞赧的一句话反倒惊醒了原上清的《职责》梦。

让医院各科室先行自己制定自己科室及个人《职责》，经过各科室反复讨论拿出自己科室《职责》，然后上交院务会议讨论审核后再返回各科室讨论。这样一来《职责》最有说服力，也最有约束力和执行力。

从医院《岗位职责》完善上打开医院工作的新局面，一改往日杂乱无章、人浮于事的状态。应该说医院从《职责》起步，从为患者服务起步，一段时间初见成效，全院上下焕然一新。无论从职工的衣着面貌，还是院里的一草一木，井然有序。人们向着“规范化建院、规范化行医”迈出了漂亮的第一步。往日那种“权威”治院、“专家”至上、论资排辈、小道消息满院飞、人心不稳的局面得到了有力遏制。

## 2

山林里鸟雀们啾啾奏乐，野猪狍子们不时出没，贺家坮村炊烟袅袅。洪永刚初来乍到，连个安身之处都没有，甭说还要在这里领导大伙发展生产改变面貌。面对凄惨的村容，七零八落的山民，洪永刚你的决心在哪里？

洪永刚暂时借助在一家三口光棍的老韩家。“山里啥也不缺，唯一的问题就是上了年纪的男人还娶不上个会生娃娃的婆姨”。第一次与韩老大唠嗑便知晓了山民的惆怅与苦恼，改变命运不是一朝一夕的事，但发展经济、增加收入起码应该是大伙能理解和支持的吧？

洪永刚走家串户，了解各家各户的困难和现状。

“粮食将就着能填肚子就算不错了。零花钱往山里一钻，收拾上一捆荆条，编上各种山货往集市上一摆，换了钱往兜里一揣，两眼眯成一条缝。在商店里买白羊肚毛巾，扯几尺咔叽布还得左右划算好，盐巴煤油买上一通。兜里羞涩，两手一摊，小饭摊上喝上一碗面汤，把怀里揣的烤饼子就着吃了，打着嗝，打道回村。”韩老大对洪永刚描述山里人赶集时神采飞扬的状态。在老韩家，韩老大身材敦实，是钻山的好把式，那粗而短的手指编起山货来，荆条在闪耀，手指在翻飞，一会儿一只箩筐就在他手中成型了。

“老三，羊喂好了吗？”

“喂好了。”

在老韩家，老三负责伺候几只自留羊，一年也不外出一次山。老二参加集体劳动，一年四季跟着村里人晃悠。遇上农忙时，弟兄仨也一起出动，到集体队伍里突击上那么几天。农闲时，老大负责跑外，老三负责饲养，老二依旧在队里跟着大伙日出而作日落而息，不紧不慢，全年下来有粮吃，有钱花。年年难过年年过，年年过得也不错。

日复一日，年复一年，娶婆姨成家眼看没影了。老大、老二已处于主动出局的边缘，能将就着给老三娶上一个会生娃的婆姨，不要让老韩家断了香火，也是韩家弟兄们的共识！人家山下的女孩谁会看上整天听野鸡孤鸣、看野猪出没，整天钻山弄钱的主。只有山里的，比贺家坰村还山的女孩才有可能嫁到贺家坰来。

韩老大最近一直往山里跑，听说距离贺家坰还有三十里路的山里有一位二十出头的姑娘愿意嫁到山下来。本来贺家坰村就够偏僻了，比贺家坰还山的地方其偏僻程度就更不用说了。可怜的山里人，在土里刨食，钻山林割荆条编箩筐赚钱，在这荒蛮之地延续了一代又一代，代代以山为靠，与山为伴，地地道道过着山里人生活。老韩家为老三娶媳妇之事，迫在眉睫，如果你老大再不把这延续香火的事办妥，你将愧对韩家的列祖列宗，你罪大恶极啊！

给老韩家当媒人，洪永刚义不容辞。韩老大为了挣足彩礼钱，张罗婚事所需马不停蹄。毕竟老韩家要娶婆姨，要为老韩家延续香火。这两天韩老大钻山钻得更勤快，收入进账也更喜人，各种篓和筐应有尽有。

桦林沟渠家确有姑娘二十出头。姑娘有着浓黑的头发，脸庞被山风吹得不那么白皙，倒显得健康壮实，长长的两条辫子耷拉在背后，煞有女子风度。

“不管它三七二十一，只要人家不嫌弃咱，多少彩礼咱都答应。只要有一个‘来’字，咱就心满意足。”这是老韩家弟兄仨的共同心愿。

这渠家姑娘近来老是和父亲闹腾。由于老伴走得早，剩下父女俩相依为命，总算熬到了女儿能帮助老父亲过日子打里照外的份上了，“女大不能留”的古训，活生生地摆在眼前。这古训触动了父亲渠留山，有把女孩早早嫁出去的想法。刚刚做好的衣裳不穿，说花色不好要重新扯布做新衣裳，这山里跑一回集市不容易，找一个裁缝也得往山下跑。生在山里就要过山里人的日子，迁就，打省，是山里人的生活习惯，生在山里过日子不迁就不打省还能生活吗？老父越想越来气：嫁了，嫁了，一嫁了事，省得麻烦，省得闹心。

贺家坰村老韩家要进山提亲来了。三十里山路，韩老大、韩老三，还有能说会道的洪永刚，一行三人天麻麻亮动身，一路跌跌撞撞，直到掌灯时分才摸到这山圪垯——桦林沟村。

黑黝黝的大山将整个山村包围得严严实实，晚间林涛声淹没了山村一两声狗叫声。只有那些留恋老山生活、没有睡意的老人们还吸溜着旱烟袋在兴趣盎然地唠叨着这山里光景。

在渠家，渠姑娘拿着笤帚把屋子扫了一遍又一遍。早就听说今天有人要来提亲，现在都点上灯了还不见人影。

姑娘刚到结婚年龄就巴不得往山外走，人家村里那几家女孩年龄没她大，只有十五六岁就跑下山找男人去了。姑娘渠真倒好，这一拖就拖到二十出头了，好不容易传来音讯，山下老韩家要上门提亲来。

渠真靠着门框，两只手不停地拨弄着早已梳理妥帖的长辫子。山里姑娘们没有什么好穿戴，只有这长长的辫子才是她们可以炫耀的资本。渠真眯缝着两眼焦急地向远处眺望。在山林包围的山坳里，山风呼啸，林木彼此撞击，山鸡惊呼，声声入耳，声声描绘着深山老林特有的风格。星空里一两颗流星拖着一道光亮迅速滑向山外。姑娘渠真一动不动地向着远处张望，尽管天黑得什么也看不见。

“真真，睡吧。人家也许明天来，你急什么急？男人有的是，他老韩家我还不稀罕呢。”父亲渠留山趴在被窝里，胳膊搭在炕沿百无聊赖地抽着旱烟袋，纳闷地朝着门口喊。

“爹，要是在平时，你不是也没有睡吗？你不是照样吸溜着旱烟袋在数天上星星吗？”

“今天，我，困了。我，想睡了。”

“那你睡吧，我昨晚梦见来人了，我梦见羊吃青草。”女儿的固执并没有缓解渠留山的催促。

“叫你睡，你就睡。现在黑灯瞎火的，有谁会这么晚走山路？”

“这就是渠家吧？”听见有人在院子里喊。渠真三步并作两步跑到院子中间。“是咧！”

渠留山也听见有人找上门来，不情愿地披挂上衣裳，下炕出门迎接客人。

“这山路，走起来还算‘麻利’，你看我们三个摸黑总算走来了。”

“咱今晚啥也别说，先吃饭，后睡觉，有话咱明日说。”渠留山和客人没有过多客套话，抢先表明了自己的态度。

早已做好的莜面饸饹又重新热好端上来，早已备好的调料递过来，三人围着热腾腾的莜面饸饹狼吞虎咽，把一蒸笼莜面饸饹利索收拾到早已饥肠辘辘的肚子里。闲话免说，三位提亲人吃饱喝足，被安排到另一处休息睡觉去了。

本来是准备晚上说妥彩礼，明天一早下山相亲的事，被渠留山一口给拒绝了。渠留山肚子里还有什么主意打，渠真也捉摸不透。渠真躺到炕上辗转反侧一直不能入睡，她一脚踹醒渠留山。父亲渠留山翻了翻身不作任何反应。

“爹，你这是啥意思咧？”

“我没啥意思。”

“那今晚为啥不把彩礼跟人家掰扯清楚，还要拖到明天？”

“今夜黑咕隆咚，连个人的模样也看不仔细。咱明日天亮哇哇的，你仔细看好了，你相中了，再说彩礼，咱啥也误不了。煮熟的鸭子飞不了，你就一万个放心吧！”

“人好着哩，我看上了！”

“你就看上了！”

“看上了！”

“那好，咱明天一早就出山上路，到了他家咱再说道彩礼吧。”渠真又把渠留山狠狠地踹了一脚。

“死女子，睡吧，看把你急的！”渠留山说道。

来桦林沟提亲的韩家弟兄与洪永刚一头雾水，捉摸不透渠家父女的心思。韩老三则心里有底，睡得跟猪似的，早已进入了梦乡，那个呼噜打得满屋响。韩老大狠狠踹了打呼噜的韩老三一脚！

“老三，你咋睡得跟猪一样，也不想想，人家是不是没有诚意和咱结亲？”

“老大，你放心吧。这亲肯定成，我有把握！”

“你有个屁，我看你只有打呼噜的把握。”

“你看你，人家女孩把荷包都悄悄地塞给我了，我还有什么可疑惑的？这亲肯定成！你快睡觉吧！”

……

洪永刚到贺家垇村，和村里老百姓唯一能搭上话的就是给光棍们找婆姨。除了给男人们找婆姨，别的话题都会吃闭门羹。洪永刚顺势而为，与全村人的共同语言就是找婆姨。村里人见洪永刚和大家有了共同语言，家里有光棍的人家把洪永刚当作香饽饽，大伙争先恐后地请洪永刚到家吃饭，都为能请洪永刚到家吃上一顿而自豪。洪永刚乐此不疲，把全村需要娶媳妇的各位光棍男士逐一按照年龄、秉性、家庭情况进行了摸底。洪永刚心里琢磨：找媳妇就找媳妇，我不信就找不到工作切入口。老主任的叮嘱、老主任的期盼，在我洪永刚这里绝不能打了水漂。

就事论事，从找媳妇入手，每天东家进西家出和大家掰扯找媳妇之事。根据每位男士的具体情况，分门别类，上了年纪三十岁开外就找山下离了婚或是丈夫因病去世需要重新找男人的女人；年轻的找山下家境不好、长相比较丑、愿意嫁到山里来的。凡此种种，榫卯相应就行。洪永刚鼓起勇气打起精神，整天山里山外跑。功夫不负有心人，半年工夫张罗找婆姨的事，尽然还拉扯成那么十来对。面对洪永刚的功劳，大家还多少给他一点面子。所以相对来说，洪永刚在贺家垇村有了一定的话语权，因为大家从他那里得到了实惠——找到婆姨了。

## 3

想法是对的，思路也无误。有了婆姨，男人们整天围着老婆转也成了既定事实。时间长了，隔三岔五还闹出别扭。老婆跑了，洪永刚的新工作又有了，即跑到山下往回追婆姨。调解家庭矛盾，成了洪永刚配套的工作，十分生动，也十分有趣。

整天与女人打交道，洪永刚也摸出了一些行行道道。山里上了年岁的男人着急想要娃娃，而刚刚进山的婆姨们则心神不定，还没有要孩子的想法，一来二去就闹别扭闹矛盾了。解决计划生育问题，迫在眉睫。各种避孕药源源不断地从公社医院拿回贺家坩村。男人想要孩子，女人不想要，炕可以上，觉可以睡，婆姨吃了避孕药，男人再折腾，孩子就是怀不上，一晚下来，男人们浑身冒汗筋疲力尽。闹腾上一年半载，有个别男人干脆向女人提出离婚要求，理由是连孩子也不会生，这还是女人吗？

按下葫芦浮起瓢。生儿生女着急不得，首先得把人给稳住，生育事慢慢来，不着急。山里人你打光棍又不是一年两年了，怎么刚找上婆姨就叫人家给你生娃娃，你早干什么去了。人家想不想和你过，还有个考验期呢。你倒心急火燎，心急吃不了热豆腐，你急人家才不急呢。

山里花儿分外香，
山外女人精明些。
举家日子要平安，
年岁大了性格倔。
公社派来洪永刚，
煽惑妇女进山庄。
搂着老婆上了炕，
想生娃娃再商量。

山里缺女人，但不缺乏会唱山歌老调会煽情的老山人，没几天这山歌老调就唱起来了。永刚啊，你当初是怎么向人家老主任承诺的？这进山快一年了，一年来尽干些给光棍们找媳妇的事，破除陋习发展生产的工作你还没开头呢。剩下来，你准备从哪找切口开创工作新局面？

老韩家自从娶了媳妇，弟兄仨总算安顿下来了。渠姑娘也能干，她热爱这个家。这人要有了精神，干活也不觉得累。这老韩家媳妇渠真，整天忙忙碌碌，把弟兄仨的三个屋子收拾得整洁利落，一天三顿饭粗细搭配，稀稠均匀。老韩家日子快乐和谐，弟兄仨脸上都露出了久违的笑容，锁在眉宇间的疙瘩终于解开了。

洪永刚从老韩家搬出来，另找了个住处。村里破窑洞比较多，收拾收拾就能住了。洪永刚的窑洞里每天晚上挤满要找媳妇的男人，这里倒成了名副其实的婚姻介绍所。一到晚上，大伙不约而同地涌向洪永刚住所。面对众多光棍，面对急需娶上老婆生娃的男人，洪永刚没有退路，只能顺应大家需求日复一日山里山外马不停蹄地找婆姨。

办上一所学校，让树林沟后代有机会学习新知识才能打开新局面。累了一遭的洪永刚眼前一亮，改变了工作思路——办学校。村上暂时还没有适龄儿童，过上三五年，现在这批进山的婆姨们如果生育能力旺盛，学校就必须应运而生。办学，办学，一定要办学！先从培养人上下手吧，要不这里简直没法与外界沟通。这封闭的生活总得有点变革，老主任的嘱托不能在这里变为泡影。面对封闭的山村，面对传统的生活方式，洪永刚感到无能为力。洪永刚只顾往山里钻，抛下妻子，抛下娃，实在有点说不过去了。久别重逢胜新婚，洪永刚总算有机会回家看看妻子和儿子了。

“永刚啊，你何时才是个头，干脆向老主任请辞回村吧？你这一走，撇下我们母子俩，来也匆匆，去也匆匆，也不过问家里缺点啥，就是一股劲往山里跑！”洪永刚知道自己欠媳妇太多，安慰的话语却难以启齿，撇在他肚子里那股无名之火向谁发泄都不合适，何况是自己难以割舍的爱妻呢。

“这苦日子容易过，等忙完这阵子，我就回来！一旦回来，咱就再也不分离！”

“山里我又不是没待过，要不我跟你再进山吧，省得你牵肠挂肚？”

“那可不是心血来潮的事。贺家坬村，地理环境独特，人文素养独特，你带娃进山，那是绝对不行的。”

“这牛郎织女生活何时是个头啊？”

“快了，快了！”

“但愿快了！”

申建芳知道洪永刚的牛脾气，只要洪永刚认定了，他能干出抛下妻儿钻进山里为全村光棍们找婆姨的事。她心想：自己怎么这辈子摊上这么一头犟驴，也就无话可说了。被窝里的啜泣声把洪永刚拉回到自责愧疚的心境，他知道自己犯了不可弥补的错误，撇下这么一家子，工作上可以说八字还没一撇，没有一点进展，整天就是给光棍们找媳妇。山里人，也就是认为你多少还能给他们办点实事，在解决找婆姨问题上还多少有点共同语言。除此之外，谁还买你发展生产、振兴经济的账？

办学，办学，公社已三令五申督促过此事，但鉴于贺家坰村的特殊情况，还没有及时开办学校。因为贺家坰村都是清一色的光棍，你办起学校叫谁来上学？现在局面有所变化，经过洪永刚的努力，至少有十二个男人脱了“棍”。如果发展正常，过上几年新生儿就会达到一个排的规模。

选聘能吃苦耐劳的教师也是一件难事。校址选在哪儿？办学用的桌椅板凳又从哪里来？洪永刚啊，你放着自己的好日子不过，放着身边的好媳妇不珍惜，跑到贺家坰摆弄这伙油盐不进、只想娶上老婆生娃子的山里人。可老主任那严肃认真的神态还常常在他脑海里盘旋，那谆谆叮嘱经常在告诫他，督促他。

经过一番努力，贺家坰小学终于要开学了。开学那天，老主任亲临祝贺。

根据工作需要，公社决定让洪永刚分管全公社的文教工作。齐建业向洪永刚传达任命时，洪永刚反而高兴不起来。因为贺家坰学校刚刚开办，教师虽然是一位共产党员，但这大山里苦闷，这位新到的教师能适应得了吗？在这里工作，要付出更多。面对只想娶媳妇生娃、生了娃再娶媳妇的山里人，他们是否愿意让娃们学点知识，学点文化，走出大山？

除了教师辛勤与务实的教学风格，家长的支持也至关重要。

洪永刚在走与留的十字路口一时陷入两难的境地。经过内心的激烈挣扎，他向老主任说出了自己的心里话，先留一段时间，待稳定了，他再回公社。

时间过得真快，韩家弟兄先后三年就有三个娃娃出生了，按照这种生育速度，贺家坬学校不用愁生源。说来也怪，人家渠真真会生，一溜生三个男娃，分别叫韩大根、韩二根、韩三根。眨眼间，孩子们也该上学了。洪永刚为山里人办事的实诚心意打动了韩家弟兄，他们支持办学，要带头把娃们送到山里有史以来的第一所小学上学。

动员所有适龄儿童入学，让山里第一所学校能办起来，办下去，进而打破山里人的思维习惯，让清新风气吹进山里，吹进人们的脑海里，让山里人走出这封闭的山坬。洪永刚从另一侧面规划着贺家坬的未来。

渠真姑娘，不，渠真婆姨那肥壮的身躯，那丰腴的乳房，不仅养育了韩家三个“根”，还让弟兄仨紧紧地团结在一起，谁也不愿意把家分了。老韩家媳妇渠真有这个能力把弟兄仨拧成一股绳。老韩家是整个贺家坬村第一个发家致富的，算是开了先河。

山村贺家坬的故事只有在贺家坬村发生。村里有条件能够娶上婆姨的都娶上了，该生娃的也都生了。那些初来乍到的媳妇们被山里光棍们给滋润得个个春风满面。

洪永刚给人介绍对象，是免费服务的。有个名叫孔六的人，是专门靠说媒过日子的主，洪永刚的举动一下子断了孔六的财路。原来说媒不仅能捞上多则二三百、少则一二百的红包，还能在男女双方家里吃吃喝喝，白白享受。嘴上光滑了，钱也进兜了，还有了成人之美的好名声，但成婚率不高。山里人一般用不起这种光顾吃吃喝喝的媒人，媒人孔六常年在山里山外流窜，吃的就是这口媒人饭。自从洪永刚来了，这实实在在的美差被搅和，他难以招架，于是开始造谣。随着时间的流逝，“洪永刚占婆姨们便宜”的消息就慢慢地流传开了，真龌龊！洪永刚清楚这流言的源头，但他实在有口难辩！再加上那些有心无意女人们的拉扯，真有跳进黄河也洗不清的尴尬和无奈。

急流勇退的思绪再次袭上洪永刚的心头，家里抛下妻儿不说，再在这里弄上个灰头土脸的名声，万一传到申建芳那里，这不要塌天了吗?永刚啊，学校你已经办起来了，应聘教师和山里的人们也基本混熟了。这大山能容下这教娃的老师，却容不下想改变山里发展模式的洪永刚。

经公社报县委组织部备案审核，洪永刚正式被任命为树林沟公社党委副书记兼秘书，任公社分管文教卫生的副主任。洪永刚是解脱了，但他的心依然被山里的父老乡亲们所牵挂，他放不下山里的一切。在他的努力下，光棍们大都有了一个温暖的家庭，村里还开办了一所小学。山里人的后代终于有机会上学了，现代文明的光将要洒满山乡。

再见了，贺家凹村！再见了，大山！洪永刚背着行李卷，一步一回头地与贺家凹告别了，但他想，自己还会回来的。这里太需要一批有文化有知识的人去开发去建设。

# 第十一章　人民情怀

## 1

三年困难时期，粮食分外短缺，人们到处寻找各种代食品，以填饱肚子，这肠胃上的病就找上门来了。马里村的老社长躺在炕上哭爹喊娘，在土炕上打滚，把一家人吓得六神无主。还是二儿子机灵，央求全村年轻人绑担架，向着县医院前进。山大沟深，一路三套人马，轮番交替着抬担架，赶到县医院，被确诊为胃穿孔，急需手术，但人家医院说电厂停电，实在无法做手术。眼看病人奄奄一息，生命垂危，在县里开完会的齐建业闻讯，立马指示医院用柴油机发电，抢救危急病人。医院负责人看到全国劳动模范、县委常委、副县长齐建业找上门来，很快就开始做手术救人。

齐建业心里着急，因为他知道这种手术在公社的医院也能做了，这种手术，原上清院长也十拿九稳。反思自己在宣传自己医院医疗技术方面存在缺失："自己公社的病人不到自己公社医院去抢救，反倒跑到县里来了，如果抢救不及时，闹不好还会有生命危险。眼下抢救，事发突然，没有推卸责任的余地。只有全力以赴，全力施救，要不然，他就是罪人一个。”

“人民医院，就是为人民服务，哪有人民医院在救死扶伤问题上，不果断，不作为，甚至拖拉扯皮，那就不要叫人民医院了，就叫老爷医院好了。”

薄青老社长三生有幸，遇上了救命恩人，薄家人对齐建业倾力协调医院及时施治感恩不尽。由于手术及时，老社长薄青的命从死亡线上抢救回来了。

事后，医院的院长还找上患者家属从侧面打听：“薄家与齐县长是什么关系，为啥受到齐县长那么周到的关照？”

“我们一个公社，齐县长是我们公社的老主任。老主任关心照顾全公社所有社员的生产生活，关心树林沟公社的一草一木。”薄家人这样回答院长。

痛定思痛，薄家人在慌乱中竟然忘了和老主任说上一句感谢的话，在慌忙中竟然不知道老主任什么时候离开的。薄家三儿子嘟囔着说：“老主任是在老爸做完手术后，从医生那里知道病人转危为安，半夜离开的。”其实齐建业一直守在医院，他为了不惊动病人家属，一直待在护士办公室没露面。手术做完后，他对主治医师做了具体吩咐，并且就有关费用向医院财务做了安排：“一切费用由树林沟公社垫付，不要为难患者家属。”然后就悄悄离开了。

薄家人从院长和财会人员那里知道这一切后，热泪盈眶，全家人都在念叨老主任的救命之恩。是老主任把关心和温暖及时送给每个急需帮助的人身上，心上。“老主任，你是活菩萨，你是救命恩人！我们薄家今生今世忘不了您，忘不了您的大恩大德！”齐建业帮扶群众向来是雪中送炭，往往是在群众最困难的时候，他总会及时出现在群众面前。只要有他的出现，一切困难都会迎刃而解，都会转危为安。

贺家圳村老韩家“三根”来树林沟村学校读书，这是贺家圳历史上开天辟地的大事，好事。贺家圳的村风民俗能不能有所改变，在“三根”身上寄托着无限希望。“三根”在学校生活得怎样？适应不适应？最近在学生中间流传的一首顺口溜引起了齐建业的高度关注——

“住校生恓惶惶，睡的土坯炕，喝的稀汤，吃的糠窝窝。老师训上泪汪汪，半夜冻醒喊娘娘。”顺口溜从一个侧面反映了学校生活的艰苦，虽然不是学校生活的全部，但深深刺痛着齐建业。齐建业深入学校，亲自找上“三根”，深入学生宿舍，查看“三根”被褥的厚薄，看到偌大的土炕上，有的同学，包括“三根”在内，竟然连一块防寒保暖的毛毡都没有，当下决定把队里的毛毡借用给没有毛毡铺的住校学生们。随后他又察看了学校食堂，向炊事员了解学生们的伙食情况，叮嘱学校分管后勤的老师要注意学生们的起居饮食，照顾好学生们的学习情绪。尤其要特别关照从贺家坬村来学习的“三根”。老韩家的“三根”目睹齐大主任亲临学校关心他们弟兄的学习生活，感激涕零，千言万语一句话：“齐主任，谢谢您！”

贺家坬老韩家“三根”的学习、生活，齐建业时时牵挂，事事关心，并特意安排老伴黑妮嫂叫上“三根”到他家吃饭，借以了解学校的伙食情况。齐建业始终认为，贺家坬的希望就在“三根”身上。“三根”能走出贺家坬，其他孩子跟着“三根”也一定能够走出贺家坬。这样一来，闭塞的贺家坬就会有新的变化。

## 2

“洪秘书，您的办公室收拾好了，请您跟我来。”在公社机关大门口，一位衣着花里胡哨的女子殷勤地招呼着洪永刚。在这位女子的招呼下，洪永刚走进了需要他再努力再奋斗的新的起点上。他深知，这次提拔与老主任的竭力举荐分不开，与徐书记的支持分不开，他深知肩上的担子更重了。

洪永刚的办公室在一排砖窑洞的正中间，从左边往中间数是第六孔，从右边往中间数也是第六孔。这窑洞左边的孔是徐书记的办公室兼卧室，右边的孔是齐建业老主任的办公室。兴许这样安排是为了方便他这个当秘书的能及时向两位公社领导请示汇报吧！在这个位置上，他不能有一点偏颇，既要听党话，跟党走，听徐书记的指示命令，又要听老主任齐建业实打实的具体工作安排。

“徐书记，我报到来了，有什么工作，您尽管吩咐。”

“啊，小洪，有事我找你。你先熟悉工作，慢慢来。”徐宏广书记的一句话拉近了洪永刚与领导的距离。

“主任，主任……”洪永刚敲了半天齐建业办公室的门。“敲啥哩，我刚从供销社回来，这里的人们也太不把公社放在眼里了，那些人叫我训了一顿。嗨，这事就是这么蹊跷，算了……”

“主任，您发什么火呢？”

“还不是那两瓶酒的事，你以后来这里办事，无论办什么事，都得留有余地，不要光顾眼前不顾脑后了。”

“是，主任听您的，一切照您的指示办。”

洪永刚今天一到任，就遇到两位顶头上司的不同礼遇，他深谙其中奥妙，这不是一时半会儿能弄清楚的。

原来供销社早在年初就进回两件茅台酒，这上档次的好酒，平素没人奢侈得起，眼看年末岁尾了，供销社索性就把剩下的最后四瓶酒拿出来给卖了。前脚刚卖，后脚齐建业就找上供销社要买那四瓶酒，说是最近有省里领导要莅临树林沟公社检查指导工作，并且还有一顿午饭安排。这下供销人慌了，酒卖了，还到哪儿去找呢？这不，齐建业的埋怨也就来了。

好在买酒人是公社学校的两位教师，供销社主任着急找上这两位教师，撵上他们回家把四瓶茅台酒拿回来，那个道歉话不知说了多少，酒的风波才得以平息。凡事留有余地，才能回旋周转。没有余地的事，在平时的工作中要谨慎，谨慎，再谨慎。

鉴于公社所属各村大量短缺教师的现状，经过社办农中，经过苏旺校长努力，解决了部分教师的短缺问题。面对小村办五年制、大村办七年制学校的发展趋势，解决教师难的问题摆到公社党委重要议事日程上。经公社党委研究决定，在全公社范围内从具有高中学历的青年中通过考试的方式录用一批民办教师，此事推延不得。招录工作在紧锣密鼓中火热进行。洪永刚负责招录事宜，从试题拟定、刻写、打印到封存，洪永刚小心翼翼，一丝不苟，生怕有一点点闪失。

## 3

“书记，早上好。”

“早上好。”

“主任，早上好。”

“早上好。”

每日必备的问候，在洪永刚的行动中，已定格成规矩。凡事先问好，然后再进行请示汇报，这是铁律。冒失不得，也懒散不得。与在贺家坬村的工作状态不同，心态不同，方式不同。

早春三月，阳光明媚，万物争先。钻出地面的小草，笑盈盈地在微风中舒展着那稚嫩的身躯，各种野花早已急匆匆地含苞欲放了。明媚春光抚摸着万物，万物争先恐后地显示自己的生命力，给大地给世界带来芬芳，带来一派生机。

公社大院里，各部门秩序井然。话务室女话务员白嫩漂亮，水灵的大眼显露出诱人的笑容。这白嫩水灵的漂亮姑娘就是洪永刚从山里回来第一天上班在大门口迎接他的话务员柳颖姑娘。

“洪秘书，水给您打好了，放在您办公室里。”

“不用，你忙你的，我的水我自己来打。”

“你看，洪秘书，一搭搭里工作，这点忙，我还是可以帮的。”

洪永刚特别警惕公社大院有闲言碎语流传，因为这个水灵机敏漂亮的话务员，在他到任秘书职位前就耳闻过有关她的闲言碎语。

“洪秘书，你怎么也不让我进来坐一坐？”

“柳颖，有事说事，你看我正忙着哩。日后咱们有时间再叙，再唠嗑好吗？”

洪永刚随即把门关上，柳颖狠狠地哼了一声，扬长而去了。

按照公社两位领导的吩咐，经过考试录用的民办教师名单要张榜公布，以示录用得公开公平公正。洪永刚正在抄写公示名单，哪有工夫和柳颖闲聊，何况话务室一刻也不能离开人，话务员接转电话马不停蹄，电话铃经常把话务员催得手忙脚乱。你一个话务员不坚守工作岗位，还有时间到办公室乱窜，要是有当紧事给耽搁了，那责任谁来承担？

“柳颖，今后我的水我自己打。你别多操心了。你有你的职责，我这里的活就不用你忙了。”洪永刚推开话务室的门很郑重地向柳颖说出了既是拒绝又是警示的话，急匆匆地去张贴教师录用名单了。

在树林沟公社大门外张贴的教师录用名单上，不知哪位心怀不满的人在贺家坬村小学教师渠杨的分数下面狠狠画了一笔，借以宣泄不满。问题回到了洪永刚这里，两位领导先后找洪永刚询问事情原委。洪永刚一肚子委屈不知向谁吐露，遇上两位领导关注，他只能保持缄默，他能说什么呢？

这次民办教师的录用工作，自始至终在公社党委的直接领导下进行，你洪永刚有什么能耐去耍小动作呢？面对领导的询问，洪永刚除了沉默还是沉默，就像一个犯了错的小学生站在老师面前，接受老师的批评。

在徐书记的办公室里，洪永刚把这次招录工作做了细致汇报。徐书记在办公室里来回走着，把一截未抽完的烟猛地按在烟灰缸里，那个动作在平时很少见，看来徐书记非常不满。

“还待着干什么？该干什么干去吧。”

洪永刚在懵懂中被徐书记一声喊醒了，他慌忙窜出书记办公室，在走回自己办公室的时候，仿佛有笑声传入耳朵。这似笑非笑的声音在嘲讽他的无奈与尴尬，他赶紧钻进自己的办公室，凝视着办公桌上的那份录用花名底稿。这加盖了公社党委公章的录用名册上，除了徐书记的签名外，再也没有其他的笔墨痕迹，被录用教师渠杨名字和分数下面没有什么黑杠杠啊！他茫然，贴到大门外的公示名单上那粗粗的一笔会从哪儿飞来？

公道自在人心。万事总有搅局者，那些不愿到偏远山庄任教的人，只想往公社所在地的学校里钻。既吃不了苦，还想往教师队伍里挤，这不是闹笑话吗？在录用民办教师的报名表中，“是否愿意到偏远山庄任教”是这次录用教师的硬标准。经公社党委研究决定，在考试成绩合格的基础上，愿意到偏远山庄任教的参考人员要加十分，这是铁定的加分选项。可就是有人折腾，要小聪明，这无疑是对录取工作的挑衅。

洪永刚脑海里对这出闹剧再次思考，琢磨：有谁会搅局？有谁在泄私愤？回想整个录用过程，都是按照党委会部署，凡事他都小心谨慎。按照徐书记、齐主任的嘱托，从报名、命题、考试、阅卷、记分，一直在小心谨慎地忙碌着。他沉思良久，直到手上点燃的烟烧到他的手指头，他才感觉到疼痛，猛然将烟头按进烟灰缸里。

洪永刚有个习惯，在他思绪纷乱的时候，他往往会抡起大扫帚去打扫公社大院。洒水，扫院，他想从中悟出些什么。一桶又一桶水洒向院落，扫帚挨着扫帚扫，那些枯萎的树叶，那些烟蒂纸屑，乖乖地被扫回垃圾坑里。院子扫完了，他的头上也大汗淋漓。

“洪秘书看你满头大汗的，给，快擦擦汗。”柳颖好像知道洪永刚现在需要什么，及时把毛巾递给洪永刚。

“谢谢啊！”

“不用谢，看把你累得！”话务员柳颖像兔子一样奔回了话务室。柳颖是个聪明、伶俐、漂亮、善于动脑筋的姑娘。她整天看着洪永刚在书记主任办公室出出进进，她知道在公社大院里，他是距离书记主任最近的人。最近公社根据工作需要，经县里人事部门批复，要在树林沟公社推选一名妇女干部，分管全公社的妇女工作。一旦选拔上将成为补贴干部，享受干部待遇，说不定三五年就能转为编制内吃皇粮的正式干部了。

“看把你累的！”柳颖刚刚递上一块毛巾，现在又送来一杯冷热正好的红糖水。

“快喝了吧，汗出了那么多，也该补充补充水分了。”

面对柳颖的关心，洪永刚除了感激还能有什么想法呢！他只能顺势而为，汗也擦了，水也喝了，表达感激之情的话也送上了。一句话：“好姑娘，有眼色。”

人在困惑时，哪怕有一句真诚的问候，都永远不会忘却，会永远铭记在心。话务员柳颖的行动能否奏效？洪永刚能否顺其自然地向徐书记、齐主任举荐她为预备人选？不得而知。话务员柳颖是否就是冲着这件事来向他献殷勤的？不得而知。

在公社党委物色补贴干部时，洪永刚率先提出了自己推荐的人选——话务员柳颖。洪永刚向来小心谨慎看脸色行事，办事前怕狼后怕虎，这次倒让人刮目相看。洪永刚推荐人选时语气诚恳，态度坚决，毫不含糊，让两位领导及其他与会人员目瞪口呆。

基于洪永刚的举荐及其他与会人员的共同研究，最终由徐宏广书记拍板定案：话务员柳颖作为唯一的候选女干部，以树林沟公社党委的名义上报县里组织部门。

“书记主任秘书，你好！”话务员柳颖称呼洪永刚时往往连职务都带上。洪永刚很尴尬。

“柳颖，你以后直接喊我洪永刚好了。你这一喊，弄得我很不好意思。”

“嗯，我知道了。”柳颖红着脸低着头，捏弄着衣角，躲进了话务室。

对于洪永刚的要求，柳颖好像有一团火将她炙烤得无地自容。白皙的脸庞顿时变得绯红，她恨不得一下子钻到一洼凉水里凉快一会儿。实践证明，柳颖还是个芳心未动的女孩子。只不过在公社大院里有些人习惯不了她的热情与友善，有些人还想入非非，慑于老主任的威严才不敢造次，有的只是搬弄是非扯闲话罢了。

## 4

树林沟在发展，树林沟的人事也在变动。徐书记根据县里的安排，被调回县里任县委农村工作部部长去了。树林沟公社没有再另行委派公社书记，公社书记一职由齐建业担任。对于徐书记的调离，齐建业一下子仿佛失去了支撑，感觉压力山大。平时在工作中与徐书记有争执，激动时还能发脾气；现在倒好了，工作上的大事小事都由自己把关，有疑惑只能靠自己去定夺。齐建业这个四十岁的男子觉得自己肩膀上的担子更重了。

为了整肃公社机关人浮于事的现状，齐建业出手了。不管你是正式干部还是部门主管，全部下乡包村包队，吃住在乡下，工作在乡下。与乡下群众同吃同住同劳动，就地解决生产中的具体问题，没有特殊情况，一般月底回公社汇报一次工作。这样既加强了公社与各村各队的联系，又充分调动了广大干部工作的积极性和主动性。

空荡的公社大院，除了留守机关的洪永刚和话务员柳颖外，只有那茂盛的白杨树在微风中发出沙沙低吟。沉寂孤独围拢着洪永刚，每天与他相伴的是打扫公社大院。那大扫帚飞起落下，大院被清扫得干干净净。

渠杨在贺家坰村还安心吗？静下心来，洪永刚第一个想到的就是渠杨的工作环境和生活状态。那里没有电，没有公路，只有羊肠小道，与外界隔绝。一年四季，除了两个假期，渠杨一直被大山所包围，一个人吃住在山里。山里的人们还在为娶不上媳妇艰难地打发日子吗？村里的编织业还坚持着吗？老韩家日子过得还好吗？那些进山的婆姨们还安心在山里生活吗？一连串问题涌上洪永刚的心头，他坐不住了，他要再进山，他要再去贺家坰村看看他所关心他所牵挂的人们。

暮秋时节，收割过庄稼的山梁山坡裸露在瑟瑟秋风中，秋风将各种残枝败叶收拢在山洼里。羊群漫过山梁仔细搜索着被遗落在地里的庄稼，这也是羊们最喜欢的食物，因为它们要依靠这些庄稼来面对即将到来的冬天。

洪永刚揣着一颗惦记的心，期盼的心，火急火燎地在山路上盘旋。水壶里的水早已喝干了，口渴得厉害，借助习习秋风或许能减退点喉咙的滚烫和烧灼。

山林里不时有几只狍子匆匆穿过，野兔慌慌张张遁入山林深处。丰厚的山林资源让洪永刚有了深层次的思考，组织一个打猎队，不正符合贺家垧村的生活实际吗？路在何方？眼下这羊肠小道阻断了与山外的联系。捕猎辛苦，猎物外运也没有办法，这又是一个难以逾越的坎。问题一个接着一个，纷乱的思绪困扰着洪永刚。

摸黑总算赶到了贺家垧村。渠杨还在昏暗的煤油灯下批改作业，洪永刚从窗户的破洞里窥见了辛苦的渠杨。

洪永刚的到来，给劳累的渠杨带来了惊喜。小米汤熬好了，半袋子炒面搁在了课桌上，几块老咸菜被切成了细丝放在盘子里，这就是招待洪永刚的全部美餐。

“这里你还能挺得住吗？”

“这里一切都好说，唯一难以应对的就是学生流动性太大。”

洪永刚明白，这里的群众压根就没把孩子的学习放在心上。孩子上学必须服从家里的需要，家里有空，你就去上学，家里一旦走不开，上学，孩子你甭想了，家里当紧。老大看老二，顺着往下推，在家看弟弟哄妹妹，这就是你的任务。“家里忙得走不开，弟弟妹妹没人看”。一大堆理由把到校上学拒绝得远远的。洪永刚明白这其中的烦恼与无奈。

“抽空来学校补习功课吧，大人们又都不愿意。”渠杨翻了一下身子和洪永刚搭了一句，继续思考明天的教学。

“主任，你也别太急，这里的习惯就是这样。时间长了，我也习惯了。”

文化落后，注定了经济落后。观念落后，注定了行动落后。久而久之，形成了山里人的规矩，就是：娶媳妇生娃，生娃娶媳妇，辈辈如此。

“主任，我真想把幼儿托管与办学教书糅在一起，你看如何？”

渠杨伸手推了推身边的洪永刚。

“嗯，你看好，准行！”渠杨的问话把洪永刚从无尽的思绪中惊醒，他随口答应着渠杨。两个久别重逢的人在探讨着山村贺家坳的现状与未来。

如何让山里人走出“娶媳妇生娃，生娃娶媳妇”的怪圈？彻底打破旧观念的藩篱，让科学知识入脑入心是解决怪圈的唯一途径。这里的人不爱学习，不懂得知识可以改变命运。这里的人以“眼见为实”的信条去衡量一切，检验一切。

这事实还必须是发生在群众的身边事，眼前事。去哪里找这么一个活生生的教材去呢？只有韩家的三个“根”了。说来也巧，老韩家的孩子几年来出脱得有模有样，有了很大长进。能把孩子送到山外去求学，在山村贺家坳是不可思议的事。在洪永刚之后，由韩老二来领导贺家坳村的生产生活。

洪永刚来贺家坳后关于生产生活上的事也没有管过多少。贺家坳村的“乡规民约”告诉他，他只能顺着大伙心意到山下去给光棍们往回找媳妇，这才是他的主要工作。到娶上媳妇的各家走走看看，也是洪永刚此行的目的。洪永刚也明白，通过自己的努力，贺家坳总算有了点生气，有了点活力。由老韩家开始，贺家坳山村的全新一页将被悄然翻开。看到娶上媳妇的各家少则两三个、多则四五个娃娃的生活场景，洪永刚有些释然了。

## 5

按照公社党委的统一部署，下乡干部集中回公社汇报一个月来与群众同吃同住同劳动的工作情况。

偌大一个会议室，人头攒动。按照议程，逐村逐队逐一汇报。主席台上，齐建业正襟危坐，与会人员能不能交上一份让公社党委满意的答卷？一场真正意义上的考试即将开始，主考官就是齐建业，监考自然就是洪永刚。

“主任，我所在村缺水，路不通，需要找水打井，修路……”

“主任，我们村农具短缺较大，需要添置一大批农具……”

“主任，我们村情况特殊，大伙生育没有节制，一家一下子七八个孩子往下生，生活困难。全年下来，一家就一个劳动力。秋天分口粮时都没办法把全家的口粮分回家，这样既影响了家庭生活，又给群众造成了负面影响……”

“主任，我们村习惯奇特，每月初一、十五全村放假，大人、小孩往集上跑。到了那天，村里人扔下地里的活儿不干，到集市上淘换家里的生活所需，这已经成了一道亮丽的风景了……”

“主任，我们下村后，狠抓政治学习，把党的方针政策及时送到群众中去，让群众了解党的大政方针……”

“主任，我们村有天大的麻烦，有阶级斗争新动向，不知谁把石头扔到井里了！”

本来严肃的汇报会，大伙被“认真”的汇报引得哄堂大笑，笑得前俯后仰……

上午汇报没有结束，下午接着汇报。齐建业严肃得脸都发紫了，人们预感一场暴风雨将要来临了。中午吃饭时，大伙还凑在一起笑话那个汇报井里有人扔石头的包队干部，还上纲上线“阶级斗争新动向”呢。

“咱实话实说，不说谎，这有什么好笑的？”

“石头扔进井里，你看见了？还是听别人传说？”

“我也是听别人说的。因为这个村子里没水吃，大伙都是跳到井里舀水，平常井底裸露着，大家相安无事，可有一天，人们到井底舀水时，居然有了一块大石头，你说这奇怪不奇怪？”

大家除了议论“井里扔进石头是阶级斗争新动向”外，还你一言我一语地议论着会上各家的汇报。

下午的汇报到晚上还没结束。为了掌握真实的民情，了解各村各队实际的社情民意，齐建业宣布第二天接着汇报。

晚上，齐建业辗转反侧，久久不能入睡，他感觉全公社工作的担子太重了。这时，他想起了徐宏广书记，有徐书记在的那会儿真好！有徐书记当家真好！现在多么需要像徐宏广书记那样一个掌控大局的领导啊。他当下决定向县里请求委派位能干事能掌舵的书记来树林沟公社主持工作。

第二天汇报结束时，齐建业把憋在肚子里的话一吐为快：

“我们的干部是领着国家俸禄吃着国家供应粮到村里为老百姓谋事创业，为老百姓服务去了，这是前提。你们到了村里，首先要摆正自己的位置。其次要深入群众，倾听群众呼声，为老百姓排忧解难才是我们的工作目标和工作任务。政治不突出，政治不挂帅，思想意识混同于一个普通老百姓，你还是一个共产党干部吗？

“心中常怀党的嘱托，心中常念老百姓的甘苦，心中常想自己的工作，这才是我们一个干部应有的政治规矩。

“人家碧村干部下去设身处地地抓学习，抓政治教育，抓贯彻党的方针政策宣传，这才算进入了工作状态。公社党委统一工作部署，你们充耳不闻，自己另起炉灶，不抓学习，不深入群众解难事，办实事。同志们啊，我们人要下去，心也要下去，不应该人下去了，心还留在公社大院里。

“我们是党的干部，时时刻刻代表着党的形象去工作，去组织群众，去带领群众，把农村各项事业向前推进。不能浑浑噩噩混日子，到月底来领工资。

“我们要重申党的组织纪律，工作纪律。凡事都要根据党委的决定结合所在村实际开展有效工作。真正和群众打成一片，扑下身子，倾听群众呼声，为他们排忧解难。只有这样，群众才会把我们当作亲人，当作自己人；只有这样，我们才能和群众走到一起，才能倾听到他们的真切呼声……”

齐建业知道在大会上只能这样做整体要求。会后，他把相关干部叫到他办公室，逐一了解具体情况，逐一研究解决办法。

“你们村，井里扔石头的事不是小事。你反映的是关于民生的大事！”（当汇报村里有人把石头扔进井里的干部听到齐建业这样的口气，准备挨训的心态骤然松弛下来。他原先以为自己的汇报引起大家哄堂大笑，主任肯定不会放过自己：工作汇报没有抓重点，竟然汇报这些上不了台面的些微小事。）

“群众连饮水的问题都解决不了，还要我们这些干部做什么？我们是为了解决群众的疾苦才去工作去斗争的，一个连群众困难都不放在心上的干部，绝不是一个好干部。你首先要把自己摆到群众中去，想群众所想，急群众所急。”

“看来解决群众饮水困难的问题是我们当前以至今后一段时间的工作重点，这件事情必须抓早抓好。另外，群众出行难、修路难的问题也必须及早规划。心中有数，分阶段，集中全公社力量进行大会战。”

“因地制宜，抓紧实施，把群众的生存问题、生计问题视为公社党委工作的首要解决的问题，这些问题不解决好，就说明我们不是人民的代表，就会走到人民的对立面。党委会工作千头万绪，解决群众身边的实际困难是头等大事。”

齐建业身体力行，利用自己下乡的机会，跑遍了全公社三十四个自然村，跑村串户，察民情，访民意。看着一个个破落的山村，一个个道路不通的村落，他感到压力很大。深感树林沟一个村好不算好，只有全公社三十五个村子都好起来才是自己的终极目标。

要解决好各村的现实问题，民生问题，首先要解决好每个村子的领导班子问题。一个村子里，如果没有一个真正为老百姓干事创业的领导班子，这个村子要想发展，要想有点变化，那是没有把握的。

甄别遴选合格的干部人选，只有在生产实践中去摸索、去发现、去提拔。这次公社干部会议最终由汇报会转为对各村领导班子现状的分析会。经过分析，大多数生产队干部存在这样那样的问题，真正让老百姓放心的干部少之又少。齐建业把遴选干部、考察各队领导班子的任务给下乡干部做了统一的布置和安排，干部选拔不好，一切归零。

群众的顺口溜编得真好："村看村，户看户，社员看的是干部；你坐着我站着，打不下粮食都饿着；干部能拿梯，我们能登天。"

这话一点也不假。没有一个好的作风，没有一个以身作则的干部去带领大家，随之而来的便是歪门邪道和其他乱七八糟的事情。干部作风不好，群众就会怨声载道，就会消极怠工，长此以往，生产就会滑坡，村容村貌就会破落。想着想着，齐建业不禁冒了一身冷汗。

解决好领导权的问题，迫在眉睫，千万不能掉以轻心。时刻把人民的冷暖记挂在心，推卸不得。这就是工作，这就是责任。

# 第十二章　羊角村与贺家圪的故事

## 1

在调查中，齐建业发现羊角村的下乡干部伙同村里的主要干部同流合污，多吃多占，作风败坏，道德沦丧。羊角村被一个叫黎明的女人给腐蚀掉了。干部下乡不是去工作去解决群众的实际困难，而是整天往女人堆里钻。村里哪家女人漂亮，就往哪家跑。在村里，不是和群众同吃同住同劳动，而是在村里另开小灶，吃细米白面，把队里一整群羊都给吃完了。罪行如此严重，干部还互相包庇，隐瞒真相。好事不做，坏事做绝。不仅如此，还把集体唯一的窑洞也给卖了，用来支付吃喝费用，这简直是犯罪，这纯粹是往老百姓头上拉屎。村里群众忍无可忍，义愤填膺，集体上访，村里所有复转军人组成了告状团，上告这伙罪人。通过举证，通过深入细致的调查，经公社党委研究上报县里做统一处理，情节特别严重的移送司法机关，该开除党籍就开除党籍，该免职就免职。羊角村一下子风清气正了，窝在群众心头的一口气总算出了。

集中整治干部队伍，从思想上、从组织上进一步厘清干部与群众的区别。干部思想觉悟首先要硬起来，要强起来。

齐建业向上级请派公社书记终于有了着落，县里把有三十年党龄的老干部魏维派往树林沟公社任公社党委第一书记。齐建业与老魏早在建社时就认识，曾多次在县里一起学习、开过会。对于老魏的到来，齐建业表示热烈欢迎。面对树林沟公社的复杂局面，齐建业深信有了老魏书记领导，工作局面一定会有所改观，像羊角村这样的丑陋现象一定会有所改变。

公社党委决定选派补贴干部柳颖到羊角村蹲点包队。事先魏维书记和柳颖就羊角村的情况进行了细致分析，对开展工作的各种困难做了预判。鉴于羊角村的特殊情况，公社党委给予柳颖特殊权利：对于村干部的任用，可以先任用，后报批。

怀揣尚方宝剑，柳颖走马上任。羊角村过去由黎明挑拨干部、腐蚀干部的闹剧暂告一个段落。被黎明用不法手段买走的那孔窑洞顺理成章地收归集体所有，这样村里起码有一个开会办公的地方。对于柳颖的攻略，黎明气急败坏无计可施。对于一个女干部，你再怎么卖弄风骚，人家也不会买你的账。

现在柳颖下去打开了工作新局面，人们逐渐向柳颖靠拢。柳颖针对羊角村村风民俗随时调整工作内容，让这个过去万事一塌糊涂的村子向着新生活新气象迈进。

柳颖首先从妇女工作抓起，一次次的妇女会首先要求各家妇女把自家男人看管好，只有家庭和睦，村子才和谐。羊角村由于柳颖的到来，黎明没有了市场，没有过去那么嚣张了。男人们被各家婆姨看管得紧紧的，不再一有空就往黎明那里跑了。

还是魏书记的决策明智，要不一个羊角村的工作就能搅乱了齐建业的工作思路。分析形势，分析主要矛盾，抓住关键问题，一切就迎刃而解。老魏书记的这一决策给齐建业上了深刻的一课。齐建业回想自己整天埋头生产，埋头建设，差点被羊角村给绊倒了，说来也惭愧。

政治路线确定之后，干部就是决定因素。羊角村的教训告诉我们，甄选任用干部是关键的一步，干部选对了，事业就跟着发生变化。一个泼辣的柳颖硬是把一个不要脸的黎明给镇住了。柳颖针对妇女的特点，特别提醒大家要注意梳洗打扮好自己，在条件允许的情况下，该打扮就打扮，不要老是邋里邋遢。羊角村人卫生习惯不好，人们一般不会天天洗脸刷牙，只有出门时才注意一下。在柳颖的工作下，大家人人讲究卫生，开始注意衣着打扮。经过讲究卫生注意形象的行动，大伙面貌焕然一新。

从羊角村的工作来看，柳颖用一手“讲究卫生，注重仪表，注重生活习惯”的办法就打开了工作突破口。由此看来，凡事不一定要搞大动作，只要深入生活、深入实际，工作就会找到切入点，一切问题也就会迎刃而解。柳颖的工作在树林沟公社党委会上得到了肯定，接下来的转正定级也在预料之中。柳颖在羊角村的工作有了成绩，这对洪永刚来说也是一个莫大的支持。正因为洪永刚提议，柳颖才破茧而出，才被委以重任。解决羊角村问题是公社头痛的一件大事，下乡干部柳颖接手后几下子就改变了羊角村的现状，提高了羊角村妇女生活质量，说来还让公社的其他干部头上冒汗。

## 2

时间到了一九六四年春天，树林沟公社在县委工作组的亲自组织领导下，公社所辖三十五个村队都深入开展“四清”工作。各村各队确实存在着政治上糊涂、组织上混乱、思想上落后、经济上多吃多占的诸多问题，久而久之，党的农村事业受到严重干扰。

树林沟公社各级领导都要进行大整顿。不仅农村干部存在着多吃多占的现象，许多在职的正式国家干部也有思想糊涂、头脑不清、领导不力的现象，长此以往，党的整体事业受到干扰。在“四清”中让广大干部来一次浴火重生的洗礼，经受一次政治教育正当其时。

“四清”工作队来了，根据公社提议，工作队重点进驻羊角村。羊角村的问题拔起萝卜带出泥，多年问题堆积如山，公社是下了决心，要整治整治该村了。大队主任何军躺在炕上，身子翻了一遍又一遍，睡不着觉。因为他心悬着呢！队里便宜他没少占，队里钱他没少花，从大伙拎着罐罐端着盆盆吃食堂那会儿起，他手脚就没有干净过。风水轮流转，谁叫自己看着人家集体财物眼馋呢？谁叫自己不扛上锄头下地呢？管它呢，车到山前必有路，何况听说这次运动主要以事实为依据，以说服教育为手段，起码肉体上不会受疼痛，皮肉之痛不会发生。主要是清经济这块不好过，自己曾经吃了拿了占了集体的要往出拿，自己倒“死猪不怕开水烫”，主要是家里人也会跟着受罪遭殃。

树林沟公社重点解决羊角村从建社以来干部多吃多占的问题。村里几经更换会计，财务管理混乱。

山梁上刮过一阵风，沟里飞沙走石。黄土高坡本来就是靠天吃饭，再加上人为折腾，集体经济老是起不了山，发展缓慢，导致人心散失。

羊角村第一任生产队队长龚伟是有十年军龄的复员军人。他从复员回村那天起就被村里的群众寄予厚望，大家都信服他。在他的带领下农业生产连年丰收，粮食产量一年年在增长，他不贪不占不腐，十个黎明也奈何不了他，因为他知道黎明是什么货色。然而，上级派下来的干部则经受不住黎明的诱惑拉拢。

记得龚伟刚从部队归来，全村老百姓心中的希望之灯骤然闪亮。村里的老人是看着龚伟长大当兵入伍的，那会儿喜报时常寄来。在大家心目中，龚伟从小就是一个侠肝义胆的好孩子，十六岁参加了八路军，二十六岁因病复员。大伙对他的厚望，他心里是清楚的，他明白自己肩上的担子有多重，村上每到农活的关键节点，他都抓得紧抓得准。在他的带领下，大伙齐心协力把村上的事业干得井井有条，村民发自内心地为有这样的好领导而高兴。

农村最缺乏一心一意为大伙办事的领头人。有了一个好的领路人，大伙都是心往一处想，劲往一处使，奔着过好日子。

几年工夫，羊角村建起了漂亮的学校。为了修建学校，龚伟专门进城从县里请来有名的木工，从十里八乡请来名牌工匠。在修建学校的那段时间里，龚伟整整瘦了一圈，大伙都为他焦急，都为他把全部心血操劳到集体上所感动。一些看着龚伟长大上了年纪的老人找上龚伟说：“后生，你身子重要，你身子垮了，全村的事我们还能指望谁？”

“我能挺得住！”在修建学校的那几个月，他愣是累倒在工地上。羊角村里到处是可开凿的建筑石材。那硕大的石头在龚伟的带领下被开凿成一块块长方体石块，这石块少则百十斤，多达两百多斤，硬是被人们用灌木拧成的“背包”背到工地上，没有力气或力气不足的人都望而生畏。大伙在龚伟的带领下，大早上出工前，或晚上饭后自觉到山沟里往工地上背石头，这一背就是半年。整天忙碌，整天劳累，大伙是看着龚伟这样干的，也是跟着龚伟这样干的。

初夏时节，天气炎热，就是羊角村这样的山村也依然摆脱不了夏天的闷热。早上把第二趟石头背到工地上，龚伟随着背上的石头一侧倾，石头倒地了，人也倒下了。大伙急得掐人中掐合谷，他醒了，第一句话就是：“累了，让我歇一会儿吧。”人们看着疲惫的龚伟，眼里含着泪花，异口同声：“龚伟，你太累了！”

一排宽敞的窑洞修好了，一排明亮的教室盖好了，到了竣工的那一天，全村放了一天假。鞭炮点燃了，“二踢脚”炸响了，噼里啪啦那个热闹，那个喜庆，洋溢在每个村民的脸上，甜在每个人的心上。村里统一发放软米，叫大家吃上一顿油炸糕，来庆祝羊角村有史以来第一座学校的诞生。

龚伟心想：人家齐建业能带领树林沟人发展经济，带领全村人致富，人家能修学校盖楼房，办群众所关心的事，我龚伟也要跟着人家学，不能掉队。基于这样的思路，龚伟挺直腰杆带领羊角村全体社员发展生产，壮大集体经济，一发而不可收，多次受到上级表彰。那一面面锦旗、一张张奖状，说明党和政府是不会忘记为社会主义建设做出贡献的人们的。

然而好景不会太长。羊角村在下乡干部徐金、聂云的蹲点下，在大队主任何军的怂恿下，在黎明的煽惑下，出现了前面的结果。一个好端端的村子，一个粮食产量连年增长、人心安定的村子，硬是被两个下乡干部给毁了。这就是教训。共产党基层政权不牢牢地掌握在一心一意为老百姓创业、为老百姓谋福祉的人手里，就会滑坡，就会走向堕落。

看着新建的学校，听着学校琅琅读书声，龚伟几次路过学校都要停下脚步认真倾听孩子们的读书声，再端详他带领群众修建的学校，他心里有多少委屈啊！越级向上反映徐金、聂云的所作所为，龚伟主意打定，他开始行动了。

要越级向县里状告徐金、聂云的罪行，必须有一个经得起考验的班底。对于徐金、聂云，大家都有一肚子的不满和憎恨，但不能打草惊蛇，因为他们二人手中还有权力，他们还在继续吃喝玩乐，继续为非作歹。于是一个由复转军人组成的告状队伍组成了，他们都是听党话跟党走，为全国解放流过血负过伤，告别部队回转村里的复转军人，这伙人心红眼亮，经得住考验，经得住摔打。

徐金、聂云不知从哪里得到风声，恶人先告状，预先组织人马到县里反映所谓“反党集团”的黑材料。

一九六三年的冬天来得分外早，满山遍野的大雪像一块厚厚的棉被，把黄土高原盖得严严实实，雪地上只有狐狸和鸟雀们留下一串串觅食的脚印。通往羊角村的山路硬是被人们踏出一条深一脚浅一脚坑坑洼洼的雪路，一直向县城延伸着。

县检察院工作人员会同县公安局警察一大早就从县城朝着“反党集团”所在地——羊角村出发。整整一天的山路把警察们累得浑身结成冰疙瘩，赶点灯的时分才摸到羊角村。坐落在半山腰上的羊角村住户，家家窗户上射出星星点点的灯光，除了几声牲口的哀鸣伴随着此起彼伏的狗叫外，这里死一般寂静。

在大队办公室里，明晃晃的手铐令人心悸地放在办公桌上。讯问一个接着一个：

“你为什么反对党的领导？”

“我没有反对党的领导。没有共产党就没有新中国，也就没有今天的羊角村。”

“那你为什么反对下乡干部的工作？”

“哪个下乡干部？”

“不管哪个下乡干部，只要是上面派下来的干部，都是代表党的领导，代表党的利益，代表党的形象。一句话，就是代表着党。”

“那么吃喝嫖娼，也代表着党吗？把队里的一群好端端的羊整天杀了吃吃了杀，也代表着党吗？”

“有这么严重吗？”

“你来村里调查过吗？”

……

检察院的同志们犹豫了。这些看上去老实巴交的人们是为集体财产的流失而痛心疾首，是为干部的胡作非为而愤恨，不是反党，更不是一个集团啊。

县里逮捕“反党集团”的闹剧在羊角村告一段落，再也没有下文。然而，羊角村却沸沸扬扬，连上小学的孩子们都知道“我们村里有反党集团”。柳颖的到来才让这股流言有所收敛。

树林沟公社党委对徐金、聂云一案极为重视，进行了谨慎的剖析和反思。大家一致认为，徐金、聂云在羊角村的工作背离了党的使命与宗旨，走到了人民的反面，在羊角村的所作所为不是代表人民的利益去工作。他们利用下乡的机会大肆吃喝嫖娼，侵占集体财产，打击迫害有功之臣，走上犯罪道路。公社党委经过研究决定：一，开除徐金、聂云二人的党籍；二，依据法律程序移送司法机关；三，就羊角村问题，深刻反省，汲取徐金、聂云走上犯罪道路的教训，警钟长鸣！

### 3

齐建业认为，党的干部就是党的代表，下去的干部一定会深入群众了解群众，为群众排忧解难，带领群众大干社会主义。万万没想到，下去的干部会如此腐败堕落。成天忙于生产、忙于日常事务的他，在公社党委的一系列会议上，在审查徐金、聂云的案件中受到了深刻的教育。羊角村的问题将齐建业引入一个深层次思考：解放了，建国了，权利掌握在自己手里了，可以理直气壮地为人民为国家干事创业了，反倒有人还在走邪路走歪路？这就是活生生的事实，活生生的反面教材。

齐建业在公社党委会上郑重向党委书记魏维请求辞去他兼任的公社副书记和主任职务。因为他感觉自己没有领导全公社的能力，他要把主要精力集中放在树林沟大队的工作上。羊角村的事例告诉他，确实有点忙不过来。与其这样，还不如干脆辞职不干，让有能力、有魄力的同志去干。

“书记，我累了！”

“累了，休息休息嘛！”

“我干不了书记兼主任的工作，工作起来力不从心啊！”

“我体谅你的劳累和辛苦，但这工作，你不干谁干？”

“全公社的事太复杂、太难干！”

“全公社工作由公社党委一班人集体负责，即使有失误，首先承担领导责任的是我。我看，没有你的鼎力相助，我工作起来才是困难重重。老伙计，干吧！”

“老魏啊，咱们共事的时间也不短了，对于责任的担当我感到压力很大，你看一个羊角村就把大伙弄得筋疲力尽的。我看我还是把主要精力放在树林沟，把树林沟的事办好，毕竟我还是树林沟的大队书记！”

“既然上级把你选派到这个岗位上，就是想通过你的影响来发展全公社的事业。全公社要以你为榜样，逐步走向富裕与繁荣啊！”

“什么工作都由集体总负责，集体总领导。要说责任，我是第一责任人。羊角村的失误不能抹黑全公社的整体工作。评价全公社的整体工作，成绩还是主要的。树林沟是全公社的榜样，还是全县全省的榜样，树林沟发展得好，也是全公社工作的一个缩影。下来我们主要解决的问题是一个‘以点带面’的问题，全公社都要以树林沟为榜样，把各项工作做好，做出成效来，这才是关键。”

公社书记魏维一支接着一支吸着“哈德门”的香烟。他脑海里确实被羊角村的问题所困扰：干部作风问题、多吃多占问题、损坏党的形象问题。虽然问题已解决，司法已介入，徐金、聂云已受到处理，但魏维总有不踏实的感觉，仿佛一座山被什么东西给挖空了，即将要轰然倒塌了。推开窗户远眺南山那郁郁葱葱的松树林，风吹过后，松涛阵阵。

“老齐，我看咱们还是……”魏维从思绪里回到现实中时，齐建业不知什么时候早已不在老魏身边了。他急忙掐灭烟蒂，走出室外，空荡荡的公社大院，不见齐建业的踪影。魏维感觉自己的工作压力仿佛比南山还重，好像有千斤重担压向肩头。他决计再找老齐谈谈……

正当老魏踌躇满志，对齐建业的想法展开更有效的工作时，县里举行县委会议，经过与会委员投票表决，齐建业连续当选为离山县县委常委。

从县里返回树林沟的当天，齐建业就找魏维书记表达了自己的想法：“老魏，咱啥也别说了，我服从你的安排。一句话，党叫干啥咱干啥。”齐建业是噙着眼泪跟魏维书记说话的。

“建业，有天大的困难，咱们互相支持着干吧！既然党把咱俩安排到这个位置上，咱就没有推卸的理由。咱们相互鼓励把全公社的工作做好，尤其是现在，你还是我的直接上司，我更应该听你的才对。这个想法在县委文件下来时，我就想过了。”

“老魏，你可别弄颠倒了。在树林沟公社，你可是公社党委第一书记，我时刻听从你的吩咐与安排。至于县上连任那是另外一回事，咱可不能把位置摆错了。在树林沟，你就是我的领导。你的意见我尊重，你的建议我拥护。”

两位患难与共，相互支持，相互鼓励，不觉热泪盈眶，紧紧地抱在一起，久久不愿松开，这是战友间最真挚友情的表达。齐建业率先表态，决定与老魏把树林沟公社的事办好，办扎实，思想统一，步调一致，向困难挑战。对于魏维的鼓励与支持，齐建业思绪良多。自己虽然在县里被连续委以重任，但在树林沟公社干工作一点也不能怠慢，一定要紧跟老魏布好局，开展更加有效的工作，把树林沟本村和树林沟公社的工作推向更高水平。只有这样，才不辜负党和人民对自己的希望。近年来，由于自己兼职太多，树林沟大队的工作根本无暇过问，整天泡在文山会海里。为此，他多次向县里请示，那些可有可无的会议他就不参加了。县里书记县长在不同场合都是同一句话："可以理解。"再无下文。

贺家坬村虽然在渠杨的坚持下守住了学校这块传播文明的阵地，但村里逢年过节那一天早午晚三炷香的传统还一直保留着，还在继续燃烧着。过去这里一直没有一个能拿起笔来会写字的人，直到韩家"三根"出息后，村里才用毛笔书写对联。在以前，村民们有奇思妙想，为了红火，为了避邪，过年时，除了烧柴火燃放鞭炮外，贴对联是不可或缺的。无奈，没人会写字。于是有奇人就拿上碗在碗底上涂上墨往对联红纸上拓印。一个又一个的"碗瓜瓜"整齐地排列在红纸上，具有贺家坬村特色的对联就这样传了一代又一代。渠杨老师的到来，这"碗瓜瓜"对联也就彻底退出了贺家坬的历史。渠杨带来了纸和墨，在教学中把写字教学列为重要内容。因为他到贺家坬村教书前就听说过"碗瓜瓜对联"的故事，现在好了，村里有会写字的娃娃们了，过年拓印"碗瓜瓜"对联的时代一去不复返了。对于贺家坬村来说，这就是天大的变化。

要孩子们去学更多的文化，掌握更多的知识，村民们没有多少动力，没有多少远见。全村，只有老韩家执意把三个"根"送出山外去读书。村风难改，民俗难移啊。面对厚重大山，渠杨也只能入乡随俗，随着大伙见识认真做好自己的教书工作。因为渠杨的到来，至少村里有了文化气息，这封闭的大山有了冲破愚昧的火种，星星之火，可以燎原。老韩家的"三根"已冲破这封闭的大山走出去了，贺家坬村的未来是否能从他们弟兄三人身上有所突破？老师渠杨有所期盼，有所寄托。

## 4

韩大根、韩二根、韩三根弟兄仨，先后考入离山县一中。弟兄仨利用放假的机会给村民们讲述山外的世界。山外的世界真奇妙，村民们间接地从中知道一些与己无关、与娶媳妇生娃无关，但确实新鲜的故事。这些故事在村民中慢慢传递着，饭后大伙有了共同话题。“有知识就是不一样”的共识开始在山里人的脑海里有了印记。“拖拉机、割草机、播种机、收割机，电灯、电话，楼上楼下点灯不用油，耕地不用牛……”这些陌生的名词术语在人们的唠嗑中有了市场。新科学、新世界、新概念吹进山里人的脑海里。

现实生活再一次证明逢年过节的老传统老习惯没有得到丝毫的改变，人们依然在传统习惯中演绎着对生活的向往与追求。

要过年了，要分外敬重“家堂”“灶君”诸神，这是规矩。家家在灶台上要供“灶君神位”，在家里摆放主要家具的地方要供上“家堂神位”，家里抬头能看到的地方要贴上“抬头见喜”，家门外的墙壁上要贴上“出门见喜”的红色对联。时时见喜，处处见喜，才能喜上加喜。韩家三兄弟对于这些规矩就有所冒犯，不去点香，不去磕头。于是村里就有了议论：“难道有了知识就要忘了神灵，忘了祖宗？”议论的焦点在有知识和守传统上。村民们认为：“学了点文化有了点知识，连神灵和祖宗都不恭不敬了，还学啥文化？纯粹是往死里闹。算了算了，我们的娃是不去上什么学了！就守着这大山生活吧。”对于神祇的恭敬是山里人不可逾越的底线，任何人敢对神祇和祖宗的庇护有半点犹豫或是造次，就会遭到村民们的讨伐，甚至还会招致集体围攻。面对韩家三兄弟的作为，老韩家在村民中抬不起头，直不起腰，成天像贼一样在大家的围攻中度日。老弟兄仨后悔当初把三个孩子送出山外去学习，事到如今，只能在大伙的白眼中劳作，在大伙的指责中生活。

鉴于村上人的白眼，鉴于老韩家在村里的地位与影响，老韩家不能因为出了三个读书的孩子就把世代习俗给破了。过年了，正月初一了，一大早，韩老大带着三兄弟挨家挨户地给村里的父老乡亲拜年去了。利用这个机会来证明，韩家的娃们虽然在外面上学读书有见识了，但老祖宗留下的习俗没有断送在老韩家人的手上。

过年祝福，晚辈给长辈磕头那是天经地义的规矩。“老伯伯，过年好！给您拜年了！”三兄弟一排作揖，一排跪地叩头，一样的语言，一样的动作。贺家坬一九六六年的春节过得有滋有味，由此，出外读书与伦理习俗的讨论告一段落。

贺家坬村的生活习俗除了过年时一日三餐给家堂诸神点香叩头外，阴历二月初二要隆重地祈求财神降临。

二月二中午这顿饭要吃面条。全家人由大人带领，每个人端着一碗煮好的面条从大门外倒退着吸溜面条，一边倒退一边吸溜，一直从门外倒走回屋里，所吃面条始终要嘴不离面，面不离碗，一直吸溜回到家。村里人俗称“拉钱龙”。这道亮丽的风景每年二月二都在上演，亘古不变，神佑福来。二月二这天除了中午忙碌外，下午乃至晚上更是精彩。下午，家家要预先准备好炉灰，自己立在地上，然后叫别人拿了炉灰围上一圈，寓意“上帝庇佑”。除此之外，用炉灰还要画出“耙子”的图案，耙柄朝家门口，寓意“搂金耙子”往家里搂金。

老韩家家大业大。“搂金耙子”按照全家七口人，每人一张耙子，共画了七张。老韩家在贺家坬村是第一大户人家，这七张“搂金耙子”借以向村民们宣示着老韩家的经济命脉，在贺家坬算是开了发展经济的先河。

晚上，灯火齐明，用糯米制作的各式“糕灯”点在灶台上、水缸里、家堂前，院子里还要燃上葛针火。大人小孩都要佩戴左线线避邪，这左线线是用左手捻制而成，所以叫“左线线”。村风民俗约定俗成，没有哪一个人可以随意改变。二月二戴左线线，端午节戴五彩线、戴香囊，这流传百年的民俗活动，每年都被演绎得生动活泼、妙趣横生。

# 第十三章　再立新功

## 1

树林沟老百姓心里明白，如果没有省里工作组介入，齐建业还不知道要被渠杨一伙折腾到什么时候。

解放了的老主任，放下包袱重整旗鼓又披挂上阵了。运动中被耽误的时间必须以只争朝夕的精神抢回来！

齐建业解放了，重新工作了。重返工作岗位的齐建业决心下力气扭转树林沟的局面，努力追赶与先进社队所拉开的距离。农田水利建设再上新台阶，再出新举措，公社移山填沟造平原的大项目急需上马，时间不等人。

马不停蹄，舍弃困惑，齐建业始终以一个共产党员的标准去要求自己。运动使树林沟集体经济元气大伤，上马工程急需的启动资金也一时难以筹集。无论从老百姓的生活角度还是从树林沟本村的实际情况分析，当下大家需要休养生息。妥善处理好大项目与老百姓休养生息之间的关系是做好一切的基础。

一九六八年十二月，北京知青响应号召来到树林沟插队落户，接受贫下中农再教育的任务。知青们的到来给齐建业以莫大的鼓舞与鞭策。把知青们教育好带领好照顾好，齐建业肩上又增添了一份义不容辞的责任和担当。齐建业平时就是端上一碗饭也要到知青屋里坐坐，和知青们拉拉家常，看看知青们吃得怎样，住得合适不合适。农村生活单调，一般以粗粮为主，蔬菜也就是土豆、白菜、萝卜，没有城里生活好，几乎没有肉吃，饭菜里油水也少。即便如此，齐建业也亲自过问、亲自安排知青们的生活，安排豆腐坊、粉坊，每天要给知青的食堂供上豆腐和粉条，安排油坊定期为知青供上自己压榨的胡麻食用油。对加工坊也做了安排，把粮食一定要精细加工，一切费用由生产队负担。有齐建业的关怀，知青们的生活有了质的变化。对于老主任的关怀，知青们实实在在地感受到了以老主任为首的树林沟老百姓对知青们的关心和爱护。大家愿意接近老主任，愿意走近老主任。

农村所有的劳动都是农活，出力流汗，风吹雨打，一年四季风里来雨里去，忙活上一年能吃饱肚子就算不错了，一个工分值最好的时候也就是一块钱。这还是树林沟，在其他生产队可没有这么多。根据树林沟大队的生产实际，有的知青被分配到饲养组当饲养员，整天和马、骡子打交道。从饮水、切草、喂草、拌料、上料到清理牲口棚圈，整天与牲口们在一起。分配到生产组就要干农活，春播夏锄秋收冬积肥，农村就是这样。农村人一年与太阳为伴，上午出工，中午收工，下午再出工，傍晚收工，遇上特殊情况还要夜战加班。分配到农田基建队的到公社水库工地，冲淤打坝。有文艺爱好的知青在冬闲时到村里的宣传队发挥一技之长，参与文艺节目的排演。

北京知青比农村青年有能耐有文化，毕竟人家从小耳濡目染的比农村孩子们多，知识底蕴深厚。对京剧情有独钟者刘坚，对牲口饶有兴趣者关铁，在老主任的建议下分别到了村文艺宣传队和大队饲养室。兴趣和爱好都是做好工作的基础和动力，其他知青也根据自己的爱好和所需分别被分配到大队的其他作坊。

树林沟移山填沟造平原的战斗打响了，那是齐建业复出后亲自挂帅的战斗。开山炸石，炮声隆隆。其场面浩大，气氛热烈，空前未有。那迎风招展的彩旗，那你追我赶的滚滚车轮，谱写着树林沟人“敢教日月换新天”的豪迈乐章。

坚固的山石需要炸药，需要雷管，需要专业的装填手，更需要专业的爆破手。齐建业心里清楚每道工序的危险性、技术性，闹不好会出人命。

为了不影响工程进度，开山炸石的土炮必须在社员们上工前就得放完，这是铁律，谁也不能更改。为了安全起见，齐建业身先士卒担任炮手。

## 2

一九七三年冬天是一个寒风凛冽的冬天，尽管老伴黑妮把土炕烧得暖暖的，但他还是久久不能入睡。因为自从齐建业解放以后，离水地委就选派工作组进驻了树林沟公社。工作组的使命就是督促树林沟大队大干快上，把被耽误的时间抢回来。社里只有社员柴二小和马建荣靠得住。于是柴二小、马建荣被老主任点将了。多年来，柴二小无论是当年娶媳妇那会儿，还是以后的生产生活，都在老主任的关照下幸福美满。他一直跟随着老主任不离左右，柴二小生活得比蜜还甜。儿子、姑娘都考上了学校，都有了正式工作。只要老主任还有用着自己的地方，就一定会挺身而出。老主任、柴二小、马建荣组成了爆破突击小组，负责整个工地的爆破工作。为了确保万无一失，齐建业力排众议，没有他的参与，爆破不准进行。建业真的是时时处处把大家的冷暖安危记挂在心上。

柴二小是齐建业的铁杆弟弟。当初如果没有齐建业接济，婚事还不知会出什么乱子。正是有了齐建业的关照，在人生道路上，柴二小才生活得舒心自在。齐建业每天起早贪黑在工地上摸爬滚打，一个月下来，人都瘦了整整一圈。

看着老主任整天拖着疲惫的身子在工地上奔走，大伙其实很牵挂，也很担心。

黑妮嫂子着急得团团转。几只鸡平时下蛋还能供上齐建业吃，偏偏在这节骨眼上，母鸡们都趴窝了，连蛋也不下了。齐建业家过日子，从来都是依据自家条件来铺排生活，绝不会寅吃卯粮。顿顿省，天天省，一年四季都在省。要说鸡蛋这些奢侈品，自己养鸡下蛋，自家吃也就算了，要去买着吃，那可不是齐家过日子的规矩。由于工程吃紧，齐建业整天在工地上忙碌，眼看人都瘦了。家里连每天吃的两颗鸡蛋都接续不上了，黑妮嫂难过得心比针扎还疼。幸亏街坊邻居们悄悄送来十个八个鸡蛋。大伙的心意，黑妮嫂不自觉地收下了。在平时，这绝对是不可能的事。这事要是被齐建业知道，你赵黑妮可有好果子吃了。黑妮嫂子对着母鸡无可奈何地说："老祖宗，你们就帮帮忙吧，你看建业都瘦成啥样子了！"黑妮嫂第一次违心接收了邻里送来的鸡蛋，这是黑妮嫂子在实在没有办法的情况下才有的事，也就是那么一两回罢了。以后有再来送鸡蛋的，她都拒之门外。这事让大家很纳闷。与齐建业一起生活了三十年的黑妮，说话办事总带有老主任的影子，说不收就不收，没有劝解的余地。大伙心里牵挂着老主任，因为大伙心里明白老主任决心要把被耽误的时间抢回来，于是大伙都跟着齐建业干起来。

寒冬腊月，寒风分外刺骨，但在树林沟农田水利建设工地上依然是红旗招展，人声鼎沸。全村有劳动能力的人都上去了，不仅体现着获得解放重新工作后，齐建业成竹在胸、志向高远，更代表着树林沟人改造自然、向大自然要粮的坚定信念。黄土高原上的树林沟，虽然在以齐建业为首的一代人艰苦卓绝的劳作中变了样，在山北省也小有名气，但耕地面积都是些七零八碎的小块地，挂落在起伏不平的山岭上，耕种起来既耗时又费力，农业机械根本用不上。还是用传统的一个人赶着头牛扶着一张犁的耕作方法，从春耕到秋耕。要打农业翻身仗，要修建高标准梯田，要上机械化，向大地要粮，搞好农田水利建设就是大事要事。搞农田基本建设，在建立合作社时齐建业就有过设想，只不过是没有腾出手去干。现在机会来了，形势逼人，不抓紧当下，耽误了时间，自己就无法向党交代，向人民交代。

在省里，他遇到了省领导。老领导那殷殷嘱托，那期盼的眼神，让齐建业心里流淌着感激，脸上流露着喜悦。在齐建业命运攸关时刻，老领导说了话："让齐建业出来工作，有问题，慢慢来。"多年的关怀，齐建业矢志不忘，追赶先进的信心油然而生。学先进赶先进，矢志不渝，永不懈怠……

山岭还在，河谷依旧。顶着寒风，冒着严寒，像往常一样，齐建业家的公鸡按时挺起骄傲的胸脯在准时啼鸣。东方既白，齐建业与手持电筒的柴二小、马建荣他们都各自把腰带紧了又紧，生怕寒风灌进来。夜幕笼罩的天边，好多星星还在眨巴着眼睛凝视着树林沟农田建设工地——松树岭。

二十个土炮相继被点燃，那导火索发出耀眼的火光，在急速地燃烧。工地上预装的土炮接二连三地在爆破。在隆隆的炮声中树林沟又迎来了战天斗地的新一天。

马建荣把心都提到嗓子眼上了，1，2，3，4，5，6，7……17，18，19……一直在紧张地数着轰隆巨响。当数到第十九响时，居然有一炮迟迟不响，一秒，二秒，三秒……一分，二分，三分……时间一直在缓慢而艰难地向前延续着！天上不时有流星拖着一束光亮滑向山的那边。

## 3

树林沟村社员们在轰隆的炮声中都陆续出了村向松树岭进发。有肩扛镢头手拿铁锹的中年人，还有推着平车在你追我赶的年轻人，上百号人渐渐向工地涌来。

有一炮还没有响！难道有哑炮了……哑炮要及时排除！排除哑炮，柴二小义不容辞。在这危急时刻，齐建业挺身而出，挡在了柴二小前面。

"二小，你快下来，我去看看究竟，有什么情况我好处理。"

“主任，你不能去。哑炮危险！”

“有危险，当然是我去了！”

“主任啊，你千万不能去啊……”炮手柴二小、马建荣异口同声地劝说他们尊敬的老主任。

“你俩，听话！这是命令！”

齐建业与柴二小、马建荣三人都要争着去排除哑炮。

“老主任，还是我和二小去吧！后面有什么，你好张罗。”

“你俩谁去都不合适！听好了！快撤下！快！”

柴二小力气比齐建业、马建荣大，左右两手把老主任和马建荣按倒在地上，火速扛了一把铁锹奔向炮区。这二十个土炮，从东向西一字排开，到底是哪个炮位没爆破？他们三个人心里都没底。英雄柴二小径直向炮区跑去了。

很快，齐建业、马建荣也都上来了！在这千钧一发之际，老主任大喊：“不好了！快卧倒……”在危险即将发生的刹那间，老主任一个箭步扑上去了！

为了掩护柴二小，为了掩护马建荣，老主任毅然扑向了轰然起爆的炮位。然而一切都晚了，人们不愿看到的场面出现了。在这生死关头，三个人都是为了保护他人抢着去处理险情，三个人都在轰隆炮声中倒下了……

群山颔首，河谷静默，山谷凝滞，连稀疏的不愿眨眼的星星都不见了踪影。树林沟——天塌了！

全村人涌向了事故发生地——松树岭。全村人哭天喊地，全村陷入了空前的悲痛中。大家哭喊着，大家万分悲痛，千言万语汇成一句话：“老主任啊——你不能走啊——”

齐建业的壮烈牺牲引起离山县及山北省委的高度关注。隆重的追悼会在离山县县城举行。山北省委、离水地委、离山县委和县级各单位各机关的人们都来了，大家怀着无比沉痛的心情从四面八方赶到离山县县城，送别全国著名劳动模范——齐建业。

# 第十四章　深切的怀念

## 1

领头人走了。树林沟的天塌了！树林沟公社隆重举行全公社追悼会。全公社一万人怀着沉痛的心情，早早赶到树林沟为老主任送别。羊角村的人来了，贺家坬村的人来了，全公社的人来了，人们怀着一颗与老主任割舍不下又无比疼痛的心来了。悲恸笼罩着树林沟。大家为失去一位一心为公、无私奉献、刚直不阿、鞠躬尽瘁的老劳模、老党员、老主任、老书记、老社长、老邻居、老长辈而流泪，千声哭，万声悲，汇集成一句话：老主任，你不能走，我们离不开你，我们不能没有你，树林沟离不开你，树林沟的山山水水离不开你。

领头人走了。树林沟的天塌了！自此，农田水利工程停工了，离水地委派驻树林沟的工作组也撤了，汪云组长夹着一个包包灰溜溜地走了。

人们在整理齐建业遗物时，发现齐建业没有留下任何值钱的东西。他去东欧十国时国家配发的呢子大衣，以及三十年来国家、省、地区、各级党政部门颁发的各种奖章、奖状、奖杯及多张珍贵的照片都被珍藏在大队陈列室里。

树林沟父老乡亲按照当地习俗，把树林沟历史上最受尊敬的三位烈士厚葬。在吊唁哀悼的那三天，全村人跪在灵棚前烧纸点香叩头。那一声声痛哭，那一声声仰天长叹，都难以表达父老乡亲对失去三位英烈的悲痛欲绝的心情。

黑妮嫂从悲痛中倒下站起，站起倒下……在人们的搀扶下多次晕倒。因为她清楚，出事的那天早上，建业竟没有吃上平时每天都能吃上的那两颗鸡蛋。“建业啊！我的建业啊！我对不起你啊！我对不起你啊！你走得这么急，你连每天吃的两颗鸡蛋都没吃上就走了。我给你送鸡蛋来了……”老伴黑妮嫂双手捧着一碗煮好的鸡蛋跪着放到齐建业灵前的供桌上。

“我跟你去了——我给你送鸡蛋来了——”无比悲痛的黑妮嫂又一次晕了过去。现场的人们无不为此动容，哭喊声再一次席卷哀悼现场。

按照习俗，树林沟全村人出殡前三天都要穿孝服，守灵三天。在这三天里，整个树林沟公社及其所属机关中与齐建业有过交往的各个级别的人都前来向英烈告别。

老主任生前没有因为私事有一个仇人，即使有一时不理解，那也是因为集体，因为集体利益，因为集体利益而落下的个人恩怨。随着时间的流逝，那些曾有过一时不理解，甚至还闹过不愉快的人都慢慢回心转意，理解了老主任的良苦用心。

树林沟公社各机关所有工作人员都来了。为了老主任未竟的事业，大家纷纷表示要继承老主任遗愿，把树林沟社会主义事业办好，为老主任交上一份满意的答卷，告慰老主任在天之灵。

崔良来了。颤巍巍地执杖而行，满脸泪水，无尽悲痛让他晃晃悠悠，好在有家人搀扶。年龄虽比齐建业小，但他是长者，他执意要为齐建业烧纸点香叩头。

原上清院长来了，蒋小姣来了，公社卫生院所有医生、护士都来了。

贺家坰村，韩家“三根”来了，所有曾与老主任有过交往的人都来了。

对老主任无比尊重的知青们来了，老主任是他们在树林沟村认识的第一位亲人，他们有很多话要对老主任说！无尽的悲痛，只能化作无尽的思念。

徐书记来了，魏书记来了，这两位老主任的老搭档老战友闻讯赶来，也悲痛欲绝：“老哥，我们看你来了，你不能走啊！树林沟这一摊子离不开你啊！”有些昏晕的两位老书记被人们搀扶着，颤巍巍地烧纸点香叩头，都按当地习俗向老主任告别，向老战友告别。

老校长苏旺来了，农中的发展离不开老主任啊！

南山颔首，南河湾河水呜咽。大家因为失去自己爱戴的老主任，为失去全公社的主心骨，都涌向了树林沟。这当中最为引人注目的是马里村老社长薄青一家老小，全家老小十口人从十里外扶老携幼一路赶来。全家人都知道，当年如果没有老主任出面，薄青的命是不可能被抢救回来的，薄青的命是老主任给的。这救命之恩还没有及时补报，老主任就走了。摞摞纸钱烧了一刀又一刀，一炷又一炷黄香点了又点。再多纸钱、再多香火也表达不了人们对老主任的怀念和失去之痛。那一叩三拜、那无尽哀思都难以表达人们对老主任的怀念与尊敬。

齐建业的英雄壮举得到离山县县委高度重视，县委研究决定授予齐建业“革命烈士”称号，并颁发了革命烈士证书。

树林沟南山松涛阵阵，南河湾果树林沙沙低吟，北山层层梯田、改沟坝地菜园里，都记录着老主任忙碌的身影。树林沟饲养场成群的马匹，一排排房屋，闻名遐迩的农业中学，中西医结合救死扶伤的医院，都清晰地记载着老主任为之付出的心血。林场、牧场、农场、农机厂、六畜兴旺功勋卓越的配种站、粉坊、油坊、豆腐坊、牛奶场、幼儿园，教学成绩斐然的农中……树林沟哪一处与群众密切相关的场站及单位里没有老主任的心血？树林沟的每一寸土地上都有老主任的足迹。老主任的一生是致力于让大伙过上好日子的一生。老主任一辈子从来没有为自家置办过一件家具，唯一的窑洞还是土改时在大家强烈的呼声下才给分下的。老主任，你这一辈子生为大伙生，死为保护群众死，你赤条条来，又那样壮烈无畏地为保护群众离开，你这一辈子是受人敬佩爱戴的。人们能接过你的遗志继续把树林沟的事办好吗？

清明时节雨纷纷，路上行人欲断魂。借问行人哪里去，树林沟里祭亲人。每当清明时节，每当老主任遇难的忌日，怀念老主任的人们络绎不绝。人们怀念他追思他，是因为他曾为之奉献的事业需要后继有人。一夜之间仿佛豆腐坊的豆腐也不那么香了，油坊的油也不飘香了，着实让人担忧，让人心慌。人们的追思与怀念自然会落到清明节和老主任不幸遇难的忌日上来。大家深深悼念，借以表达对英雄的深切怀念。

## 2

树林沟村的变化引起了离山县县委的高度重视，对树林沟公社及树林沟大队领导班子做出了调整。由齐建业战友柴二小长子柴树林任树林沟公社党委会副书记兼树林沟大队书记。柴树林本应该高中毕业后继续去考大学，但由于运动，大学早已停止了招生，所有学生高中毕业后只能回村务农。柴树林没有辜负上级党组织的厚望，毅然接过父辈重担，激流勇进。父辈艰苦创业的精神，柴树林从小耳濡目染。

柴树林继承父辈遗志移山填沟造平原。工程的前期是水库，蓄水养鱼，后期淤泥淤积到一定高度，洪水就会从溢洪道泻走，上万亩可耕土地便是人造平原的改写版。

左右高大陡峭的山梁锁住了狭窄的山谷，两台大马力抽水机从谷底截流的湖水里抽水上山，那泥土遇上猛烈的水流化作滚滚泥浆冲到谷底，乖乖地流到人们为它设置的土坝里。冲淤青年突击队员们在左右山梁上相互鼓舞，效果不错，农田水利建设紧锣密鼓地向前推进着。

时间转眼到了一九七五年，大学开始招收工农兵学员。树林沟公社，树林沟大队首先推选柴树林去上大学。上大学是每个知青梦寐以求的好事大事，但鉴于树林沟现状，柴树林陷入了两难的境地。去上学吧，自己有悖父老遗愿，新建拦洪大坝还在关键期。不去吧，机会难得，失此机会，将会终生遗憾。在这人生的十字路口，还是乡亲们举荐他，推选他去上大学。上什么样的大学，当然是农业大学，山北省就有一所农业大学。柴树林没有犹豫，第一志愿就是山北农业大学农学专业。

柴树林即将离开他深深眷恋的树林沟去省城上学了。在去上学以前，按照公社党委会要求，他对相关工作做了移交。经过树林沟公社党委会慎重研究决定：树林沟大队第一书记由齐建业的姑娘齐媛担任。齐媛从高中毕业回村参加劳动锻炼已经两年多时间了，两年来，齐媛自觉接受大队安排的一切工作，刻苦磨炼自已，迅速成长，她没有辜负大家的期望，在工作上已能独当一面，是继柴树林后树林沟老百姓放心的好苗苗。公社的决定符合群众心愿。所以，柴树林去上学是放心的。柴树林对齐媛担任大队书记充满了希望，希望齐媛不负众望，把树林沟父辈未竟的事业继续向前推进。

临走前，柴树林漫步在村里各个角落，从养殖场到牛奶场，从砖场到关系民生的各个作坊，从瓜果飘香的南山到北岭的层层梯田，再到公社各机关各单位，这块曾养育过他的热土牵挂着他，让他依依不舍。这里的一草一木都流淌着父辈为之奋斗过的足迹，为了树林沟的今天父辈们把生命都搭上了。在南河湾果林深处，在烈士墓前，柴树林默默哀悼，默默宣誓：为了树林沟的明天，我会回来的，我会挑起担子，将树林沟打造成山北省农村和农业现代化的先进地方，要与全省的先进社队相媲美。

神圣的大学殿堂吸引着来自五湖四海的莘莘学子。在山北省农业大学农学专业学生公寓1201房间里，柴树林的上铺是他的离山县老乡，离山中学老同学钱洛长。一个宿舍八名学生住在一起，就是一个小集体。八名男子来自不同地区、不同工作岗位上，为了学业，为了美好的未来，相聚在一起。柴树林的年龄最大，大伙就称呼他柴老大。柴树林内心虽然有些不悦，但第一次与同学们相处，碍于情面也就应承了同学们的称呼。三年的时光很短暂，三年后大家又各奔东西，走向人生的下一个阶段。

夜幕降临，华灯初上。忙碌了一天的学生们陆续回到自己宿舍，简单洗漱后便一骨碌地钻进了被窝，蒙上被子仔细梳理着大学生活的一点一滴。

柴树林脑海里翻动着树林沟父老乡亲们在村口送别他上学时的那一幕又一幕：乡亲们一次又一次地叮嘱，那久久不愿松开的手，柴树林明白其中的殷切嘱托。树林沟离不开他，他离不开树林沟。那里有他割舍不下的父老乡亲，更有他割舍不下的工作。各项工作刚刚走上正轨，齐媛是能干的，但她毕竟是一个女孩啊！

“我会回来的！大家放心吧，我一定回来和大伙把树林沟建设好！”

“树林，你还会回来吗？”

“一定回来，一定回来……”

柴树林的承诺和誓言能够兑现吗？从政策上来说，工农兵学员不包分配，原则上“社来社去，队来队去”。但在这象牙塔里，在这出类拔萃的同学中，万一你被哪个同学吸引上了，怎么办？你还有那么坚定的信心吗？你还能兑现当初的承诺吗？

开学第一天的场景反复出现在柴树林眼前。几年工夫，高中同学魏蓉文静、秀丽、端庄，已经出落得体态丰盈，宛若天上仙女下凡……难道还真有破镜重圆的神话吗？她就是我曾经追求的目标与希望吗？一种难以控制的烈火在柴树林心中燃烧着，并且越烧越旺。

誓言与现实的矛盾在激烈交锋：树林沟父老乡亲们的殷殷嘱托无时无刻不在他耳畔萦绕。“一定会回来的！”的承诺与眼前美若天仙的同学在柴树林内心激烈地争斗，猛烈地碰撞。柴树林想挣脱内心的煎熬，一骨碌倒在床上蒙上被子想把刚才的所想忘个一干二净，让睡眠赶走一切。

曾经的誓言与现实在柴树林内心激烈地争斗着……

衣着大方，大眼睛、柳叶眉、白里透红的瓜子脸。亭亭玉立的身段，活脱脱一个舞蹈艺术家。走起路来，轻盈，婀娜。一开口，那诱人的皓齿分分秒秒都在吸引着你。言谈举止也那样得体，那样无可挑剔，偏偏又是邻桌。本来早已泯灭的爱恋又重新擦出耀眼的火花。高中时期的老同学魏蓉的吸引力太大，让柴树林割舍不下。生活节奏加快了他与魏蓉接触的频次，一块儿上图书馆，一块儿上实验室，一块儿上街，一块儿上电影院，这多次的“一块儿”把柴树林和魏蓉紧紧地绑在了一起。那不自觉的关心与帮助都化作习以为常的行动。帮魏蓉从水房拎暖水瓶，为魏蓉到图书馆抢占座位或寻找急需的资料，这些微小事柴树林做得天衣无缝，他俩的心灵由此开始了碰撞。

相约一场电影，相约一次商场购物，他们手牵着手。他们在一起的时间确实变多了。

这初来乍到，人家柴树林先下手为强，一下子就恢复了早已过期的爱恋。当别人还蒙在鼓里的时候，老乡老同学钱洛长有了察觉。

夜深人静时，远处施工塔吊上刺眼的灯光依稀射进1201室，光影斑驳陆离。睡在上铺的钱洛长从上铺下来钻进柴树林的被窝。

“你狗日的，数你搞得快！没几天工夫就搞定了。”钱洛长一掌拍向了柴树林。

“小声点，其他同学还在睡觉。你还没睡？净想些没门的事。”

“没门的事，我看门道大着呢。看那两条腿，跑得那么勤快，如果没门，你整天疯了，算你有眼！”

“快去睡吧，不要瞎嚷嚷。此事，就此打住。八字还没一撇呢。”

“继续巩固、继续延伸过去的感情，天赐良机而已！”

“说死灰复燃有点不妥，说旧情复发比较准确，有你的！”

钱洛长一翻身又上了自己的上铺。

钱洛长的提醒不无道理。其实柴树林与魏蓉的交往还是很隐蔽的，毕竟刚入学不久。既然同学们都有了觉察，与其躲躲闪闪，还不如堂堂正正，公开行动。于是他与魏蓉来往得更密切了。

魏蓉对柴树林的身世有了进一步的了解，柴树林对魏蓉这个出生在离山县干部家庭的闺秀也有了更深入的了解。双方对彼此都有爱恋之情，许多共同点紧紧地把他们连接在一起。魏蓉特别欣赏柴树林能够带领老家树林沟大队的干部和群众大干农田水利建设，她对柴树林有一种莫名的羡慕。时间在改变着生活。在大学校园里，虽然谈恋爱学校不是明文限制，但也不是特别提倡。大多数学生在这种似禁非禁的环境中用自己的方法生活学习，让每一天都很充实。

看着人家柴树林旗开得胜，短短几个月就有了心满意足的收获。钱洛长这个烈性汉子坐不住了，他也不甘落后，主动出击，但凡有集体活动，他都要表演上一番。凭借他那与生俱来的好嗓子，那圆润的男中音打动着每一位同学，这种表演让一大帮女生神魂颠倒。不少女孩跟他主动搭讪，时间不长，钱洛长身边能歌善舞的女学生就围了一大圈，这自然是钱洛长最愿意看到的效果。但那么多的女孩子，不可能个个“收入囊中”。随着时间流逝，一个叫“百灵鸟”的女孩子进入了钱洛长的视野里。她虽然不是那么白皙，但那亭亭玉立的身姿，那灼灼闪烁的两只大眼睛，分外迷人。

还是熄灯后静静的夜晚，钱洛长从上铺下来钻到下铺柴树林被窝里，又是一巴掌。

“你觉得夏菲怎样？”

“夏菲，挺好啊。”

“你怎么只往魏蓉那儿想，也不替老弟把把关，号号脉。你怎么这么自私？”

“这么复杂的校园，这么多女孩子，萝卜白菜各有所爱。我看你小子有目标了，这两天与夏菲走得近了？既然第一感觉好，第一感觉触动了你，那就吃了秤砣铁了心，定了吧。我给你就两个字：‘追吧！’不要三心二意，不要瓜地里拣瓜，拣得眼花。”

“柴树林，你好样的，我还不知道你那两下子。就是凭借那一股子蛮劲，一股子狠劲取胜。你根本还没来得及在花前月下徘徊，也没有在灯红酒绿前玩乐。你就是一头猛兽，你是干柴遇上了烈火，一点就着，骤然升温，骤然成功的。”

“那你就细水长流，慢慢缠绵去吧。什么事不都是趁热打铁才能成功？当你还在犹豫，还在徘徊时，说不定，螳螂捕蝉，黄雀在后。不用犹豫了，人家夏菲好样的，各方面都是佼佼者，追吧。抖起精神不松劲，一股子气追到底。到时，老哥为你庆功，喝你的成功酒！”

“你那锦囊妙计也不给老弟透漏一点点，好让我胸藏韬略，打一场漂亮的爱情攻坚战。”

“按你所想，都要布局谋篇，沙盘推演了。谈恋爱哪有什么套路，还锦囊妙计哩。一句话，不，一个字，‘爱’。爱是根本，爱就是方法。总结下来说，心上是一个字‘爱’，行动上也是一个字‘追’，才能把心仪女子拿到手。”

3

树林沟大队老主任不幸牺牲，柴树林上大学，仿佛一夜间变了天。幸亏有齐媛及时补位，大伙才不至于没有了主心骨。因为大伙习惯了跟着领路人干，跟着领路人迎来朝阳送走晚霞地生活。这一下子，树林沟历史上两个重要人物，一个长眠于南河湾果树林，一个远走高飞上大学了。剩下老百姓有苦向谁诉？有事找谁拿主意？齐媛深知自己驾驭整个树林沟有一定压力，虽然自己从小在老父亲那里耳濡目染了父亲的优秀品质，但当自己要独当一面的时候，总感觉有点力不从心。幸好北京知青中有个叫汪萍的女知青鼎力相助，才感觉担子有所减轻。知青汪萍从北京到树林沟后就一直与齐媛以姐妹相称，不自觉地成了老主任家的常客。老主任不幸牺牲同样给北京知青汪萍带来很大痛苦。眼看着齐媛工作有压力，知青汪萍有很多想法，她能帮齐媛做点什么？齐媛很欣赏北京知青汪萍在紧要关头毛遂自荐的行为。在齐媛的推荐下，经过树林沟公社党委同意，知青汪萍做了齐媛的副手，帮助齐媛共同振兴树林沟的各项事业。

这位来自北京的知青在树林沟和老百姓相处了七年，大家从心底佩服这个曾经稚嫩的北京姑娘。七年来，在她的带领下，树林沟的文化生活跃升了一个全新的台阶。全村人从过去的《芦荡火种》《箭杆河边》《千万不要忘记》老三样话剧中走出来。知青汪萍插队落户到树林沟后，为村里话剧团注入了新的活力，在知青汪萍的努力下，话剧节目焕然一新，演出剧目紧扣时代步伐，演出质量明显提高，为广大群众所喜闻乐见。知青汪萍作为公社补贴干部，蹲点树林沟，协助齐媛，全力做好树林沟的工作。

齐媛与汪萍搭档共同率领大伙治理树林沟山山水水，大伙都默认了。相信树林沟明天会更好。

东山水库扎坝冲淤造平原工程依然如火如荼，战斗在工地上的青年突击队依然那么精力充沛，那么斗志激昂。这个外表文静典雅端庄秀丽的女知青，她的一举一动都在吸引大伙表现青春的冲动。毕竟人家是生在北京长在北京的知青，你树林沟里的山娃子，祖祖辈辈生在黄土高坡，长在黄土高坡，有这么漂亮的女孩子在指挥你，还不知你是哪辈子修来的福分。在感情问题上不管实际距离有多么遥远，在青春烈火的燃烧下，大伙挤破头皮往知青汪萍跟前聚拢，生怕掉队。所以汪萍工作起来顺风顺水，一般不会出现太多的困难或曲折。

东山水库建设到了收尾阶段，溢洪道也如期竣工。蓝蓝的湖水倒映着群山，碧波荡漾的人工湖迎来了无数野鸭及多种水鸟。按照计划，鱼苗也及时进行了投放。投放鱼苗那天，水库大坝上彩旗飘扬，人群涌动，人们为了水库的竣工欢欣鼓舞。鱼儿们都有了自己的家，青年突击队何去何从？其实知青汪萍早有计划，只不过是队伍有个重组的过程，其中有的队员要被留下，有的就要回原来村里。这个秘密还处于保密阶段，原因很简单，大家都不愿离开这个北京姑娘。

天有不测风云。六月的太阳分外炙热，整天与汗水打交道的年轻人多么渴望在这碧水中洗净浑身汗臭啊！那黏糊的汗水把衣服沾到身子上都快发霉了。黄土高坡上的农村人既没有洗澡的习惯，也没有洗澡的条件。难耐的大热天，汗津津的，实在叫人难以忍受。

午饭后，在突击队生活即将结束之际，心里有底，估计自己十有八九留不下的青年已打捆好行李准备返回各自村里。突然有人提议到水库里洗上一回盼望已久的澡。一呼众应，二十来个血气方刚的年轻人涌向了水库。在水库大坝上，有人徘徊，有人犹豫。从小在山里长大，从来没见过这么大面积的水，那清凌凌的水面上，野鸭们在嬉戏在捕食。微风吹来，涟漪泛起，倒映在水中的山也扭起了舞蹈，惹人注意。大伙都不会游泳，谁也不敢冒险下水，你就是再渴望去水里洗洗满身汗臭，也不能把自家性命搭上去冒险吧？然而，清凌凌的湖水实在吸引人，那吸引力绝不亚于知青汪萍。

“有人下水啦——有人下水啦——”顺着喊声，只见三五个年轻人沿着溢洪道的水泥台阶在小心翼翼地往水里走。湖水慢慢地没过小腿、大腿、屁股、腰部，他们还在嬉戏，还在互相泼水打闹，当湖水没过头顶时，有人就呛水了！就喊救命了！在堤坝上观望的人们慌了，慌忙跑回村里喊人救命。

“救命啊——快，快救命——”

“有人落水！救命——”

# 第十五章　树林沟的新篇章

## 1

正在公社开会的知青汪萍听到呼喊，火速赶往水库。说时迟，那时快，知青汪萍三两下脱掉全身衣服扑通一声跳入水中。一分钟，两分钟，三分钟，时间在一分一秒地过去……人们在万分焦急中等待，大家都为知青汪萍捏一把汗，不知如何是好，怪就怪这些不知深浅的年轻人。在人们万分焦急的时候，只见汪萍浮出水面吸了口气后，随后又潜入水里，看来汪萍的潜水水平属实有两下子。

落水青年终于被知青汪萍在水下找到，并拖着浮出了水面。在大伙的帮助下，落水青年被抬上了堤坝，人已没有了呼吸。知青汪萍不顾一切地为落水青年做人工呼吸，她已经浑身湿透，抢救还在继续进行。尽管抢救竭尽了全力，但始终没有把溺水青年从死亡线上拉回来。曾经跟随汪萍奋战水库工程的年轻人，就这样无视水的危险自白把性命葬送在这碧波荡漾的人工湖中了，说来叫人心疼。事发时，知青汪萍正在出席公社会议，研究水库建成后的后续管理及运行工作，还没行文，还没出示警示牌就出事了。群众安全大如天。保护群众利益，保护群众的生命安全，每时每刻都含糊不得，松懈不得。

一介女子在紧要关头，义无反顾，临危不惧下水救人的举动震撼并激励着救人现场的所有人。知青汪萍冒着生命危险下水救人的事迹在树林沟被迅速传播开来，那些亲眼看见知青汪萍下水救人全过程的年轻人更是啧啧称道，赞叹不绝。事情过后，人们才慢慢知道，原来人家知青汪萍从小就在北京接受过专业游泳训练，密云水库人家都去过，树林沟这一洼水在知青汪萍眼里根本算不了什么。知青汪萍对落水青年在胸脯上双手上下挤压的动作，在场青年们还是第一次看到。在那种危急关头，救人要紧。那丰腴白嫩的肥臀、丰满隆起的乳房、圆润光滑的手臂震撼了多少在场的年轻人，“天下美女”的雅号由此诞生。这个心无旁骛、全力救人的女子并没有在意这些说道，继续投入她所奉献的工作中去了。她依然义无反顾地带领树林沟老百姓在建设社会主义新农村的道路上继续前行，为老主任未竟的事业鞠躬尽瘁。

贺家坬老韩家“三根”就读的离山县中学因为运动洪流让三个“根”到了没有学可上的境地，兄弟仨都返乡和父老乡亲们一起过农家生活。自从渠杨被提拔为公社领导后，村里的学校就一直处于关闭状态。老韩家“三根”把学校收拾了收拾，贺家坬学校又开办了。兄弟仨分工明确，韩大根任校长，韩二根教语文，韩三根教数学。韩大根虽然是校长，但所有副课都由他代课。贺家坬小学因此被誉为“三根小学”。

三根小学的开办，吸引了周边村子里许多老百姓。他们找上兄弟仨，让自己的孩子在三根小学上学。一个学校的开办，生源是首要的难题。有了生源，一切都好说，所以，来者不拒。只要愿意来三根小学上学的孩子，三根小学都应收尽收。

根据树林沟公社联合学校的要求，这个纯民办学校也要纳入树林沟公社联合学校的管辖范围。按照所有农村普及七年教育的要求，三根小学几年工夫就办成了一所像模像样的七年制学校。生源的扩充，师资队伍的壮大，三根七年制学校从原来的“窑洞学校”逐渐变成了有教室、有办公室、有宿舍的学校。虽然规模不能和人家公社学校相媲美，但至少解决了周围十里八村所有学龄儿童上学难的问题。

开门办学，自筹资金。林业局每年都要到山里整林，植树。贺家坰三根学校有条件就近开门办学，组织学生为林场整林。学校组织六年级以上的学生整林，每年也能得到一笔可观的收入。贺家坰沸腾了，有回响山谷的钟声，也有学校琅琅的读书声，贺家坰村变了。无论是人们观念的逐步改变，还是老韩家“三根”办学的成果，人们慢慢地从旧观念中走出来，慢慢地与传统的山里观念决裂，洗刷着贺家坰村闭塞的风土人情，闭塞的山村文化。人们有了知识，眼界开阔了，去社会闯荡的想法油然而生。老韩家“三根”给山村贺家坰带来了新的生活，曾笼罩在贺家坰村的“山岚瘴气”也慢慢消失了，人们逐步开始理性思考，理性生活。

走出去闯荡、走出去闯世界的信念支撑着每个贺家坰村的人。观念在改变，人们的生活方式也有了全新的改变。村里年轻人，有的去当兵保家卫国，有的从村里七年制学校毕业到公社农中继续学习，有的进离山县艺校学习戏剧表演，有的上县里“五七大学”深造，有的拜能工巧匠学手艺。凡此种种，文化知识掀开了贺家坰村发展变化的新格局，知识给大家插上腾飞的翅膀。山里人走出去闯世界的脚步越来越坚定，越来越豪迈！

不管是校园湖水边，还是草坪长椅上，总能看见一些年轻人在那里徜徉，这就是山北农业大学的校园。紧张的课堂、废寝忘食的实验室生活之外，这闲暇是对紧张学习生活的一种释放。这种释放是诗意的，哪怕是一场喋喋不休甚至是面红耳赤的争论，还是默默无语脉脉含情的默许，这都是校园生活的一个特写镜头。柴树林、魏蓉在这镜头中不知留下多少身影。钱洛长与夏菲也不甘落后地加入这庞大的队伍中来，他们都在互相道贺，互相鼓励。

远在千里之外的韩家三弟兄把老学长们的荣耀当作自己发奋的动力。相比之下，人家是高等学府的莘莘学子，自家弟兄则在这深山老林里生活，奉献青春。命运在于上苍的安排，一样的校友，一样的青春年华，人家有机会上大学，咱就得钻山窝。不管上帝怎样，人活着就要努力，就要奋斗。如果你一味怨天尤人，就休想有什么大作为。

教书是忙碌的，但也是充实的。每天面对六七十号学生，既当教师又当厨师，弟兄三人想办法把学校生活安排好把学生照顾好，遇上头疼脑热感冒发烧，还得准备一些日常用药。韩家弟兄办学成绩斐然，勤工俭学既免除了学生的学习费用，还先后为学校添置了不少教学用具。修整学校，一切从简办学，能省俭的，就绝不花费，勒紧裤带过紧日子。

韩家弟兄仨办学成绩得到了公社肯定，树林沟公社对其进行了表彰。对于“三根学校”因陋就简，因地制宜，灵活的办学模式在全公社进行了推广，韩大根还出席了离山县教育系统先进表彰大会。

有了好评，有了上级的关怀与照顾，弟兄仨义无反顾以更大的热情投身教育教学工作中，立志有更大的作为。为老百姓服务，为山里孩子服务，三弟兄找到了自己的归宿，找到了为此奋斗终身的目标。

县里给了树林沟公社三个公办教师转正指标，经公社党委会研究，其中韩家弟兄就有一个转正指标。面对这僧多粥少的状况，这吃供应粮赚国家薪水的好事是那么诱人，是求之不得天上掉馅饼的好事，然而韩家弟兄对这突然降临的福分，却有点不知所措。

论贡献论付出，韩大根转正理所当然，但在老韩家血脉中，没有这种见利就伸手的传统。首先韩大根是不会接受这个特殊礼物，那么给老二吧，老三会怎么想？经过艰难的抉择，韩大根决计把指标给公社退回去。这全县两千人求之不得的好事，到了韩家弟兄那里却成了烫手山芋。公社联合学校郑重研究决定韩大根为转正对象。老韩家有史以来第一个吃皇粮的人出现了。

离山县教师缺编太多。全县三千多名教师，公办教师缺编两千多名，大多数教师都是本县初高中毕业后返乡的知识青年。如何补上编制上的缺口，如何让教师迅速补上教师的必修课——教育学、心理学，离山县教育局请示上级并得到批复，同意离山县依托离山县中学的师资力量分期分批举办师资班，借以解决离山县教师再提高再学习之难题。

机会来了，根据县里统一安排，进行统一的招生考试，韩二根、韩三根毅然报名参加考试。凭借两人的实力，考上师范班应该是十拿九稳。为了吃上皇粮，为了挣上国家薪水，兄弟俩难道真要抛下在这里求学的学生吗？仅凭老大还能把学校继续办下去吗？

车到山前必有路。韩大根在两个弟弟报考师范班那会儿，早已与社办农中打过招呼，且公社早有为贺家坰学校调配老师的打算。

离山县中学师范班正式开学了。依照学校的编班顺序，两个师范班分别被编为八班和九班两个教学班。在这一百名学生中，大部分是农村在职任教多年的教师，也有一小部分是刚刚在七年制学校毕业的学生，年龄参差不齐。

学习生活既紧张又严肃。来自教学一线的哥儿俩在各自班里均被同学们推选为班干部。年龄稍微大点的，在学习上轻车熟路，好像在复习功课，费不了多大力气。现实告诉兄弟俩，不管在学校里，还是走到离山县城的大街上，师范班学生分外惹人注目。上师范意味着毕业后将会有一份稳定的工作，是在离山县将要吃上皇粮的第一届师范生，仅凭这一点就有足够的资本去撞击爱情城堡。精神上的优越感促动着兄弟俩有底气去寻找未来的另一半，毕竟年龄有点大了。

不过，土生土长的兄弟俩还是比较传统，面对有意的女孩，明明人家在暗送秋波，自己还若无其事地不敢表明心意，去俘获芳心。兄弟俩私下里都讨论过彼此的感受与见解，上师范的初衷也不敢让他俩有多大作为。学校明文规定：“在校学生不准谈恋爱，不准搞对象，更不准私自离开学校。”苛刻的“三不准”把每个有恋爱之心的学生给绑得死死的，你若触犯了规定，那你就是拿饭碗做赌注。如果越轨，那渴望已久吃皇粮赚公家钱的愿望就会一去不复返。爱恋之心人皆有之，一时冲动会把你送上后悔的深渊，让你追悔莫及。兄弟俩的共识促使他俩振作精神，把爱深深地埋在心底，互相勉励：千万不能有任何蛛丝马迹引起校方警觉或是任何事实上的指证。

埋在心底不能吐露的爱是折磨人的。成年男子谁不想拥有一位温柔可亲的女子相伴？长远的征程，潜心的追求，迫使你动弹不得，犹如箭在弦上想拉弓，但臂力不济，只能在那比划比划。韩大根临行前的忠告，韩家祖传做人的传统，不能因小失大，不能让贪婪影响了未来。收敛吧，回避吧，忍受吧，煎熬吧，把精力都倾注于再提高上吧。

利用学习机会，把乐理知识好好挖掘一下，把乐器演奏技巧再提高一下，为做一个全科教师努力再努力。在农村，做教师得有百科知识，仅有一点数理化书本知识根本适应不了农村教育教学所需，多年的教学生涯让韩家弟兄明白自己哪些方面能力不足。乡村教育对教师多学科性的要求，迫使每个教师要百般武艺样样精通，不像城里学校都由科班出身的专职教师来分科教学。在乡下搞教学，教师要做全科教师，这个要求对于每个任职乡村的教师是起码的，也是必需的。补齐短板形势逼人，再不抓紧这宝贵的时间，将会后悔终生。思路调整了，对于眼下这剪不断理还乱的恋情，再加上校规校纪之约束，只能深埋心底，用最大的勇气修炼最大的成果，力争学有所长，学有所成。

诗意的校园生活一转眼就过去了，柴树林、魏蓉二人面对毕业有些不愿离开。三年里，他们在这里收获了学业、收获了爱情，钱洛长和夏菲也有同样的感受。时间紧迫，离校时间已进入倒计时。割舍不下的情结，无法挽回的时间，时不我待，机不再来。挑选精美的毕业留言簿，成了每位学子的第一要务。省城各大商店几乎都跑遍了，成功总是青睐那些善于付出劳动的人。柴树林魏蓉、钱洛长夏菲整日成双入对的倩影留在了山北农业大学的校园里，留在了山北农业大学的记忆里。不管是周末晚会，还是毕业季联欢会，都留下了钱洛长和夏菲的优美歌声。

## 2

面对毕业，面对“社来社去，队来队去”，对于三年紧张而又充实的大学生生活，他们很是依依不舍！再上假山，再度曲桥，再倚栏杆，再远眺碧波荡漾的燕然湖，那割舍不下的情结，那不愿离开的酸楚一阵阵地袭上心头。离开是早晚的事，去留已成定局，美女夏菲愿意跟随钱洛长回黄土高坡上的离山县城吗？虽然是公社来公社去，但到县里，学生们还是有选择的权利的，这就看你本事了。都是情投意合的有情人，既然选择了对方，在选择去哪儿的问题上不应该心存疑惑吧？美女夏菲的抉择考验着她与钱洛长的真情实感，一个城里姑娘愿意千里迢迢到黄土高坡离山县里吗？这不是不可能，但起码是个痛苦的考验，这考验来自世俗、来自家庭、来自人文素养的方方面面。这是一场真正意义上的大考。

在那群星闪烁一弯明月点缀星空的夜晚，在那只见波光没有流水声的燕然湖畔，美女夏菲倒在了钱洛长浑厚而又壮实的怀抱里，她触摸到了一座可以依托终身的靠山，她被钱洛长的拥抱给征服了。

追随真实的爱情，义无反顾。夏菲与家庭决裂了，跟随钱洛长坚定地选择了黄土高坡上的离山县。

柴树林的小动作引起了魏蓉的注意。在即将离校的关键时刻，柴树林却出现了反常的行为：一个人待在教室里沉思，一个人爬上假山远眺，一个人去食堂用餐……关键时刻还是魏蓉眼疾手快，挽救了他们的幸福。真诚的爱情是容不得半点沙子的，何况是经历了长达十年之久的爱情。

晚饭后，魏蓉主动相约柴树林出去走走。

马路边，街灯下，柴树林小心翼翼，像一个犯了错的小学生准备接受老师的严厉批评。

“你这两天，形单影孤，你就没有什么话要对我说吗？”

“有，但我又不知怎么向你开口。”柴树林说。

“你我之间说话还要打草稿吗？”

“咱俩前前后后有十年了吧？”

“我和你之间没有越不过的坎。你记住，不要太小瞧了自己，同时也不要太小瞧了别人！”

“离山县是我们的根，我们没有理由离开生我们养我们的黄土高坡。”

魏蓉句句掷地有声的话，把一个七尺男儿柴树林压得无地自容。

挣脱太多私心的羁绊，柴树林猛然狠狠向前跨出一步，反转身用尽全身力气将魏蓉抱得那么紧，那么死，抱得魏蓉头晕目眩。那肆无忌惮的吻，仿佛要把魏蓉吞进肚子里才肯罢休……

路，脚下的路，城市里的路，在柴树林和魏蓉的脚下一直向无尽的前方延伸着，延伸着……

# 第十六章 重新出发

## 1

此时，千里之外的离山县各行各业人才奇缺。首届工农兵学员原则上从哪里来到哪里去，但由于实际工作需要，回到地方，绝大部分工农兵大学生都被给予工作分配。柴树林履行承诺回到树林沟，继续担任树林沟大队党支部书记。柴树林女友魏蓉被分配到离山县一中教书去了，钱洛长和夏菲被分配到县文化局的下属文化馆去上班。

在树林沟插队八个年头的知青汪萍被群众推荐去上大学了。现在有了柴树林的回归，有了柴树林的鼓励，知青汪萍应该放心去上学了。知青汪萍的离开，大家认为是早晚的事，心里早有了这个准备。到了实实在在人要走的时候，大家又有许多不舍。知青汪萍协同齐媛这几年带领大伙继承老主任的遗志，让树林沟大队的生产生活有了新变化新起色。你说人家一个姑娘，从北京到你这山沟里，一干就是八个年头，人家个人的事没有考虑过一点点，难道你就真忍心让人家在你这黄土高坡上奋斗一辈子吗?

知青汪萍去上学，最根本的原因还是齐媛的执着谦让，知青汪萍被大伙推选上大学才成定局。齐媛的风度让大伙又想起了当年老主任的品德。是齐媛主动让贤，把一个本来属于自己的推选指标主动让给了知青汪萍，才有了今天知青汪萍上学的机会。对于知青汪萍来说，这情同手足的感情是她在树林沟八年里最刻骨铭心的收获。

要上学了，知青汪萍对村里还是那么难以割舍。这里有自己奋斗八个年头的足迹，有自己流过汗水的土地，有患病时关怀过自己的大叔大娘大婶，有自己关怀过的老弱群体，有扶持并帮助过自己的领导和群众。这一切你能割舍下吗？知青汪萍的依恋是正常的，因为有了齐媛的坚决谦让，有了群众的推选，自己才能去上大学。

回过头来细想，一起来树林沟插队落户的三十个知青，除了汪萍大伙都走了，进城的进城，上学的上学，回北京的回北京了。唯独汪萍孑然一身留在了树林沟，留在了老百姓中。走与留一念之差，人家齐媛说留就留下了，人家柴树林说回马上就回来了，人家能留得下，也能回得来，这没有什么因素可以阻拦，关键看自己的意向，自己决断。曾跟随汪萍一起奋战水库工程的青年突击队队员们来了，曾与汪萍朝夕相处的公社领导大队干部们来了，大叔大婶们来了，这一拨又一拨向汪萍来告别的人们，与其说是在送别还不如说是在挽留她，汪萍内心在激烈地争斗着。

在这内心激烈斗争的关头，知青汪萍高中时的同学沈毅风尘仆仆从省城赶来了。他曾是知青汪萍十二年的同窗同学，又是知青汪萍青梅竹马的相好。人家现在已是省政府的人啦，知青汪萍自己还在这里战天斗地学先进赶先进。沈毅的骤然出现坚定了知青汪萍要去上学的主意，同学的眷恋，二十年的恋情，瓦解着知青汪萍的心理防线。

人这一辈子既短暂又漫长。常言道：人生苦短啊！沈毅的到来，恋情的烈火凶猛地燃烧着汪萍，过去的书信往来只是他们音讯的传递，现在一个活生生的恋人一下子从天上掉到眼前。整整一天，知青汪萍与沈毅没有离开过办公室，仿佛与世隔绝了，时间仿佛也凝滞了。

在人生的又一个十字路口，知青汪萍上大学了，她选择了沈毅。山村生活曾经叫汪萍迷恋过陶醉过，那果木飘香的果林，那机灵纯朴的青年战友，那老实厚道的父老乡亲，那东山的水库、西沟的田，那热闹的街道……

这里曾洒下她的汗水，这里曾留下她的足迹。生命中依恋了二十年的沈毅突然出现，把她的依恋，把她对树林沟的朝思暮想，把她还想留下来的信念给彻底打碎了。亲爱的树林沟，再见了！依恋的亲人们，再见了！

## 2

真正考验柴树林和齐媛的关键时刻来了，那是一九七九年的夏天。党的十一届三中全会吹响了党的主要工作转移到经济建设上来的号角后，农村实行包产到户。一九七九年夏天，已经出土的青苗要承包到户，集体所有大牲畜要承包到户，集体资产要承包到户。面对上级领导的再三督促和指示，树林沟还是坚持集体所有。当初办社的老党员们所剩无几了，但树林沟有老主任的功绩在，有雄厚的集体资产，有欣欣向荣的集体，人们一下子割舍不下老主任用生命换来的集体大家业。这几十年奋斗迎来的大家业，即使有一万个理由也不能承包啊！离山县所有公社都在紧锣密鼓地承包，只有树林沟大队不承包，只有树林沟还在坚守着集体大家庭。县里三番五次把柴树林请到县上做工作，开导柴树林。柴树林左右为难，承包是党的指示，这顷刻间的变故，让柴树林、齐媛进也不是，退也不是，进退两难。

柴树林和齐媛的内心都矛盾重重。因为树林沟的特殊性，因为他们从小与树林沟血浓于水，这里有为集体献出生命的父辈英烈，有在老主任旗帜下一代又一代的树林沟人。大家心里想着集体，一切都是奔着集体而来，集体事业是崇高而又凝聚人心的事业，是大伙心往一处想、劲往一处使的壮丽事业。

经过多次的培训学习，教育开导，柴树林、齐媛这两位烈士后代遵照老主任生前“在党就得听党话”的殷殷教诲，坚定了他们听党话跟党走的决心。承包吧，承包到底，集体财产一点不留。雄伟壮丽的大舞台，一排排楼房，一排排库房，一排排牲畜圈舍，油坊、豆腐坊、粉坊、奶坊、马、骡、驴、牛、羊、猪，那凝结老主任一辈子心血的一片片果林、块块良田……都承包吧。

根据上面的安排，柴树林重回省城接受再安排，他被分配到省政府上班。一起调入省里工作的还有老乡钱洛长夫妻及柴树林的妻子魏蓉。告别了父老乡亲，告别了树林沟，柴树林反倒觉得一身轻松了。因为他释然了，他再也不用为集体事操心了，树林沟老百姓再也不用为集体出力流汗了。大伙可以各奔东西，按照萝卜青菜各有所爱的选择去自我发展自谋职业去了。

没有了集体，身为大队副书记的齐媛也被安排到县妇联去上班了。至此，树林沟该走的都走了，该留的都留下了。

满头银发拄着拐杖连路都走不稳的孙淑兰来了，两眼昏花、泪流满面，老主任的老伴黑妮来了，柴二小的老伴辛茹燕来了，所有为创建树林沟合作社出力流汗的老前辈的遗孀们都来了。他们在废墟上寻觅着过去的繁荣，往日的辛劳。眼下的一切让她们呆若木鸡，她们个个箍着嘴，缠绵伫立在过去集体的地盘上，脑海里回忆着一幕幕往日的辉煌。人走了，集体成了空壳了，唯独剩下老翁老妪了，树林沟村还会繁荣还会振兴吗？树林沟村怎么一下子会变成这样？一个个疑问，一个个无法预见的未来让她们难以接受眼前的现实。现实是残酷的，但也是实在的，摆脱集体束缚的树林沟人站在发家致富起点上，向着更远更大的目标迅速开跑了。

## 3

收了秋，打了粮，交了公，剩下的全是口粮。时间过得真快，仅仅半年工夫，走出大山的人们就赚得浑身流油。在集体里一向偷懒耍滑、好吃懒做的狗赖子的大儿子申德胜，倒运煤炭仅仅半年时间，那票票赚得包包里都放不下了，小汽车都开回了树林沟，树林沟人都看傻了：“这狗日的出息了。”老女人柳凤兰更是满村炫耀，口无遮拦地夸，春风得意地卖弄，仿佛一夜间柳凤兰又回到当初那年月了。那平时佝偻着腰做人都矮三分的狗赖子也打着哼哼趾高气扬目不斜视了，连走路都好像要跳起来一样，使劲抖着罗圈腿，逢人那个诡异的笑，让人不可理喻。

树林沟人眼看着狗赖子儿子申德胜跑出树林沟一下子赚得流油，大伙心里痒痒的。春节刚过，有点血性、有点力气的都不服申德胜，都走出深爱着的家园，离开眷恋的树林沟，直奔大地方去了。

土地承包了，干活自由了，有能耐有出息的人都走了。村里其余祖辈将就着还往地里钻，希望用劳动来赚回一口能养活了自己的口粮。老头子老婆子们甩开膀子舞着镢头去掏地，脾气合得来的互相照应着把地种上。年过七十的孙淑兰扛着镢头一上午还能开垦一亩土地，这对她来说也是不小的收获。在村里人看来，她简直疯了。可在孙淑兰心里憋着一股子劲，就是用镢头掏地也要掏出树林沟的新纪录。

春夏秋冬，四季轮转。村里留守的人们在年底时整天眼巴巴地朝着村里通往县城的方向守望着，因为马上就要过年了，老人们盼望走出去的孩子们不管挣钱多少，平平安安回家过年就好。年轻婆姨们则期盼男人的承诺能兑现，给自己和孩子们买上时髦衣服回来。亲人早日回归，早日团圆是大家共同的心愿。

# 第十七章　海阔凭鱼跃

## 1

狗赖子和柳凤兰的后代们，个个出类拔萃，从省城一直发展到广州。几年下来，人家不仅在省城有房子，连北上广都有了家产。

狗赖子家大儿子申德胜一发而不可收，连续承包了县里所有的煤矿。申德胜招呼父老乡亲，招兵买马也挑个人缘，从树林沟村走出来的人他招呼了不少，有点能力会干事者，他都给找工作，实在没什么本事就去矿区当保安。总之，但凡来投靠他的都不会失望，都有份工作，都有份钱赚，都能养家糊口。

闯荡社会告诉你办任何事得有经济做后盾，要办事，要打通办事关节，没有经济实力，想办事，犹如水中捞月，指望不上。老板申德胜所承包的几处煤矿都有强大经济做支撑。

人在世上走，牵挂在心头。树林沟的牵挂，老母亲的起居生活时刻萦绕在柴树林心头。好不容易单位在省政府宿舍给柴树林分了一套房子，柴树林和魏蓉合计把老母亲接到省里来住。

把老母亲接到省城大远来住是柴树林多年的心愿。这不，天合人意，时机来了。让饱受风霜的老母亲安享晚年，让远在天国的老父亲也放心。把老母亲接到省城居住，一来少了一份牵挂与惦记，二来老母亲还能为他们照看孩子。

树林沟几年来，人们投亲的投亲，靠友的靠友，有老乡照顾的得到老乡照顾。一句话，但凡有点能耐的都走了，都远走高飞了。

辉煌与热闹只能停留在人们无限的怀念与惆怅中。孙淑兰、赵黑妮、崔良这几位进入耄耋之年的老人则坚守故土，坚守着自己的老屋寸步不离。这里是他们祖祖辈辈为之耕耘、为之奋斗、为之流汗甚至付出生命之故土，外面世界再精彩再热闹也动摇不了他们对故土的眷恋。

清明时节，寒冬腊月，他们都要结伴到烈士墓地去怀念去悼念远在天国的英烈。那堆堆燃烧的纸钱，那份份祭品，既是对英烈们的崇敬和怀念，也是对过去的留恋。

上千人的村子，一下子变成了不足百人的荒野，残垣断壁中长满了蒿草。那蒿草长得比人还高，在山风中哆嗦，在寒冷中枯萎，在春风中又长势强劲地告诉人们新的一年开始了。

树林沟的变迁，让这些老人始终明白不过来，还有比守着故土、守着家庭更适宜的生活吗？

## 2

在山北省政府，柴树林、魏蓉、钱洛长、夏菲，通过几年的吃苦耐劳，凭借老区人民禀赋先后走上了处级领导岗位。他们的成功集中体现了黄土高坡人民骨子里吃苦耐劳、工作勤恳、性格老实厚道之品质。

他们在各自工作岗位上都有了话语权。有了权力，在日常工作中免不了有人找上门来办事。尤其是老家父老乡亲一传十，十传百：“人家就是有办法，人家眼不高，还认咱这个老乡。”也有各种褒贬不一的说法：“人家出息了，谁还会认你这个土得掉渣的老乡？”到省里办了事则说好，办不了事肯定不高兴不满意。

人这一辈子，有机会，抓住机会飞黄腾达的不在少数；没有机会，死磕在乡村里与土坷垃打交道，风里来雨里去也是一辈子。生死有命，富贵在天，传统观念就是这样诠释人生的。至于是不是制度偏差，社会不公，没人去议论。人各有志，人各有道，凭本领过日子的还是大多数。找机会，找人脉度日的也大有人在。

对于那些手有权柄，公道办事，不为势力所左右的人更是广泛存在。人这一辈子在世上能扑腾几年，能给后人留下什么念想?

秉公执法，树立公仆的崇高形象是柴树林、钱洛飞这些从黄土高坡走入省直部门领导岗位的党员领导干部的工作底线。

社会的发展总会伴随一些沉渣泛起，一些离奇古怪甚至荒诞之事的出现也就不足为奇了。

## 3

离山县现任书记魏毅是由乡村教师一步一步从县局科员、副局、正局、副县长、县长、县委书记走到离山县最高领导岗位上的知识型干部。

人们羡慕人家有文凭，更眼红人家赶上了好时候。有文凭，有才华，有精力，在一方穷乡僻壤自然会脱颖而出，自然会一枝独秀。

鉴于农村土地承包到户到人的形势，鉴于植树造林任务紧迫，上级屡屡督促，屡屡下达硬指标，屡屡约谈，魏毅书记亲自出马了。到乡下走走看看转转是他深入农村了解实际的工作习惯。

一大早，冒着严寒的车子在无法行进的羊角村停了下来。县里是用专款购买树苗集中投放到北山这几个村，看看老百姓的种树热情，用事实向地区汇报，这是魏毅书记这次行程的主要目的。他没有事先打招呼，没有泄露他这次行程的目的地，叫上司机一口气开到羊角村。他要亲眼看看农村实行承包责任制后，老百姓对上级安排任务的执行力。

羊角村啊羊角村，你这个多事的山村。先前就因为村里干部吃喝嫖赌问题到县里告过状，现在搞承包了，你们又如何执行上级下达的具体任务呢?

羊角村虽然闭塞，但是有能通车的路，将就着吉普车也能开到村口。村里实行包产到户后，村民们各忙各的，谁还有精力去操心上级下达的植树任务。

羊角村村委会喇叭里播放了一段《走西口》后，传来了村主任赵大明的紧急通知：

“咱村群众，咱村群众，注意了，注意了，分给各家各户的树苗，赶快栽到树地里，赶快栽到树地里，要赶快栽！要赶快栽！”

“咱村群众，咱村群众，注意了，注意了……”

赵大明一样的口气，一样的通知，不知重复播了多少次，因为他知道，他虽然是一村主任，但他的号召力没有多大。群众喜欢听百听不厌充满悲情的二人台——《走西口》。因为承包跑外挣钱者为数甚多，在家留守的人因思念闯外的亲人，所以喜欢听《走西口》。

羊角村里，一家家柴火垛上全是一捆捆整整齐齐的榆树苗。这可是县里下大力气花大价钱从外地买回来的树苗，是全县人民的血汗钱啊！魏毅在村里转了一圈，发现一家比一家的柴火垛高，一家比一家的树苗垛得齐整，难道老百姓对上级安排的任务就这样敷衍？他心里很是纠结，很是无奈，可他知道群众在想什么……

魏毅从小生活在农村，长在农村，幸亏自己刻苦学习考上了大学。机会不好，遇上运动，留校三年，一九六八年才被分配到离山县小山村去教书。识时务者为俊杰，在村里教书，找机会接触县里下乡干部，一回生，二回熟。久而久之，下乡干部们发现魏毅是一块好料，于是通过干部们互相举荐，魏毅得到了提拔，终于走出乡村，来到县城从水利局干事做起，经过十年熬炼，一步一步走到今天离山县一把手位置上。老百姓根本不愿意将白白赠送的树苗栽到分配好的造林地里。老百姓心里有划算，种上树，一两年见不到效益，种上粮食植物，尤其是油料植物，当年就有收获。老百姓眼光没那么远，只认当下，于是再多树苗到了老百姓手里只能上了柴火垛。

榆树苗当柴烧还是第一次在羊角村变为现实。晾干了的树苗顺溜，好烧，烧起来火旺，垫上柴墩拿起斧头对着树苗砍下去，一会儿就整理成烧火做饭的好柴火了。魏毅心里窝着的火无处发泄，找上村干部也理不清，道不明。

离山县，在人们心目中，魏毅是位好书记，平易近人，没架子，体贴人，关心人。但办事有个底线，越权事不办，越级事不办，在权力范围内之事，能办就办，不拖拉，雷厉风行。村里教师要往城里调，在乡镇工作的想进城上班，当民办教师的想转成公办教师，普通干部想提拔成科局干部，凡此种种，魏毅一一承诺。只要他有这个权，他能办则办。

“好书记”的称号由此在离山县迅速传开。

“看人家魏毅，那才是老百姓的父母官，那才是人民公仆啊！”这种夸奖既有真实的民意反映，也有不少讽刺意思夹杂其中。这种杂陈的滋味只有魏毅自己才能够体会到。

## 4

坚持按原则办事，按规矩办事，依法执政，依法行政是老百姓对政府官员的呼声。囿于人情，囿于关系，囿于人脉，在不影响大局、不影响仕途的前提下，为熟人、为老乡办点力所能及的事也在情理之中。老祖宗有句老话：“贫居闹市无人问，富在深山有远亲。”这千年古话既是对社会历史的总结，也是对现实社会最好的诠释。

省城的诱惑是巨大的。大城市的灯红酒绿吸引着祖祖辈辈面朝黄土背朝天的农村人。所以，在省城工作的人免不了要接待来自县里，或是乡里及村里的老同学、老相识。

问题偏偏出现在这过度猜测上。碍于情面，碍于乡里乡亲的情分，柴树林、钱洛长不免会干出些违心事。老同学许兰就缠上了柴树林，死活要柴树林想办法把自己大学刚刚毕业的儿子安排在省城工作。这找单位的事就理所当然地落到了柴树林身上。许兰吃住在柴树林家，本来就不宽敞的房子，既有上了年岁的老母亲，又有每日迎来送往的亲戚，这都上哪儿去住啊？两室一厅的房子实在是安排不了住宿，不管你柴树林的困惑与难堪，人家在客厅地板上铺上一块垫子就睡了。这种尴尬这种困惑逼得柴树林没有一点办法，想躲躲不掉，想推又推不脱。看样子，许兰是赖上了。

柴树林使出浑身本事，马不停蹄，拉关系，走后门，总算给找下一份合适的工作，在省城一所中专学校教书。在省城摸爬滚打二十几年，还多少有点人脉，有点关系，关键时候还是有点办法。对于柴树林的能耐，乡里乡亲传得沸沸扬扬。这不办则可，一办，人们蜂拥而至。

这下魏蓉不干了！你说你柴树林又不是省委书记、省长，也不是市委书记、市长，你有多大能耐？每天这熙熙攘攘的人群，这陌生的面孔，你不烦，我还烦。一气之下，魏蓉搬着铺盖到单位去住了。

许兰又来了，老家的土特产整整扛了两编织袋子。又是劳累，又是晚上，你说打发许兰去住店，这事柴树林做不出来。留许兰在家住吧，魏蓉住单位又不在家。有老母亲在，索性安排许兰跟老母亲将就上一晚算了。这样既对得起许兰，又不会让魏蓉抓住什么把柄。柴树林惴惴不安，好不容易刚刚有了点睡意，进入了梦乡。可半夜时分，虚掩的门被许兰推开了……

老同学许兰乘虚而入，是因为从离山县老乡那里知道魏蓉最近去住单位了，才动起这歪脑筋，才主动上门。

自责与内疚一齐向魏蓉袭来。离婚吧，感情上还没破裂到这种程度，不离吧，你柴树林居然和过去相好上床了。思前想后，是自己出走，给许兰制造了机会。矛盾的心理，让魏蓉上班无心工作，下班不想回家。家是现在最不想回去的地方，曾经的温馨荡然无存。

清晨，万丈阳光从东山顶洒向了省城的大街小巷，街道上穿梭的车辆汇成了一条条前不见头后不见尾的长龙，不管你走到哪里，都是一个字：堵。

过马路了，近来一直神情慌乱的魏蓉被一辆疾驰而过的小车一下子给撞出足足有二丈远，本来就心态不好的魏蓉一下子失去了知觉。

柴树林负重的心灵一下子给撞醒了。疾驰的救护车忽闪着急救信号灯，一路鸣笛，火速开往医院。

急诊，急诊！CT，核磁共振！一系列检查结果出来了，“脑颅内出血”。急需开颅清淤！否则后果不堪设想。

医院的权威专家们来了。钱洛长、夏菲来了。柴树林在省城的好朋友们来了。大家只有一个心愿：与死神赛跑。一定要在有效的时间内，把魏蓉抢救回来。

颅内两百毫升瘀血被清除干净了，手术很成功。魏蓉像做了一场噩梦，睡了一场大觉。三天三夜，柴树林寸步不离，一直守候在魏蓉身边。

她口渴难耐，喉咙里如有火在燃烧，她浑身像灌了铅一样，两条腿麻木得失去了知觉。看着消瘦的柴树林，魏蓉的泪水从两颊滚落下来。

这次车祸，魏蓉不仅颅内出血，两条小腿也骨折了。上钢板，打石膏，那厚重的石膏将魏蓉死死地固定在病床上，这时候她才有时间重新端详整天围着她团团转的柴树林。

柴树林依然那么淳朴，依然那么风度翩翩，依然那么有吸引力。那明亮的前额上沁出颗颗汗珠，滚落下来，滚落到魏蓉心里，她被柴树林的忙碌深深感动了。魏蓉心里默默地在想：我这辈子不能离开你柴树林。你即使有千错万错，我也能原谅你！树林啊，今生今世我们不分离！

不经磨难，难觅真情。不经历风雨，难见彩虹。人总是在经历过各种磨难后，才能悟出一点点人生哲理。魏蓉被一场突如其来的车祸在病床上给固定了整整三月有余，其疼痛难忍不用说，其巨额的医疗费更不用说，现实直截了当地告诉她，“久病床前无孝子”老话应该改为“久病床前有丈夫”。正是有了柴树林无微不至的悉心护理，魏蓉才逐渐恢复健康。柴树林的精心守护，柴树林不分昼夜地劳累，彻底软化了魏蓉的心肠。

他们曾经是互相关心的老乡同学，是甜蜜的伴侣，现在则是患难与共的夫妻。这条人生路，是那么不平坦，那么坎坷。好在大难不死，大难恢复了智力，大难锤炼了真情。

大难过后，感触最深的是珍惜。“珍惜”这二字来得好难啊！每个人都要珍惜生命，珍惜生活，绝不能让鲁莽糊涂草率主导人生，绝不能干出与幸福背道而驰的事。

# 第十八章　守望相助

## 1

土地的承包把人们的手脚彻底放开，留守故土的只有那些老妪老翁们，像孙淑兰、赵黑妮及崔良等为数不多的老顽固们。这翻天覆地的变化改变不了他们对过去的留恋，也改变不了他们至死不离寸步的决心。有本事的，你就撇下曾经休戚与共的故土，到外面飞黄腾达去吧！这山村永远是我们的山村，这溪流、这河谷、这田野永远是我们生息的地方。

即使荒草连天，即使野猪出没，即使残垣断壁，即使荒无人烟，外面的任何诱惑都撼动不了他们与山村树林沟生死相守的意志。他们一直不明白人们对美好生活的向往和追求。

韩家兄弟早已随着迁徙大军落脚县城了。贺家岬更是一片荒芜，人迹罕至，荒草长满了院落，房屋倒塌得看不见原来模样。连树林沟都成这样了，你本来就是一个深山老林中的山庄窝铺，你根本留不住一个想过日子的人。

韩家弟兄在县城落了脚，买房置产，过上了城里人的生活。往日的坚守随着世道的变迁让他们很快融入了新时代潮流。韩大根现在已经当上爷爷了，他的两个孩子都出息了。

根据工作需要，韩二根、韩三根经过考试被省城两所企业中学选聘。虽然是山里人，但他们的文化知识基础扎实，功底深厚，经过多年的大学函授学习都取得了大学本科文凭。

招考了，过关了，进省城了。随着工作的变迁，他们生活节拍也逐步融入了城市，融入了繁华都市。那林立的高楼，那喧闹的街道，那犹如羊群的车流，看着都有点发怵。连过马路都适应不了，左瞧瞧，右看看，好像那车轮都朝着自己开过来似的，看得腿都发软。

偏僻的贺家坬永远留在山里。唯一牵挂就是那草没了的祖坟，那里有长眠于九泉之下曾含辛茹苦养育了他们的父母。那养育之恩，刻骨铭心。他们从父母那里不光得到了肉体，还懂得了人生真谛。

每年清明节，返乡拜谒上祖坟，上坟烧纸钱、摆供品都是雷打不动的铁律。山里人的习俗，山里人的规矩在他们身上依然保持得那么严谨。清明时分，如果大伙看到哪家没有上坟烧纸的，就会来一句："这家死得连一个烧纸的人都没了！"山里人笃实憨厚，随便一句怪怨的话就表达了他们对事物的态度和主张。"清明时节雨纷纷，路上行人欲断魂"是对黄土高坡人们清明时节悼念亲人，缅怀故人的真实反映。过去是这样，现在是这样，将来恐怕也会是这样。

对外开放，对内搞活经济，是党和政府搞经济建设的一句时髦语言，也是历届政府施政的一项重要策略，而用到民间，用到个人头上也十分贴切。

人家柳凤兰的后代们继承了柳凤兰的传统与本领，走南闯北，施展个人才华，招商引资。没用几年时间，离山县城里幢幢小楼拔地而起，生意红火，令老态龙钟的柳凤兰自叹不如。招商引资也好，对外开放也罢，反正是要搞活经济。

昔日树林沟村齐建业兴建学校的旧址上，申德胜富丽堂皇地修庙宇，盖祠堂，分外隆重，场面异常热闹。

开工那天，树林沟历史上第一次烟花爆竹从早上一直响到晚上，整整响了一天。

那个色彩艳丽，那个五彩缤纷。尤其是夜幕降临时，树林沟的夜空被绽放的焰火所笼罩，村里人被叫不上名来的各种焰火所吸引。

从建筑工地上足有一尺厚的纸屑看，从弥漫在树林沟上空厚实的云烟看，申氏家族确实强大了，发迹了，在树林沟也放不下了。这阵势明显向人们宣布：富裕了的狗赖子及其后裔们又挽回了当年在树林沟的面子和尊严，也是对申家老爷申济元在天之灵的一种告慰。

据狗赖子透露，单买这烟花爆竹就花了二十多万块钱。这天文数字，在树林沟吓蒙了所有还会出气的人，发了，真是发了！对于留守树林沟的人来说，真是大开眼界。而孙淑兰、赵黑妮们依然不觉得有什么稀罕，依然坚守着属于自己的那片天地，那扇自己的家门。她们唯一盼望的是自家在外打拼的孩子们长点本事，有点出息。不指望他们也像申德胜那样，一夜暴富，只希望在正道上赚钱，即使赚得再少点，也要心里踏实坦然。在他们看来，这一夜暴富不是什么好兆头，这一夜暴富，富得不自然，富得有点离谱。人们不禁要问，难道你家是开银行的？还是开印钞机的？

不管怎样，申德胜重修祠堂重建庙宇的现实再一次告诉人们，申家出息了。申家大户在树林沟从发家到破落，再到发家，用了整整六十年啊！

那齐家呢？齐名去哪里了？齐建业终生为之奋斗并把生命都搭上的这块土地上，难道就没有齐建业后代们的出现吗？在孙淑兰、赵黑妮的期盼中，齐名当然没有忘记父辈为之奋斗过的热土，齐名的出现也许更会震动树林沟的山山水水。齐名经过几十年奋斗，他领略了中国改革开放几十年的巨变。农村的振兴已提到中央农村工作的重要日程里，办好老百姓的事，办好农村的事，实现乡村全面振兴是党的重要决策。在离山县医院退休了的齐名决定召集树林沟的精英们大干一番。

树林沟要有脱胎换骨的变化，从根本上要因地制宜，放弃原有的生产生活方式，大力发展畜牧业。解决饲草问题是迫在眉睫的大问题。让树林沟大面积土地都披上绿衣，适合种植的首选饲草就是苜蓿草。这种草营养价值极高，一旦种下去，就可以连年收割。树林沟适合种苜蓿的土地上都要种上苜蓿，一时人力财力还有欠缺，怎么办？分步实施，分季播种。人工播种和机器播种相结合，上级支持和群众集资相结合。路在何方？路在脚下。目标定了，方向有了，剩下就是加油干了。

树林沟的一草一木，都牵挂着齐名的每一根神经。父亲曾为此流过血的地方，不能再无休止地荒芜下去了。

曾经破落的院落搭建起一排排彩钢棚圈，被遗弃的原公社大院又有了新的用途。

齐名割舍不下父辈们用毕生精力奋斗过的树林沟。大山的孩子，血脉里流淌的永远是大山的血。大山的厚重、大山的坚韧、永远是他们的魂。让树林沟告别过去走向未来，让树林沟父老乡亲通过自己的努力过上美满幸福的生活，是大家共同的心愿。

## 2

树林沟这块热土向来就是凝聚人心，激发人们斗志的战场。齐名，申德胜振兴树林沟都在大伙的预料之中，不管修祠堂还是盖庙宇，不管宜草宜林宜牧还是大面积绿化树林沟，都将为树林沟振兴带来新机遇！

让历史记下这浓墨重彩的画卷！让历史见证树林沟的每一次发展，每一次变革，每一次改写吧！

在省城落脚的韩二根干起了老本行教书，他在一所省属企业学校教书。经过一段时间的拼搏，他的认真、敬业得到了同行的肯定。

脱颖而出的韩二根，其名声从所在的企业学校走到区属学校，从区属学校走到市属学校，一路名声大噪，掌声与花环接踵而来。经层层选拔，享受国务院政府特殊津贴的“特级教师”的桂冠也落在了韩二根的头上。

立足课堂，立足教学第一线是根本，他没有被掌声和鲜花所淹没。

他潜心思考在课程改革的前提下，如何调动学生学习积极性和主动性让学生们全面发展。这是时代对每一个教师的呼唤，同时也是每一个新时代教师的职责所在。

无论是教学论文发表，还是教学质量提升，韩二根都做得很好。曾囿于传统教育观念的老师们，在韩二根启发带领下，也纷纷走出校门，走下三尺讲台，走出去倾听，走回来摸索。

除此之外，韩二根摸索学生，研究学生的学习兴趣，广开教学门路，很少给学生布置作业，甚至不布置作业，有效利用课堂教学时间，大面积提升学生运用知识的能力，率先提出向课堂要质量的课改思路。

实践证明，韩二根的探索是成功的。韩二根做教学改革的有心人，通过区上多年期中期末的统一考试结果表明，他的教学成绩明显高于其他教师。这对一所向来不被人们看好的企业学校来说，简直就是神话。

根据群众强烈的推荐，学校领导决定：韩二根任公司职工子弟中学的教导主任。这对于韩二根来说，有点始料未及。

韩二根一心想着教学，主任与否，他根本没往心里想。现在重任在肩，从黄土高坡走出来的山里人，身上还带着父辈们那股倔劲，要么不干，要干就要干得有模有样。

他明白当下首要的事情就是把学生从繁重的作业堆里解放出来。现实的问题是，整天喊减负，越喊，学生的书包背得越重。首先在制度层面上做出硬性规定，把留不留课后作业纳入教师绩效考核范围，在留不留、留多留少上都要有明确规定。这时，一份在全国有影响的教育刊物上有专家呼吁："在减负问题上，不能一刀切，要具体到每一位学生，课外作业即使是一道题，如果他不愿意做，你硬要他去做，那也是负担。反之，即使写一百道题，他乐于写，善于做，那也不是负担。"面对专家的发声，韩二根冷静思考，沉着应对，问题迎刃而解。

凡事预则立，不预则废。在课改的大潮中，你不能顺应时代的潮流立足实际搞课程改革，到头来，那将会是竹篮打水一场空。

在空前困难的局面下，韩二根没有退缩，首先明确的一点是，教育教学上不能养懒人养闲人，把那些不适宜做教育教学工作的人调离教学岗位。经过征求个人意愿，结合工作实际，部分不愿意教书的教师被调配到学校其他部门上班去了。树欲静而风不止。就在调配工作顺利推进的时候，偏偏有一位向来好逸恶劳的教师不服调配，死缠烂打要待在学校，并多次向韩二根发难。这位名叫徐玉的教师，是学校出了名的刺头，平素工作松松散散，教育教学交差应付，公司其他部门也不愿意接收他。眼下就和韩二根较上劲了。

徐玉在教学上不出力，但对些微小利却耿耿于怀。学校的体育教师每学年都有体育服装的配备，就连这点专职教师的特殊配备，徐玉也看在眼里。他认为，在相同的教师待遇中，这点配备就是特殊的，于是他认为，体育教师非他莫属。毕竟是企业学校，韩二根也没有特殊的人事任免权，无计可施就让徐玉去代体育课。可徐玉根本就不是一块干活的料，属于那种成事不足败事有余的主。

春光明媚，校园里欢歌笑语。操场上，初一的学生正在上体育课。一段准备活动后，进入了专项训练环节——高抬腿跑。这项训练是跑步训练科目的主要训练环节。可问题偏偏出在这“高抬腿跑”的训练上。高抬腿跑，要的是频率，跑步频率上不去，就没有速度。初一甲班有个叫谢苗的同学一直患有血液病，本来就不该上体育课，但生性执拗的徐玉，根本不顾及谢苗的病情。用徐玉的话说，“体育课一个也不能少”，全班全员出动。高频率训练，高强度训练，谢苗的身体哪能受得了这种训练！

谢苗大汗淋漓，两眼直冒金星，头晕目眩，倒下了。没有责任感的徐玉没有采取一点急救措施，还继续上自己的体育课。这情景，正好被路过的韩二根撞见了，他立马叫来救护车，火速把谢苗送往医院，才避免了一场教学事故的发生。

此情此景，在以后的日子里，那种把学生安全置之脑后的教学行为，一直在韩二根的脑海里抹不掉。韩二根本着对徐玉本人负责、对学生负责、对学校负责的态度，决定停止徐玉代课，让他自行安排自己的学习与生活。对于慵懒涣散习以为常的徐玉来说，这样的安排正合他心意。工资每月一分不少，还清闲自在，何乐而不为呢？

这种好日子没过多久，徐玉自己就坐不住了。因为按照学校的考核规则，教师的工资，很大一部分由所代课时来决定，你徐玉一节课也不代，你的工资和其他代课老师相比就要差很多。按照徐玉的想法，课不去代，工资不少拿，就行了。可现在，课不代了，钱也少拿了，自己还乐呵，但向家里交代不了啊！家里的柴米油盐酱醋茶，每天不能少啊。家庭矛盾日趋激烈。这种狗钻风箱两头受气的日子，让徐玉坐立不安。除了每月的工资不能如期足额向妻子上交外，自己打肿脸充胖子的做法在同行中渐渐失去了市场。除了以休闲为主的优势外，再也没有任何可供他来炫耀的资本，反倒是内外交困的日子困扰了他。向校长求情吧，有失体统；不求吧，每月向家里又交不了账。除了每月的烟酒降低标准外，留给自己开销的空间几乎没有了，编几个故事可以搪塞一月两月，你不能月月编故事来骗老婆吧？经过一段时间的煎熬后，徐玉终于憋不住了，终于向韩二根交上了有生以来的第一份诚恳的检查书。

看到徐玉有了点变化，韩二根心中有了第二步棋。他并没有立即给徐玉安排教学工作，而是让徐玉协助门房做好安保工作，工资中的绩效部分也相应地做了点调整，总算比以前高了一点儿。对于徐玉这种人，韩二根有自己的想法：深不得，也浅不得，把握分寸，循序渐进，让徐玉在实际生活中慢慢去醒悟。

在单位不干活也拿钱，或者是少干活多拿钱，这一直就是徐玉的基本想法。加上徐玉本人就不是正规师范院校毕业的，在部队混了几年，转业到企业，在生产车间不想干活，想办法调到学校，在学校其他课程教不了，只能教体育，教体育还出了这么大的乱子。一个没有职业道德、没有职业操守的人，要去教书育人，这不是闹笑话吗？遇上徐玉这样的人，韩二根也只能死马当作活马医。

一段时间后，徐玉也重新梳理了一下自己在学校的处境和地位。在家里，老婆每月和他算账；在单位，他又拿不到全额的工资，只能拿基本工资，其他的绩效考核工资，他几乎没有。因为他没有代课，没有批改，没有辅导，没有备课，没有讲课。在徐玉看来，只有放下身价，实打实地为学校做点力所能及的事，不为别的，只为拿上全额工资，也得干点活，出点力了。

韩二根倡导的教学理念，在全校全区得到推广。成绩是奋斗出来的，韩二根广泛涉猎各种教学科研杂志，广泛汲取各路名家的教学方法，兼收并蓄发展自己，提高自己。学校里热心教学的老师们在韩二根身上取长补短，教学相长。

在企业学校里，不愿意教书的通过找关系可以调到那种工作比较轻松、福利比较好的单位。那些不愿与学生打交道，更不想下力气在教学实践中摸爬滚打的教师，陆续想办法找关系调离了学校。

干事业，总得有颗执着的心。你不想深入，不想下力气，只想享清福，享清闲，说白了，你就是滥竽充数，到头来吃亏的还是你。韩二根是一个奋斗并充满朝气的人，他不计较得失，不怕吃苦，潜心教学。他的付出与收获在同行里得到了高度认可。

## 3

同乡聚会、同学聚会在省城也日益频繁起来，逢年过节，互相走动已经进入常态化。亲戚在于走动，邻里在于互相帮衬，无论是老相识，还是老同学，你来我往中免不了要带点时兴的东西。干脆到饭店吃上一顿也是一种比较合适的选择。

推杯换盏，你来我往，酒场上的战斗绝不亚于课改上一次教学难点的突破。有酒量，说干就干；没酒量，被控在那里，活受罪。

喝下去那个难受，令人毛骨悚然。韩二根见酒就发怵。面对每次酒会，韩二根都无比尴尬。

对于柴树林、钱洛长，喝酒那才是大手笔，一杯酒说干就干了，你韩二根哪有那么大气魄？人家还振振有词：“感情深，一口闷。”你韩二根十口也喝不完一杯，那么大酒杯，少说也有三四两酒，你就是喝凉水一口也喝不了那么多。

酒场上，韩二根注定要打败仗了。碍于情面，碍于老乡情分，韩二根进也难，退也难，进退维谷。

“你，喝了。整天拨拉你那小心思。这里整一篇论文，那里出一篇报告，数你有能耐，听着还烦呢。”

“你职称也上去了，工资也高了，老婆孩子也都顺心合意了，不喝酒，哪有道理？”

柴树林、钱洛长二人轮番编派韩二根。

“你们是酒场上的豪杰，我喝不过你们。我还是少来一点吧，你们的心意我领了。”韩二根始终坚持自己少喝为佳的原则。

“酒量，就是肚量。酒量，就是能量。酒量不行，这年头，什么也舞闹不成。”

“酒就怕一个气量。二根，喝下去，我们这是抬举你！”

“喝——”

韩二根脑海里回荡着“酒量就是肚量”这句非常熟悉而又震撼心灵的祝酒词。

那还是教育中心领导欣赏并准备提拔他的一次绝好机会。

首先三杯酒叫开场酒，满杯琼浆玉液都是一口干了。剩下就要看你本事了。带着感激，带着满口阿谀奉承的顺口溜离开座位一一去敬各位领导，这样一圈下来，经不起酒量考验的韩二根已经是头重脚轻了……

在恍恍惚惚中，韩二根脑海里还回荡着那句“酒量就是肚量，酒量就是能量”的话，于是他还在挣扎，还在强打精神应付着，应付着……韩二根终于倒在酒桌上，倒在了酒场上。

在别人的连拉带拖下，韩二根回到了他的办公室。不省人事的他，头脑发胀，仿佛脑里藏了炸药要爆炸似的。从床上滚到地上，吐得一塌糊涂，那个气味把牛都能熏死。口渴得像嘴里着了火，熊熊燃烧。这就是陪人喝酒，舍命陪君子的下场。

自从那次狼狈的酒宴后，休说提拔，你就是让韩二根当皇帝，他都会一口拒绝。他毫不含糊，毫不后悔。自然提拔之事与他擦肩而过，永远成了过去。

再见了酒场……

没有了饭局，没有了酒文化洗礼，你要迈开些微步伐，那简直是难于上青天。志存高远的韩二根只能把自己的所思所想寄托于每年清明前后的放风筝上。那手中线，任凭风筝飞多高，飞多远，永远挣不脱放风筝人手中绳索的牵扯。

风筝啊风筝，你何时才能挣脱绳索的羁绊在蓝天自由翱翔，你何时才能越飞越高呢?

这个疑问韩二根在放风筝的过程中得到了启发，得到了回答：假如风筝一旦失去了绳索控制，风筝在蓝天飞翔的命运也就终结了。因为，只有绳索一拉一放，风筝才能飞高飞远。没有了绳索控制，风筝也飞不起来，即使到了高处，也招架不住强大的风力，会让你粉身碎骨，随时失去生命。

人世间的高升与降落同样取决于你在群众手中的绳索。你身边没有群众也显露不出你的才能，只有在群众中你才能脱颖而出。你一旦脱离了群众，就什么也不是了。

韩二根意识到，过一个普通老百姓日子就挺好，挺自在。老百姓的日子没有钩心斗角，没有尔虞我诈。

## 4

柴树林、钱洛长一路从机关大院走来，逐年在变化，从副处到正处，副厅到正厅。到了厅级再往副省级上升，那可不是一般人能够得上的。

与其在机关里苦熬，还不如走出大院，深入基层为老百姓排忧解难。

齐名从主任医师宝座上走下来。面对亟待振兴的农村，他明白人生的主战场在树林沟，回转乡下，再举父辈的旗帜，在这块积贫积弱的黄土地上再燃致富之火。

“树林沟——我回来了——”

站在南山顶上，齐名放声大喊。在这块热土上，父辈们十来个穷弟兄响应党的号召组织起来，从互助组到合作社，再到后来的人民公社，日子过得一天比一天红火。今天为了生计，乡亲们各奔东西，走南闯北，抛下了这荒芜的土地。

可振兴农村的资金从哪里来？劳动力从哪里来？只凭村里那几个七老八十的老人还能撑起这片蓝天吗？犹豫与不安袭上齐名心头。

申德胜有钱，钱多得吓人，但申德胜不把钱往山里扔。他注重祠堂和庙宇的建设，他要光宗耀祖，他要恢复往日申家的荣耀。

面对农村实际，面对步入耄耋之年的老人，你要他们来振兴树林沟？他们心有余力不足啊！重振树林沟雄风必须有突破口，必须有切入点。

兴建养老院，把村里的留守老人集中到养老院里来，让他们在人生晚年有个舒适的环境，不是更符合黄土高坡人的禀性吗？这事不能等，要立马解决。

在离山县，在新落成的琉璃大酒店，齐名与申德胜这一对树林沟的精英终于坐到一起了。孩童时的生活还一一在脑海萦绕，那童谣至今还耳熟能详——

小时候
东山掏鸟窝，
西坡打花蛇。
柳条皮拉得线线长，
线线长，
架线忙。
前村后舍通话多，
架线技术长又长。

火柴盒正长方，
模拟电话没商量。
打电话关心多，
问长问短像爹娘。
没滑梯，
溜土坡，
浑身泥土分外爽。
一溜溜到山底坡，
接二连三特别忙。

摞榆钱，
榆钱嫩榆钱香，
吃了榆钱顶口粮。
满簸箕满笸箩，
淘好洗净，
蒸上一锅。
家家户户吃得香，
居家生活也温和。
……

开场白便是老乡久别重逢的相互拥抱与寒暄。曾同吃一口井里的水、同分一堆粮、同走一条道、同一个学校上学的感慨在拥抱中体现，在寒暄中碰撞。

短暂寒暄后，双双落座在金丝绒沙发里。茅台酒是主角，烟是软中华，菜是本地特色菜，主食肯定是具有树林沟特色的油糕、饺子、烙饼，一应俱全。

“你出息了！”

“你挣钱了！”

“你都是主任医师了！”

“这不都落叶归根了！在哪儿混，都离不开对老家的思念，离不开养育咱们的树林沟啊！”

“树林沟要有新变化，你我责任重大啊！”

“咱们集思广益，来个通力合作！”

“恢复申家祠堂，修建庙宇，是我的首选。接济留守村里的父老乡亲，我就全包了。那花不了几个钱，我负担，我负担得起。”

“让群山披绿，让家乡变貌，不是更好吗？”

申德胜俨然没有为齐名宏伟的设想所动容。

……

“我身上流淌的是申家的血，我有的钱是借助改革的春风。在如何布局人生、如何使用血汗钱上，我有我的见解和主张。那根治群山，让群山披绿是国家层面的话题，我想不了那么多。况且那也不是十分现实的考虑。”

……

两位有着不同理想之人，把各自思路、各自主张表述得都很充分，这是老乡聚餐吗？这是一场没有硝烟没有炮火的厮杀，它完全失去了老乡颜面的掩饰。申德胜有金钱优势，说话财大气粗。齐名有对家乡的情怀，父辈曾为此奋斗并为此付出生命的热土在召唤着他，在鞭策着他。

树林沟要有个整体长远的规划，不能被任何势力所打倒。树林沟大面积土地宜草宜林宜牧，这是齐名在省城与老乡柴树林的共识。

面对早期的巨大投入，原有设想看来很有落空的危险。因为申德胜的初心与齐名的初衷根本格格不入。在树林沟村发展远景规划上，他们志不同道不合。现在双方还难以沟通，难以达成共识。

如何挖掘人的主观能动性，现在可不是凭一两句口号就能办事的。有足够资金再加上满腔热忱，还要天时地利人和！建祠堂修庙宇，国家又没有明令禁止，合理也合法。正是人各有志，萝卜青菜各有所爱啊！

申家后人们没有忘记重建被拆毁的申家祠堂。

重立牌坊，重建祠堂，重修庙宇，重振家族雄风，让家规家风世代延续，这些都能够让人理解。

复兴传统文化与振兴农村，让群山披绿，让瓜果飘香，让养殖业重振雄风，不是都能体现山村特色吗?

齐名心想：条条大道通罗马。你不愿意介入树林沟的远景规划中来，你做你的，我干我的，咱们不能互相干扰，互相拆台。为了树林沟，咱们各行其道，因为咱们都是树林沟后代。我们既不能割断历史文脉，也不能让群山被荒草给吞没了。

奋斗才会赢。让广袤的树林沟大地接受她的后代们的装饰与打扮吧！让厚重的树林沟拥抱她的孩子为她增添更加绚丽的色彩吧！

饭局结束了，夜幕降临。离山县大街上华灯璀璨，车水马龙，人来人往。中心广场上，阵阵音乐声起，那欢腾的舞步伴随着明快的乐曲，让人陶醉。

老板申德胜步入近在咫尺的宾馆，他把窗户开到最大，让凉风吹进来。可那嘈杂的音乐让他更加不安，索性把窗户关了。心火燃烧，酒力发作，他打开了空调。虽然没有了杂音的干扰，但齐名“让群山披绿，让山岭瓜果飘香”的酒场言论深深刺痛着他。

和齐名同吃一口井里的水、同吃集体粮、同上一所学校的他，为什么胸怀没有齐名那么宽广，志向没有齐名那么远大？回想当年齐建业带领村民一路走集体，一路改变树林沟面貌，不仅在离山县出名，在山北省也叫得响。在新时代，在现在，老板申德胜被齐名的宏愿所刺痛了。

如果齐名的设想是申德胜第一个提出来的，那今天的结果就不会是现在这个样子。申德胜决计把这事暂时放一放缓一缓再说。在规划布局树林沟的发展上，老板申德胜又落后了一步，又被动了！

几十年做老板，几十年颐指气使的性格决定了申德胜不愿被当下的局面所左右。在他的内心里，他的任何举动、任何投入必须旗帜鲜明地写上“申”字号，那是申家的荣耀！

联合老乡申德胜发展树林沟，让树林沟重振雄风。在国家“三农”

政策的指引下，逐渐走出一条符合树林沟村振兴的可行路径来，这样既不辜负父辈们曾为之浴血奋斗过的热土，又能把留守村里的父老乡亲们供养起来，让他们衣食无忧地安享晚年，让他们重新看到美丽富饶的树林沟是齐名的全部心愿。然而这第一次与申德胜的交锋并没有取得什么实质性的成果，但他对树林沟远景的设想，似乎撼动了申德胜的心灵。因为当他讲到要让树林沟群山披绿、花果飘香时，申德胜凝神了，似乎连呼吸都要停了。那庄重而又严肃的神情，让齐名印象深刻。

## 5

在山北省省会大远，由于能源重化工企业林立，到处是高耸入云浓烟滚滚的高烟囱。烟雾笼罩下的大街小巷被煤尘弄得灰不溜秋，没有个城市的样子。虽然有源源不断的洒水车、喷雾车在轮番作业，但依然控制不了那弥漫整个城市的滚滚浓烟。一个城市因煤炭而兴，也因煤炭而陷入困境。山北省在发展经济、振兴经济上陷入了空前的矛盾中。结合国家能源政策，开发新能源，利用新能源，山北省已经到了背水一战的关键时刻。

关闭所有污染企业，下马一批产能过剩的企业，势在必行。各种以煤做文章的企业，尤其是各色炼焦、选煤、小火电、小水泥首当其冲。只有把这些污染大户关停了，转产了，还一个碧水蓝天的省会城市才会指日可待。

山北省委多功能会议厅，华灯璀璨，气氛紧张，与会人员凝神静气。省委书记方大同正襟危坐，额头上沁出颗颗汗珠。

大家在省委常委扩大会议上认真学习讨论贯彻《中共山北省委关于整合煤炭资源的意见》。这个《意见》明确了“就地分解，兼并重组，淘汰落后，关停并举”的十六字方针。来自各地市委书记、市长，省属各大企业董事长、经理们都百思不得其解，都希望在文件里找出适合自己所在地市生存发展的一点空间来。

新中国成立以来，山北省煤炭资源丰富，全省大大小小有数十万座煤矿。由此衍生出来的选煤、炼焦企业更是不计其数。生态环境持续恶化，民众怨声载道。几任省委领导都没有解决这关系山北省经济发展的大事。现在走到壮士断腕的时候了，不解决大气污染问题，省委向中央交代不了，向全省人民交代不了。

各地市头头们都希望能为自己的辖地多争取点话语权，都凝心聚力确保年度经济增长指标不掉队。这是一次不寻常的会议。多年来形成的以煤做主导的经济发展格局，一下子要转型发展，转什么？往哪转？怎样转？每个与会人员心中有一连串的疑问。

离水市市委书记柳大鹏更像是热锅上的蚂蚁，忙得团团转。离水市好不容易经过多年打拼，各县市煤矿刚刚有了点现代化设备，比较先进的综采设备刚刚安装到位，全员生产刚刚铺开。这又要整合，又要兼并重组。本来离水市经济在全省本来就被排在最后，多少年的努力眼看就要泡汤了。本来经济发展就单一，再加上淘汰落后产能，地方经济的严峻形势不容乐观。

各地市一把手，各企业当家人，在这生死攸关时刻，大伙当时确实有点丈二和尚摸不着头脑的感觉，拿不出一点好主意好办法。只能按照省委文件及实施办法去执行去落实。大伙以从未有过的认真在逐字逐句地学习理解文件。

“现在到了背水一战的关键期了。这里没有任何借口，没有任何等一等看一看的机会！有的就是立即行动！立即付诸执行！省委要求大家对省委的意见和文件精神不折不扣地贯彻下去！贯彻到每一座煤矿，每一个污染大户，关停并转刻不容缓，保卫碧水蓝天刻不容缓，执行省委文件刻不容缓！省委希望大家，希望各地市向全省人民、向省委、向国务院、向党中央交上一份满意答卷。”方大同书记的讲话振聋发聩，力透纸背，字字千钧，给全体与会人员从未有过的压力。

省委常委扩大会议的精神及文件及时传达到离山县，县里立马组织落实，申德胜一下子瘫了。疲于奔命，舍出全部家底买下的几个煤矿眼睁睁地要被关停重组了。

万一被大型国有煤矿兼并了，重组了，自己还有多少话语权？要是直接关停了，那更是灭顶之灾啊！眼看到嘴的肥肉要被别人抢走了，那个无奈，那个沮丧，真是难以言表。

没有了企业支撑，大把钞票从何而来？一句话，有企业就有一切！就有炫耀的资本！没有企业实体自己还往哪显摆去？一切为零！申德胜大脑一片空白。申家大厦全靠企业来支撑啊！

镇静下来的申德胜重新调整了思路。

# 第十九章　晚霞夕照情无限

## 1

怀念树林沟，振兴树林沟，始终惦记着这块故土的人不仅仅只有齐名、申德胜这类树林沟的精英，曾在树林沟村历史上折腾过一段时间的洪永刚对树林沟也念念不忘。经过运动，有过升迁、进过牢房的洪永刚进入古稀之年的时候，越来越想回到自己生长的地方。因为在这块土地上，他收获过爱情，曾为之流过汗出过力，也为之操过不少心。

洪永刚要回树林沟的消息不胫而走。无论是在村的还是在外打拼的树林沟人，心里发出疑问，这家伙又想出什么幺蛾子来了，还想在树林沟村再耍阴招吗？

洪永刚想回村里的想法由来已久。他不是有什么所图所想，他只是想回村里清静清静。外面的世界太喧闹了，哪怕回乡下拾掇拾掇旧宅子，呼吸呼吸山里的新鲜空气，也比在城里被污染、被人们另眼相看好得多。

要振兴树林沟，眼下各怀心思的齐名、申德胜、洪永刚都有各自的设想和规划，但真正从长远布局，从长远着眼的，只有齐名一人。

齐名让群山披绿、让大地瓜果飘香、让父老乡亲安享晚年的宏愿；申德胜修葺祠堂、盖庙宇，重振申家威风的豪爽；洪永刚流连故土，想从根本上抚平与老百姓隔阂的夙愿，或许都将得到圆满的实现。远离喧闹的城市，寻找一个僻静的地方养老更是洪永刚朝思暮想的心愿。

三个在树林沟历史上都有过影响的人物能不能拧成一股劲，让树林沟村彻底改变一下当前的荒凉与寂寞？能不能实打实地为树林沟的生存和发展做点实实在在的事？能不能让大伙冰释前嫌走到一块议事干事创业？这都是悬在大伙心头的疑团。

经过撤乡并镇后的远山镇党委推荐，经树林沟村民选举，齐名任树林沟村党支部书记兼村委主任。由齐名来带领全村人民振兴发展树林沟。

人无远虑必有近忧。人贫志短，马瘦毛长。诸多古训，诸多家乡观念，逼得齐名不得不下定决心，振兴树林沟。

在省城工作的柴树林钱洛长经常打电话发短信了解齐名的发展现状。有党的领导，有父老乡亲的支持，有众多有同样理想信念的老乡鼓励支持，齐名为树林沟的振兴铆足了劲。

至于申德胜，你能拿出钱来支持树林沟振兴，我们期盼不得；你一意孤行只顾自家祠堂及庙宇的建设，我们也不反对。自古马有马路，车有车道。在当前形势下，在树林沟村办事情，犹如一九四四年父亲在村里组织穷弟兄们办合作社那样艰难，是当代版的子承父业。

洪永刚当然是齐名争取的对象。过去的恩恩怨怨就让它过去吧！难道你要把这恩怨带到坟墓中去？人生苦短，人这一辈子能扑打几个时日？不能再折腾了，折腾不起啊！

省城任教的韩二根、韩三根在职场打拼，在职场发展。韩二根的执着与追求，经过多年拼搏后，不仅顺风顺水，还形成了有自己特色的教育教学风格。他不仅在他所在的区里市里出了名，在山北省也小有名气。

每年的高考更是衡量一所学校的尺子。清华、北大你能进多少？

“211”“985”大学你能进多少？这两把尺子把你学校量得那么无情那么客观，你就是浑身长满嘴也说不清你的办学质量，只有高考成绩说了算。只要高考录取率上去了，清华大学、北京大学等国家重点院校的录取率攀高了，一切都好说，大家颜面都有了。

生源入口关也是横在每所学校门前的一道坎。省城有那么多重点中学，每年中考，人家一类重点中学的录取分数线都在七百分左右，二类的也在六百分上下。韩二根所在学校的录取线则在五百分左右，你就是有天大的本事也越不过录取线关口。这先天的不足让学校领导着急，教师心里憋屈。现实无情地撞击着每个教育工作者的心扉，刺激着教师的神经。

逆势而上，闯难关，涉险滩，狠下一条心，把重点大学录取率、本科上线率、高考录取率提上去是韩二根所在学校全体教职员工头上的大事。

“分槽喂养”，韩二根率先提出自己的主张和见解。因为在农村，他见识了自己家里为了让某一只羊长膘，就单独去喂养它的情况。实行分槽喂养的方法很起效，被喂养的羊，膘长得就是快。

同样，学生要在短时间内提高学习成绩，要在三年的短暂学习时间里积蓄向高考的冲刺能力，在文理分班的基础上，摸清每个学生的学习潜力，按学力分别施教是提高教学质量的一大法宝。

“分槽喂养”关键是“分”，按照学力、按照特长、按照文理科，针对具体学生，选用具体不同的教学手段去挖掘学生的内在动力。学生只要有了学习的积极性主动性，利用三年不懈努力，一定会收获辉煌成绩。“分槽喂养”的教学理念呼之欲出。韩二根知道，农村里父辈们长年累月与大山为伴，为了生计，为了多编闹几个钱，那可是使出了浑身解数！山里人的禀性赋予了韩二根无往而不胜的信念与执着。

韩二根顶着压力大胆施教。不同的辅导班，不同的教学模式，他在探索，他在实践，他在全身心地投入。

每个学生学习成绩的进步与退步，他都记录在案，哪怕是一次小小的单元测试，他都记录在案，认真分析研究。每个学生个性不同，学习潜力也不同，让每个学生爆发闪光点，激发每个学生的学习热情。学情分析，成绩指标，他都做到心中有数，有的放矢，找准短板精准施教。

功夫不负有心人，韩二根的教学成绩每学期都有提高，每届都有突破。韩二根的教学方法教学质量在省城教育界得到了认可，在同行中得到了肯定。这个出身于农村、长于农村的山里人，在省城不仅落下了脚，站稳了脚，还独辟蹊径，走出了一条带有韩二根特色并被大伙认可的高效教学方法，难能可贵。一句话，只要功夫深，铁杵磨成针。涉险滩，上悬崖，攀高山，教学路上的不平坦锤炼了韩二根，成就了韩二根。

## 2

齐名接纳了洪永刚，摒弃了父辈恩怨，团结所有能为树林沟振兴出力的人们，让树林沟早日变成绿水青山的树林沟。分片承包，分山承包，一片一片治理，一山一山绿化，积少成多。把有限的钱投入分片分山的治理中，时间长了，也就达到治理全村的目的了。

八十岁的孙淑兰来了，赵黑妮不顾老年白内障的问题也上阵了。哼哼唧唧的崔良来了，不愿在外打拼的众多乡亲们都来了，洪永刚也上阵了……

志气不倒，干劲不垮，当年老主任未了的心愿现在终于有人要完成了。现还在世及当年追随老英雄的后人们，继承先烈遗志投入新一轮绿化山乡的战斗中来，老主任如果有在天之灵也会为此欣慰。

“齐名，老主任那坟头该修整一下了。”崔良拄着铁锹颤巍巍地挪到齐名跟前说。

“老叔，你还挂念着我爸墓地之事，谢谢您！我去过，好着呢。不知是哪个有心人把墓地打扫得干净着呢。”

“还有谁在留守树林沟？还有谁为老主任清扫墓地呢？”崔良不假思索地说，“孙淑兰，肯定是孙淑兰！”

“孙婶，那可真是难能可贵啊！”

“这么多年，她一直坚守着树林沟，为老主任扫墓，难啊！日久见人心！”齐名被父老乡亲们那颗炽热的心所感动。

晨曦微露，树林沟孙淑兰家的烟囱上已经炊烟袅袅，八十岁的孙淑兰虽然上年岁了，但身子骨还硬朗。由她承揽的植树地离村子不远，就在村子北边的山坡上。齐名为了劝说孙淑兰婶子不知费了多少口舌，最终还是拗不过孙淑兰。齐名的意思是孙淑兰年龄大了，万一有个跌倒或扭伤的，得不偿失。

“振兴树林沟，我只要还有一点力气也都要用上。哪怕一天挖上一个坑，种上一棵树，也是我的一点心愿。你别再劝了，待在家里还憋得慌呢。”

树林沟人确实有这样的秉性，只要有点力气，就从来不会待在家里等吃等喝，总要找点活儿去干，并且把事情办好办妥。孙淑兰是这样，赵黑妮是这样，树林沟人都是这样，整天忙碌才是他们的禀赋，才是他们的人生追求。那种慵懒和趴窝等死的人在树林沟找不到踪影。树林沟人辈辈如此，代代如此。

洪永刚也同样没有闲着，他也向齐明认领了一块绿化地，他要把对老主任的愧疚投入绿化树林沟的劳动中来。洪永刚和申建芳来了，他们的加入得到了大伙认可，毕竟大伙都是为绿化树林沟而来。大伙有了共同的想法就有了共同语言，有了共同语言就容易走到一块，容易将过去的恩怨忘记，容易将过去和现在拢到一起。经过一辈子打拼，洪永刚和申建芳这对年逾七十的老人对家乡的思念与日俱增，因为这里是他们生长的地方。这里的一草一木，这里的坡，这里的梁，这里的沟，这里的岔，这里的豁，拨动着曾在这里休养生息过的所有人的心弦。人非草木，孰能无情？山村面貌，山乡兴荣，是所有游子的牵挂。

父老乡亲们的日子过得怎样？生活困不困难？进城的路通不通？自来水用上了没有？倘若有个病还有医生吗？尤其是老主任的老伴黑妮老嫂的身子骨还硬朗吗？

大都市的高楼大厦吸引不了他们，大都市的灯红酒绿吸引不了他们，大都市的车水马龙吸引不了他们。树林沟的一草一木，吸引着每个外出闯荡的游子。每年清明节的祭祖活动，人们都要踏上返乡的路途。

树林沟的清明祭祖活动更是黄土高坡人亘古习俗的延续。齐名抓住大伙清明返乡祭祖的这个机会，跟大伙协商树林沟的发展。村上每年都要举行祭祖大会，集思广益，激发大伙为树林沟的振兴献计献策。

吃着家乡饭，喝着家乡水，仿佛又回到了孩提时代的树林沟。祭祖大会把大伙对家乡的眷恋化作为家乡振兴出力流汗的机会。会上，大伙无论是对留守老人的关切，还是对树林沟的发展走向，人人有话说，个个有言发。在齐名的组织下，祭祖也变成了热闹的植树动员会。人人参与活动，人人参与植树，一举多得。

每逢植树时节，树林沟人头攒动，参与活动的人逐年在递增，规模逐年在扩大，效果一年比一年好。

各种捐赠也一年比一年多。留守老人们从中也感受到了游子们对家乡的留恋，感受到了一村人的乡情。家乡的土特产、外面的稀罕物品成了大伙互相间的馈赠与关怀。回来时的喜悦，话别时的牵挂，这种动人的场景每年都会准时上演一场。这就是乡愁，这就是乡情。

山梁山坡有宏愿，
树林沟里总牵挂。
棵棵树苗染绿坡，
乡愁乡情浓又深。
有生之年再发力，
荒山秃岭披绿装。
济困扶贫齐发展，
山河披绿志飞扬。

洪永刚时不时发挥自己的余热，经常在树林沟村口的宣传栏上写上几首近似于顺口溜的打油诗。

东家糯米西家油，
想念家乡再聚首。
南山谷米香喲喲，
北坡绿豆熬成粥。
荒山变绿不落后，
树林沟里不用愁，
继往开来是时候，
幸福生活有奔头。

树林沟的发展有了好苗头，荒芜的土地有了被绿化的盼头。重振山河新貌，重塑树林沟风采。原来公社机关的所在地，洪永刚曾刻骨铭心奋斗过的地方，经村委会认可，在洪永刚的收拾下，逐渐恢复了原来的整洁。那满院的蒿草，那破败的窑洞，经过清理逐渐有了生气，有了人烟。

通水通电通路，振兴急不可待。齐名身上流淌的是老主任的血脉，他为了树林沟，舍弃了县城舒适的生活环境和生活条件，抛下妻儿，只身返乡，立志带领村里的群众改变家乡面貌，难能可贵。他的行动得到了群众的欢迎。大伙就像盼星星盼月亮一样，盼望树林沟雄风再起。

北京知青来了，曾与齐建业一起工作过战斗过的领导的后辈们来了，树林沟振兴这是人心所向，人心所盼啊！

山梁在呼唤，溪流在期盼。在外的游子们，拿到了你打工所赚的血汗钱了吗？你拖儿带女流落他乡，哪有自己家乡好啊。咱这里没有欺凌，没有黑恶势力，有的是老乡的热忱、老乡的温暖、老乡的牵挂。游子们，归来吧！

其实在外打工赚那份血汗钱多么不容易啊！树林沟申家的申德胜是出息了，通过几轮煤矿承包发大财了。但申家的另一户申姓人家，申楚明就不那么幸运了。申德胜、申楚明都姓申，都是树林沟的申姓家族，同祖同姓。村民申楚明偏不服老板申德胜，偏不入申德胜的股份，出去另立门户去了，结果事与愿违。

申楚明承包了一段高速公路工程，应说这可是一笔大买卖。高速公路，国家投入大，赚点钱应该是蛮有把握，但问题偏偏出在这大工程上。有工程可干了，把所有亲朋好友都招呼上干大工程去了。没有资金投入，自己走高利贷，先垫上修。总而言之，言而总之，一定要把工程拿下来。工程接近尾声，发包方总得给点投资吧。左推右拐，老是拿不到钱，临了，交工了，验收了，却找不到发包方了。

原来申楚明承揽的竟然是一个转手的二手工程。用老百姓的话说，吃的是“过水面”。上百万的工程款一个钢镚都没拿到，申楚明没辙了，抛下家小，出走他乡。这亲朋好友们，除了干活一天吃了三顿饭外，分文未拿。钱没挣着一分，欠债倒比山高。申楚明至今不见人影，这叫什么日子？妻子没有指望了，拖儿挈女逃回了离山县城，找了个僻静的地方暂时躲了起来。生活没有了来源，靠什么生活下去，其他本事没有，摆个小菜摊，当日挣，当日吃，还不至于饿死。

申楚明啊！申楚明！你如果没有那发大财赚大钱的命，就是死守树林沟也不会落到今天这地步。申楚明，你人在哪儿？人们没有一点点消息，没有一点点线索。

投亲靠友想赚大钱的人们，钱没有赚着一分，空手返乡，脸往哪儿搁？一气之下都流落他乡没有了踪影。人啊人，你如果没那挣钱的本事，没那发财的命运，就是死守在这黄土高坡上也不至于落到有家不敢归、有亲不能认的下场。

人家树林沟村的一户白姓人家，曾也没有做什么发财的梦。人家在省城落脚后，踏踏实实地从摆地摊开始，卖报、卖菜、饭店打工，一步一步发展起来。几年下来，慢慢积蓄了一笔可观的财富。从搞服装批发到调味品批发，像滚雪球一样，越滚越大，靠自己的实力涉足房地产，其资产少说也上亿了。在树林沟，虽然不能和申德胜相比，但也是名声大噪。

人这一生的财富是凭自己的真本事挣来的。干事都讲一个天时地利人和。在这激烈的市场竞争中，求神拜佛就成了人们不自觉的行为。这举动给五台山增添了人气。不信？你去五台山看看，求神拜佛络绎不绝，去五爷庙许愿还愿的不计其数。究竟有没有那么灵验？反正许了愿，就得还愿，心诚则灵。这样一来，五台山不热闹才怪哩！树林沟申家、白家就是五台山的常客。他们两家一年往五台山投的钱令人惊叹，令人不可思议，在树林沟人眼里那都是天文数字、动辄几万、几十万，上百万。

## 3

树林沟是根，树林沟是魂，这里有大伙的牵挂。大伙牵挂这里的一草一木，这里曾给了大伙思想，给了大伙精气神。无论人们走到哪里，无论挣了钱，还是没有挣钱，大伙都心系家乡，关注家乡的发展变化。

凭借山里人的禀赋，白石松一鼓作气，在大远的黄金地段拿下了几块楼盘。那楼房的热销，让人目瞪口呆。地产业蒸蒸日上。白石松正是看准了商机，找准了投资门道，钱赚得盆满钵满。

白石松没有忘记树林沟的老百姓。逢年过节，车车米面油拉回树林沟，人人有份。米面油基本满足了留守的父老乡亲一年的生活所需。白石松不盖祠堂，不修庙宇，从另一个方面去关心父老乡亲。

村民们得到白石松的关照，自然念他好，念他厚道。白石松对父老乡亲的牵挂也日渐加深。每逢夏天，他都要专车跑河南拉上一车西瓜，运回树林沟让老百姓解暑。每到寒冬腊月，他要买上御寒的衣物赠予村民。这或许应验了那句“好汉护三村”的古语。

人们在得到白石松馈赠的同时，自然要牵挂在外闯荡、钱没赚着反而妻离子散的申楚明。

几经打听，几经寻访，人们找到了申楚明的妻儿，大伙执意要把他们寻回村里，让他们过安稳日子。齐名肩负大伙们的期盼，多次上门与申楚明老婆孙香香交谈，告知村里父老乡亲对她母子的牵挂。孙香香由于对父老乡亲们充满歉疚，执意要在城里过风雨飘摇的日子。在树林沟村这个大家庭里，人虽然走了，但情还在，只要是树林沟人，你在外面发财了，大伙为你高兴，你在外面遭罪了，大伙为你念叨不休。俗话说，人不亲，土还亲哩。

故乡情结，故乡牵挂，让孙香香放下了内疚，时不时地也回村走走看看。一来二去，大伙也就不再去追究所欠的工钱了。因为在大伙心里，申楚明还不是那么不地道之人，还是个比较靠得住的树林沟人。只不过是经不起骗，经不起折腾，这号子事无论搁到谁头上也轻省不了。

在父老乡亲的感召下，申楚明终于露面了。原来这几年他跑到外省，钻进一家个人小煤窑里挖煤，他发誓要把欠父老乡亲的钱给还上。可那么多的债，你一个人钻煤窑能还清吗？

念在同根同祖的分上，看在申家家族的脸面上，申德胜在申楚明这件事上出手很大方。他被申楚明落难的情况所撼动，他把孙香香从城里、把申楚明从外省给叫回来，安排他俩在树林沟生活，在树林沟发展，并把申楚明欠下大伙的债一一给大伙还上。申楚明对本家叔叔的出手相救感恩戴德，夫妻二人跪在申德胜脚下叩头以致谢意。

## 4

多年挣扎、多年躲躲藏藏、多年没有人模人样地过日子的申楚明如今卸下千斤重担，终于能挺直腰杆回到现实中来了。面对大伙的接济和申德胜大叔的慷慨解囊，申楚明回到树林沟，犹如回到妈妈的怀抱，有多少心里话要对妈妈说啊！

只有树林沟是平静的。这里没有尔虞我诈，没有欺蒙拐骗，大家都守着自己的庭院，在黄土地上刨闹生活。生活是苦了点，但自足有余。这几年，种地国家还给补贴。农村人自己种自己吃，日子过得安稳，不用担惊受怕。

虽然没有了赶着牛扶着木犁唱着牛曲儿的大生产了，但用镢头掏地一天也能掏上一亩三分地。包产到户后，大部分人们丢下土地跑出去了，孙淑兰和崔良这些坚守乡村不离不弃的老人们却还在挥着镢头开垦土地，种粮。拿汗水换来的粮食分外好吃。

小杂粮是树林沟特产，各种豆类、谷类应有尽有。那绿格盈盈的绿豆，那金灿灿的软米，那黄辣辣的黄米，那红艳艳的红芸豆……家乡特产数不胜数。

在外打拼的人们是吃不上家乡土特产的，就是用黄豆捣下“钱钱”也格外受人们喜欢。村里人尽量把土特产种得足足的，莜麦、荞麦、豆类（绿豆、扁豆、豌豆、小豆、芸豆、黑豆、黄豆、红小豆……）谷子、高粱、玉米、土豆、红薯应有尽有。每逢节假日，大伙都互赠礼品。这些地道的土特产在市场上都是稀缺货，尤其是自家石磨石碾加工下的米和面，分外香。

近年来，政府三番五次动员树林沟的留守人员搬出树林沟，但这里的人们至死不离寸步。因为这里有大伙割舍不下的情结，这里掩埋着曾为这块土地流过血付出生命的齐建业、柴二小、马建荣三位烈士。这是一块用鲜血染红的土地。这里的一草一木，铸就了他们的品质。在树林沟生活是他们终身的追求和信念。生活就是这样，放着舒适不去享受，放着温暖不去体会。齐名更是到了晚年才活出了自己的向往和追求，树林沟有他的牵挂有他的念想。老妈妈的执着，呼唤着他告别县城的生活。他在夹缝里挣扎，一面是财大气粗的申德胜、白石松，一面是步入耄耋之年的留守老人。他在谋划着树林沟的发展与未来。

土地包产到户四十年了，四十年的光阴不是一个早晨或一个晚上能表述清楚的，往事如烟。

树林沟村能否在党振兴农村的道路上有足够勇气，豪迈地描绘出新时期新景象，能否旧貌变新颜，这些都需要上靠党的好政策，下靠出走他乡的树林沟籍的致富精英。树林沟要变是绝对的，只不过是个时间问题。树林沟坚守山村的父老乡亲们有足够的信心，让树林沟发生更大的变化。

无论是从施舍的角度，还是从炫富的目的去看待白石松为树林沟父老乡亲提供的米面油，但这无疑解决了当下大伙拿着杂粮换白面的困难。在馈赠与交换中大家拉近了情感，领悟了乡情。大家曾在一起生活，一起送走了太阳迎来了月亮。各家各户什么时候生娃了，哪家要娶媳妇了，哪家老人走了，像孙淑兰这种“全村通”人物大有人在。因为大伙整天一块出工，一块收工，一块劳动，这些都让全村人紧紧地团结在一起，大家荣辱与共。

心地善良、性格倔强的孙淑兰面对米面油来者不拒，都收下了。那些叫不上名的油馍蛋糕，她一口也没吃。那松软的糕点，她认为肯定有说不清的东西在里头，她把这些东西都施舍给满院子撒欢的鸡们了。你看看，那只被孙淑兰叫作“大花”的公鸡自从吃了孙淑兰施舍的糕点面包之类的食物，一路高歌，母鸡们被它给压在翅膀底下不敢动弹。大红公鸡，油亮脖子金黄脚，趾高气扬威武庄严似天皇。

这几年雨水好，孙淑兰黄豆种得多，也收得多。一年四季，在青石上拿了铁锤砸“钱钱”成了她的主要工作。黄豆洗净在开水里稍微煮一下，捞出来控干了水，及时去砸，孙淑兰一上午也能砸五六斤黄豆。钱钱饭是树林沟人的家常饭，既有营养又解饿，早上喝上两碗钱钱稀饭，拌上一碗炒面，出去干活，一上午也不会乏力。老习惯，老生活，树林沟人离不开这茶饭。

## 5

淘汰落后产能，兼并重组，还山北省一个碧水蓝天的攻坚战还在持续打响。省里的十六字方针还得不折不扣地继续贯彻落实。省里的督查组马上就要到离山县来了。

国家的环保文件从中央到地方齐刷刷压下来，申德胜犹如井底之蛙，再怎么蹦跶都无济于事。

人生苦短，这苦短人生就没有一天消停日子。与其这样，还不如守在树林沟村的父老乡亲过得舒坦。为了钱，为了申家，为了这身世，为了这荣耀，老板申德胜累了，确实累了。

说关闭，一夜之间就全关闭了。仅仅留下的一座煤矿还有待升级，有待提档改造。

蓝天保卫战让申德胜一下子损失了几十个亿的资产，兼并重组让申德胜获得了一席生存之地。各种社会公益事业让申德胜名满离山县，申德胜的功德在离山县连三岁小孩都知道。申德胜一夜之间明白了许多，有失去就有收获，有收获就有付出。反正出出进进，进进出出，人生在世就是在进进出出上做文章，在进进出出上安身立命。

在被关停的矿区搞房地产，这又是一出热闹大戏。这出戏能否演好，主角申德胜又披挂上阵了。住有所居，居有所乐，符合国家的政策导向。首先就是要把工业用地性质变为民用性质，否则你是不能在原来矿区开发楼盘的。这个改变是一个不容易迈过去的坎，首先国家要征收数目不小的变更费。

人在社会上蹦跶，财富从事业中来。在申德胜的人生逻辑里，赚钱一直是他的主旋律。多年的商海搏击，锻造了申德胜弄潮儿的强健体魄，摔打出了他对经济发展情况的高度灵敏度。跟着时代走，随着国家的大政方针大步迈，天无绝人之路。

洪永刚儿子洪伟就担任离山县土地局局长。天助我也，这么顺风顺水的事，也许不用吹灰之力就可顺利得手。反正落后产能淘汰了，原来的矿区闲着也是闲着，变更土地使用性质，还能为地方财政提供一笔数目不小的收入呢。洪伟念及老乡之情，对于申德胜的需求，他也准备网开一面。最近离山县经济工作会议明确提出要开发新项目，用新项目驱动新经济发展。洪伟顺水推舟，为申德胜的房地产开发大开绿灯，为自己的政绩浓墨重彩地描摹上一笔。

老有所养，住有所居，学有所教，教有所学，是离山县迫在眉睫必须解决的现实问题，这与建设文明社会和谐社会的主基调严丝合缝。

离山县二十五个乡镇三十万人，都往县城挤，住是问题，娃们的上学更是问题。乡镇学校几乎全部关闭了，唯独城里的学校挤得满满的，一个教学班挤进七八十号学生已不是什么稀奇事了。要开发房地产可以，配套修建学校也是必然选择。

居住在村里的人是奔着城里学校多，才在城里买房子住的。修建的楼房有配套学校，就会有人买了。修建楼房与修建学校同步进行，修建学校比修建楼房还得提前。申德胜为自己的完美设想感到开心，往脑门子上狠狠拍了一巴掌。

不管人家申德胜怎么样挣钱，那是人家的本事。对父老乡亲的赠予，对处于困难境地的人们的扶持那还是有目共睹的。

小小县城，一座座楼房拔地而起，相关产业也如雨后春笋一样，琳琅满目。各种档次的家装业，装饰材料比比皆是。离山县城发展蒸蒸日上，大街小巷都显示出旧貌变新颜的大趋势。

整洁楼宇，宽敞街道让人们告别了过去，迎来了新生活。生活富裕，市井热闹，给黄土高坡上的离山县带来了繁荣与兴盛，也带来了鱼龙混杂的怪象。一个小小县城各种歌厅舞厅遍地都是，都隐蔽到地下室进行活动。珠宝玉器让人眼花缭乱，硕大的耳环金灿灿地拽在每个发福女人的耳垂上。粗细各异的项链无论是钻石还是纯金都那么光亮那么显眼。

这个变化让人不敢想象。现代生活的做派，灯红酒绿的演绎，强烈地显示着人们精神面貌的巨大变化。申德胜更是其中的佼佼者，名车豪宅，能与其相提并论者，寥寥无几。

婚丧嫁娶，红白之事，总要闹腾上三五天。上档次的烟，出了名的酒，价格不菲的饭菜，也有人消费得了。有钱人办有钱人的事，有钱人家如有老者离世，肯定是迎来了大操大办的绝好机会。那齐刷刷的黑丧服、黄丧服，按照死者的级别都有一定讲究。偌大的一个小县城每天上演多起婚丧嫁娶，这里延续着由农耕文化延续而来的做派与讲究。

给儿子办喜事了，除了上档次的酒席外，“混媳妇”也是其中重要的一项内容。公公背儿媳妇，是最为重要的一项，这场面可是波澜壮阔啊！这其中有想背的，有愿意背的，有不愿意背的，有强行绑架背上的。那公公的脸上被涂抹上黑乎乎的油彩，比包公的脸还黑。那“搢炒面”就更耐人寻味：公公胸前挂上预先准备好的“炒面笸箩子”，笸箩里放了不少炒面。“混媳妇”的主持人对公公进行审问：

“炒面香不香？”

“香！”

“好吃不好吃？”

“好吃！”

“还想不想再吃？”

“还想再吃！”

……

以上“审问”，公公必须进行正面回答，否则，就会受到惩罚。不管回答正确与否，公公都要被“搢”上满脸炒面为止。……总之，一场婚礼就是一场喜剧。把所有“节目”表演完后，才能正式进入婚宴，才能进入觥筹交错，推杯换盏，喝酒敬酒的大战中。每场婚宴不喝个酩酊大醉，不喝个东倒西歪那就不是好婚宴。中国的酒文化源远流长。

## 6

当年在树林沟办学成绩斐然的苏旺，已届九十岁高龄了，他已退休三十年了，拄了拐杖在县城的广场上晃悠。他虽然住在城里，但树林沟有他的牵挂。每每遇到从树林沟进城的人，他都要把人家拦住问长问短，问树林沟的人，问树林沟的物，问树林沟的一草一木。树林沟村是他的牵挂。当年那火热的办学热情，用汗水浇灌的农业中学，经自己悉心培养出的学生一茬又一茬，一届又一届，苏旺为树林沟公社的发展贡献了自己的全部精力和智慧。

现在看着广场上那个个充满朝气充满活力的舞者们在欢快的乐曲

中翩翩起舞，不免要回想自己年轻时在干什么。时代不同了，人们的生活方式截然不同。过去讲吃苦，比奉献，舍小家为大家，跟着老主任干工作，生怕掉队，现在年轻人讲幸福比快乐。面对现实生活，苏旺释然了，人们祖祖辈辈奋斗的目标不就是为了让下一代过上好日子吗？

苏旺头脑还清醒，他把晚年生活安排得井井有条。早上六点起床，简单洗漱后沿河滩马路遛弯，八点准时吃早餐；上午十点在附近菜市场买点新鲜蔬菜，中午十二点吃午饭；然后午休一个小时，下午在广场上，从三点到五点，听人们唱歌，看人们跳舞；晚上六点吃晚饭，七点准时看新闻联播；八点洗漱，九点上床入睡。有规律地生活。苏旺虽然年事已高，但精神矍铄，还有精力颐养天年。

由于退休得早，养老金一个月也就四千来块钱。苏旺一辈子节俭，从来不乱花一分钱。就是小孙孙向他要点零花钱，每次都没超过十块钱。但对现在还生活在树林沟的孙淑兰、赵黑妮、崔良三人，他每月都要给每人寄上三百元钱，这是铁定的，谁都阻止不了他。因为树林沟是他的牵挂，他一辈子就扎根在树林沟，他的念想就在树林沟。

那纵横交错的山梁，那沟壑纵横的黄土高坡，那里有苏旺的青春年华，有苏旺奋斗过的足迹。一排排窑洞齐整整，一排排教室亮又明，苏旺的成绩斐然。南山的果树、南河湾的玉米，记录着农中学生劳动的身影。

是老主任把办好农业中学的重任交给了他，苏旺没有辜负老主任的嘱托，把农业中学办得有声有色，远近闻名。看着自己亲手教出的学生个个有出息，人人有成就，苏旺心里有说不出的高兴与欣慰。

同学们牢记老主任和苏校长嘱托，成长在树林沟，发展在树林沟。是学校给他们插上腾飞的翅膀，让他们翱翔在树林沟的蓝天下。

苏旺念想着过去的一切，历历在目。树林沟在老主任的带领下，就是在最困难的一九六二年、一九六三年，也家家有饭吃，户户没断过粮。每个工分值，能分上一块钱。那时一个参加工作吃皇粮赚薪水的人，一个月也就是三十来块钱。树林沟的土地养活了成百上千的树林沟人，同样，成百上千的树林沟人惦记着树林沟这块社会主义的热土。

一九六四年社庆二十周年时，公社的发电厂把光明送到各家各户，从省城赶来的领导都发出啧啧的赞叹声。那个骡马成群，那个丰收在望，漫山遍野的庄稼吸引着省城的艺术家们，他们为此感叹，为此留恋，为此歌唱。

树林沟村离乡出走的人们割舍不下这段牵挂。齐名回来了，申德胜回来了，白石松回来了，申楚明回来了，洪永刚回来了，很多在树林沟村劳动生息过的人都回来了。他们给家乡带来了振兴的希望。他们集思广益要再造树林沟，要把一度荒芜的土地重新披上绿装。老板申德胜更是利用自己的优势，要在原先的街道上修建一幢幢别墅式的小楼房，让树林沟告别过去一排排的窑洞，告别过去清一色的砖瓦房，换成清一色的钢筋混凝土结构的建筑。有设想就有动力，有动力就会有成果。

远在省城的柴树林、钱洛长、韩二根、韩三根，以及在离山县城定居的韩大根都蠢蠢欲动。韩家弟兄虽然不是树林沟土生土长的人，但他们在这里求过学，曾得到老主任的关怀，一块毛毡的温暖，至今不忘。他们已届退休年龄，他们有自己的想法，只要退了休就返回树林沟，在树林沟拾起往日回忆，在树林沟安享自己晚年。他们要与树林沟村同呼吸共命运，拾回过去的繁荣，重建昨日的辉煌，让树林沟村永披绿装。

背着野菜汗淋淋，
走起路来慢慢行。
全身力气用不尽，
人生在世有输赢。
笨人做事笨人扛，
回转村里打一仗，
生活路上不下战场，
欠债不还白活一场。

唱着反映自己内心的山曲，在山间小道上奔波的孙香香回想起自己这几年的所有遭遇感慨良多。在齐名的多次劝说下，她才重返树林沟操守正业，除了种好自己的口粮地外，她还养起了猪。现在养猪收入也不错，效益蛮好。申楚明钻煤矿多少也积攒了点钱，申德胜出手相救，燃起了他俩活下去的希望之火。平时对于那些在困苦中挣扎的亲朋好友，他总是省出些钱来弥补自己曾经揽工程欠下的遗憾。

孙香香养猪，饲料成了大问题。河道里的几亩地都种上玉米，玉米产量高，也就能将就着养十来口猪。除了精饲料，野菜便是山里的宝。漫山遍野的野菜任你去挖，一上午一箩筐，一下午一箩筐，一箩筐野菜足有五六十斤。山里人会挖野菜，野菜营养丰富，猪吃上长膘。

孙香香一鼓作气，生活得有滋有味。搁在齐名心上的一块石头总算落地了。试想，如果没有齐名三番五次的劝诫，孙香香现在不知会生活成什么样子。

在小小县城，你要立足，你要生活下去，会面临方方面面的压力。孙香香心里清楚，要让自己的蔬菜不烂在手里，就必须低价出售。这样一来，就会引起诸多卖菜人的围攻，迎来的不是白眼，就是一口鄙夷的唾沫。人在难处，当时要是有一道地缝她会立马钻进去。自己要及时把菜出手的原因是家里还有放学回家要吃饭的孩子们。所以，孙香香就在小县城里流动卖菜，今天城西，明天城东。不管三七二十一，钱可以少挣点，主要是出手要快。虽然现在的人们有钱了，但同样的菜还是捡便宜的买。孙香香在城里卖菜，名声大噪。因为孙香香的菜不仅价格便宜，给的分量还足。其他卖菜的可不吃你这一套，因为孙香香的举动影响了他们的生意。

路由人走出。根据市场行情，孙香香一直这么干也不是办法，长此以往，除了引发众怒，自己在精力上也承受不了了。好在有好心人给她指路，让她往集体食堂送菜，比如学校食堂。眼前一亮，这倒是个好主意。于是，孙香香马不停蹄地往学校送菜。这样既减少了与众多菜商的矛盾，还能省出不少时间。

楚明啊，楚明，你不要躲闪了，露一露面吧！一味地钻煤窑，你那身体吃不消啊！孙香香顾不了那么多，安顿好家里，她只身去省外找自己的夫君申楚明去了。

申楚明得知自己的妻子在寻找自己时，他六神无主，不知如何是好。他不仅欠了乡亲们的债，更欠了孙香香无法弥补无法躲避的债。面对欠债，面对内心无法言语的苦衷，想到这里，他连死的心都有了。自己还算是个男人吗？还算个当父亲的人吗？还算个合格丈夫吗？都不算。他迟钝了，他木讷了，他两腿发软跪倒在孙香香跟前……

亲人相见，孙香香依偎在申楚明身上，一顿乱拳打下去，好像要把多年的怨恨一下子向申楚明发泄出来。伴随而来的是号啕大哭，她要把多年来的冤屈苦难一口气向申楚明倾诉完。申楚明完全忘记了自己还是一个男人，夫妻俩哭成一对泪人。

好在有工友们的安慰，这对患难夫妻终于停止了抽噎，渐渐恢复了平静，转哭为笑了。就像一场六月的雷雨天气经过电闪雷鸣，疾风暴雨后，一会儿天开云散，彩虹出现。一切都在无言的安慰中。夫妻互相谅解了，一切都过去了。抚平了创伤，申楚明和孙香香决计重返家乡大干一场。

树林沟以博大的胸怀接纳了这对在外漂泊饱受屈辱的儿女，只有在树林沟里奋斗才是他们唯一的出路。树林沟村不会嫌弃自己孩子在外所犯的过错，她时刻惦记着孩子们的苦楚，对他们疼爱有加。

# 第二十章　远山在呼唤

## 1

山岭像含羞的姑娘被晚霞涂抹得泛起红晕，远近归巢的鸟雀们叽叽喳喳拍打着翅膀在树枝上唱起了幸福的欢歌。申楚明和妻子孙香香背着行李赶傍晚时分终于回到了树林沟。

孙淑兰倚靠在墙头上，手搭凉棚向南河湾张望着缓缓向村子走来的两个人，越来越近了，从那走路的样子，她一眼就认出是自己的侄女和侄女婿。那份高兴，那份焦急，已然忘了自己已是八十高龄的人了，跌跌撞撞走出大门，一直向村南走去。

“姑姑，我给您丢脸了！我们给树林沟丢脸了……”孙香香和申楚明边说边齐刷刷跪在孙淑兰脚下。

“这是把话说到哪儿了！快起来，快起来……怪不得，我的左眼跳了一天了，原来我宝贝侄女回来了！”说来话长，这孙香香是孙淑兰的亲侄女。孙淑兰是看到申楚明有文化有出息，才把自己的娘家亲侄女介绍给申楚明的。改革开放后，年轻点的都打捆上行囊离开树林沟村跑到外面赚大钱去了，申楚明和孙香香也在闯外的队伍中，唯独剩下孙淑兰这些上了年纪也不愿意走出树林沟半步的老人们。关于申楚明及侄女孙香香的传闻，她从他人口中多少知道点儿，但具体是怎么亏损的，怎么受骗的，她就不知道了。

申楚明返乡是由来已久的打算，只是找不到突破口。如今孙香香亲自找到煤矿，经历了那番哭闹后，把所有的冤屈都倾诉得一干二净。告别了阴森的矿井，回到离别已久的树林沟，申楚明心想，只要自己还能动弹，他就一定能干出个样来。孙香香认同了申楚明的想法和主张，他俩要在树林沟大展身手了。

村里原来的养殖场虽然破落了，整修拾掇后，还是可以派上用场的。搞养殖业，首先从养猪开始。这是孙淑兰的老本行，其他的干不了，当个养猪顾问还是合适的。孙淑兰支持侄女养猪。万事开头难，没有第一步，就不会有后面的千万步。外出闯荡给申楚明上了一课，他就不信凭借自己的能力活不出个人样来。

修整猪舍，购置饲料的加工设备，赶集买猪崽，申楚明马不停蹄地忙着。有了孙淑兰姑姑的参与和指导，他有浑身使不完的劲。他心里想：不打闹出个行行道道来，就枉披了一张人皮，就枉费了人家孙淑兰姑姑曾经对自己的赏识。

申楚明在外求学的两个儿子也利用假期时间回村帮助父母，父母的辛劳他们看在眼里，有多少辛酸他们和父母一起吞下。苦难就是成长的良药，两个孩子干起活来没有现在年轻人那么娇嫩，干什么活都下手泼辣，没有躲闪。

看着申楚明铆足干劲地生活，日子也一天天好起来，孙香香以前遭人白眼的日子一去不复返了，自己也打起精神来尽力帮着申楚明。

对于本家叔叔申德胜的慷慨解囊，申楚明心里清楚，只要能凑上个整数，他就一定还上。为此，申德胜和申楚明还曾闹得翻了脸。

“我说过，帮人就帮了，哪有事后反悔的？”

“叔叔，哪有过河拆桥的！过河拆桥，那还叫人吗？我知道，你赚钱也不容易，你摊子大，花销大，我小打小闹，花销不大。给你还钱是迟早的事，我一下子全还不上，总不能不还。你出手大方，就让我，让我们全家感恩不尽了。你是我们全家的救命恩人。”

“我宁愿你过河拆桥，也不想让你还钱！”说到激动处，申德胜全然不顾自己董事长和本家叔叔的身份了。不管三七二十一，申楚明还钱的主意是铁定的，他死缠烂打也要把欠的钱给还上。申家的祖训不能丢。申家在树林沟村曾经是名门望族，即使现在都在商海里闯荡，但老祖宗的遗风不能被遗弃了。申德胜一心要修建庙宇祠堂的初衷也正源于此。在申楚明看来，自家叔叔申德胜在他几乎绝望的时刻能出手救他一命，已经感恩不尽了，哪有欠账不还之理？在申德胜看来，他们既是本家又是同村，自己接济自家人，理所当然，哪有索要之理？一个坚决要还，一个坚决不要还，各有各的理。

申楚明从书店里买回不少有关科学养猪的书籍，抽空就翻阅上一阵子，用科学的方法催肥上膘，不搞那些急功近利的做法。

申楚明啊申楚明，你早知现在，何必当初呢？走出去，那样上当，那样受骗，那样东藏西躲。现在才清楚了，现在才觉醒了。人要有担当，要有魄力，困难只是一时的。你再不振作起来，就不要抱怨社会对你不公。对于申楚明的处境和遭遇，齐名设身处地为他着想，时时事事关心他，照顾他。申楚明心怀感激，积极认领了五十亩山坡地，按照齐名及村里的统一规划去做绿化。

树林沟的胸怀是博大的，她张开双臂去迎接每一位归来的树林沟人。无论是腰缠万贯的申德胜，还是欠了一屁股债的申楚明，像“母亲”一样的树林沟没有嫌弃她的孩子。

南山的沃土在召唤着你，北岭的梯田在呼唤着你。归来吧，我的孩子们。归来吧，树林沟的乡亲们。这里记录着你们曾经的欢歌笑语，这里需要你们去开拓，去谱写新世纪的灿烂篇章。

有牵挂就有念想，有念想就有奋斗，有奋斗就会有灿烂辉煌。人生也就那么一瞬间，在这日新月异的世界上，慵懒和躲避都是自己无所作为的借口。树林沟有过辉煌的历史。现在的大山等待披绿，河湾等待开发，这里的一切都需要她的儿女们去振兴开发。

远在省城的柴树林、钱洛长这几天也坐不住了，他们始终牵挂着树林沟。尽管柴树林最终还是把老母亲接到省城居住，但过多的是是非非，过多的计较，过多的攀比，过多的嫉妒，使他厌倦了官场。

## 2

官路遥远，官路险峻，时刻检验着每个人的政绩。望眼欲穿，漫漫官路，让每个在官场上奋斗不息的人们都到了筋疲力尽的地步。

本来就是人民公仆，利用人民给予的权力为人民服务理所应当，但你想凭借手中的权力去捞钱，那就大错特错了。想当官就别想捞钱，想捞钱就别去当官，就这么简单。如果你在官位上，挖空心思去捞钱，总有一天纪检机关会找上门来。道理明摆着，尽管中央三令五申，有些人还是经不起权力与金钱的诱惑，想“名利双收”。

柴树林身上有着树林沟人不贪国家便宜的基因，他也看到自己身边那些曾风光一时但现在已经落马的干部们的下场。时刻警告自己，时刻提醒自己：不要走到人民反面。心里常念叨那句《七品芝麻官》里“当官不为民做主，不如回家卖红薯”的台词。为官之道，只有通过自己努力、自己奋斗得到领导信任，人民拥护，那才是正道。那样做官，心里才踏实。

柴树林始终坚守做官的底线。从山里走出来，从上大学到一路升迁，做到正厅级别已经是非常不容易了。有多少同学能和自己一样走到这个位置上，那简直是寥寥无几。站好最后一班岗，把自己的现职工作干好，无愧于一个党员干部的初心。自己现在衣食无忧，最牵挂的就是树林沟的振兴与未来，好在有齐名带领，有申德胜、白石松、洪永刚参与，树林沟振兴指日可待。人家申德胜财大气粗，只要找到一个合适的切入点，操办树林沟的事那就是小菜一碟。在关键时刻自己要头脑清醒，不图升迁，不图私利，抑制欲望，树立榜样，在厅里彰显正气，不能跌入升官发财的旋涡。

## 3

山北省大远市委书记年富力强，是一颗耀眼的政治新星。随着腐败案被揭露，身陷囹圄触目惊心。

人们眼看升迁无望时，把精力都倾注在麻将桌和扑克牌里面了。柴树林不自觉地迈进了这支队伍的行列。“麻友”们无暇顾及家里那口子的唠叨与埋怨，于是那口子就找上门来，哭闹的，掀桌子的，叉腰数落的，比比皆是。

闹腾归闹腾，但总不至于要闹到离婚的地步吧。本来一辈子你恩我爱地下来了，中途失算，一气之下走到分手的地步，叫谁都伤心。

在公司已经当上经理的齐爽与娇妻孟丽本来是青梅竹马从一个离山县走出来，走到省城。孟丽本意是自己平时多吃点苦，让齐爽一直往上走。齐爽为人忠厚，办事公道，虽然文凭不高，但连年的函授与自学让他拿到了本科文凭。就是人比较内向，不那么张扬，有股子儒雅气息。妻子孟丽忍不住经常数落他几句。

齐爽分身无术，把老母亲孙淑兰撇在树林沟没能尽上一点孝心，对这件事也一直耿耿于怀。时运不好，又遇上孟丽这样咄咄逼人，实在无力招架。分就分，离就离。

孟丽出言不慎，与齐爽分手。齐爽看在夫妻一场的分上，力图挽留不该拆散的家庭。孟丽还死钻在牛角尖里不能自拔，不给自己留一点退路。齐爽的忍让终于到了极限，孩子是妻子孟丽的救命稻草，她想利用这根稻草来维系被她撕裂的家庭。但为时已晚，民政局一本装帧精致的离婚证结束了他俩无休止的吵闹。

在孟丽心里，齐爽还是挺合适、挺称心的伴侣！只是看着人家平时不怎么样的人都一个个提拔上位了，齐爽还纹丝不动，还在原地踏步，孟丽心里就不大舒畅。

## 4

相濡以沫和睦安宁的家庭就这样在攀比中破裂了。把精力放在工作和学习上不是更好吗？偏偏出来个攀比，“攀”散了家庭，“比”落了亲情。有专家还说，攀比是激发人们干事创业的动力。准确地说，在生活上说攀比，在工作上说竞争。不管攀比还是竞争，见好就收，死钻牛角尖一味地攀比下去，最终局面会变得不可收拾，反而会适得其反。孟丽后悔了。覆水难收，后悔已经晚了。齐爽把所有房产都给了孟丽，毕竟夫妻一场，还有心肝宝贝女儿。齐爽算是净身出户了。

孟丽内心清楚，她虽然表面上雷厉风行，但实际上最吃亏的还是自己。结婚近三十年，自己从父母那里得到不少遗产，加上她和齐爽的积蓄数目不菲，多年来为了让齐爽出人头地，明里暗里扔出了不少钱，但总不至于除了房产就没有其他资产了。原本以为再怎么闹腾也不会走到分手的地步，这下可好了，自己头脑一热竟然上当了。老爸老妈留给自己的家产足够买车买房了，这些积蓄是自己叫齐爽去送的，有口难辩啊。现在官没当上，提拔无望，反倒把自己给秃噜出来了。那钱还能要回来吗？孟丽决定和齐爽认真谈一次，想重新挽回破裂的家庭，或是拿回属于自己的那份积蓄。

聚龙酒店，一家省城的豪华酒店。一间名为“投石问路”的包间里，在天蓝丝绒窗帘的掩映下，齐爽端坐在松软的真皮沙发里，重新整理了一下领带，往后脑勺捋了捋油亮光滑的头发，显得格外精神，格外豪爽。齐爽漫不经心地品上一口龙井茶，专心致志地等待孟丽的到来，看来他胸有成竹，有备而来。

包间虚掩着的门被推开了。头发蓬松且凌乱的孟丽泪眼模糊，一下子扑到齐爽怀里，来不及躲闪的齐爽被孟丽死死地压在沙发里动弹不得。这一突然出现的现象让齐爽始料未及。任何的推搡都无济于事，任何的反抗也奈何不了这死缠烂打的号啕大哭。齐爽见过孟丽悲痛欲绝号啕大哭的样子，那是在孟丽老父亲即将被火化的那一刻，那是孟丽被游天佑欺负了的那一刻。现在时过境迁了，婚已离了，孟丽忽地冒出这么一出，让齐爽感觉莫名其妙，一时不知如何是好。

孟丽忽地站起来，不哭了，开始不停地数落起齐爽来。齐爽一如既往，不动声色。

现在色厉内荏的不是齐爽而是孟丽，处于被动地位的是孟丽。婚离了，家散了，房屋家产归你了，你还有什么得理不饶人的？这于情于理是我齐爽吃了亏，被你孟丽扫地出门净身出户了。你闹腾，我给足了你情面，给足了你时间。

一招落空，再来一招。孟丽直接向齐爽提出过去一起生活时的大额开支与收入之间的巨大差距，要齐爽说个清楚。其实每次支出都是经过齐爽和孟丽的仔细谋划后才由齐爽战战兢兢地给人家送去。目的只有一个，就是想升官。眼看着每次送出的钱都石沉大海了，面对不温不火的局面，孟丽有点坐不住了。于是就把一切归咎于齐爽，是齐爽没出息，导致孟丽无尽的发泄与数落。

齐爽自己心里明白，即使是最难听的数落，最不堪的辱骂，他都受了。因为他心里有底，假若没有孟丽的数落，他倒有点不自在了。他瞒着孟丽，每次都不是把钱送出去，而是私自另立账户把钱存了起来，以备不测。一来二去，时间长了，孟丽火气越来越大，齐爽私存的钱也越来越多了。

孟丽心乱如麻，剪不断理还乱。这分手是自己提出来的，这钱也是自己打发齐爽送出去的，这家庭乱局也是自己一手造成的。这是自己亲手挖了一个深深的坑，自己不情愿地跳了进去，深浅正合适，上不来也下不去，没过了头，难以呼吸，以至于到了窒息的地步。

无情的齐爽在忍受了这么多指责辱骂后，反倒头脑清醒了。

## 5

多年官场的历练，齐爽练就了沉默就是进攻的本领。他大话不说，忍为上策，步步为营。是孟丽自己把自己弄了个里外不是人，里外没捞着。钱没了，人走了，家散了，真是鸡飞蛋打一场空啊！齐爽认识到凡事保持沉默是对处世哲学的最好演绎，凡事先让对手干，让对手出头，掌握时机再出手，最后获胜的还是自己。其实齐爽内心颇受煎熬，凭良心说，他是愧对人家孟丽的，与孟丽的大部分家业是孟丽从她父亲那里继承而来的。急于想当官太太的孟丽一再失算，一再将事情搞坏，归根到底还是钱多使的魔。那一笔笔“送走”的钱，孟丽痴心有个新突破新变化，现在突破没有，变化倒是一个接一个。

聚龙酒店的约会没有起到一点效果，反倒为孟丽的泼妇形象增添了一笔新的色彩。

单位里每天有新闻广播，齐爽所在单位的上级对他的工作做了调整，齐爽只任书记，不再兼任经理了。董事和总经理一职由上级调任，是由来自省属企业的一位副处长担任，这人派头不小，也够吓人的。

# 第二十一章　众望所归

## 1

以汪萍为代表的北京知青重返养育过他们的第二故乡，消息一下子震撼了沉寂的山村。当年的青年都鬓染白霜了，他们故土重游，挨家挨户寻找，寻找当年印象，寻找当年的艰苦岁月。他们毕恭毕敬地在老主任坟前吊唁，凭吊老主任的丰功伟绩，重温老主任对他们的关怀和教育。

树林沟，有他们魂牵梦萦的恋情，有他们洒落汗水的土地，有他们人生的足迹，那一幕幕往事喷涌而来，昔日的时光震古烁今。

刘铿更是心潮澎湃。从北京出发，离山县迎接知青的负责人在点名时就把他的名字喊成刘“坚”了，从此，他的名字就永远改不回来了。黄土高坡的人认字，大多只认字的一半。刘铿变刘“坚”，即使丢了“金”字旁，人还是他，人没丢，就顺势而为，刘“坚”就刘“坚”吧。

一九六八年十二月，这个让北京人揪心的月份，永远定格在历史的记忆中。老三届北京知青响应伟大领袖毛主席号召，知识青年要到农村去，接受贫下中农再教育。车站上人潮涌动，依依惜别，泪眼模糊，千叮咛万嘱咐地告别，知青刘坚至今历历在目。知青汪萍被年迈的老奶奶死死抱住不放，火车催人的汽笛已经拉响，那生离死别的场景让所有人或哽咽，或潸然泪下。

告别了生养自己的北京，随着滚滚车轮的滚动，经过一天一夜颠簸，火车终于停靠在山北省离水市的车站上。离山县接运车早已等候在那儿。清一色的大卡车，两百多人的行李卷统统装上车，不分男女地往车上一挤，一块大篷布往上一苫盖，这就是最好的招待了。从离水市到离山县一百八十公里的砂石土路，那个颠簸、那个晃荡、那个急转弯、那个急刹车，把车上的孩子们颠簸得肠子都要吐出来了。一路颠簸比坐过山车还刺激。路何时是个尽头，大伙心里没底。

离山县终于到了。黄土高坡上的小县城，清一色砖瓦房，清一色砖石窑洞，就连县委县政府都在清一色窑洞里办公。

县里招待所客人第一次达到饱和。

县里给知青们安排了两天时间，让大伙在县城的商店置办一些下乡生活必需品，然后在古朴的大礼堂里举行了欢迎大会。会上县领导简略介绍了各安置点的大致情况，随后有表演才艺的知青们相继表演节目：大合唱、快板、口琴、笛子、二胡独奏等，群口快板《到农村去》集中表达了知青们的心愿——

党中央发出号召，
下乡农村就是好。
农村锻炼特重要，
大有作为走正道。
继续战斗不罢休，
上坡拉车不松套。
遇到困难不躲逃，
与天斗我骄傲，
与地斗是英豪。

胸怀朝阳心向党，
锻炼成长奋勇跑。
困难面前挺直腰，
广阔天地无限好。
……

抱着理想，揣着一颗火热的心，到农村接受贫下中农再教育是广大知识青年跟党走的集中体现。县城活动结束了。各公社各知青点到城里迎接知青的人马都集中到县委党校和县委招待所两个地方。原本就不宽敞的街道被来接人的车、马、牛、驴塞得水泄不通。树林沟大队还算先进，五辆马车齐刷刷地静候在党校大门外，显得格外隆重。有不通公路的知青点，就干脆赶着毛驴、赶着骡子、赶着牛来迎接北京知青了。有车的，车上也只能拉知青们的铺盖和行李，人就拉不了啦，只能步行。从县城到树林沟村有四十多里山路，从早上六点天还蒙蒙亮时知青们就跟着、崔良、马建荣、柴二小他们上路了。伴着飕飕寒风，迎接北京知青的大车出发了。天空几颗星星还在眨巴着眼稀奇地看着早行的人们。

山路弯弯，起伏不平，羊肠公路坑坑洼洼，没有想象中的平坦。大山欢迎你，黄土高坡接纳来自北京的大学生。离山县人憨厚，树林沟人老实，他们不愿喊人家北京娃们“知青”，统统都是大学生，简单点就是“北京学生”。在老乡心目中，他们有文化，是来锻炼的，毛主席让他们这些待在城里的娃们到农村看看农民的生活，实地了解中国农民、农村、农业现状，让他们投身农村的建设与发展中来。

树林沟全村社员欢迎来自北京的学生。在老主任的安排下，腾出大队办公室，铺上清一色羊毛毡，备好厨房，配好专为北京学生做饭的炊事员大妈赵黑妮。老主任相信，全村人相信，有赵黑妮来为北京学生做饭，大家一百个放心。北京来的娃们，肯定一时难以适应农村生活。首先就有五难：吃饭难、睡觉难、如厕难、洗澡难、干活难。这五难在村里人看来根本就不算什么事，但从小生活在父母身边的娃们，这“五难”

如果没有足够的勇气就难以克服，难以适应。

村里没有条件洗澡。就是最讲究，也只有熬到夏天，遇上炎热天气钻到河沟里水坑里洗一洗。哪家会有浴室？哪家会洗什么澡？在黄土高坡上累上一天，身上痒痒的，不用说大水洗澡，就是用水擦一擦身子都是奢侈的。

山路十八弯，爬坡过坎，树林沟到了。全村老百姓都站在圪塄上，垴畔上，伸长脖子朝南河湾眺望。这是树林沟开天辟地的大事。迎接从城里到村里从北京到树林沟的大学生，这大学生们不知道能不能吃得了咱农村的苦，不知这娃们能待多久，不知……人们有许多疑惑，不管老主任怎么忙乎，不管大伙怎么收拾，这村里肯定不如城里好。

大队院子里，孙淑兰、崔良、老孟他们忙乎了几天，粉条做好了，油糕做好了，树林沟的地方特色饭——“油糕、粉汤”出炉了。那黄灿灿的油糕，那白生生细溜溜的土豆炖粉条，那胡麻油、葱、姜、花椒、醋、盐、香菜、豆腐丝调料汤让人垂涎三尺。不用说吃，就是闻一闻也绝对解馋。山里人有山里人的习俗，凡有喜事，吃油糕喝粉汤，那是最好也是最高档次的茶饭。在齐建业的安排下，学生们的吃住统一由大队负责。乡亲们为了表示对北京娃们的欢迎，各自从家里拿点能拿出来的东西送给学生食堂。这是树林沟全村人的大事喜事好事，好事就要办好。因为这是毛主席的号召，党的安排。听党话，跟党走，这是树林沟人跟着老主任建社创业多年来形成的秉性。

众人拾柴火焰高。全村上下都想为知青们做点什么，即使自己家里紧张点也要拿点东西出来。社员们你一碗老陈醋，他一瓶油、一把葱……

食宿解决了。洗澡还得将就着点，因为村里没有统一澡堂。上厕所还能将就着上，村里有一处公共厕所。接下来就是安排知青们参加队里的劳动。

干重活儿肯定不行，农村的活儿都是出力流汗的苦力活，让这些城里娃干些什么活儿呢？这些孩子能干些什么活儿呢？

妇女队长孙淑兰自告奋勇接收了这批学生娃。大队和老主任经过协商同意孙淑兰的要求。村里妇女们干活毕竟没有男人们重、累、苦。

以汪萍、刘坚、关铁、张江为代表的大部分知青不同意大队的安排，这些倔强的娃们拒绝了大队及老主任的善意，他们从城里来，就是要经风雨见世面，在农村大舞台上经受锻炼的。对学生们进行重新分派自然提上了大队重要的议事日程。根据学生们的爱好，根据学生们乐于干的要求，并结合队里的具体情况，在老主任的指导下，青年们找到了自己所能从事的农活。

刘坚和关铁，喜欢和牲口打交道，他俩自告奋勇到大队饲养室当饲养员。张江最喜欢摆弄农具，喜欢那些犁啊耧啊，他认为扶犁摇耧那才是农民的劳动。在山岭上哼着牛曲，扶着犁，摇着耧，多么惬意啊！那简直是电影里才会有的镜头，才会有的画面！

知识青年到农村，为农村发展增添了新鲜血液，植入了新活力。喜欢种地的到各作业小组劳动。愿意教书的到学校当老师，学校需要老师，他们也需要学校，到学校教书育人，是让人羡慕的工作。郝祥出生于医生世家则被分到大队合作医疗室当医生去了，广阔天地大有可为啊！

## 2

白天大伙都在忙乎，一到晚上，那又是另一番景象。晚上，大伙都聚集到大队宣传队排练文艺节目。树林沟向来有自己的文艺队伍，现在有北京学生加入，大家都期盼演出节目有一个高水平的提升，人人翘首以待。

夜幕降临，远山都被涂上了紫黛色，然而在大队排练室，却灯火明亮，人头攒动。能有幸挤进排练室观看排练的年轻人那可不是一般人，一般青年和爱好文艺的父老乡亲们都奋力挤在外面窗台上，伸长脖子往里张望。节目排到高潮处，演员们大汗淋漓，窗外观望的人们也浑身发热，因为你一不小心就有被挤下来的危险，失去观赏机会。

在宣传队里，人人都是演员，人人又都是导演。那一招一式的台步，那气满腔圆的唱段在默契中得到升华。每个表演动作都要反复斟酌反复商量，得到大伙认可才算过关，把每个节目排演得妙趣横生。每个节目都是集体创作，大伙在排练中合作，在合作中排练，那种集体荣誉感油然而生。

在明亮的电灯下，大伙屏息凝神地观看《半夜鸡叫》中狗腿子“无能”的动作——

“腰要弯下去，弓起背，弓背才能弯腰。”

“奴才要有奴才相。”

“笑是傻笑，憨笑，不是随便笑，口要张得小一点儿，眼神要献媚点儿。”

“那个甩袖是从水袖延伸而来，奴才甩袖幅度要小点，再小点，甩袖的频率要上来。”

“弯腰垫步要小幅度小频次……”

每个动作都要细心更正，大伙在细节上推敲琢磨。这样的排练比白天在地里干活还累，但大伙热情高，集中全部精力认真揣摩每一个细节。

树林沟宣传队的文艺节目唱响树林沟公社，全公社三十五个村庄都留下了他们的足迹。人们都为他们精湛的表演艺术送上热烈的欢呼和雷动的掌声。在离山县城的大礼堂里、广场的大舞台上，他们的节目轮番上演，观众场场爆满。

北京知青为树林沟的发展带来了勃勃生机。宣传队节目推陈出新，一大批陈旧不合时代节拍的老节目被淘汰。《打谷场上的喜事》《社会主义进行曲》《到农村去》一系列反映农村生活题材的戏曲节目一一被推出，一一亮相树林沟公社及离山县的各个舞台。

宣传队自编自演，反映农村生活剧目的上演，撼动了社员们的传统观念，也陶冶了北京知青插队落户农村与群众打成一片的情怀。社员们把知青当作自家娃一样看待，尊重羡慕来自首都的大学生。对于大家的热情，知青们深有感触也很快融入群众中，与群众同呼吸共命运，村容村貌有了新气象新面貌。

孙淑兰是位少有的细心人，自从紧跟老主任干合作社开始，一直为社里大事小事时时处处劳神费心。学生们背粪的背篓上都由孙淑兰亲自给缝上了背垫。一块不起眼的背垫足以看出孙淑兰的细心，如果没有这块背垫，从背篓里溢出的大粪会弄脏娃们干净的衣裳。

在家里凡能将就着穿的衣服，一般都是补丁摞着补丁将就着穿。要给学生们做背垫，去哪儿找那么多破衣服去呢？在困难面前，孙淑兰没有犹豫，她翻箱倒柜把全家还能将就着穿的衣物统统拿出来，拿起剪刀绞起来没有一点吝啬之情，起早摸黑把十来个背垫给做出来了。这就是孙淑兰的举动，社员们对知青们有一颗真诚的心。

知青们看到大叔大婶们没有把他们当外人看待，悉心照料他们的生活，心里有说不出的感激。背粪时社员们怎么背，他们就怎么背，走山路爬陡坡，松软土地上留下一串串脚印，汗水从头流到脚。知青们没有怨言，和社员们干一样的活，爬一样的坡，过一样的坎。

这样苦的劳动，深深刺痛着群众的心，村里干部们更是把知青们的举动看得一清二楚。人家娃们都是在北京娇生惯养长大的，人家能和咱一起吃苦耐劳，那可是受罪了。

关心知青是一种义不容辞的责任，更是一种人际关系的深度融合。乡亲们对知青们的感情来源于对知青们文化素养的认同。树林沟的文艺演出团队从老主任带领大伙建社时就有了，但由于大伙的文化水平不高，对剧情人物的刻画理解不是那么到位，所以其表演水平一直不尽如人意。自从这山沟沟里来了北京的大学生，树林沟的文艺演出水平大幅提升。树林沟人爱戏如痴，只要有戏看，大伙什么都可撇下。

斟酌每一个动作，推敲每一种表情，加上演员个人的悟性，把每一个角色都演成了艺术精品。乐队里的乐器更是集大家智慧所长，除了购置必要的乐器外，自制的低音板胡起到了和弦作用，其效果堪称一绝。这些都是知青们的杰作和贡献。

宣传队里任何活动完全是自觉自愿，没有一点报酬。在极其艰苦的环境下，演出节目个个叫响，影响四方，尺幅千里。公社会演，县里调演，整个离山县为树林沟的文艺剧目叫好。在离山县能目睹一场树林沟宣传队的节目，那简直是一种高级别的艺术享受。

## 3

山路弯弯，在通往镇里的山路上，赶着马车运送公粮的关铁在星光下，听着村里雄鸡声声渐行渐远的啼鸣，甩一下手中的长鞭，骡子加快了脚步，山路上留下一炮黄尘，繁星在他的长鞭中甩落，朝霞用笑脸抚摸着关铁。放声一曲："穿林海，跨雪原，我胸有朝阳……"意气风发。

每天起早贪黑与牲灵们打交道，铡草、喂草、上料、饮水、收拾牲口圈舍、大队库房装粮、往镇里送粮，知青关铁能属于自己休息的时间就没有多少了。可他热爱这个活儿，赶马车自由，在山路上来一段京味十足的京剧，甩一下长鞭，甩落一个又一个春夏秋冬，迎来曙光，送走晚霞。农村生活那个惬意，那个快活，常人难以想象。

北京知青在树林沟与群众高度融合。齐建业更是以自己几十年的奋斗经历给青年们上了一堂又一堂生动的政治课。青年们喜欢老主任，老主任更是乐于和青年们沟通。那不同场合的一幅幅留影，牵动着所有知青们的心。讲村史，讲社史，是老主任的拿手活。青年们喜欢靠近老主任，乐于倾听树林沟的过去、现在以及未来。

大队饲养场里更是笑声不断。不管是大红马要生产了，还是公驴要和母马配种了，都会吸引很多人关注。怎么铡草，如何拌料、饮水、翻圈、起粪……一整套饲养大牲畜的方法被关铁他们掌握得头头是道。当饲养员关铁双手端着筛子踱着方步走向牲口时，那份自信让人们从心底认可了这位合格的饲养员。

知青关铁、刘坚这对喜欢侍弄牲口的知青，对牲口们疼爱有加。尤其是那些快要产驹的母马们，他们分外上心。在饲料分配上，总要偏心那些心肝宝贝们，那些出力流汗整天运送公粮的骡子们，也要倾斜分配。看着槽槽膘肥体壮的牲口，知青关铁、刘坚会意地笑了。

知青刘坚主管饲养，知青关铁赶着马车跑外运送物资。一来二去，因为在分派饲料的多少上两人还闹别扭呢。知青刘坚主张给快要产驹的母马们多吃点饲料，知青关铁则主张给出大力流大汗的骡子们多吃点，你争我夺还不是都为把集体的牲口给饲养好。

当刘坚端着草筛边走边左右筛动筛子时，那些牲口们齐刷刷抬起头叫着哼着，也只有这时候，刘坚才露出那种从未有过的自信与自豪。而关铁的精气神则在那个长鞭一甩甩落星星，迎来朝霞运送粮食的路上。

一排又一排的石头马槽，马骡牛驴各有分隔，十个饲养员马不停蹄地往石槽里倒草，上百头牲口嘶鸣，仿佛一场牲灵的音乐会。低音的牛吼，高声的驴叫，圆润的马鸣，不伦不类的骡子吼，此起彼伏，声声贯耳。那些一时还添不上草的老黄牛们都老泪纵横了。

大伙都为集体，耕地的耕地，拉磨的拉磨，拉车的拉车，添草上料时就有个先后，为什么不能齐刷刷一步到位，省得老犍牛们因为暂时吃不上草料而掉眼泪。

那头有把年纪的老犍牛，是村里数一数二的“老好人”，干活分外听话，无论耕地还是拉车，向来默默无闻，连女人和孩子都能使唤得了它。轮到给老犍牛添草上料时，刘坚总要分外照顾一下老犍牛，偏心地给它多添点。

对于那些怀了驹子准备当妈妈的枣红马、黑青马、白龙马，刘坚就不是一般的留神和照顾了。

老主任齐建业对知青刘坚的劳动给予了充分肯定和赞许。

知青刘坚对饲养牲口情有独钟。拉车辕子的灰骡子是关铁也是刘坚的最爱。对于灰骡子，关铁简称它“灰”，不管从草料的饲养上，还是从饮水、刷身、剪鬃毛到辔头的编结上，他都特别上心。就连灰骡子额头一绺红缨穗穗也特别讲究，红艳得似火。灰骡子的身子像用一匹缎子裹了一样，浑身光滑。为“灰”专门准备的毛刷子，梳理鬃毛的梳子更是非“灰”不用。知青刘坚、关铁把一副好心肠都交给了牲口们，社员们都看在眼里。每逢大队或公社有什么劳模评比，刘坚和关铁肯定在其中。

“长鞭啊，那个一甩，朝着社会主义大道永向前哎……”这首震落晨星的歌儿一直回荡在树林沟上空。为社会主义建设添砖加瓦的那份执着心态一直鼓舞着刘坚、关铁，支撑他们为集体流汗。

## 4

在社办中学里当老师的林志杰特别引人注目。他教的学生基础扎实，知识面宽，他把新闻时事都能糅到实际教学中。他的课学生们爱上爱学。有学识的人干什么都是有板有眼，即使班里办个“学习园地”，林老师也办得分外新颖。一间普通教室经过林老师的布置，给人焕然一新的感觉。别的教师也布置教室，但千篇一律。林老师的“园地专栏”不是随便圈个框框往里贴些应时文章就了事，而是不管是一幅插图，还是学生们的一篇习作，都是经过他认真设计的，给人一种艺术的享受。林老师周围经常聚集着一批热爱他喜欢他的学生。学生们都喜欢听他讲幽默故事，就是能和林老师一块打一场乒乓球，整理整理校园也是一种享受。作为教师有那么多追随者，对林志杰来说是一种安慰和自信。

林老师主动靠近苏旺校长，一起商讨教学质量的再提高，一起探讨办学规模的再扩大。林老师深受苏旺校长的赞许，经老主任同意，苏校长把教导主任的重要职位给了林志杰。

学校教导主任犹如一个生产队队长，主管学校的教学业务。林志杰从苏旺老校长那里学到了不少办学理念，对学校的教导工作，精力充沛，能力也到位。

树林沟的学校由农中、社办高中、初中、小学综合在一块，担负着树林沟公社五万人民的希望。在老校长苏旺的领导下，多年来各所学校办学成绩斐然，名声在外。现在有了林志杰的加入，学校办学气氛浓厚，办学热情高涨。学生们深深地爱着培育他们的校园，老师们呕心沥血培育出一批批建设社会主义新农村所需的合格人才。

## 5

针对北京知青到农村插队落户，接受贫下中农再教育的情况，齐建业没有放松对知青们的关怀和教育，从学习到生产生活照顾得无微不至。为了让学生们更好地体验农村生活，除了根据每个学生的喜好与特长安排相应的农活外，还采用带徒弟的办法，让农活好把式来教知青们学农活，让知青们把农活学精学细。农村五业俱全，各业都有领头人，老孟、拉货、崔良都是其中的佼佼者。

学饲养拜老孟为师，知青关铁、刘坚就是老孟的高徒；学果林拜拉货为师；学耕种拜崔良为师；当教师以苏旺为师，让知青们学有目标有榜样。总之，知青们的到来给树林沟注入了新生力量，让树林沟这棵社会主义参天大树更加枝繁叶茂。当然这里也有个取长补短，互相促进的问题。你排演文艺节目就要认真向人家知青们学习，因为人家有文化有知识，人家的一招一式都那么到位，人家对角色的理解比村里的演员要深刻，有创新。

崔良有一个农活绝技，知青张江就实心实意地跟着学。耕地扶犁是首要技术，在坡地上耕种，犁把必须扶好，那个脚步的跟进，犁铧的深浅度，都要一点一滴去实践，光听嘴说是不顶用的。扶犁用的是巧劲，掌握犁把的平衡度是关键，步子不能迈得太大，走稳一步再一步，一步跟着一步。到了地头要掉头回转耕牛是关键的一招，在陡坡上悬崖边回转耕牛，要一手拽着牛尾巴，一手提着犁，迅速回犁，稍有迟钝就会出大事，弄不好会牛死人亡。常言道：“十年易成文状元，十年难中田秀才。”说的就是农活难学。

张江潜下心来学。种谷摇耧是农活中最难啃的硬骨头。人家摇耧高手，种下的谷子出苗匀称稀疏合适，间苗除草不费劲。不会摇耧长出的苗子拧成毛绳棒，间苗时根本无法下手，既费种子，又费劳力，费工费时，还会招来大伙指指点点，吃力不讨好。就是在树林沟的老农中，能真正轻车熟路摇耧的人也找不出几个来。张江咬定青山不放松，在崔良的带领下，经过三年的磨炼，终于掌握了这门绝活。

几年下来，张江扶犁吆喝牛，摇耧种谷的活儿学到手了，他珍惜这段生活。社员们被北京知青这种吃苦耐劳的精神所感动。知青们把树林沟当作第二故乡，为故乡所作的贡献是实实在在的，没有掺杂任何功利在里头。看着自己亲手种的谷子出苗了，长高了，在沉甸甸的谷穗压弯了腰的谷子地里留张影，拍个照，张江有满满的收获感。

搭在肩膀上的羊肚毛巾，那乐呵呵的笑，不管是在朝阳下，还是在晚霞中，用锄头锄草的刹那，悉心培土的瞬间，都是知青们在农村生活的真实写照。它将永远定格在树林沟的广阔天地中。

## 6

知识青年们在农村发挥着积极作用。他们有知识，善于学，愿意和广大社员打成一片，自觉接受贫下中农再教育。出席省地县各级先进代表大会的代表中，有为数不少的北京知青代表。

由于各地“五小”工业蓬勃发展，离山县各类企业犹如雨后春笋，一夜之间，电厂、化肥厂、水泥厂、针织厂、陶瓷厂、机械厂、造纸厂、服装厂都冒了出来。开工厂需要工人，工人从哪里来？从北京知青中来。知青们经过农村生产生活的锻炼已经具备了吃苦耐劳和艰苦奋斗的品质。

一九六八年到离山县插队落户的北京知青共有两百多人，这次从中招工进厂的就有一百多。知青们经过农村三到五年的锻炼，不管走到哪儿，都是建设社会主义的生力军。他们身上迸发着青春热情，焕发着青春智慧。进厂的、上学的、提干的北京知青陆续带着农村再教育的生活烙印先后离开了农村，步入了新生活。

青年们一个个都走了。村里的大叔大婶大爷大妈分外留恋，舍不得他们离去。静下心来考虑，人家娃们舍下爸妈从北京来，在这黄土地上已经磨炼好几年了，你就狠心让人家一辈子守着这黄土地奉献一辈子？就连最喜欢耕种庄稼的张江一九七二年也被选送到地区农业学校上学去了。说起张江上学，崔良至今还念念不忘，真舍不得让张江走。张江热爱农业喜欢农村，去农校学习深造更符合他的脾性。通过学习，张江将在自己认准的路上越走越远，就像插上了理想的翅膀，帮助他飞得更高更远。

张江就要上学去了，眼看留是留不住了。张江内心更是舍不得离开有一手绝活的崔良。崔良不仅耕地摇耧是一把好手，撒种更是无人能比，人家撒下的种子出苗后稀疏合适，人们锄地定苗不费劲。经崔良定过的苗，没有一棵枯萎。人家定过的苗，谷子长穗后，谷穗都是朝着一个方向长，就是遇上风大的年份，也不会因谷穗在风中摇曳碰撞而减产。农活都能干到这份上，知青们是真的下功夫花力气了。

从知青张江接到录取通知书的那天起，张江就一直在崔良家吃喝。崔良舍不得这位爱徒出走。张江搭乘队里的拖拉机要进城了，崔大妈一早就把煮好的鸡蛋给张江包好，生怕有一点遗忘。在村口，张江上了车又下来，与崔良搂了又搂抱了又抱，依依惜别。在崔良心里，这位知青多么不容易啊，人家从北京来，把农活学到这地步，在树林沟也找不出第二个来。因为他就把自己所有的绝活都毫无保留地传给了这位勤学好问的北京大学生了。

马蹄声起。“再见了北京娃！”

“再见了，崔老师！再见了，崔师傅！”当张江喊出最后一句话时，他已经热泪盈眶。

山沟里拍打着翅膀飞向远方的鸟们从送行人们头上掠过。告别了树林沟，这里一草一木是那么熟悉，又那么留恋！再见了，乡亲们！再见了，崔师傅！再见了，树林沟！

经过一上午的颠簸，赶中午时分到了离山县城，张江的生活航船又驶入了另一个港湾，准备蓄势起航。

带着黄土高坡的生活气息，带着父老乡亲的谆谆嘱托，怀抱着为祖国建设奉献一砖一瓦的殷殷之情，北京知青们陆续离开了他们的第二故乡，向着人生制高点又一次出发了。

知青们留下孔孔散发着他们生活气息的窑洞，留下他们曾朝夕相处的父老乡亲，远走高飞了。每当人们走过他们曾居住过的地方，总要回过头来张望上一会儿，脑海里回想着他们在树林沟生活的情景。娃们出息了，娃们还会回来吗？人们心里不免会有这样的疑问。随着遐想，人们又把目光望向了远方……

## 7

多年来，齐媛也陆续回过几回树林沟村，面对荒芜的树林沟，她感慨万千。看着坚守故土老婶子孙淑兰，她没有更多的理由劝他们舍弃故土到城里去享福。往事如烟，她来也匆匆，去也匆匆。在这块土地上，她割舍不下一切，一切都割舍不下。

几十年的时间过去了。土地承包给了个人，在黄土地上挣不了几个钱的人们不自觉地涌向了大城市。有点闯劲的远走高飞到北上广深去了，再没本事的也闯到县城在各个行当里打闹自己的活法。打闹的结果，有的富得流油，像申德胜、白石松们；有的凭借上大学被分配到省城工作了，像柴树林那样的树林沟人；有的落难了，钱没赚着，债反倒欠了一屁股，像申楚明孙香香夫妇。只有像孙淑兰、崔良这些老人们至死不离树林沟，依然守着这块他们曾为之奋斗过的地方，不离不弃。

几十年过去了，在人生的道路上，知青生活是终生割舍不下的一段经历，每隔几年，知青们总要怀着一种“回娘家”的心情回树林沟看看“娘家人”。

看着自己曾劳动过生活过的树林沟，曾经和他们一起劳动一起学习一起排演文艺节目的人们不见了，集体饲养场里成百上千的牛马骡不见了，土地荒芜了。现实教育着他们，一种利用自身优势建设第二故乡的心情油然而生，一种从未有过的振兴树林沟的信念，在他们心中逐渐萌发。久违了，可爱的树林沟！每次回访，都震撼着他们的心灵。

曾任职离山县针织厂厂长的洪磊，满脑子都是开发树林沟的想法。遥想当年，在一个快要倒闭的造纸厂，他在上级领导和同志们的支持下，引进新机器，几年工夫，造纸厂起死回生。全套自动生产线，全员培训，无论是厂容厂貌，还是职工素质都迈向了一流企业的行列。有昔日，必有当下。振兴树林沟的蓝图已在他的心中有了轮廓。他已和柴树林、钱洛长、齐名、韩家弟兄、申德胜、白石松有过沟通。

苏旺这位树林沟老人，得知从树林沟村走出去的有识之士们都在为树林沟的振兴出谋划策时，这两天也坐不住了，颤颤巍巍地拄着拐杖到县城大街上打听是否有从树林沟进城的人。他惦记着树林沟的发展，他想知道孙淑兰、黑妮嫂、崔良他们近况如何。

每天手搭凉棚向南河湾张望成了留守老人的必修功课。在昔日的大队办公室，后来是知青宿舍的窑洞前，大伙无论刮风还是下雨，一年四季都在这里聚合，在这里张望。大伙盼望从外面带回树林沟村有变化、有新气象的新消息。

孙淑兰、黑妮嫂、崔良他们极不愿意相信白天的守望没有结果。眼看着日落西山鸟雀归巢，他们才相互搀扶着走回自己家。

孙淑兰、黑妮嫂、崔良这些老人思念良久。村里近几年早就听说有人要回来重振树林沟，这些进出树林沟的人燃起了他们对树林沟重振雄风的希望。想亲人，盼亲人，老泪纵横急死人。

齐名整天脚不沾地，除了招呼回村的各路精英外，有空就往镇政府跑，往县里跑，跑项目，跑资金。国家这几年对振兴农村有不少投入，只要发展思路符合国家政策，能争取到多少就争取多少。现在为集体办事可不像当年父辈们创办合作社时那么艰难，那么困苦。

能争取一点就尽量争取一点，争取符合树林沟村发展实际的好项目。由申楚明牵头搞养殖，现在已初具规模；由洪永刚牵头整理原来公社各机关遗留下来的院落，或种菜，或养花，或搞温室种养，总之不能荒废了。洪永刚的负罪感也只有在收拾原来各机关院落时才会觉得有所解脱。

用感情召唤人，用感情留住人。不管是大发大富的申德胜，还是走出去又回来的申楚明，齐名一样张开胸怀欢迎，母亲树林沟敞开胸怀欢迎。齐名欢迎申德胜在树林沟村建别墅，也欢迎像柴树林、钱洛长那样一腔热血的树林沟精英回乡共谋发展之道，也期望像申楚明那样的实干家在树林沟干事创业，还期望北京知青们重返第二故乡寻觅往日的深情。树林沟村需要各路精英的奉献才能发展好。

齐名能够撇下城里舒适的生活，只身重返树林沟，是因为他身上流淌着父亲齐建业的血脉。在有生之年，他不想看到由父亲和他老一辈穷哥们儿创建的伟业在他手上彻底毁了。现在他想明白了，不管任何人，只要想在树林沟这块热土上发展，他都支持。一句话，他没有忘记因公殉职因保护战友而牺牲的父亲。

无论过去经历多少风雨，风雨过后彩虹依然绚丽。雨后复斜阳，关山阵阵苍。沉寂已过去，未来更辉煌。蓝图露端倪，潮涌波澜宽。黄土高坡以博大的胸怀拥抱自己的儿女。从小生活在黄土高坡，黄土高坡上的小米、高粱铸就了树林沟儿女们的身躯，树林沟儿女们血管里流淌着执着、勤劳、勇敢、果毅的血脉。黄土高坡爱恋着她的儿女，她的儿女眷恋着她，归来吧——孩子们——归来吧，黄土高坡的儿女们!

归来吧，让大山给你铸魂，让山岭为你强骨，让山坡为你长肉，让果园为你增色，让树林沟的山山水水为你鼓掌。拥抱从山里走出去的人们，拥抱重新走回山里的汉子。

这里果园需要重新整理，这里山坡要披绿，这里河道需要疏浚，这里山村需要守护，这里一切需要重新布局。咱村里空气清新，人脉亲切，这里一切都是原生态，淳朴的树林沟呼唤一切有意回归农村的有识之士。归来吧，远山在呼唤：归来吧——树林沟游子！树林沟的明天需要你们!

出于内心的表白，洪永刚及时更换着村口黑板报，借以抒发对树林沟的真挚情怀——

## 一　故乡情

一草一木故乡情，
千呼万唤终觉醒。
建业精神激励我，
山河披绿一定赢。
守好家业心有辙，
齐心协力善经营。
告慰英烈山河在，
代代坚守心相印。

## 二　远山情

远山是根，
远山是魂，
远山乡亲心连着心。
牵挂是情，
惦记是真，
几回回梦里见亲人。
忘不了情，
甩不掉亲，
远山挂念各位乡亲。
城里谁亲？
城里谁疼？
城里到处水泥森林。
记住乡亲，
远山情深，
义无反顾崇尚山魂。

# 后　记

劳模精神是中国共产党精神谱系中不可或缺的精神之一。赓续劳模精神，推进乡村振兴，尤为重要。经过四十余年的改革开放，农村农业如何发展，如何振兴，是一个亟待解决的大问题。本文意通过对农村变革的记录描述，从中走出一条乡村振兴的希望之路。

相信树林沟的明天会更好。